胡雪巖

下

胡雪巖系列

新校版

高陽

目次

第二十二章

當天兩個人就到了上海，住在裕記絲棧。古應春得信趕來相會，見了胡雪巖略有忸怩之色；他自然不會在那樣的場合之下提到七姑奶奶，先聽取古應春談上海的市面，絲價是漲了，由於龐二的支持，大家都齊心一致，待價而沽，但洋人似乎也很厲害，千方百計，自己到內地去收絲，輾轉運到上海集中放洋。

「這局面當然不會長的，第一、費事；第二、成本不輕；第三、兩江總督衙門等出了告示，為了維持威信，各處關卡，自然要派兵盤查。嚴禁闖關。照我看，」古應春很興奮地說，「洋人快要就範了，你來得正是時候。」

胡雪巖聽此報告，自感欣慰。不過此行要辦的事極多，得分緩急先後，一樣一樣來辦。首先要打聽的就是何桂清的下落。

「這就不曉得了！」古應春說，「學台是要到各府各州去歲考秀才的，此刻不知道在那裡。不過總打聽得到的。這件事交給我。」

「不光是打聽，有封緊要信要專人送去。」

「這也好辦。你把信交給我好了。」

這件事有了交代，第二件就得談浙江要買洋槍的事。古應春在由接到胡雪巖的信以後，已經作過初步聯絡；只是那個洋人到寧波去了，還得幾天才能回上海，唯有暫且等待。

最急要的兩件事談過，那就該談七姑奶奶了。在路上，他就已跟尤五商量好，到此辰光，須得迴避；所以一個眼色拋過去，尤五便託詞去看朋友，站起身來，準備出門。

「五哥，」古應春說，「我替老胡接風，一起吃番菜去。」

「番菜有啥好吃？動刀動叉的，我也嫌麻煩；你們去吧！」

目送他的背影消失，胡雪巖便笑道：「老古，你瞞得我好！」

這一說，古應春立刻就著急了，「你是說七姐的事？如果我有心瞞你，就是我不夠朋友。」

他有些氣急敗壞地，「如果你也不諒解我，我就沒有路好走了！」

「不要急，不要急！你慢慢的說給我聽，大家一起想辦法。我就不相信做不成這頭媒。」

聽得這兩句話，古應春大感寬慰，「我就是怕信裡說不清楚，又想你不久就要來了，所以索性不說。原是要等你來替我做個軍師。」古應春說，「這件事搞成這麼一個地步，你不曉得我心裡的著急。真好有一比——。」他嚥著唾沫說不下去了。

「好比甚麼？」胡雪巖問道：「你作個比方，我就曉得你的難處在甚麼地方？」

「我好比『鬼打牆』，不知道怎麼一下，會弄成了這個樣子？」

胡雪巖笑著說，「酒能亂性，又碰著一向喜歡的人；生米下了鍋，卻又煮不成熟飯，實在急人！」

「對，對！」古應春撫掌稱妙，「你這個比方真好。我和你說句心裡的話，到了她那裡，饞在眼裡，餓在肚裡，就是到不了嘴裡，就為的是煮不成熟飯！」

「怎麼？真的從那晚以後，就跟七姐沒有『好』過？」

胡雪巖想到尤五的話，說是七姑奶奶告訴過他，古應春從來沒有在她那裡留宿過一夜；如今又聽他本人這樣表示，心裡不免存疑。男人的脾氣他是知道的，七姑奶奶又是豪放脫略，甚麼都不在乎的性格；既有那一夜的「好事」，何以鴛鴦未續，似乎不近情理。

彼此極熟，無話不談；論及閨閣，雖傷口德，但以七姑奶奶的情形不同，也不算「唐突佳人」，於是胡雪巖便笑道：「乾柴烈火，就只燒過那麼一回，這倒有點奇怪了！」

「說破了，你就不覺得奇怪；我是為了兩層原因：第一、既然打算明媒正娶，該當尊重七姐，那一夜就如你所說的『酒能亂性』另當別論；第二、婚事還有周折，後果如何，頗難逆料，倘或不成，且不說對不起七姐跟五哥，就是我自己良心上亦不安。再有那不明內情的人，一定說我始亂終棄；洋場上好說閒話的人最多，如果我有這麼一個名聲落在外面，那就不知道讓人說得我如何不堪了！」

此言一出，胡雪巖肅然起敬，「老古，」他收斂了笑容，說了句使古應春深感安慰的話：「照你這樣的存心，姻緣也不會不成。時候還早，我先去看看七姐。」

古應春略一沉吟，這樣答道：「那就索性到她那裡去吃飯。今天家裡還有點菜。」

這樣的語氣，顯得古應春跟七姑奶奶已經像夫婦一樣，只欠同圓好夢而已。同時也聽得出他和她的感情很不壞。一雙兩好，順理成章的事，偏有那個「程咬金」來講家法，真正可恨！

胡雪巖起了種不服氣的心思，當即拍胸說道：「老古，你放心！你們那位老族長，看我來對付他。」

「慢來，老胡！」古應春惴惴然地說：「那是我的一位叔祖，又教先父念過書，你千萬不可魯莽，你倒說說看，是如何『對付』？」

「『對付』這兩個字，好像不大好聽。其實我不是想辦法教他『吃癟』，是想辦法教他服貼。」

「那就對了。」古應春欣然問道。「你快說來聽聽，讓我也好高興、高興！」

「此刻還不到高興的時候，只好說是放心。事情要做起來看，辦法倒有一個；不過要我先跟七姐談了再說。」

「啥時候談？要不要我迴避？」

「能迴避最好。」

「那就這樣，我陪你去了以後，我到外國伙食店去買些野味；你就在那裡談好了。」

這樣約定以後，古應春便雇了一輛「亨斯美」的馬車，到了棋盤街七姑奶奶的寓所。一見面，七姑奶奶喜不自勝；「小爺叔」她說，「昨天晚上老古去了以後，我起牙牌，算定今天有貴人到，果不其然你來了！真正救命王菩薩！」接著又瞟著古應春說：「都是他們的姓不好！遇著這麼一個牛脾氣的老『古』板，真把我氣得胃氣都要發了。」

「不要氣，不要氣！只要你肯聽我的話，包你也姓古！」

聽得這話，古應春便站起身來，依照預先商量好的步驟；託詞到洋人伙食店去買野味，離座而去。

等他一走，七姑奶奶的態度便不同了，在古應春面前，她因為性子好強，表示得毫不在乎；而此時與胡雪巖單獨相處，就像真的遇見了親叔叔似地，滿臉委屈、悽惶，與她平常豪邁脫略的神態比較，令人不能相信是同一個人。

「小爺叔，」她用微帶哭音的聲調說，「你看我，不上不下怎麼辦？一輩子要爭氣，偏偏搞出這麼件爭不出氣的事！所以我不大回松江，實實在在是沒臉見人。小爺叔，你無論如何要替我想想辦法。」

「你不要急！辦法一定有。」胡雪巖很謹慎地問道，「事情我要弄清楚，到底是你們感情好得分不開，還是為了爭面子？」

「兩樣都有！」七姑奶奶答道，「講到面子，總是女人吃虧。唉！也怪我自己不好，要花槍要得自己扎傷了自己。」

胡雪巖最善於聽人的語氣，入耳便覺話外有話，隨即問道：「你要的甚麼花槍？」

問到這話，她的表情非常奇怪，好笑、得意、害羞而又失悔，混雜在一起，連胡雪巖那樣精於鑒貌辨色的人，都猜不透她葫蘆裡究竟賣的甚麼藥？

「怎麼？」胡雪巖故意反激一句，「說不出口就算了！」

「話是說得出口的，只怕——只怕小爺叔不相信。」

「這一點你不用管。不是我吹一句，別樣本事沒有，人家說話，是真是假？真到幾成帳，假到甚麼程度，都瞞不過我。」

「這我倒相信。」七姑奶奶的表情又一變，變得誠懇了，「這話呢，實在要跟小爺叔才能說；連我五嫂那裡，我都不肯說的。說了，她一定埋怨我。我倒先問小爺叔，外頭怎麼說我？」

「外頭？那裡有外頭！我只聽五哥告訴過我。」

「他怎麼說呢？」

「酒能亂性」之類的話，怎麼說得出口？胡雪巖想了想，這樣答道：「五哥說，這件事不怪老古。」

話雖含蓄，七姑奶奶一聽就明白，「自然是怪我！好像自輕自賤；天在上頭，」她說，「實實在在沒有那回事！」

「沒有那回事？」胡雪巖愕然。

這一問，即令是七姑奶奶那樣口沒遮攔的人，也不由得臉生紅暈，她正一正臉色，斂眉低眼答道：「小爺叔是我長輩，說出來也不礙口；到今天為止，老古沒有碰過我的身子。」

「原來是這回事！」胡雪巖越覺困惑，「那麼，『那句話』是怎麼來的呢？」

「是我賴老古的。」

「為啥？」

「為啥！」七姑奶奶這時才揚起臉來，「難道連小爺叔你這樣子的『光棍玲瓏心』都不懂？」

想一想也就懂了。必是七姑奶奶怕古應春變卦，故意灌醉了他，賴他有了肌膚之親；這樣古應春為了責任和良心就不得不答應娶她了。

這個手法是連胡雪巖都夢想不到的。七姑奶奶的行事，與一般婦女不同，也就在這個手法上，充分顯現了。想想她真是用心良苦，而敢於如此大膽地作破釜沉舟之計，也不能不佩服！

不過，交情深厚，胡雪巖是真的當她親妹妹看待，所以佩服之外，更多的是不滿，「你真真想得出！」他說，「不要說五嫂，我也要埋怨你！老古是有良心的，他跟我說的話，真正叫正人君子；萬一老古沒有肩胛，你豈不是『鞋子沒有著，先倒落個樣』？好好的人家，落這樣一個名聲在外面，你自己不在乎，害得五哥走出去，臉上都沒有光彩。你倒想想看，划算不划算？」

這句話說得七姑奶奶失悔不迭，異常不安，「啊喲喲！」她搓著手，吸著氣說：「小爺叔，你提醒我了！我倒沒有想到，會害五哥坍台！這！這怎麼辦呢？」

她這副著急的神態，胡雪巖從來沒有見過，於心大為不忍，趕緊想安慰她；但靈機一動，覺得七姑奶奶天不怕，地不怕，不受人勸；難得有這樣的機會，正好抓住了給她一個「教訓」。

於是，他越發把臉板了起來，「七姐，」他的聲音很平靜，但也很冷峻，「不是我說一句，你做事只顧自己高興，不想想人家。像這種自毀名節的做法，壞你們尤家的名聲，想來老太爺老太太在地下也會痛心。你的脾氣真要改改了。」

提到父母，七姑奶奶的良心越受責備，漲紅了臉，盈盈欲淚，只拿求取諒解和乞援的眼色看著胡雪巖。

「女人總是女人！」胡雪巖換了懇切柔和的聲音說：「女人能幹要看地方；男人本性上做不到的事，女人做得到，這才是真正能幹。如果你像男人那樣子能幹，只有嫁個沒用的丈夫，才能顯你的長處；不然，就絕不會有好結果。為啥呢，一個有骨氣的丈夫，樣樣事情好忍；就是不能容忍太太在外場上扎丈夫的面子！」

七姑奶奶不響。倒不是無話可說，只是覺得遇到的人總是誇她怎麼能幹，怎麼能幹，不是恭維她「女中丈夫」，就是說她比男人還管用；胡雪巖這話，她還是第一次聽到，要好好的想一想。

這一細想，就像吃橄欖那樣，上口酸澀，回味彌甘，這多少年在場面上處處占上風，但私底下作為一個女人的苦處，只有自己知道。到那孤燈獨對，衾寒枕單的時候，場面上的「七姐、七姐」叫得好響的聲音，一無用處；心裡所想的是丈夫跟孩子，情願燒飯洗衣裳，吃苦也有個名堂。

「人有男女，就好比天地有陰陽，萬物有剛柔，如果女人跟男人一樣，那就是只陽不陰，只剛不柔，還成甚麼世界？再說，一對夫妻，都是陽剛的性子，怎麼合得攏淘？七姐，你說我的話錯不錯？」

指名問到，七姑奶奶自然不會再沉默，應聲答道：「不錯！小爺叔的話，我還是第一趟聽到；如果早有人跟我說這話，我也不會像現在這樣子的脾氣。」

「現在改也還來得及。」胡雪巖也答得極快。

「江山好改，本性難移。」七姑奶奶停了一下又說：「我試試看。」

「對！只要你有決心，要爭口氣，一定改得掉。倘或改不掉——。」胡雪巖有意不說下去。

七姑奶奶當然要追問：「改不掉會怎麼樣呢？」

「改不掉？我說句老實話，你還是不必嫁老古的好。嫁了他，性情也合不攏的。」

這句話她覺得說得過分，但不便爭辯，只好不答。

「你不相信我的話是不是？——。」

「不是不相信小爺叔的話。」七姑奶奶搶著說，「老古也常來常往，他沒有說過啥！」

「我知道。」胡雪巖平靜地答說，「一則，這時候大家要客客氣氣，二則，男女雙方，沒有做夫妻跟做了夫妻以後的想法會變的！老古看重你的是心好，脾氣豪爽。你不要把你的長處，變成短處；要把你的短處改過，變成長處。」

這兩句話說得七姑奶奶佩服了：「小爺叔這兩句話有學問，我要聽！」

「那就對了，你肯聽我的話，我自然要插手管你的事。不然做媒人做得挨罵，何必去做？」

胡雪巖接著又問：「七姐，我先問你，你肯不肯改姓？」

「改姓？」七姑奶奶睜大了一雙眼問：「改啥姓？為啥？」

「這個姓，當然不辱沒你。喔，」胡雪巖突然想起一件事，急急問道：「還有句要緊話要問你？古家那位老族長見過你沒有？」

「沒有。他們古家甚麼人我也沒有見過。」

「那好！一定成功。準定用我這條瞞天過海之計。」

胡雪巖這一計，是讓王有齡認七姑奶奶作妹妹，不說是義兄妹，所以要改姓王；古應春求親要向王家去求，女家應允親事，也由王有齡出面付庚帖。這一來，古家的老族長看在知府大老爺的面子上，就算真的曉得了實情，也不好意思不答應，何況既未謀面，要瞞住他也很容易。

七姑奶奶笑得合不攏口，「小爺叔！」她說，「你真正是諸葛亮，就算古家的老頭子是曹操，也是吃癟在你手裡。不過，」她忽然雙眉微蹙，笑容漸斂，「王大爺啥身分，我啥身分？怎麼高攀得上？」

「這你不用管，包在我身上。」

「還有，」七姑奶奶又說，「五哥的意思不知道怎麼樣？」

「為你好，五哥無有不答應的，這也包在我身上。」

七姑奶奶凝視想了一會，通前徹後思量數遍，沒有啥行不通的；只有一點顧慮：自己像不像知府家的姑奶奶？

這樣一想，便又下了決心，「我一定要改一改！」她說，「要像個官家小姐！」

「對！這才是真的。」

就在這時候，只聽轆轆馬車聲，自遠而近；七姑奶奶是聽慣了這聲音的，說一聲：「老古回來了！」隨即掀開窗簾凝望。

胡雪巖也站起來看，只見暮靄中現出兩條人影，隱約分辨得出，一個是古應春，一個是尤五。等上樓來一看，果然不錯；古應春把一大包燻鵪鶉之類的野味交給七姑奶奶時，不由得凝神望了她一眼。

「怎麼樣？」他看她眉目舒展，多少天來隱隱存在的悒鬱，一掃而空，所以問道：「老胡出了甚麼好主意？」

這一問，連尤五也是精神一振；雙眼左右環視，從胡雪巖看到她妹妹臉上，顯出渴望了解的神情。

這使得七姑奶奶很感動。她一直以為尤五對自己的麻煩，不聞不問，也不常來看她，是故意冷淡的表示，內心相當不滿；現在才知道他是如何關切！因此，反倒矜持慎重了，「請小爺叔告訴你們好了。」她說，「這件事要問五哥。」說完，翩然下樓，到廚房去了。

於是，胡雪巖把他的辦法，為他們說了一遍。古應春十分興奮；而尤五則比較沉著，所表示的意見，也就是七姑奶奶所顧慮過的。

「王大老爺跟你的交情，我是曉得的，一說一定成功；不過我們自己要照照鏡子，就算高攀上了，王大老爺不嫌棄，旁人會說閒話。」

「五哥，你說這話，我就不佩服了。」胡雪巖很率直地說，「你難道是那種怕旁人道長論短說閒話的人？」

尤五面有愧色，「自己人，我說實話，」他說，「這兩年我真的有點怕事。俗語道得好：『初出三年，天下去得；再走三年，寸步難行。』我現在就常想到這兩句話。」

胡、古兩人都不作聲，因為不知道尤五這話中是不是有何所指？覺得以保持沉默為宜。

「這不談了。就照小爺叔的辦法；我這裡在禮節上應該如何預備，請小爺叔吩咐。」

「這是小事。眼前我們先要替老古籌劃；事情要這樣做法，就算原來所談的親事，已經不成功，另起爐灶娶王家的小姐。這樣子才裝得像。」

「對！」尤五又鄭重其事地說：「有句話！我要請小爺叔告訴阿七，這裡不能再住了，先回松江去。」

提到這一層，胡雪巖突然想起一句話，對古應春笑道：「對不起！我要跟尤五哥講個蠻有趣的笑話。」

既是有趣的笑話，何不說來大家聽聽，偏要背著人去講？可見這笑話與自己有關。不但古應春大感困擾；連尤五也覺得奇怪，等胡雪巖說了七姑奶奶所表明的心跡，他卻真的笑了，笑聲甚大；因為一小半是好笑，一大半是欣悅，自己妹子不管怎麼樣飛揚浮躁，到底還是玉潔冰清的！

「笑啥？」古應春真的忍不住了，走過來問道：「說來讓我也笑笑。」

尤五和胡雪巖都不答他的話，不約而同的對看了一眼，相互徵詢意見。

「這話應該說明白它！」尤五很認真的說。

要說當然該由胡雪巖來說，他把古應春拉到一邊，揭破了七姑奶奶的祕密。

「怪不得！」古應春失聲而呼，心中有無比的寬慰；因為解消了他多少天來，只能存之於心願，無法跟人去研究的一個疑團——當天五更夢醒，只見七姑奶奶穿一件小夾襖在燈下獨坐，眼下隱隱淚痕；然後就說，甚麼都給他了，要他對著燈起誓，永不變心。他也真的覺得愧對佳人，所以唯命是從。但有時靜中回想，怎麼樣也記不起那股「軟玉溫香抱滿懷」的旖旎風光；更不用說真個消魂，是何滋味？人生最難得的良宵，竟這樣糊里糊塗，不知不覺地度過，真比「豬八戒吃人參果」還可惜。此刻才知道「豬八戒」是受了騙了。

然而受騙比不曾受騙好！古應春非七姑奶奶不娶，主要的是為了盡責任，此刻卻又恢復到初見時的心境，「整頓全神注定卿」，是傾心愛慕，因而又向胡雪巖深深一揖：「務期玉成，越快越好！」

「好事多磨，你把心耐下來。」胡雪巖揉一揉肚子說：「我實在餓了。」

這一說，尤五和古應春都有同感，不知道女主人在做甚麼費手腳的菜，一直不能開飯？正想下樓探望；只見七姑奶奶帶著小大姐，端了朱漆托盤上來，一進門就笑道：「今天吃廣東魚生。我是第一次做，不曉得靈光不靈光？如果不好吃，你們罵老古，是他傳授得不得法。」

「你是第一次做，我是第一次見。怎麼個吃法？」

胡雪巖一面說，一面走過去看，中間是個空的盛魚翅的大冰盤，另外又有十幾個大大小小的盤子，盛著魚生、榨得乾乾的蘿蔔絲、油炸過的粉絲與饊子、鹽、糖、麻油、胡椒之類的作料，另有一碟切得其細如髮的綠色絲子，他可看不出是甚麼東西了。

「是橘樹葉子，當香料用的。」七姑奶奶說，「要切得細，費了我好大的功夫。」

這樣一個豪放不拘細節的「女張飛」，能靜下心來花樣的細功夫，胡雪巖頗為驚異，同時也相當感動，不由得就說了聲：「真難為你！」

「先不要恭維我，嚐了味道再說。」

於是四個人一起動手，將所有的作料都傾入大冰盤，攪拌勻了，胡雪巖挾一筷送入口中，果然別有風味。

「拿酒來！」好久不曾開口的尤五說，「今天要好好敬小爺叔幾杯酒。」

這一頓酒，喝得極其舒暢；胡雪巖成了「眾矢之的」，三個人紛紛酬勸，喝到八分，吃了兩碗魚生及第粥，通體皆暖，乘興說道：「五哥，我們去走走！」

「你想到那裡去？」尤五問。

「走著再說。」

他們倆站了起來，古應春亦接踵而起，喊了聲：「七姐！」然後歉意地說：「老胡第一天到，我該陪陪他。」

七姑奶奶聽了胡雪巖的勸，性情變過了；這一變也不過方寸一念之間。她以前的想法是：男人有甚麼了不起！吃講茶、講斤頭，沒啥希奇；上刀山、下油鍋，照樣也不會皺一皺眉。

而現在時刻提醒自己的是：我是個女人，好人家的女兒，還要高攀王府上去做官家小姐；總要擺出女人的樣子來，不要讓人家背後罵一句「強盜婆」！

有了這樣的想法，便覺得古應春的這句話，會讓她五哥和胡雪巖誤會她離不開未婚丈夫，所以不但害羞，而且生嗔。

「小爺叔來了，你理當陪他，何必跟我來說？像是我管頭管腳，拿你管得多麼凶似地。真正氣數！」說完，還白了他一眼。

七姑奶奶的美，就在宜喜宜嗔，白眼也像青眼；而且講話也合道理，所以古應春被罵了還是心悅誠服。

倒是胡雪巖反而攔住古應春，他是給他們方便，料知在這事有轉機，難題將可解消的時候，他們倆必有一番款款深談；但如果這樣說，即使古應春肯留下，七姑奶奶也不會答應，所以他只往自己這方面找理由。

「老古，不必！我跟五哥有幾句話要說；你不必陪我。」

「那麼，」古應春躊躇著問道，「你們在那裡？我回頭來尋你們。」

「這樣，」尤五向胡雪巖說，「我們到老二那裡去坐一坐。」

約定了地方，尤五陪著胡雪巖安步當車，到了怡情院。怡情老二出堂差去了，新用的一個娘姨阿巧姐十分能幹，一面應酬著把客人引入大房間；一面派「相幫」去催怡情老二回來。

「怎麼玩法？」尤五問道，「是邀人來吃酒，還是打牌？」

「打牌不必了。」胡雪巖看那阿巧姐白淨俏刮，一口吳儂軟語，比怡情老二說得還道地，大有好感，所以自告奮勇，「我來做個『花頭』。擺個『雙檯』吧！」

「胡老爺有多少客人？」阿巧姐說：「客人少了，擺雙檯不像呢。」

「擺雙檯」不一定擺兩桌，她這樣說是表示當客人「自己人」，替他節省；胡雪巖對花叢的規矩還不大在行，不知如何回答？尤五卻懂她的意思；同時料知胡雪巖一時不會有甚麼客人要請！便老實說道：「阿巧姐的話不錯！要做花頭，有的是辰光。等老二來了再說。」

阿巧姐也附和著，胡雪巖只好作罷。兩個人在套房裡，隔著一隻煙盤，躺在紅木匟床上閒談著，等候怡情老二。

「這個阿巧娘姨倒還不錯。」胡雪巖說，「今年快三十歲了吧？」

「怎麼樣？」尤五笑道：「我替你做個媒，好不好？」

胡雪巖笑而不答，自是默許之意，正想開口說甚麼，只見門簾掀處，怡情老二翩然出現；見了胡雪巖少不得有一番殷勤的問訊。接著，古應春也到了，他要搶著作東——北里冶遊，有套不成文的法則，作主人必在相好的地方，吃了這家到那家，名為「翻檯」；古應春為了生意上交際的需要，有個相熟的戶頭，名叫「虹影樓老七」，就在前一條弄堂「鋪房間」，約胡雪巖先到那裡吃一檯酒，再翻回來在怡情院吃消夜。

「沒有這個規矩。」怡情老二反對，「自然是先在這裡擺酒，再翻到虹影樓去。」

胡雪巖也認為應該這樣，但尤五另有打算，搖手說道：「照老古的辦法。回頭來吃消夜。小爺叔不回絲棧了，今天晚上在你們這裡『借乾鋪』。」

既然如此，當然是先到別處吃花酒，最後回到怡情院，吃完消夜，就可安歇，不必再挪動了。所以怡情老二點頭同意；而且打算著陪尤五住到「小房子」去，將自己在怡情院的房間，讓給胡雪巖住。

於是一起到了虹影樓，進門落座，古應春就叫取紙筆寫請客票；胡雪巖征塵甫卸，憚於應酬之繁，便阻止他說：「算了，算了！就我們三個人玩玩吧！」

這一來改了寫局票，第一張是怡情老二；寫完了，古應春拈筆問胡雪巖，「小爺叔，」他改了稱呼，「叫那個？是不是以前的那個眉香老四？」

「市面勿靈！」虹影樓老七接口，「眉香老四上一節就不做了。」

「這樣吧，」尤五代為做主，向古應春說道：「你們做個『聯襟』吧，叫老九來陪小爺叔。」

「老九？」古應春說，「老九是『清倌人』！」

不曾「梳攏」的雛妓叫「清倌人」，古應春的意思是提醒尤五，胡雪巖如果叫「虹影樓老九」的局，只能眼皮供養；而胡雪巖卻了解尤五的用心，趕緊說道：「就是清倌人好。」

這一說，主隨客意，古應春便把局票發了出去；一個在樓上，一個隔一條弄堂，不費功夫，所以等席面擺好，怡情老二和虹影樓老九都到了，各人跟著一名提了胡琴的「烏師」，準備清唱下酒。

席面甚寬，「小姐」不必按規矩坐在客人身後，夾雜並坐，胡雪巖拉著虹影樓老九細看，見她劉海覆額，稚氣未脫，便問：「你今年幾歲？」

「十五。」

胡雪巖看一看虹影樓老七，再回臉看她；一個鵝蛋臉，一個圓臉，面貌神情，完全兩路，因又問道：「你們是不是親姐妹？」

問到這點，虹影樓老九笑而不答；古應春接口說道：「那裡來這麼多親姐妹？不過，老九的事，老七做得了主。」

胡雪巖懂他的意思，倘或有意梳攏，不妨跟虹影樓老七去談；他無意於此，就不接口了。

「老九！」古應春說，「你唱一段甚麼？」

「胡老爺喜歡聽啥，我就唱啥。」

「唷！」胡雪巖笑道，「看樣子老九肚裡的貨色還不少。」

「不錯！」古應春說，「女大十八變，論色，現在還看不出；論藝，將來一定行。」

「謝謝你。姐夫！」虹影樓老九嫣然一笑，現出兩個酒渦，顯得很甜。

「論色，將來一定也是好的。一株名花，值得下功夫培養。」

「全靠胡老爺捧場。」虹影樓老七，接著胡雪巖的話說；然後又輕聲去問古應春，他住在那裡？

「你問這話做啥？」古應春笑道，「是不是怕胡老爺沒地方睡；好睡到老九床上去？」

「狗嘴裡長不出象牙！」虹影樓老七，捏起粉拳在他背上捶了一下，「我跟你說！」

說得很輕，咕咕嚕嚕聽不清甚麼，尤五有些不耐煩，大聲說道：「有話不會到枕頭上去說！吃酒！吃酒。」

虹影樓老七見客人發話，急忙陪笑道歉，親自執壺敬酒，又叫她妹妹唱了一段小調，這才把席面搞得熱鬧了起來。

一曲既罷，來了張局票，交到虹影樓老九手裡，她說一聲：「對不起！回頭請過來坐。」起身而去；這一下席面頓時又顯得冷清清了。

尤五大為不滿，「凳子都沒有坐熱，就要轉局。」他說，「這種花酒吃得真沒有味道！」

這一說，虹影樓老七自然不安，說好話，陪不是。尤五愛理不理，胡雪巖懶得答話，一時場面上弄得很尷尬，虹影樓老七面子上有些下不來，便嗔怪古應春不開口幫她，是存心要她的好看。

「我不怪你，你還怪我！」古應春也有些光火。

「好了，好了！」怡情老二開口相勸，「都看我的薄面，七阿姐絕不敢故意待慢貴客的。」一面說，一面將尤五拉了一把。

這個不曾開口，胡雪巖倒覺得老大過意不去，「都怪我！」他舉杯向古、尤二人說道，「罰我一杯。」

這罰的是甚麼名堂？古應春正想發問，胡雪巖拋過一個眼色來，暗示息事寧人；倒使得他越覺歉然，想了想對怡情老二說道：「到你那裡去吧！」

「這，怎麼好意思！」怡情老二為了「小姐妹」的義氣，面有難色。

「這裡很好！」胡雪巖故意問道：「老七，請你拿塊熱手巾給我。」

等她一走，胡雪巖便勸告古應春和尤五，逢場作戲，不必認真。那兩人沒有表示，怡情老二卻大為感動，說他脾氣好，能體諒人，不知道那個有福氣的，做著這一號好客人。

這一說提醒了尤五，把她拉到一邊，附耳低語；怡情老二一雙俏眼，只瞟著胡雪巖，一面聽，一面點頭，最後說了句：「包在我身上。」

「聽見沒有？」尤五笑道，「包在老二身上。」

胡雪巖會意，報以感謝的一笑，古應春卻不明白，但察言觀色，料知是一樁有趣的事；而這樁趣事，絕不會發生在虹影樓，便站起身來說：「走吧！」

這一走，讓虹影樓老七的面子過不去；怡情老二和胡雪巖便都相勸，總算又坐了下來，但意興已頗闌珊。

勉強坐到鐘敲十下，才算終席。等回到怡情老二的小房子裡，不曾再擺酒，煮茗清談，反倒有良朋聚首之樂。胡雪巖便講他在湖州的遭遇，與劉不才的妙聞。尤五聽了，只覺得有趣；古應春卻是別有會心。

「這位劉老兄倒是難得的人才。」他說：「能不能教他到上海來？」

「當然可以。」胡雪巖問：「莫非你有用他之處？」

「對！這個人是『篾片』的好材料。」古應春說，「十里夷場，光怪陸離，就要這樣的人，才有辦法。我想請他專門來替我們陪客；貴家公子，紈袴子弟，還有些官場紅員，都喜歡到夷場上來見識、見識，有個人能陪著他們玩，說甚麼話都容易了。」

這個看法與胡雪巖相近，因而欣然同意，決定第二天就寫信把劉不才找來。

接下來又是大談生意，古應春的主意很多，從開戲館到買地皮，無不講得頭頭是道。但所有的生意，都寄託在上海一定會繁榮這個基礎上，而要上海繁榮，首先要設法使上海安定。

夷場雖不受戰火的影響，但有小刀會盤踞縣城，總是肘腋之患。同時江蘇官方跟洋人在暗中較勁，阻隔商販，夷場的市面，也要大受影響。這樣聯想下來，胡雪巖便有了一個新的看法。

「老古，」他說，「我看我那票絲，還是趁早脫手的好。」

「怎麼？」古應春很注意地問：「你是怎麼想了想？」

「我在想，禁止絲茶運到上海，這件事不會太長久的。搞下去兩敗俱傷，洋人固然受窘，上海的市面也要蕭條；我們的做法，應該在從中轉圜，把彼此不睦的原因拿掉，教官場相信洋人，洋人相信官場，這樣子才能把上海弄熱鬧起來。那時開戲館也好，買地皮也好，無往不利。你們說，我這話對不對？」

古尤二人，都深深點頭，「小爺叔，」古應春不勝傾服地說，「你看得深了！做大生意就要這樣。幫官場的忙，就等於幫自己的忙。現在督、撫兩衙門，都恨英國人接濟劉麗川。這件事有點弄僵了，彷彿鬥氣的樣子。其實兩方面都在懊悔；拿中國官場來說，如果真的斷了洋商的生路，起碼關稅就要少收。所以禁制之舉，也實在叫萬不得已。如果從中有人出來調停，就此言歸於好，不是辦不到的事。不過說來說去是一介商人；洋人那裡是很看得起商人的，一定說得上話；就是我們自己官場裡，這條線不知怎麼樣搭法？」

「有條路子，我看可以試試。」尤五慢吞吞的說道：「何學台那裡！」

「對，對！」古應春說，「這條路子好！何學台雖然管的是考秀才，也常常上奏摺講江蘇軍務的；我看能見他一面，一定有些好處。」

「要見他也容易，不過請王大老爺寫信引見，費些周折。」胡雪巖想了想說，「我看這樣，索性你自己去一趟，當面投王大老爺的那封信，不就見著了嗎？」

這件事如果能做成功，古應春的聲名，立刻便可大起；所以他頗有躍躍欲試之意，欣然接納了胡雪巖的建議。只是貿貿然跑了去，空談無益；總得先在英國領事那裡作個接觸，探明意向，估量有沒有談得攏的可能，才好下手。這一來，就不是三兩天的事了。

「這封信也是要緊的。」古應春決定多吃一趟辛苦，「我先去走一趟，認識了何學台，見機行事；一方面仍舊請小爺叔寫信給王大老爺，請他出一封薦函來，備而不用。」

「都隨你。那封薦函上怎麼說法，你索性起個稿子，我寄到湖州，請他抄一遍，蓋印寄來，豈不省事？」

興致勃勃的古應春，當時便要動筆；尤五看時過午夜，不願誤了胡雪巖的良宵，因而勸阻，說等明天再辦也不遲。接著，便跟怡情老二一起伴著胡雪巖去「借乾鋪」。

「今天實在怠慢。」古應春歉意地說，「虹影樓那頓酒掃興之至。老七還要託我請你捧場，真正不識相。」

「那也無所謂。」胡雪巖說，「反正花幾個錢的事。我也要有個地方好約朋友去坐，就做了那個清倌人吧！」

「算了，小爺叔！」尤五說道，「我勸你像我這樣子也蠻好。」

這句話古應春不甚明白，胡雪巖卻懂；如果對阿巧姐中意，不妨也借一處小房子。湖州立了個門戶已經在打饑荒了，何苦再惹一處麻煩？不過當著怡情老二，不便明言拒絕，只好敷衍著說：「再看吧！」

到了怡情院，已經燈火闌珊，只有樓上前廂房還有一檯酒在鬧。到了怡情老二的大房間略坐一坐，古應春首先告辭；接著是尤五道聲「明朝會」，怡情老二詭祕地一笑，相偕離去。

阿巧姐卻始終不曾露面，一個小大姐名叫阿翠的，替胡雪巖鋪衾安枕，接著端了熱水來，服侍他洗腳。雜事已畢，掩上房門，管自己走了。

胡雪巖有些心神不安，不知怡情老二是怎麼一個安排？只凝神靜聽房門外面，腳步聲倒有，都是由遠而近再由近而遠，不曾見有人推門進來；而自鳴鐘已經打了數下，自笑是「癡漢等老婆」，懶洋洋地上了床。

這一天相當累，心裡有事，眼皮卻酸澀得很，矇矇矓矓地睡了去；也不知過了多少時候，突然發覺被中伸進一隻冰冷的手來，「啊！」地一聲，不等他開口，又有一隻冰冷的手，掩在他嘴上。

胡雪巖會意，身子往裡面一縮，騰出地位來容納阿巧姐；她鑽進被窩，牙齒凍得「格格」發抖，同時一把抱住了他，前胸緊貼著他的後背，意在取暖。

「怎麼凍得這樣子？」胡雪巖轉過臉悄悄問說。

「前廂房斷命客人，到三點鐘才走。」阿巧姐說，「今天輪著我值夜，風又大，凍得我來！」說著吸了口氣，把他抱得更緊了。

胡雪巖好生憐惜，翻個身伸手把被掖一掖，阿巧索性把頭鑽在他胸前；他的一雙手自然也就不老實了。

一面摸索著，他一面問：「阿巧，你今天幾歲？」

「猜猜看呢？」

「二十三。」胡雪巖說，「至多二十四。」

「二十四是要來生了。」

「那麼多少呢？」

「我屬羊的。」

「屬羊？」胡雪巖在衾底拿起阿巧姐的纖纖五指，扳數著說，「今年咸豐四年甲寅，道光二十七年丁未，十五年乙未，正好二十歲。」

「越算越好了！」阿巧姐當然知道他是有意這樣算法，但心裡總是高興的。

「阿巧，」胡雪巖做了反面文章，又做正面，「你真正看不出三十二歲。」

「大家都說胡老爺一雙眼睛厲害，會看不出？」

「真的看不出！」胡雪巖問道，「像你這樣的人才，為啥不自己鋪房間，要幫人家？」

「吃這碗飯，三十二歲就是老太婆了！人老珠黃不值錢，啥人要？」

「我要。」胡雪巖不假思索的回答。

阿巧姐見多識廣，當然不會拿他的話當真，接口答道：「既然有人要，我還要鋪啥房間？」

「這話倒也不錯。」胡雪巖又問：「你家裡有些甚麼人？」

問到這話，近乎多餘；而偏偏客人常喜歡問這句話，阿巧姐都膩煩回答了，「問它作啥！」她說，「總不見得是千金小姐出身。」

言語簡峭，胡雪巖又多一層好感，不由得想起了尤五的話，認真地開始考慮。

此時此地，忽然既不動口，又不動手，那是大為反常的事，阿巧姐不由得有些奇怪，伸一隻手去摸在他的胸前，左一按，右一按；這使得胡雪巖也奇怪了。

「做甚麼？」

「看看可能摸得出你的心事？」

「心事怎麼摸得出？只能猜。你倒猜猜我的心事看。」

「我不用猜，我摸得出。」阿巧姐說，「你不喜歡我。」

「奇了！哪有這話？你倒講個道理給我聽聽。」

「你喜歡我就會心跳。現在心一點不跳，是『當伊煞介事』。」

「妙！」胡雪巖笑道，「還有這麼一套說法？不曉得你這樣子摸過幾個男人？」

這句話說得失於檢點，阿巧姐惱怒傷心，兼而有之，慢慢抽開手，背臉向外。

胡雪巖這才發覺，說了句極無趣的話，深為失悔；扳她身子不動，仰頭去看，梳妝台上一隻洋燈的殘燄映照，阿巧姐兩粒淚珠，晶瑩可見。

「生氣了是不是？」胡雪巖尷尬地說，「說說笑話，何苦當真！」說著，拿手指替她拭去眼淚，順勢就親著她的臉。

阿巧姐不作聲，但也沒有再作何不快的表示；她只是盡力為自己譬解，敷衍怡情老二和尤五的面子，好歹應付了這一夜。

胡雪巖卻是由於這個言語上的波折，失去了興致，同時也累得懶於說話，一闔上眼，便覺雙目酸澀，真的借了一夜「乾鋪」。

到第二天一覺醒來，時已近午；側身一望，阿巧姐自然不在，枕邊卻遺下一根長長的頭髮，拈到手裡，想起宵來的光景，倒有無端的悵惘；同時也覺得有些歉疚，心想阿巧姐一定很不高興，並且也辜負了尤五和怡情老二玉成的美意。

這樣轉著念頭，便打算要跟阿巧姐先談一談；披衣起床，咳嗽一聲，房門隨即「呀」地推開，進來的正是阿巧姐，梳一個極光極亮的頭，臉卻是不施脂粉的清水臉，新象牙似的皮膚，淡紅的嘴唇，頰上有幾點茶葉末似的雀斑，徐娘丰韻，別有動人之處。

「起來了！」她說，眼睛一瞟，撮兩個手指放在嘴唇，示意禁聲。

看她這個姿態，胡雪巖自然甚麼話都不敢說；而實在有些困惑，不知道要顧忌的是那些話？

「夜裡的事，不要漏出來！」

原來如此！胡雪巖不知是不是因為她來相伴，不合於「長三」的規矩，所以有所忌諱。只覺得這樣子倒有偷情的趣味，越發覺得昨夜的機會可惜。

要再找這樣一個機會也不難。等小大姐打了臉水進來，阿巧姐理好了床，來替他打辮子時，胡雪巖便說：「今天晚上我仍舊要借乾鋪。」

「隨便你。」阿巧姐淡淡地應聲。

「還跟昨天一樣。」

「啥個一樣？」

他不知她是真不明白，還是有意裝傻？想了想笑道：「來摸摸我的心跳不跳？」

阿巧姐不響，把眼垂了下去，似乎專心一致在他那條辮子上。

「還在生我的氣？」

「哪有這話？我們甚麼人，敢生貴客的氣？」阿巧姐正色說道：「胡老爺，你千萬不能說這話，傳到二小姐耳朵裡，一定會說我。」

「不會，不會！」胡雪巖靈機一動，「你能不能請一天假？」

「為啥？」

「我帶你一個地方去玩。」停了一會，見她不作聲，便知不是不能請假的，因而又加了一句：「我來跟老二說，放你一天假。」

「不！」阿巧姐說，「我自己跟二小姐講。不過，胡老爺，你要帶我到啥地方去玩？」

「玩就是玩。看戲，吃大菜；再到外國洋行看看，有甚麼新樣子的首飾？」

這一說，阿巧姐不由得露了笑容；昨夜那一言之失所引起的不愉快，至此才算消除。

「胡老爺！」小大姐走了來說：「尤五少說，請胡老爺到小房子去吃中飯。」

「好。我就去。」胡雪巖暗示阿巧姐說，「我吃完飯就要走了。」

等胡雪巖一到，只見古應春也在那裡，跟尤五和怡情老二的臉上一樣，都掛著愉悅的笑容，彷彿正在談一件很有趣的事；看到胡雪巖出現，笑容更濃了，顯然的，所談的這件趣事，與他有關。

「昨晚我竟蒙在鼓裡。」古應春迎著他說，「這也算『小登科』，恭喜，恭喜！」

「怎麼樣？」尤五問了這一句，又說：「老二說，她在床上——。」

「瞎三話四！」怡情老二趕緊攔住；同時又給了尤五一個白眼，「胡老爺自己不知道，要你來說？」

「是啊！阿巧姐好在哪裡，小爺叔身歷其境，最清楚不過，何用旁人告訴他？」

古應春這一說，胡雪巖才完全懂得；急於求得補償的心也更熱了，然而口中卻不知道該怎麼說才好？唯有笑而不答。

「先吃飯，還是先談事？」古應春一面問，一面從懷裡掏出兩張紙來。

「先談事吧！」胡雪巖望著一窗的好太陽，興致勃勃地問：「老古，你的馬車坐了來沒有？」

「在弄堂口。你要到那裡去？」

「難得有空，又是好天氣，我想好好去逛半天。」

那三個人互相望了望，仍舊是古應春開口動問：「你預備怎麼逛法？我來替你安排。」

「回頭再說。」胡雪巖指著他手中的紙問：「這是甚麼？」

「兩通信稿子。你看吧！」

一通是致王有齡的，請他出信給何桂清，介紹古應春去謁見；一通是致劉不才的，要他到上海來。胡雪巖看完，仍舊交了回去，請古應春謄正發出。

要談的事，就是這些。開出飯來，正在喝酒；阿巧姐到了，大大方方的一招手，最後向怡情老二拋了個眼色，兩人走到後房去談心。

「真不錯！」古應春望著阿巧姐的苗條背影說，「是揚州『瘦馬』的樣子。」

「甚麼『瘦馬』？活馬！」尤五笑道：「小爺叔，你怎麼謝媒？」

「謝你，還是謝老二？」

「我當差應該。自然是謝老二。」

「那容易。回頭我要到洋行裡去，挑點首飾，老二一起去好了，她喜歡甚麼，我就買甚麼送她。」

「說說笑話的，何用你如此破費？不過，」尤五向後房望了一眼，放低了聲音說：「你買首飾給那個？阿巧是厲害腳色，你不要做『洋盤』！」

「如果她是厲害腳色，就不會當我洋盤。」

「對！」古應春擊節稱賞，「小爺叔這句話，真是一針見血，深極了。」

「也好！」尤五笑著對著胡雪巖說，「你也難得做一回洋盤，就帶著她去好了。老二就不必了。」

「一起去，一起去！」胡雪巖說，「打攪老二的地方很多，我本來想送她點東西，表示表示我的意思。」

「回頭再說吧！」尤五不置可否。

於是喝著酒談些夷場趣事。不久，看見怡情老二和阿巧姐一前一後走了出來，一個是春風滿面，一個是故作矜持，反正神色之間，都顯得不平常。

「都坐下來吃吧！」

怡情老二坐下來當女主人，阿巧則無論如何不肯，說「沒有這個規矩」，侍立在旁，遞菜熱酒。三個男的主客，視線都斷斷續續地跟著她轉，倒把她看得不好意思了。

「二小姐！」她說，「沒有事情我就轉去了。」

「不要走，不要走！」尤五首先就喊。

「讓她走吧！」怡情老二向尤五拋過去一個眼色。

等阿巧姐走了，才便於說話；她說，阿巧姐把昨夜的事都告訴她了，阿巧姐不知道胡雪巖是打的甚麼主意？如果真的喜歡她，她願意陪著一起玩；倘或以為是尤五和怡情老二的面子，不能不對她敷衍敷衍，那就大可不必了。

「人在這裡，」尤五指著胡雪巖對怡情老二說，「你自己問他。」

「胡老爺，」怡情老二笑嘻嘻地問道：「昨天夜裡是怎麼想了想，不願意理她了？」

「我沒有甚麼不願意，我是怕她不願，心想不必勉強。」

「怎麼？」尤五大為詫異，「昨夜你沒有理她？真的是『乾鋪』？」

胡雪巖點點頭說：「這也是常事！」

「教我就煞不住車。」尤五看一看怡情老二說，「我是怕她『三禮拜、六點鐘』；不然我早就動腦筋了。」

「你不要扯到我身上！」怡情老二譏嘲地說：「你動得上腦筋，儘管去動。阿巧姐眼界高得很，不見得看得上你；現在有胡老爺一比，你更加『鼻頭上掛鹽魚——嗅鮝』！」

她這樣一說，古應春和尤五都笑了；胡雪巖卻有點不明白，「甚麼叫『三禮拜、六點鐘』？」他問。

「這是夷場上興出來的一句順口話。」古應春為他解釋：「三禮拜『廿一日』，六點鐘『酉』正，合起來是個甚麼字？你自己去想。」

「原來是說老二會吃醋！」胡雪巖說：「老二不是那種人；再說，尤五哥也不會讓老二吃醋，不然，我們在旁邊的人也不服。」

由這兩句話，怡情老二對胡雪巖更有好感，決心要促成他與阿巧姐的姻緣；便趁尤五和古應春談他們都相識的一個熟人，談得起勁時，招招手把胡雪巖找到一邊，探問他的意思。

「胡老爺，你是預備長局，還是短局？」

「長局如何，短局又如何？」

「短局呢？我另外用個人，你借一處小房子；或者就在樓下——那家房客，就要搬了，大家住在一起熱鬧些。長局呢？事情比較麻煩，阿巧姐是有男人的，在木瀆種田，不過也不要緊，包在我身上，花個二、三百兩銀子，就可了結。阿巧姐身上沒有甚麼虧空；胡老爺，」怡情老二很熱心的說，「這件事，只要胡太太那裡沒有麻煩，你大可做得。」

胡雪巖一時無從回答，事情倒是好事，但窒礙甚多，必須好好打算；但直說了怕掃了怡情老二的興，所以考慮了好半天這樣答道：「長也好、短也好，總要成局。你的好意，我十分領情；那一天空了，我們好好談一談。眼前請你放在心裡好了。」

「我曉得。」怡情老二連連點頭，「這件事本來也是急不得的。不過，胡老爺，我還有句話，你不要多花冤枉錢。」

這話與尤五的忠告，如出一轍，可見得大家都拿他當自己人看待；這一點是胡雪巖最感到安慰的。

因此，他的興致越發好了，「今天的天氣實在不壞。」他慫恿著怡情老二說，「一起出去兜兜風；痛痛快快玩它半天。」

「到哪裡去呢？總要想好一個地方。」

這時他們說話的聲音響了，古應春已經聽到，便插嘴提議：「到龍華去看桃花如何？」

「龍華？」胡雪巖對上海還不熟，便即問道：「那裡地方安靜不安靜？」

「怎麼不安靜？離著縣城還有十八里路呢！再說，有五哥在，怕甚麼。」

「好吧！」尤五接口，「你們有興，我就保駕。」

這一說，大家的興致都提了起來，古應春親自到弄堂口去雇好馬車；怡情老二則派人去找阿巧姐來，就在她那裡梳妝換衣服，都是素雅的淡妝，但天然丰韻，已是出人頭地，胡雪巖頗為得意。

馬車一共是兩部，古應春自己的那部亨斯美，載了胡雪巖和阿巧姐，出了弄堂，向南疾馳，經斜橋、高昌廟，一條官道，相當寬廣。這個天氣，都願郊遊，一路轎馬紛紛，極其熱鬧；但像這兩部馬車，敞著篷，儷影雙雙，招搖而過的，卻不多見；因此輪聲鞭影中，不斷有人指指點點，阿巧姐視而不見，只是穩穩地坐著，不輕言笑，怎麼也看不出風塵氣息。

等望見了龍華寺的塔影，同時也望見了一道長橋。這道橋也是上海的一勝，稱為百步橋，長二十四丈，闊二丈有餘，馬蹄答答，輪聲轆轆，過了百步橋不遠，便是龍華寺。

這座古剎，以一座七級浮屠著名，是上海唯一的古塔。馬車就在塔前停下；怡情老二和阿巧姐先忙著請香燭燒香；胡雪巖想起在湖州與芙蓉初見，也是在佛像之前，當時還求了一張籤，「江上採芙蓉」成為姻緣前定的佳籤，此時也不妨如法炮製一番。

不過，自己不必再求，「阿巧姐，」他說：「你無妨求張籤看。」

「問啥呢？」阿巧姐想了想說，「好，我來求它一張。」

於是燒了香求籤，籤條拿到她手裡，不肯給胡雪巖看；她不識多少字，只知道這張籤，是「下下」，當然不是好籤，怕掃了胡雪巖的興，所以不願公開。

怡情老二也求了一張，倒是「上上」，說得妻財子祿，無一不好；如果是婦人求得這張籤，主得貴子，古應春便向尤五道賀，而實際上是拿怡情老二開玩笑。

就這樣說笑著，閒步桃林，隨意瀏覽，五個人分做兩起；古應春不知是有意，還是無意，引著尤五和怡情老二，越走越遠，留下胡雪巖和阿巧姐在後面，正好談話。

「累了吧！」胡雪巖看她雙足纖纖，不免憐惜；便指著一處茶座說：「喝碗茶再走！」

白布棚子下的茶座，幾乎都是官客；有一兩桌有女眷，也是坐在僻隱之處，而且背朝著外，不肯以面目示人。阿巧姐卻無此顧忌，揀了張乾淨桌子坐下來，正在通道旁邊，人來人往，無不注以一瞥；也有已走過去了，又藉故回頭，好再看一眼的。而阿巧姐是視如不見，等茶博士拿了茶來要斟時，她趕緊插手阻止：「謝謝你，我們自己來。」

茶博士住了手，阿巧姐才用茶涮了茶碗，抽出一條來路貨的雪白麻紗手絹，將杯口裡外擦淨，然後斟得八分滿，雙手捧到胡雪巖面前。到她自己喝時，也是這樣一絲不苟，極講究潔淨。

「我在想，人生在世，實在奇妙難測。我敢說，沒有一個人，今天能曉得明天的事。」

胡雪巖對景生情，發了這麼一段感慨，阿巧姐自然莫名其妙，一雙俏伶伶的眼睛看著他不斷眨動，示意他說下去。

「譬如昨天，我做夢也想不到今天會在龍華看桃花；更想不到會跟你在一起。」

「我算啥！」阿巧姐說，「名字生得不好，說破了不值錢，不會有啥『巧』事落到我頭上。」

這段話令人有突兀之感，胡雪巖細辨了辨，覺得意味深長，可能也是在試探，便先不追究，只問：「你是七月初七生的？」

「不然怎麼叫這個名字？」

「好！你的生日好記得很。今年我替你做生日。」

「啊唷唷！」阿巧姐有些受寵若驚，「真正不敢當，折煞我了。」

「日子過來快得很，桃花開過開荷花；七月初七轉眼就到。」胡雪巖問：「那時候我接你到杭州去逛西湖、看荷花，好不好。」

「怎麼不好！」阿巧姐雙眼凝望著茶碗；口中不斷在吹著茶水；茶已經不燙，可以上得口了，何須再吹？可見得她是在想心事。

當然，胡雪巖自己也知道，這話可以解釋為一種暗示，有把她娶回杭州的意思；阿巧姐所想的必也是這一點。自己是無心的一句話，如果她真有此誤會，未免言之過早；轉念到此，微生悔意，同時也更留心她的臉色和言語了。

「胡老爺這一趟有多少日子耽擱？」她問。

「說不定，少則半個月，多則二十天，一定得回杭州。」

「我曉得了。跟胡太太說好了來的，不能誤卯。」

胡雪巖笑而不答；他的笑容是經過做作的，特意要顯得令人莫測高深。

適。

阿巧姐很有程度，見此光景，便不再多說；只望著悠悠的塔影，慢慢地品茗，樣子十分閒適。

胡雪巖看她的態度，倒有些不明究竟；心裡七上八下的放不下。但轉念卻又自笑，自己沒有應付不了的人；也很少心浮氣躁過，此刻是怎麼回事？

這樣一想，硬生生的把雜念拋開，也是抱著「偷得浮生半日閒」的心情，品茗看花，只求自適。阿巧姐看他這樣，當然更不便多說甚麼。兩個人等於都在肚子裡做功夫。

看看日色偏西，桃林中瀲灩紅霞，如火如荼，真叫「夕陽無限好，只是近黃昏」，再流戀不走，天一黑，路上就不好了，於是仍舊照原來的樣子，坐著馬車，疾馳而回。

胡雪巖興猶未央，同時要「守信用」，說了帶阿巧姐去挑首飾；也要送怡情老二「做媒」的謝禮，一定要做到，所以特意關照古應春，先到黃浦灘禪臣洋行。

尤五記起胡雪巖的話，便特別注意阿巧姐，可是拿客人當「洋盤」？只見她初入店內，望著成排的玻璃櫃和閃閃生光的珠寶首飾，頗有目迷五色之概；但很快的恢復了常態，看看古應春說道：「古大少爺，請你問問洋人，有沒有男用的表鍊？」

「男人用的？」

「是呀！」阿巧姐笑著問，「怎麼了？」

「沒有甚麼。我只當我沒有聽清楚。」

於是古應春跟洋人一說，立刻便捧出一隻皮盒子來，打開來一看，裡面有十幾副錶鍊，金銀粗細，各式俱備；阿巧姐伸出手去，一條一條挑，最後挑了一根十八開金的，鍊子一端墜著一隻鑄得很玲瓏的小金羊。

「這東西不錯！」胡雪巖在一旁說，「再挑！」

「不挑了。」阿巧姐走開兩步，同時招招手把古應春邀了過去，悄悄說道：「這是我自己買的東西，千萬不好叫胡老爺惠鈔。請你替我付一付。」說著，手一伸，一張摺得小小的銀票，塞到了古應春手裡。

古應春明白了，這是阿巧姐買給她鄉下的丈夫的，自然不便讓胡雪巖出錢，便點點頭說：「我知道了。」

胡雪巖還在堅持著，要阿巧姐再挑兩件首飾；她只是袖手不動。又再三問怡情老二喜歡甚麼？她卻不過情，挑了一瓶法國香水。

「算帳吧！」胡雪巖取了一百兩的銀票，交給古應春。

接到手裡，古應春也不作聲；到帳台上跟洋女人結了帳，上車回到怡情老二的小房子，古應春才把他的銀票交了回去，「你還阿巧姐六塊洋錢。」他說，「錶鍊子阿巧姐自己買；不叫你惠鈔。」

「豈有此理——。」

「日子長了，何爭一時？」尤五這樣說；心裡也在替他們作撮合的打算了。

胡雪巖聽得這麼說，也就一笑置之。在那裡吃了飯，怡情老二拉著尤五到一邊說了幾句；尤五又轉達給胡雪巖：阿巧姐今天既然休息，就不想回怡情院，問胡雪巖的意思如何？

「那好辦！」他說，「跟我走好了。」

「要走就早走！不必在這裡泡了。」

「時候還早，」胡雪巖躊躇著說：「我們一起看戲去？」

這個提議沒有人接受，古應春說明天要動身到蘇州去見何桂清投信；尤五表示倦了，不想出門。其實都是託詞，目的是要讓胡雪巖跟阿巧姐早圓好夢。

這當然不宜在裕記絲棧雙宿雙飛。他由於尤五的推薦，住進一家新開的「仕宦行台」大興客棧，是個小小的跨院，一明兩暗三間房；阿巧姐認為太大了用不著，胡雪巖認為房間一定要多，會客才方便，有時客人來訪，只為說一句知心話，稠人廣眾，大家都憋在肚子裡不便說，結果高朋滿座，盡是空談，如果多一間空屋子作為退步，就方便得多了。

「照這個樣子說，胡老爺，你是預備長住？」

「是啊！」胡雪巖說，「絲棧裡諸多不便，我想在這裡長住，比較舒服。」

「你不是說，」阿巧姐指出他的前言不符後語，「半個月、二十天就要回杭州嗎？」

「不錯！」胡雪巖很從容地答道，「去了馬上要來的；房間留著也不要緊，不過多花幾個房錢，有限的。」

阿巧姐不作聲，心裡在盤算，既然如此，不妨備辦一些動用什物；於是喊進茶房來，有條不紊地吩咐他去買辦風爐鍋碗等等，吃的、用的一大堆。胡雪巖心想，照此看來，已不用多說，至少一個「短局」已經存在了。

阿巧姐也真是「做人家」的樣子，為他打開行李，將日用雜件，布置妥貼；然後鋪好了床，請胡雪巖安置。

等胡雪巖上床，她卻不睡，將一盞洋燈移到窗前方桌上，背著身子，不知在做些甚麼？胡雪巖等得不耐煩，便即催問：「你怎麼不來睡？我有好些話跟你說。」

「來了，來了！」

於是阿巧姐移燈到梳妝台前，洗臉卸妝，又檢點了門窗，才披了一件夾襖，掀開帳子，跟胡雪巖並頭睡下。

「你曉得我剛才在做啥？」

「我怎麼曉得？」

「你看！」她伸手從夾襖口袋中掏出一個金錶交到胡雪巖手裡——錶是他的，卻多了一條金鍊子，正就是她在禪臣洋行自己花錢買的那一條。

「我送你的。」

「你送我的？」胡雪巖大感意外，接著浮起滿懷的喜悅和感動；把錶鍊子上墜著的那隻小金羊，湊近眼前，仔細觀玩，才領悟她特為挑選這一條鍊子的深意；她是肖羊的，這隻玲瓏的小金羊，就是她的化身，懷中相伴，片刻不離，這番深情，有如食蜜，中邊皆甜。

「喏！」她又塞過來一個紙包，「大概是胡太太替你打的絲綠子；好好帶回去，不然胡太太問起來，沒法交帳。」

她猜得一點不錯，原來繫錶的一條黑絲縧，是胡太太親手所織；難為她想得這麼周到。

「這條絲縧子，齷齪是齷齪得來！」阿巧姐皺著眉說，「本來我想拿它洗洗清爽，深怕你太太會問，是哪個洗的？就露了馬腳了。男人絕不會想到，拿這條絲縧子洗洗乾淨！」

心細如髮，人情透切，胡雪巖對阿巧姐刮目相看了。一手把玩著「小金羊」，一手輕撫著活的「白羊」，胡雪巖才真的領略到了溫柔鄉中的滋味；「阿巧，」他忽然問道：「你把我當作甚麼人？」

這話的意思欠明確，阿巧姐只有這樣答道：「好人？」

「是相好的好，還是好壞的好？」

「好壞的好。」

「那種好人我不要做。」胡雪巖說，「我是說，你把我當作你的甚麼人？」

這話就更難回答了，如果說是客人，則私贈表記，變作籠絡客人的虛情假意，即有此意，阿巧姐也不肯承認；若說是心上人，又覺得肉麻礙口，想了想有個說法：「你是胡老爺，我自然當你老爺！」

「老爺」的意思是雙關，下人稱男主人為老爺；妻妾稱男主人亦是老爺。阿巧姐這樣回答，要自己去體會，才有意味；胡雪巖當然懂，但為了逗樂，有意誤解。

「你罵我『赤佬』？」

上海話稱「鬼」為「赤佬」，蘇州人則對邪魔外道的鬼祟，如「五通神」之類，為了忌諱，有時亦稱「老爺」，意義與上海話的「赤佬」相近，所以胡雪巖這樣歪纏。

「啥人罵你？」阿巧姐真的罵了，「你自己下作，好的人不要做，要做赤佬。」

「赤佬自然不想做，老爺也不必。」胡雪巖涎著笑臉道，「阿巧，我做你的『姘頭』好不好？」

「要死快哉！」阿巧姐打了他一下，用道地的蘇州話嬌嗔著，「閒話阿要難聽！」

越是如此，胡雪巖越覺得樂不可支；調笑閒話，幾乎鬧了一整夜。睡到第二天上午十一點，阿巧姐才起身；胡雪巖則還在呼呼大睡。

也不過是她剛剛漱洗好，有人來敲門；開開一看，是尤五和古應春。

「怎麼？」尤五探頭一望，脫口問道：「小爺叔到此刻還不起來！你們一夜在幹甚麼？」

阿巧姐臉一紅，強笑道：「我是老早起來了，哪個曉得他這麼好睏？」

古應春走了過來，摸一摸那隻洋瓷臉盆，餘溫猶在，笑一笑說道：「對！阿巧姐老早起來了。」

謊話拆穿，阿巧姐更窘，不過她到底經驗豐富，不至於手足無措，依舊口中敷衍，手頭張羅，把客人招待到外面坐下，然後去叫醒胡雪巖。

睡眼惺忪的胡雪巖，還戀著宵來的溫馨，一伸手就拉住了她往懷裡抱，急著阿巧姐恨恨地罵：「人家已經在笑了，你臉皮厚，我可吃不消！」

「誰，誰在笑？」

「尤五少、古大少都來了，坐在外頭，你快起來吧！」阿巧姐又說，「說話當心些。」

一面說，一面服侍他起床；胡雪巖只是回憶著昨夜的光景，又發楞、又發笑、傻嘻嘻的樣子，惹得阿巧姐更著急。

「求求你好不好！越是這樣，人家越會跟你開玩笑。」

「怕甚麼！」胡雪巖說，「你不理他們就是了。」

見了面還是有一番調笑，甚至可說是謔，尤五和古應春這一雙未來的郎舅，像逼問犯人口供似地，要胡雪巖「招供」衾底風情。急得裡屋的阿巧姐，暗地裡大罵「殺千刀」！幸好胡雪巖一問三不知，只報以滿臉笑容；阿巧姐總算不至於太受窘——當然，對胡雪巖這樣的態度是滿意的；同時也對他有了深一層的認識，嘴上儘管不聽她的勸，做出事來，深可人意，是要這樣的男人才靠得住。

「好了，好了！」胡雪巖終於開了口，「再說下去，有人要板面孔了。我請你們吃番菜去，算是替老古餞行。」

古應春未曾應聲，先看一看尤五，兩人相視一笑，又微微點頭，是莫逆於心的樣子；倒使得胡雪巖困惑了。

「你們搗甚麼鬼？」

「不與你相干。」古應春說，「我今天不走，明天一早動身。」

「怎麼回事？」胡雪巖更要追問。

「跟洋人還有點事要談。」

胡雪巖不甚相信，但也沒有理由不相信，說過拋開；重申前請，邀他們倆去吃番菜。

「阿巧姐呢？」古應春說，「一起去吧！」

「謝謝！」裡面高聲應答；蘇州話最重語氣，阿巧姐的聲音，峭而直，一聽就知道是峻拒之意。

胡雪巖微感不安，而尤、古二人卻夷然不以為忤；尤五也提高了聲音說，「既然你不肯去，那麼轉去一趟；老二在想念你。」

「要的，要的！」這一下她的聲音緩和了，「我本來要轉去的。」

一面說，一面走了出來，手裡捧著長袍、馬褂。胡雪巖倒也會享福，只張開雙手，讓她替他穿好，為他一粒一粒扣紐子。然後掏出錶來看了一下說：「走吧，一點鐘了。」

「咦！」古應春眼尖，「這條錶鍊，怎麼到了你手裡？」

這是胡雪巖最得意的事，向古應春使個眼色，表示回頭細談——果然，在番菜館裡，他把阿巧姐的情意，津津有味地細說了給他們兩人聽。

「小爺叔！」尤五笑道，「你真要交鴻運了，到處都有這種豔福。」這一說，胡雪巖的臉色反嚴肅了，「現在我自己都不知道怎麼辦了？」他說，「你們倒替我出個主意看。」

尤五和古應春又相視而笑，「事緩則圓！」古應春答道，「等我蘇州回來再說，如何？」

「你哪一天回來？」

「現在還說不定，去見那些大人先生要等；光是投封信，見不著面，又何必我自己去？」

「這話也不錯，不過我希望你早點回來，」胡雪巖緊接著說，「倒不是為這件事，怕洋人那裡有甚麼話，你不在這裡，接不上頭。」

「不要緊。我託了個人在那裡，尤五哥也認識的；如果洋人那裡有甚麼話，他會來尋尤五哥，不會耽誤。」

話說到這裡，西崽已端來了「尾食」，吃罷算帳，是一桌魚翅席的價錢，而尤五卻說未曾吃飽。

「番菜真沒有吃頭，又貴，又不好。」尤五笑道，「情願攤頭上一碟生煎饅頭，還吃得落胃些。」

當然，這也不過口發怨言而已，沒有再去吃一頓的道理，出了番菜館，訪友的訪友，辦事的辦事，各自分手，約定晚上在怡情院吃花酒。

胡雪巖這兩天的心有點野了，正經事雖有許多，卻懶得去管，仍舊回到客棧，打算靜下心來，將公私雜務，好好想它一想。等一走進屋，非常意外地，發現陳世龍在坐等。

「咦！你怎麼來了？啥辰光到的？」

「來了不多一會。」陳世龍答道，「一下船先到裕記絲棧，說胡先生搬到這裡來了。」

「坐，坐！湖州怎麼樣？」胡雪巖問道，「到上海來作啥？」

「王大老爺叫我來的。有封信在這裡。」

拆開信一看，又是求援。為了漕米改為海運，原來糧船上的旗丁水手，既無口糧，又少人約束，所以往往聚眾鬧事，甚至發生搶案，黃宗漢頗為頭痛。由於王有齡在籌辦海運時，對這方面曾有建議，要為旗丁水手，妥籌生計，所以黃宗漢仍舊責成他設法安撫。

王有齡在信中說，如果當初照他的條陳，撥出一筆費用來辦理這事，比較容易收功；因循未辦，如今看形勢不妙，再來安撫，顯得是受了此輩的威脅挾制，事倍功半，十分棘手。同時湖州的團練，正在密鑼緊鼓地編練；而江浙交界的平望、泗安兩處防務，又相當重要，經常要去察看，他實在無力來顧及此事。本來想推給嵇鶴齡，再又想到，推給了嵇鶴齡，他仍舊要求助於胡雪巖，與其如此，不如直接寫信乞援。希望胡雪巖能請尤五一起到浙江去一趟；以同為漕幫的情誼，設法排解。

「王大老爺叫了我去，當面跟我說，他也曉得胡先生很忙，如果真的分不開身，叫我陪了尤五爺去。」

「這件事有點麻煩。他們漕幫裡面的事，外人不清楚。尤五跟浙江漕幫的頭腦，是不是有交情，還不曉得。說不定不肯插手。」胡雪巖又說，「你郁四叔怎麼說？」

「請尤五爺去排解，就是郁四叔出的主意。」

「喔！」胡雪巖欣慰的說，「那就不錯了。走！我們到怡情院去。」

於是一起到了怡情老二的小房子裡，尤五還沒有回來；胡雪巖便趁此機會，向陳世龍細問湖州的情形，知道今年因為洋莊可能不動，時世又不好，養蠶的人家不多。不過陳世龍又說了他的看法，認為這是一時的現象；如果有錢，可以放給蠶農，明年以新絲作抵，倒是一筆好生意。

「有錢，好做的生意多得很，眼前還談不到明年的事。」胡雪巖說，「你這趟回去，先打聽今年的行情，湖屬有多少人養蠶？大概能出多少絲？打聽確實了，趕緊寫信來。這件事要做得祕密，請人去辦，不可省小錢。」

「是的。」陳世龍接著提起他的親事，說岳家已經跟他談過，日子想挑在端午節前後，問胡雪巖的意思怎麼樣？

「那時候不正是新絲上市嗎？」

「我也是這麼說，生意正忙的時候辦喜酒，『又是燈龍又是會』，何必夾在一起？他們說，如果不是端午前後，就要延後到秋天。」

「與其延後，何不超前？」胡雪巖以家長的口吻說：「你們早點『圓房』倒好。」

「阿珠的娘不肯馬虎，一定要把嫁妝辦好。除非——，」陳世龍說，「胡先生說一句。」

「說一句還不容易，你早跟我說了，我早就開口了。這趟你回去跟他們老夫婦說，生意要緊，家也要緊，趁新絲上市前讓你辦了喜事成了家，定定心在生意上巴結，豈不是兩全其美？」胡雪巖又說：「今天秋天局面會有變動，我的場面也要扯得更大，那時人手越嫌不夠；一辦喜事，忙上加忙，這把算盤打不通。」

他說一句，陳世龍應一句；也不過剛剛談完，尤五和古應春聯袂而至，跟陳世龍寒暄了一番，問起來意，陳世龍只有目視胡雪巖示意。

「尤五哥，你的麻煩來了！」胡雪巖將浙江漕幫不遵約束，聚眾滋事的情形；以及王有齡的要求都說給他聽。

「事情很麻煩！」尤五說了這一句，緊接著表示：「不過上刀山我也去。」

「尤五爺真是夠朋友。」陳世龍立即表現了不勝傾服的神態。

在胡雪巖，覺得他這樣豪爽地答應，倒不無意外之感；想到尤五去杭州，古應春去蘇州，上海剩下自己一個人，與洋人言語不通，萬一有事，雖說古應春託有一個人在這裡，但素昧平生，而是有些事只有古、尤二人清楚，自己還是等於孤立無助，此事十分不妥。

「老古！」他當機立斷地說：「上海一定要你坐鎮。我跟你換一換，我到蘇州去看何學台，你留在上海。」

這番變化將古應春和尤五的「密謀」完全推翻，說起來也是很掃興的一件事——是尤五的提議，認為郁四他們在湖州為胡雪巖謀娶芙蓉這件事，確是夠好朋友的味道，不妨如法炮製，古應春特為遲一天走，就是要等著看胡雪巖和阿巧姐的態度，如果妾有情，郎有意，古應春就預備趁去蘇州之便，專誠到木瀆去訪阿巧姐的夫家跟娘家，拿大把銀子來為他們結成連理。剛才他們就是從怡情院來，據怡情老二說，阿巧姐不但已經點頭答應，而且還提供了許多情況，指出著手進行的辦法，「火到豬頭爛」，最多花上三、五百兩銀子，就可買得阿巧姐的自由之身。如今聽胡雪巖這一說，豈非無趣？

「怎麼回事？」胡雪巖看他態度有異，追問著說：「老古，你有甚麼難處？」

「唉！」胡應春笑著嘆口氣，「好事多磨！」

「怎麼呢？」

「事情有緩急，」尤五搶著對古應春說，「你就守老營吧。過些日子專程跑一趟，也算不了甚麼。」

「那也只好如此。」

「你們講啥？」胡雪巖大惑不解，「何妨說出來大家商量！」

「說出來就沒有味道了。」古應春搖搖頭。

尤五也是微笑不作聲，這就很明顯了，雖不知他們葫蘆裡賣的甚麼藥，但必與他跟阿巧姐有關。理解到這一點，不免又把這段儻來豔福思量了一下；誠然，阿巧姐的情味，與他過去所遇的任何女人不同，真可以說一句，「牡丹花下死，做鬼也風流！」但世界上天生有一種福氣人，甚麼事都不必做，席豐履厚，多的是閒情，專門可以消耗在阿巧姐這種尤物身上；而自己不同，自己是天生來是做生意的，而且是做大生意的，雖然也能欣賞阿巧姐的好處，並且有辦法使得阿巧姐這樣的人，心甘情願隨自己擺布，然而到底不是「正業」，不可為她耗費功夫，更不可為她神魂顛倒，忘記了自己應該是幹甚麼的！

這樣想著，覺得手心上都有汗了，內心相當不安：從到上海以來，似乎一直迷戀著阿巧姐，還不曾好好辦過一件正經事。因此，他收斂笑容，正色說道：「兩位的心思，我有點猜到了。我不是昧著良心說話，這不過逢場作戲，要看機緣，總要順乎自然，不可強求。湖州那件事我做得有點冒失，現在還有麻煩——當然，說句狂話，甚麼麻煩我都不怕，但要功夫來料理，我現在少的就是功夫。」

這段話頗引起尤五的警惕，古應春的臉色也不同了；「我們曉得了。」他說，「聽你的意思辦，目前按兵不動。」

「這樣最好。到我覺得可以辦了，我一定拜託你們費心。」胡雪巖忽然想到，「五哥，你這趟正好把七姐帶了去，將我們所議的那件事辦一辦。」

這件事就是請王有齡與七姑奶奶認作義兄妹。機會倒是好機會，但事先要談妥當；行禮要有胡雪巖在場，就這樣帶了去，登門認親，未免太冒昧了。

尤五說了他的意思，古應春亦以為然。胡雪巖也就不再多說。但這一下倒提醒了尤五，認為這趟到杭州去，應該多備禮物結交王家，以為將來結乾親的起步；於是由此開始，商量杭州的行程，決定在第三天動身。

「小爺叔，你呢？」

「我隨時可走。沒有事的話，我明天就動身，早去早回。」

「不行！」尤五說，「這條路上，不怎麼安靜；我叫人替你打聽一下，雇一隻專船，派人陪了你去。」

「不要緊！」胡雪巖因為尤五此行，瑣瑣碎碎的事情也很多，不願再麻煩他，這樣說道：「這條路，我不熟，老古熟，我請他幫忙，你就不必管了。」

「對！」古應春立即應聲，「這件事交給我，包管妥貼。」

這樣說定了，各自散去；陳世龍住在裕記絲棧，胡雪巖先把他送到那裡，有許多話叮囑他，主要的是為尤五，他是王有齡請去排難解紛的上客，但在官面上的身分不同，而且將來還要結成乾親，所以為了雙方的面子，絕不可叫尤五受了委屈，他關照陳世龍當面將這些情形跟王有齡講清楚。

「頂要緊的一句話，尤五爺這趟去，完全是私人面子，所以他只是王大老爺一個人的客人，跟浙江官面上，不必交結。這一點，你要跟王大老爺說清楚，省得尤五爺受窘。」

陳世龍心領神會，諾諾連聲。等胡雪巖說完要走，陳世龍終於忍不住問了一聲：「胡先生，那阿巧姐是怎麼回事？」

「說來話長，慢慢你就知道了。」胡雪巖倒被提醒了，「回去不必多說。」

「知道，知道。我不能不曉得輕重。」

回到大興客棧，阿巧姐正在燈下理燕窩，用心專注，竟不曾發覺胡雪巖。她已經卸了妝，解了髻，一頭黑髮，鬆鬆地挽成一條極粗的辮子，甩在一邊，露出雪白的一段頭頸；胡雪巖忍不住低頭聞了一下。

這一下把阿巧姐嚇得跳了起來，臉都急白了；看清是胡雪巖才深深透了口氣，拍著胸以白眼相向。

「何至於如此！」胡雪巖歉意地笑道，「早知你這麼膽小，我不跟你鬧著玩了。」

「『人嚇人，嚇煞人』！你摸摸看！」阿巧姐拉著他一隻手在左胸上探試，果然心還在跳。

「你膽這麼小，怎麼辦？」胡雪巖說：「後天我要到蘇州去兩三天，本來想留你一個人在這裡住；現在看起來，你還是回怡情院吧！」

答覆大出胡雪巖意外，「我不回去。」她說；聲音雖平靜，但每個字都像摸得出稜角似地。

「怎麼？」胡雪巖問道：「是啥緣故。」

「我已經算過工錢了，」阿巧姐說：「那種地方只有出來的，沒有回進去的。」

「好志氣！」胡雪巖讚了她一句，心裡卻有些著急，阿巧姐決心從良，是跟定了自己了；這件事只有往前走，不容自己退步，看來還有麻煩。

「你到蘇州去好了。」阿巧姐坦然地說，「我一個人住在這裡好了。我只怕人裝鬼嚇我，真的鬼，我反而不怕。」

「這又是你這時候說說。真的有鬼出現，怕不是嚇得你半死。」

「我不相信鬼。總要讓我見過，我才相信。」

「自然有人見過。」胡雪巖坐在她對面，兩手支頤，盯著她看，「我講兩個鬼故事你聽！」

「不要，不要！」阿巧姐趕緊站起身來，「看你這樣子瞪著人看，就怕人。吃了燕窩粥睡吧！」

茶几上有一隻「五更雞」，微微的幾星火，煨著一盅燕窩，揀得一根毛都看不見；且不說滋補的力量如何，光是她這份細心料理，就令人覺得其味無窮了。

兩人上了床，阿巧姐緊抱著他說：「現在你可以講鬼故事了。」

「奇了！」胡雪巖笑著問：「何以剛才不要聽，現在要聽？」

「現在？現在我不怕了！」說完，把他摟得更緊。

這是胡雪巖所從未有過的經驗，太太是「上床」亦是「君子」；芙蓉的風情也適可而止，只有阿巧姐似乎每夜都是新鮮的。

越是胡雪巖添枝加葉地講了兩個鬼故事，嚇得阿巧姐在他胸前亂鑽。又怕聽、又膽小，原是聽講鬼故事的常情，只不如她這般矛盾；胡雪巖也知道她有些做作，但做作得不惹人厭。

一宵繾綣，胡雪巖第二天仍舊睡到很晚才起身。這天他知道尤五去杭州之前，有許多雜務要安排；古應春替他去雇船找人護送，也在忙著，都不會到大興來。自己沒有急事要料理，便又懶得出門，願意在妝台邊守伺阿巧姐的眼波。

「可有人會來吃飯？」阿巧姐說，「今天我們要開伙食了！」

「那有多麻煩？館子裡叫了來就是了。」

「那不像做人家。」阿巧姐挽起一隻籃子，「我上小菜場去，順便雇個小大姐來。」

胡雪巖實在不願她離開，但又無法阻攔，只好怏怏然答應。一個人在旅館裡，覺得百無聊賴，做甚麼都沒有興致。勉強把煩躁的心情，按捺了下來，靜坐著細想，突然發覺，這是從來不曾有過的事；那怕是王有齡到京裡，他被錢莊辭退，在家賦閒的那段最倒楣的日子，也沒有這樣意興闌珊過！

「這是甚麼道理？」胡雪巖喃喃自語、暗暗心驚，「怎麼一下子卸掉了勁道？」

他在想，可能是自己太倦了。經年奔波，遭遇過無數麻煩，精力形成透支；實在需要好好休息一下。但是在這夷場上，十丈軟紅塵中，無法休息，最好是帶著阿巧姐，借一處西湖的別墅，安安靜靜住上兩個月，甚麼事不做，甚麼心不用；閒來划划船、看看山，到晚來弄條鮮魚，中段醋溜、頭尾做湯，燙一斤竹葉青跟阿巧姐燈下對酌，那就是神仙生活了。

這樣不勝嚮往地想著，忽又自笑；事業做得大了，氣局卻反變得小！剛得意的那一刻，曾經想過，要把現在住處附近的地皮都買下來，好好蓋座花園，日日開宴，座客常滿，大大地擺一番場面。如今卻只願跟阿巧姐悄悄廝守，這又是甚麼道理？

兩件事併在一起想，很容易發覺相同之處：這些感覺，都是這幾天跟阿巧姐在一起以後才有的。有人說：溫柔鄉中，最容易消磨一個人的志氣。這話看來有道理。

想到了這個道理，接著便是警惕；由警惕又生出不服氣的感覺，決定拋開阿巧姐，去想正經事。這一想，就是一身汗！正事不知有多少，不知為何都拋在腦後！這樣下去，可真是危險了。

於是等阿巧姐回來，他說：「你馬馬虎虎弄頓飯來吃。吃完了，我要出門。」

「你看你！」阿巧姐笑道，「闊氣起來，要頓頓在館子裡叫菜；小氣起來，連外面去吃碗麵都不肯。」

這一下提醒了他，自己也失笑了，「那是你那『做人家』這句話害的；我總以為要在家裡吃了午飯再出門。」他一面走，一面說：「好了，好了，我到外面去吃。」

「慢點！」阿巧姐拉住他，指著籃子說：「我一籃子的菜怎麼辦？」

「晚上來吃！」這句話使得她深為滿意，「請他們都來！」她說，「菜多吃不完。」

「也好！你索性多做些，就算替尤五爺餞行。」

等出得門來，卻有些茫然；因為他的本意，只是自己跟自己較勁，不願沉溺在溫柔鄉中。要辦的事雖多，或者還不到時候，或者要聽候他人的消息，再定行止，此時一事不能辦，何去何從？倒費躊躇。

想一想還該先到裕記絲棧，找著了陳世龍再說。事不湊巧，陳世龍剛剛出門；絲棧裡的執事，非常客氣，一定要留胡雪巖在那裡坐，奉茶奉煙，極其殷勤。他情不可卻而懶於應酬，便這樣答道：「你們不必招呼我，我喝喝茶等著；儘管請便，不然我就不敢打攪了。」

執事的聽他這樣說，知道他不願跟閒雜人等在一起，便將他引入一間小屋，那也是尤五跟人約會談體己話的地方，布置不見得好，卻有很精緻舒服的一張藤靠椅，躺著想心事，最為合適。

「這裡好！」他欣然說道，「我正好在這裡打個盹！」

這就更明白表示出來，不願有人攪擾了，執事的連聲稱是，叫小徒弟把一碗現泡的蓋碗茶，四個果盤子，還有一枝水煙袋都挪了進來，取張方凳當茶几，安設停當，掩上門退了出去。

胡雪巖躺了下來，覺得相當舒服；心一靜，便覺得隔室的談話聲，歷歷入耳。留神細聽，談的是地皮生意。

胡雪巖亦曾有意於此，便一字不肯放過；那兩人對洋場的情況，和洋人的動向，相當清楚，說洋人跟中國人不同，中國人的路是走出來，人多成市，自然走出一條路來，等到預備修路，路面為兩旁的市房攤販所限制，已無法擴充。洋人的辦法不同，是先開路，有了路便有人到；有人到便有房屋，自然市面會熱鬧起來。因此中國人的市面做不大，不能不佩服洋人的規模、氣魄。

這番話，在胡雪巖可說聞所未聞。細細玩味，果然大有道理。他聽王有齡談過京城裡的情形；如今才知道京城的市面與眾不同，一半固然因為天子腳下，人煙茂密，一半就因為京城裡的建制，也跟洋人一樣，先開好大路，分好地段，那裡做衙門、那裡住人、那裡開店；開店又分出來，那裡可以開戲園茶樓，那裡可以販牛羊驢馬，這樣子的規模，自然就可觀了。

「照上海灘的地形看，大馬路、二馬路，這樣開下去，南北方面的熱鬧是看得到的；其實，向西一帶，更有可為。眼光遠的，趁這時候，不管它蘆蕩、水田，盡量買下來，等洋人的路一開到那裡，乖乖，坐在家裡發財。」

胡雪巖聽隔室說到這裡，哪還能靜心躺下去？但說了睡個午覺，突然告辭而去，也不大合適。因而只好按捺心情強忍著；無奈遇到這種生意經，胡雪巖就是拋不開。他對上海的地形不熟，要籌劃也無從籌劃去，這時候渴盼的，就是找到古應春，坐了他的那輛亨斯美往西一直到靜安寺一帶，實地去看一看才符心願。

幸好，不久陳世龍就回來了。於是胡雪巖向執事殷殷致謝，辭了出來；走到街上，第一句話就問：「世龍，你對西面一帶熟不熟？」

「胡先生都不熟，我怎麼會熟？」

「不管它，我們弄部馬車去兜兜風。」

於是雇了一輛乾淨車，由泥城牆往西，不擇路而行，七兜八轉，盡是稻田水蕩，胡雪巖幾乎連方向都辨不清楚了。

一路漫無目的地兜風，一路他把剛才所聽到的話告訴了陳世龍。原來如此！陳世龍提出了一個見解：「胡先生，這件事有兩個做法。第一個做法恐怕辦不到。」

「你不管它，說來看！」

「第一個辦法是有閒錢。反正地價便宜，譬如不賺，買了擺在那裡；看哪一天地價漲了，再作道理。依我看，為子孫打算，倒不妨這麼辦。不過胡先生，你手裡的錢是要活用的，所以說辦不到。」陳世龍停了停又說：「第二個做法，一定要靠古先生，先去打聽洋人準備修那條馬路，搶先一步，把附近的地皮買下來，那一來，轉眼之間，就可以發財！」

「對！這話對！」胡雪巖拿他的話細想了一想，忽有啟發，「你的話也不全對。」他說，「最高明的做法是，教洋人修那條馬路！」

「這——，」陳世龍想懂了他的意思，認為辦不到，「洋人豈肯聽別人擺布，教他修哪條路，他就修那條路？」

「事在人為。總可以想得出辦法。好在這事也不急，慢慢兒再說。」

胡雪巖做事就是這樣，不了解情況時，為求了解，急如星火；等到弄清楚事實，有了方針，他就從容了。陳世龍知道他的脾氣，說是說「慢慢兒」，絕不是拖延，更不是擱置；幫著他做事，須知這一點，自己暗暗去做準備，說不定哪一天，他籌劃好了，拿出來的計畫詳詳細細，立刻可以動手，自己沒有準備，就合不上他的步子和要求了。

「我還要多找幾個人。」胡雪巖在歸途中說，「你這趟回去，隨時替我留心。」

「是的。」陳世龍想了想問：「胡先生將來到底叫我做甚麼？我不想死守在湖州。」

「我知道。」胡雪巖說，「你喜歡在外頭跑，將來不要叫苦！」

「怎麼呢？」

胡雪巖沉吟不答，好久好久才問：「你看山西的票號，打不打得倒？」

「打是打不倒的！人家多年信用。不過錢莊的做法如果活絡些，不像票號那樣墨守成規，那麼，南五省的地盤，應該可以拿得到。」

胡雪巖很欣賞陳世龍的態度，看他的樣子近乎浮滑一路，說話倒很實在，因而將心裡的話告訴了他。

「今天我好好細想了一想，我的基礎還是在錢莊上面。不過，我的做法還要改。」他說，「勢利、勢利，利與勢是分不開的，有勢就有利；所以現在先不必求利，要取勢。」

「勢？」陳世龍很用心地想著，「胡先生，你說的勢是指勢力？」

「不錯！勢力。商場的勢力，官場的勢力，我都要。這兩樣要到了，還不夠。」

「還有洋場的勢力！」陳世龍接著他的話說。

「好！」胡雪巖很興奮地翹起大拇指，衷心誇讚陳世龍，「你摸得到我的心思，就差不多了。」

「我哪裡及得上胡先生？十分之一都沒有。」陳世龍也很高興，矜持地說，「不過胡先生的路子，我總還不至於不懂。」

「你懂就好！」胡雪巖說，「現在風氣在變了！你到底比我要輕個幾歲，比較不出來；從前做生意的人，讓做官的看不起，真正叫看不起，那怕是揚州的大鹽商，捐班到道台，一遇見科舉出身的，服服貼貼，唯命是從。自從五口通商以後，看人家洋人，做生意的跟做官的，沒有啥分別，大家的想法才有點不同。這一年把，照我看，更加不對了，做官的要靠做生意的！為啥我要『洋場的勢力』，就因為做官的勢力達不到洋場，這就要靠我這樣的人來穿針引線。所以有了官場的勢力，再有洋場的勢力，自然商場的勢力就容易大了。」

陳世龍一面聽，一面點頭，細細體味著胡雪巖的話，悟出來許多道理。

就這樣談著，不知不覺又回到人煙茂密之區；胡雪巖這時才想起阿巧姐的話，要約尤五和古應春到家吃飯，一見時候不早，深怕他們另有約會，便即趕到怡情院，誰知一個人都不見，連怡情老二亦不在那裡。

人雖不遇，卻留著話，「相幫」的告訴胡雪巖，說尤五關照：「請胡老爺等他；他準六點鐘回來。」

六點鐘見了面怎麼樣？如果他說另有約會，或者自己在怡情院請客，那麼，阿巧姐那裡就不好交代了。這樣想著，便有些坐立不安的神氣。

陳世龍很少看見他有過這種樣子，不免詫異，當然，更多的是關切；一問起來，才知究竟，心裡好笑，不由得想起一句俗語：「英雄難過美人關。」一等一的厲害角色，在這上頭，往往手足無措，一籌莫展；這便又用得著「旁觀者清」這句話了。

「這不用為難，或者我去通知一聲，或者我留在這裡等！」

「對，對！」不待他說完，胡雪巖就說，「你去一趟吧！這樣告訴她：我在這裡等他們，等到了就回來。如果客人約不來，我一定回家吃飯。」

陳世龍啣命而去，只見阿巧姐很安閒的坐在那裡；一見很客氣，聽陳世龍講完，毫不在乎的說：「不要緊！沒有幾樣菜，蒸的蒸著，要炒的，等人到了再下鍋。」

看她從容不迫的樣子，跟芙蓉那種宛轉的神態，是不同的風味。陳世龍心裡便想：胡先生的豔福倒真不淺！

還有一樣不同的，是阿巧姐的談鋒極健；陳世龍也算很善於詞令的，相形之下，自覺見絀。而且談到後來，忽然發覺，自知可能是失言了，因為阿巧姐的旁敲側擊，他把胡雪巖的家庭情況，透露了許多。所幸的是，不曾說出胡太太是很厲害，也很能幹的婦人。

一則起了戒心，再則亦不便久坐，陳世龍便起身告辭；阿巧姐知道他是胡雪巖的心腹，當然要加以籠絡，一再挽留，最後這樣說道：「你是胡老爺自己人，我才不作客氣；不然，我也不會留你。除非你不當我自己人看待。」

說到這樣的話，儼然以胡雪巖的外室自居；陳世龍已看出「胡先生」對她極其喜愛，而將來結局如何，尚在未定之天，如果堅決告辭，彷彿真的不當她「自己人」；在阿巧姐會起疑心，似乎不妥，因而改了主意，「我還是先回去，跟胡先生說一聲，回頭再一起來。」

「那麼，」阿巧姐說：「回頭一定要來噢！」

「一定，一定！」

出了大興客棧，安步當車，剛走得不多幾步路，忽然聽得有女人在喊：「世龍！」定睛一看，是七姑奶奶；古應春親自駕車，也發見了陳世龍，停下來問道：「你到哪裡去？」

「我回怡情院去。」

「不必了！」古應春說，「我們特為來接阿巧姐，今晚上，在我們那裡聚會，你也去。」

於是陳世龍又折回，三個人一起又到大興客棧；七姑奶奶跟阿巧姐是初見，一個守禮，一個親熱，而都健談，所以拉著手前朝後代，大談淵源，七姑奶奶說聽古應春談過，知道她能幹漂亮；阿巧姐則說聽怡情老二說起，有這樣一位豪爽有趣，敢到怡情院這種地方的堂客。

彼此都極投機，大有相見恨晚之意；古應春卻不耐煩了：「我的姑奶奶，談了半天，你倒說點正經話啦！」

正經話是特地來邀客，因為胡雪巖和尤五要動身到蘇杭，七姑奶奶特地在徽館叫了一桌席，替他們餞行；胡雪巖又要邀到大興客棧，嘗試阿巧姐的烹調手段，變成僵持的局面。

「我在想，到你這裡，到我那裡都一樣。不過，第一，叫了席不能退掉，幾兩銀子也可惜；第二，到我那裡比較方便。」七姑奶奶又說：「天氣也還不熱，就做好了菜，擺一夜也不會壞。明天我來吃！」

阿巧姐自然一諾無辭，以換衣服為名，請他們在外屋坐；卻把陳世龍悄悄找到一邊，摸出四塊銀洋說道：「陳少爺！我拜託你一件事。第一趟上七姑奶奶的門，不能空手；託你替我辦四樣吃食東西，帶到七姑奶奶那裡去。」

「七姑奶奶家，我不認識。」陳世龍轉念有了主意，「不過不要緊，你交給我。」

等她換好衣服，四個人一輛馬車到了七姑奶奶門口；陳世龍認清了地方說：「我馬上就來！」

說完掉身就轉，在弄堂口就有茶食店、水果攤，買了一簍花旗橘子，一簍天津雅梨；茶食店裡買了一大盒松子糖，還剩下兩塊錢，叫店家拿一條陳年火腿下來，算一算差四角錢，陳世龍替她墊上。

「這是阿巧姐送七姑奶奶的。」陳世龍笑道：「我是小輩，今天就白吃了。」

「何用客氣。」七姑奶奶說，「阿巧姐，我們像自己人一樣，我跟你『打開天窗說亮話』，我不喜歡這一套，我自己也弄不來這一套。」

「你看你，」古應春忍不住埋怨她，「人家一番好意，倒落得你這麼兩句話。阿巧姐是曉得你的脾氣的；不曉得的人，豈不是要怪你不近人情。」

「不會，不會！」阿巧姐搶著說道，「我也曉得七姑奶奶不喜歡這些虛文，不過，我們是弄慣了，改不過來。好在陳少爺買得好，都是實惠的東西，就我不送，七姑奶奶也要花錢買的。」

「這倒是實話。」七姑奶奶笑嘻嘻的說；又表示歉意，「我說話一向是想到哪裡，說到哪裡，說錯了你不要怪我。」

這兩句話，別人都不覺得甚麼；只有陳世龍大為驚異，因為她以前絕無這種口吻，看來是古應春的潛移默化之功。

正想要說一兩句調侃的話，作為取笑；只聽樓梯上有聲音，接著是尤五和胡雪巖一路走，一面談著，相偕出現，略略招呼了一下，繼續談話，陳世龍聽出來，他們去拜訪了一位人物，這位人物對於調處浙江漕幫的糾紛，大有用處，現在是在商量，是不是要把這位人物一起請到杭州去。

「你們有啥談不完的話？回頭再談；要開席了。」七姑奶奶忽然又說：「人少了欠熱鬧。何不把老二也請了來。」

「不必，不必！」尤五插手說道：「她出局去了，回頭會來的。」

於是在堂屋中開席，一張圓檯面，坐了六個人，似乎嫌大。阿巧姐禁不住七姑奶奶的硬作主張，與胡雪巖並居首席，這樣官客與堂客夾雜而坐，大反慣例，而坐首席更是阿巧姐的破題兒第一遭，所以相當拘謹，跟胡雪巖隔得遠遠地。

酒過一巡，胡雪巖對阿巧姐說道：「你跟七姑奶奶談了些甚麼？」

「話多了。七姑奶奶脾氣直爽，談得真有趣。」

「那你何不常跟七姑奶奶來作伴。」

說到這裡，尤五咳嗽了一聲，胡雪巖才想起，他是極力主張七姑奶奶回娘家的；如說阿巧姐常來跟她作伴，豈不是給了她一個留在上海的藉口？

七姑奶奶卻不理會這些，「小爺叔這話對！」她說，「你陪我到松江去住幾天好不好？」

「這很好！」尤五微覺意外，趕緊慫恿，「阿巧姐，你就到那裡去住幾天。好在來去方便，你想回上海，隨時可以回來。」

「打攪府上，不好意思。」

說是這樣說，一雙俏眼只瞄著胡雪巖，要看他的態度定行止；胡雪巖自然表示贊成，反倒是古應春有了意見。

「我看松江也不必去，上海也不必留；索性跟小爺叔到蘇州去逛一趟。」

「這倒也是個辦法。」尤五看著他們倆問：「怎麼樣？」

胡雪巖實在有些委決不下，一方面覺得有阿巧姐作伴，此行一定溫馨愉快；一方面又覺得雙宿雙飛之餘，更加以相攜相守，越發變成敲釘轉腳，鐵案如山，只可進不可退了。

這就要看阿巧姐自己的意思。而她對胡雪巖由誤解而了解，由了解而接受怡情老二的勸告，已經下定決心；不過閱人已多，世故熟透，絕不肯事事勉強，引起胡雪巖的忌憚敬遠之心，所以此時默不作聲。

「怎麼樣？」七姑奶奶催問著，「還是到松江，還是到蘇州？」

這一問，在阿巧姐當然只能回答到松江。古應春在這些地方，自比七姑奶奶更機敏，便不等她開口回答，先就搶著說了句：「當然是到蘇州。」

「到蘇州就到蘇州。」胡雪巖定了主意，但不能不問一問本人，「去不去？」

這就是阿巧姐能幹了，她不說去，也不說不去，只說：「七姑奶奶一片好意……。」意思是答應了，還照顧著七姑奶奶，雖是口頭上的人情，也惹人好感，「不要緊，不要緊！」七姑奶奶說，「等你蘇州回來，我再來接你到松江去玩。」

事情就這樣定局了，各人要收拾行裝，早早散去；約定第二天中午在怡情老二小房子吃中飯，吃完分別上船。

第二十三章

回到大興客棧，阿巧姐一面收拾隨身動用什物，一面問起胡雪巖此行的目的。這沒有甚麼隱瞞的必要；而且也深知她不是那種無知無識，不懂輕重的婦女，所以他把實話都告訴了她。

「學台是個啥個官？」

「專管考秀才的。」

「有沒有外快？」

「這我倒不大懂了。」胡雪巖說，「聽說四川學台、廣東學台是肥缺。江蘇就不曉得了。照我想，現在兵荒馬亂，好些地方連去都不能去；地盤一小，就有外快也有限。」

「如果是這樣子，要請何學台去謀幹一個好地方的官，只怕不成功。」

「怎麼呢？」

「要錢呀！」阿巧姐笑一笑又說，「我是不懂啥！有一次一個候補道台汪老爺在怡情院請客，大講官場的『生意經』，說是京裡的大老倌那裡，都要送錢的。錢越多，越容易升官。」

「嗯，嗯！」胡雪巖被提醒了，暗地裡打了主意，卻不願說破——因為其中出入關係甚大，即令是對阿巧姐這樣的人，也是不說的好。

「總還要送點禮啊！」阿巧姐又說。

「那有了，備了四色洋貨。」

「何學台哪裡人？」

「雲南。」

「那不如送雲南東西——。」

「啊，對！」胡雪巖大為讚賞：「阿巧，你的腦筋真不錯。」

於是第二天一早，胡雪巖便去尋古應春，要覓雲南土產；結果找著一個解銅到江蘇藩司衙門的雲南候補州判，在他那裡轉讓了四樣雲南土產。

這四樣土產是宣威火腿、紫大頭菜、雞樅菌和鹹牛肉乾，可惜數量不多；但也正因為數量不多，便顯得物以稀為貴了。

中午在怡情老二那裡吃了飯，彼此約定，互不相送。等古應春替他安排護送的那個人一到，胡雪巖很客氣地請教了「尊姓台甫」，然後一起上船；船是小火輪拖帶的一條「無錫快」，胡雪巖帶著阿巧姐住後艙；前艙讓給護送的那個人住。

此人名叫周一鳴，湖南人；原在江南水師中當哨官，因為喜歡喝酒鬧事，一次打傷了長官的小舅子，被責了二十軍棍，開革除名。但周一鳴的酒德雖不好，為人倒極豪爽重義氣；由於在水師堂差，認識的船戶頗不少，所以起先是跑碼頭、打秋風，大家也樂予周濟，有時託他帶個把口信，他倒也「食人之祿、忠人之事」，一定確確實實做到，慢慢地有了信用，便在上海船戶的「茶會」上幫忙。各行各業的茶會，猶如同業公所；或者接頭生意，或者與官場打交道，或者同業中有糾紛「吃講茶」，都在茶會上商談；周一鳴就成了船戶茶會上的一名要角，特別是「抓船」、「派差」等等官面上硬壓下來的公事，都由周一鳴出面去接頭。這次也是有公事到蘇州；古應春跟他相熟，正好把胡雪巖託了他，連雇船、帶護送，都歸他包辦，講好送二十兩銀子。

胡雪巖的出手大方是出名的，一上船就找了個紅封套，裝了一張三十兩銀子的銀票，當面雙手奉上；周一鳴還要客氣，禁不住胡雪巖言詞懇切，他千恩萬謝地收了下來。這一路招呼得自是格外周到。

胡雪巖出門一向不喜歡帶聽差；於是周一鳴自告奮勇，到了蘇州雇轎子，提行李，下客棧，都由他一手經理。客棧在閶門外，字號就叫「金閶」，等安置停當，周一鳴要告辭了。

「胡大老爺！」因為胡雪巖是捐班候補知縣所以他這樣稱呼他，「我在蘇州有個『門口』，現在回去看一看。明天上半天到水師衙門去投文辦事；中午過來伺候。你老看，行不行？」

「我有個不情之請。」胡雪巖說，「有四件東西，一封信，想拜託你此刻就送一送。」

「是了。」周一鳴問，「送到哪裡？」

「送給何學台。還得先打聽一下，何學台公館在哪裡？」

「這容易，都交給我好了。」

於是胡雪巖託「金閶棧」的帳房，寫了個手本，下註：「寓閶門外金閶棧第三進西頭。」

連同四樣雲南土儀和一封王有齡的信，都交了給周一鳴。

信是胡雪巖密封了的，內中附著一張五千兩的銀票；作為王有齡送何桂清的，這封信當然重要，所以胡雪巖特別叮囑：「老周，還要麻煩你，務必跟何公館的門上說明白，討一張有何學台親筆的回片。」

「是！」周一鳴問，「今天要不要把回片送來？」

胡雪巖心想：疑人莫用，用人莫疑，而且周一鳴人既重義氣，又是有來歷的，因而很快地答道：「如果回片上只寫收到，那就不必來了，明天再說。」

等周一鳴一走，胡雪巖迫不及待的想跟阿巧姐出去觀光。蘇州不比上海，雖然婦女喜歡小廟燒香，凡有出會報賽等等人聲鼎沸的場面，都要去軋個熱鬧，但一男一女不論是出現在玄妙觀，還是虎邱山塘，總是招搖過市、惹人物議的一件事；而且阿巧姐是本鄉本土，難免遇見熟人，尤須顧忌，因此，她更覺為難。

就在這軟語相磨，未定行止之際，只見周一鳴把頂紅纓帽捏在手裡當扇子搧，跑得滿頭大汗，卻是笑容滿面；胡雪巖當是何桂清有甚麼話交代，趕緊迎了出去。

「送到了！」周一鳴說，「回帖在這裡。」

接過回帖來一看，只見上面寫著一行字：「王太守函一件，收訖。外隆儀四色，敬領謝謝。」帖尾又有一行字：「敬使面致。」

「胡大老爺，真要謝謝你挑我。」周一鳴垂著手打個拱說：「何學台出手很闊，賞了我二十兩銀子。」

聽這一說，胡雪巖覺得很有面子，便說：「很好，你收下好了。」

「我特為跟你老來說一聲，何學台住在蘇州府學。」

「喔，你見著何學台沒有？」

「見是沒有見著。不過聽他們二爺出來說，學台很高興。」

高興的是收到五千兩銀子，還是四色雲南土產，或則兩者兼而有之？胡雪巖就不知道了。

不過不管怎麼樣，都算是得阿巧姐的力。

因為如此，他便依從了她的意思，不勉強她一起出遊。但打算一個人出去逛逛；這得先跟阿巧姐請教，正在談著蘇州城裡的名園古剎，突然發現金閶棧的掌櫃，行色匆匆，直奔了進來。

「胡大老爺，胡大老爺！」掌櫃說道：「何學台來拜，已經下轎了。」

聽這一說，胡雪巖倒有些著慌，第一，沒有聽差「接帖」；第二，自己該穿公服肅迎，時間上來不及了。所以一時有手足無措之感。

還是阿巧姐比較沉著，「何學台穿啥衣服來的？」她問。

「穿的便服。」

「這還好！」胡雪巖接口說道：「來不及了，我也只好便服相迎。」

說著，他便走了出去；阿巧姐也趕緊將屋裡剛剛倒散，未曾歸理的行李，略略收拾了一下，在窗口張望，只等何桂清一到，便要迴避。

何桂清是走到第二進中門，遇著胡雪巖的。雖然穿的便衣，但跟著兩名青衣小帽的聽差，便能認出他的身分；胡雪巖卻還不敢造次，站住腳一看，這位來客年紀與自己相仿，生得極白淨的一張臉，這模樣與王有齡所形容的何桂清的儀表，完全相符，便知再不得錯了。

「何大人！」他迎面請個安說：「真不敢當。」

「請起，請起！」何桂清拱拱手說：「想來足下就是雪巖兄了？」

「不敢當此稱呼！我是胡雪巖。」

「幸會之至。」說著，何桂清又移動了腳步。

於是胡雪巖引路，將何桂清引到自己屋裡。就這幾步路，做主人的轉了好些念頭，他發覺情況很尷尬，二品大員拜訪一個初交，地點又是在客棧裡，既沒有像樣的堂奧可以容納貴客，又沒有聽差可以供奔走之役。這樣子就很難講官場的儀節了。

索性當他自己人！胡雪巖斷然作了這樣一個決定，首先就改了稱呼；何桂清字根雲，便仿照「雪公」的例，稱他「雲公」。

接入客座，他這樣說道：「雲公，禮不可廢，請上坐，讓我這個候補知縣參見！」

這是打的一個「過門」，既是便服，又是這樣的稱呼，根本就沒有以官場禮節參見的打算，何桂清是絕頂聰明的人，一聽就懂；再替他設身處地想一想，倒又佩服他這別出一格的處置，因而笑道：「雪巖兄，不要說殺風景的話。我聽雪軒談過老兄，神交已久，要脫略形跡才好！」

「是！恭敬不如從命！」胡雪巖一揖到地，站起身來說：「請裡面坐吧！」

這才真的是脫略形跡，一見面就延入內室；何桂清略一躊躇，也就走了進去。一進門卻又趕緊退了出來，因為看到一具閨閣中用的鏡箱，還有兩件女衣。

「寶眷在此，不好唐突！」

「不妨，不妨。」胡雪巖一面說，一面便喊：「阿巧，你出來見見何老爺。」

何桂清還在遲疑之際，突然眼前一亮，就不肯再退出去了，望著走幾步路如風擺楊柳似的阿巧姐，向胡雪巖問道：「怎麼稱呼？是如嫂夫人？」

「不是！」胡雪巖說：「雲公叫她小名阿巧好了。」

就這對答間，阿巧姐已經含笑叫一聲：「何老爺！」同時盈盈下拜。

「不敢當，不敢當！請起來。」

男女授受不親，不便動手去扶，到底讓阿巧姐跪了一跪；她站起來說一聲：「何老爺請坐！」然後翩然走了出去，聽她在喊客棧裡的夥計泡蓋碗茶。

真是當作自己人看待，何桂清也就不再拘束，坐在窗前上首一張椅子上，首先向胡雪巖道謝：「多謝專程下顧；隆儀尤其心感，天南萬里，何況烽火，居然得嚐家鄉風味，太難得了。」

「說實話，是阿巧姐的主意。」

「可人，可人！」何桂清的視線又落在正在裝果碟子的阿巧姐身上。

「沒有好東西請何老爺吃，意思意思。」阿巧姐捧了四個果碟子走過來說；四個果碟子是她帶在路上的閒食，一碟洋糖、一碟蜜棗、一碟杭州的香榧、一碟是崑山附近的黃埭瓜子。

「謝謝！」何桂清目光隨著她那一雙雪白的手轉；驀然警覺，這忘形的神態是失禮的，便收攏眼光，看著胡雪巖說：「雪巖兄是哪天到的？」

「今天剛到。」

「從杭州來？」

「不，到上海有幾天了。」胡雪巖說，「本想請個人來送信。因為久慕雲公，很想見一見，所以專誠來一趟。」

「盛情可感之至。」何桂清拱拱手，「不知道雪巖兄有幾日勾留？」

不說耽擱說勾留，這些文縐縐的話，胡雪巖是跟嵇鶴齡相處得有了些日子，才能聽懂；因而也用很雅飭的修詞答道：「此來專為奉謁。順道訪一訪靈巖、虎邱，總有三、五日盤桓。」

「老兄真是福氣人！」何桂清指著阿巧姐說：「雋侶雙攜、載酒看山，不要說是這種亂世，就是承平時節，也是人生難得之事。」

阿巧姐聽不懂他說的甚麼，但估量必是在說自己；而且料定是好話。再看這位「何老爺」，是「白面書生」的模樣，不道已經戴上了紅頂子，說來有些教人不能相信；轉念又想，「說書先生」常常講的，落難公子中狀元，放作「七省巡按」，隨帶尚方寶劍，有恩報恩，有仇報仇，怕正就是像眼前「何老爺」這樣子的人。

心裡如此七顛八倒的在想，一雙勾魂攝魄的眼睛，便不住看著何桂清；那位阿巧姐眼中的「白面書生」，心裡也是說不出的滋味，同時不斷在想：她是甚麼路數，與胡雪巖是怎麼回事？

因為如此，口中便不知道跟胡雪巖在講些甚麼？直到阿巧阻悄悄起去，倩影消失，他才警覺，既不安、又好笑，想想不能再坐下去了，否則神魂顛倒，不知會有甚麼笑話鬧出來？

「我告辭！」他說，「今晚上奉屈小酌，我要好好請教。」

「不敢當。」

「雪巖兄！」何桂清很認真地說，「我不是客套。雪軒跟你的交情，我是知道的；他信中也提起，說你『足智多謀，可共肝膽』，我有好些話，要跟老兄商議。」

「既如此，我就遵命了。」

「這才好。」何桂清欣然又說，「我不約別人，就是我們兩個。回頭我具柬帖來。」

於是胡雪巖將何桂清送了出門，等他上了轎，回到自己屋裡，看見阿巧姐在收拾果盤，想起她剛才跟何桂清眉來眼去的光景，心裡便有些酸溜溜地，不大得勁。「這位何老爺，」阿巧姐說，「看上去年紀比你還輕。」

「是啊！」胡雪巖說，「我看他不過比你大兩三歲，正好配得上你。」

「瞎三話四！」阿巧姐白了他一眼。

她不再說話，胡雪巖也懶得開口，一個人歪在床上想心思；想東想西，百無聊賴。看看天快黑下來了，外面又有掌櫃的聲音，急促地在喊：「胡大老爺，胡大老爺！」

這聲音喊得人心慌，趕緊一骨碌起身，迎了出去；只見前面是掌櫃，後面跟著個戴紅纓帽的聽差，手裡夾一個「護書」，見了胡雪巖，搶上兩步打個拱說：「小的何福，給胡大老爺請安。

敝上特地叫小的來迎接，轎子在門口，請胡大老爺就動身吧！」說著遞了一份帖子上來。

帖子寫的是：「即夕申刻奉迓便酌。」下款具名：「教愚弟何桂清謹訂。」

「喔！好，我就走。」胡雪巖回到屋裡，只見阿巧姐已取了一件馬褂，作勢等他來穿。

「留你一個人在客棧裡了！」胡雪巖說了這一句；忽起試探的念頭，「等我到了那裡，請何老爺派人來接你好不好？」

這應該算作絕頂荒唐的念頭，主客初會，身分不同，離通家之好還有十萬八千里；就算一見如故，脫略形跡，而她是「妾身未分明」，怎能入官宦之家？再退一步而論，算是有了名分，胡家的姨太太，也得何家的內眷派人來接，怎麼樣也不能說由「何老爺」來邀堂客！

因此，阿巧姐的表情應該是驚異；或者笑一笑，照蘇州人的說法：「虧你想得出！」甚至，置之不理，表示無可與言，亦在意中。而她甚麼都不是，只這樣答說：「不好意思的！」

是怎麼樣的不好意思，就頗耐人尋味了。胡雪巖便報以一笑，不再說下去了。等坐上轎子，心裡還一直在研究阿巧姐的態度；他很冷靜，就當估量一筆有暴利可圖，但亦可能大蝕其本的大生意那樣，不動感情，純從利害去考慮。

考慮到轎子將停，他大致已經有了主見；暫且擱下，抖擻精神來對付這個新交的貴人。

何桂清是借住在蘇州府學的西花廳，廳中用屏風隔成三間，最外一間，當作「簽押房」，接見是在第二間，書房的格局，布置得雅潔有致。胡雪巖到時，他正在寫大字，放下未寫成的對聯，歡然待客；但見他穿一件棗紅寧綢的夾袍，外套一字襟的玄色軟緞坎肩，戴一頂六角形的摺帽——一種像扇子樣，可以摺起來，置入衣袋中的瓜皮小帽，這副打扮，哪裡像個考秀才的學台？倒像洋場中的紈袴。

「雪巖兄！」何桂清瀟灑的將手一擺，「你看，就像我倆；無話不可談。」

作此表示，非同尋常，胡雪巖相當感動，但也格外慎重，「雲公，」他以端然的神色說：「雪公把信交給我的時候，特別叮囑，雲公如果有甚麼吩咐，務必照辦。這句話，我亦不肯隨便出口，因為怕力量有限辦不到；如今我不妨跟雲公說，即使辦不到，我覺得雲公一定也會體諒，所以有話盡請吩咐。」

這話已經說到頭了，何桂清也就無所顧慮，很坦率地說：「黃壽臣是我的同年，他如果不走，我不便有所表示；現在聽說他有調動的消息，論資格，我接他的缺，也不算意外，所以雪軒為我設謀，倒也不妨計議、計議。不過，費了好大的勁，所得的如果是『雞肋』，那就不上算了。你看，浙江的情形，到底怎麼樣？」

胡雪巖不懂「嚼之無味，棄之可惜」的「雞肋」作何解？不過整段話的意思，大致可以明白，是問浙江巡撫這個缺分的好壞。

「浙江當然不如江蘇，不過，有一點比江蘇好！到底還不曾打仗。」

「雖未打仗，替江南大營辦糧台，還有安徽的防務，也得幫忙，為人作嫁，頗不上算。」

「這也不見得。」胡雪巖答道：「如果是個清閒無事的缺，只怕雲公亦未必肯屈就。」

「這倒是真話。」何桂清頗有深獲我心之感，「我這個江蘇學政，照承平時候來說，也就僅僅次於『提督順天學政』——這是因為京畿之地，論人才，又何嘗及得上貴處江南？所以江蘇學政的是否得人，關乎國家的氣運，人才的消長；誰知兩百年來，我適逢其會，遇上這麼個用兵的時候，如今是只講戰備，不修文治，加以地方淪陷的很多，我原可躲躲懶，但此時不講培育，戰亂一年，人才中斷，那就是我的誤國之罪了。所以借地科考，輾轉跋涉，自覺也對得起皇上，對得起江蘇百姓了。」

胡雪巖也曾聽說過，何桂清這個江蘇學政做得相當起勁，本職以外，常有奏疏論軍務，本意以為他越俎代庖，跡近多事，現在聽他談到「借地科考，輾轉跋涉」，才知道未忝所職，心裡不覺浮起敬意。但這方面他無可贊一詞，唯有凝神傾聽，不斷點頭而已。

「老爺！」有個丫頭走來說，「請客人入席吧。」

「請吧！真正是小酌，」何桂清說：「而且是借花獻佛。」

果然，六樣菜倒有四樣的材料，出自胡雪巖送的那四色雲南土產；當中一個一品鍋，揭開來看，形式與眾不同，中間「朝天一柱」，多出個嘴子，裡面是一鍋雞塊，湯汁極清，微帶糟香，不覺就在喉間嚥了一口唾沫。

「這大概就是『汽鍋雞』了。」胡雪巖說：「久聞其名，還是初次見識。」

「這雞也就是喝點湯。做法並不麻煩，難得的是傢伙；這汽鍋，我曾託人到宜興仿製，怎麼樣也不合適。」何桂清說到這裡，忽然問道：「雪巖兄到敝處去過沒有？」

「沒有。不過我久慕昆明是洞天福地，四季如春，山明水秀。」胡雪巖又說：「俗語道得好，人傑地靈，有這樣的好地方，才能出雲公這樣的人物。」

「過獎，過獎！」何桂清說：「你總聽雪軒說過，我不是雲南土著。」

肯提到這一點，也就表示不諱言他的身世；胡雪巖轉念到此，便理解到何桂清真的是拿自己當知心朋友看待。不過，自己卻不便透露，盡知他的底細，所以這樣答道：「略知一二。雪公也是很佩服雲公的。」

「我跟他的交情不同；你跟他的交情也不同。所以今後你不要見外才好。」

「是！是！承蒙雲公不棄，我敬雲公亦就像敬雪公一樣。」

「敬則不改，但願你不分彼此。來，『相見歡』，請乾了這一杯。」

兩個人都乾了照杯。然後低斟慢飲，繼續談浙江的情形；胡雪巖認為已不須慫恿他作何打算，只就浙江的吏治、民生、人情、風土，盡其所知地細細陳述。何桂清聽得很仔細，偶爾也發一兩句問；問的都是地方的形勢，胡雪巖聽得出來，他的興趣是在軍務上，倘或防守沒有把握，他對浙江巡撫這個缺，就不見得會有興趣。

談到最後，何桂清對他的出處，作了透露：「我這個學政是一定不幹了。以後幹甚麼，卻還打不定主意。」

官場上的花樣，胡雪巖所了解的，只到府縣為止；省裡的事，還可以猜詳得出來。至於京官以後許多特殊的缺分，他就不懂了，所以對何桂清的話，無可置答。

「你知道，我們那一榜，道光十五年乙未，現在算是最得意了；這是因為當年穆相國的提拔——穆相國你知道吧？」

「說來慚愧。我還不大清楚。」

「這也怪你不來，你不是我們這一路上的人——。」

何桂清接下來便為胡雪巖談「穆相國」——道光朝的權相穆彰阿；乙未科會試，是他的大主考，十五年功夫，盡是提拔門生，內而軍機部院，外而巡撫藩臬，遍布要津，所以穆彰阿雖在當今咸豐皇帝接位的第二年垮了下來，但乙未科同榜，羽翼已經豐滿，個個可以振翅高飛，不但不受老師垮台的影響，而且老師反因門生的力量，僅僅得了個革職的處分，不曾像當年「和珅跌倒」那樣，搞成抄家送命的悲慘結局。

「所以，」何桂清話風一轉，談到自己，「我不能輕棄機會，動是總歸要動的；現在不是承平之世，學政沒有幹頭。如果說想到浙江去，變成挖黃壽臣的根，同年相好，說不過去。教我回去當禮部侍郎的本缺，亦實在沒有意思。我在想，像倉場侍郎之類的缺分，倒不妨過個渡。」

「倉場侍郎」這個官稱，胡雪巖倒是知道，因為與漕運有關，聽王有齡和嵇鶴齡都談過；倉場侍郎駐通州，專管漕糧的接收、存貯，下面有十一個倉監督，是個肥缺，做兩三年下來，外放巡撫，便有了做清官的資格，因為宦囊已豐，不必再括地皮。

胡雪巖的腦筋快，一下子想到浙江的海運；從王有齡到嵇鶴齡，海運局的麻煩還很多，有許多核銷的帳目，要靠通州方面的幫忙，如果何桂清能夠去掌管其事，一切都方便了。於是他說：

「雲公，你這個打算，真正不錯！說到這上頭，我倒有微勞可效。天下的漕糧重在江浙，浙江方面的海運，只要雲公坐鎮通州，說甚麼便是甚麼，一定遵照雲公的意思辦理。」

「喔，」何桂清問：「浙江的海運，雪軒已經交卸了，你可以有這樣的把握？」

「雪公雖已交卸，現在的坐辦嵇鶴齡，跟雪公仍舊有極深的淵源。嵇某人是我拜把的兄弟。」

「原來如此！」何桂清欣喜中有驚異；覺得事情真有這麼湊巧，倒是意想不到。

「至於江蘇方面的海運，雲公想必比我還清楚；而且由江蘇調過去，不論誰來辦，必都是熟人，自然一切容易說話。」說到這裡，胡雪巖作了一個結論：「總而言之，雲公去幹這個缺，是人地相宜。」

「能人地相宜，就可以政通人和。」何桂清停了一下，又說，「我本來只是隨便起的一個念頭，不想跟你一談，倒談出名堂來了。我已寫了信到京裡，想進京去一趟，『陛見』的上諭，大概快下來了，準定設法調倉場。」

何桂清肯說到這樣的話，便見得已拿胡雪巖當作無話不談的心腹。聽話的人了解，人與人之間，交情跟關係的建立與進展，全靠在這種地方有個扎實的表示。這一步跨越不了，密友亦會變成泛泛之交；因此，胡雪巖當然不會輕易放過。

「雲公！我敢說，你的打算，不能再好了。事不宜遲，就該放手進行。不過，有句話，我不知道說得冒昧不冒昧？」

「你不曾說，我怎麼知道？」何桂清剝著指甲，眼睛望著他自己的手，是準備接受他那句「冒昧」話的神氣。

「聽說藩司進一趟京，起碼得花兩萬銀子，可是有這話？」

「這也不能一概而論，中等省分夠了，像江蘇這樣一等一的大省就不夠。僅僅陛見述職夠了；如果有公事接頭，或者請款，或者報銷，那『部費』就沒得底，兩萬銀子哪裡夠？」

「照這樣說；有所謀幹，就更不夠了。」

「這也要看缺分、看聖眷、看朝裡有人無人而定。像我這趟去，就花不了多少錢。」

「那麼，」胡雪巖斂眉正視，一個字、一個字很清楚地問：「到底要多少呢？」

何桂清不即回答，亂眨著眼，念念有詞地數著指頭，好久才說：「若有一萬五千銀子，盡足敷用。」

「雲公，」胡雪巖一笑，又放正了臉色，「你老知道的，我做錢莊；我們這行生意，最怕『爛頭寸』，你老這趟進京，總要用我一點才好。」

這一說，何桂清的表情便很複雜了，驚喜而兼困惑，彷彿還不十分懂他的話似地——是有點不懂，細想一想才算弄明白，但亦不知道自己的解釋對不對，所以話說得不很俐落。

「雪巖兄，你的意思是想放一筆款子給我？」

「是的。」胡雪巖很率直，也很清楚地回答：「我想放一萬五千銀子的帳給雲公。利息特別克己，因為我的頭寸多，總比爛在那裡好。」

「期限呢？」

「雲公自己說。」

何桂清又答不上來了，他要好好盤算一下；卻又無從算起，因為只知道倉場侍郎的缺不錯，一年到底有多少進帳並不知道。

看他遲疑，胡雪巖便說：「我替雲公出個主意，在京城裡，我替雲公介紹一家票號，雲公的款子都存在他那裡，看情形辦；錢多多還，錢少少還，期限不定，你老看如何？」

「好，好，就是這麼辦。不過我不必用那麼多，只要一萬就可以了。」

胡雪巖知道，五千已有著落，還是自己聽了阿巧姐的話，親手封進去的銀票，但不便說破，

「怎麼呢？不還差五千嗎？」他故意這樣問。

何桂清也不肯說破，王有齡在信中，已附了五千銀子，只是這樣答道：「不敷之數，我另外找人湊一湊，也就差不多了。」

胡雪巖肚子裡雪亮，便點點頭說：「那麼，請雲公的示，我那一萬銀子，送到哪裡？」

這平平常常的一句話，應該是極容易回答的，而何桂清竟開不得口！因為這件事說起來未免令人覺得突兀而驟難相信。一萬銀子不是小數，初次見面，三言兩語便大把捧出來借與人，不要中，不要保，還不必講利息和限期，這不太少見？

這樣茫然想著，忽有領悟，胡雪巖這樣做法，固可解釋為王有齡的交情使然；但他本人是否有所圖謀呢？生意人的算盤，無論如何是精明的，還是先問一問清楚的好。

「雪巖兄，」他很吃力地說，「你真的是所謂『爛頭寸』？」

問到這話，胡雪巖覺得不必再說假話，因而這樣模稜地答道：「就算頭寸不爛，雲公的大

事，我亦不能不勉力效勞。」

「感激得很。只是我受你此惠，不知何以為報？」

話是一句普通見情的話，但他的眼神不同，雙目灼灼地望著胡雪巖，是等候回話的神態。這一下，玲瓏剔透的胡雪巖就瞭然了，這句話不僅是內心感激的表示，還帶著「問條件」的意味。

條件自然有，但絕不能說；說了就是草包。同時胡雪巖也覺得他的這一問，未免看輕了他自己跟王有齡的交情，所以意中微有不滿。

「雲公說的是哪裡的話？我不曾讀過書，不過《史記》上的〈貨殖列傳〉、〈游俠列傳〉也聽人講過。區區萬金，莫非有所企圖，才肯出手？」

「是，是！」何桂清大為不安，連連拱手：「是我失言了。雪巖兄，我真還想不到，你是讀書有得的人。」

胡雪巖心裡好笑，自然也得意，聽嵇鶴齡講過幾個漢朝的故事，居然把翰林出身的學台大人都唬住了！將來跟王有齡、嵇鶴齡他們談起來，倒是一件值得誇耀之事。

「哪裡，哪裡，雲公這話，等於罵我。」他一半實話，一半謙虛的說。

而何桂清卻真的刮目相看了，「怪不得雪軒佩服你。」他說，「雪軒以前雖不得意，卻也是眼高於頂的人，平日月旦人物，少所許可，獨獨對你不同；原來你果然不同。」

胡雪巖報以矜持謙虛的微笑，拿話題又拉回到借款上；「我那一萬銀子，一到上海就可以備妥；是寄了來，還是怎麼樣？」

「不必寄來。」何桂清想了想說，「等我進京，自然是先到上海，由海道北上，一則路上比較平靖；再則也看看海運的情形。到了上海，我們見面再說。那時少不得還有麻煩你的地方。」

「好，好……」胡雪巖自告奮勇：「雲公甚麼時候進京，先給我一封信；在上海備公館，定船艙都歸我辦差。」

「『辦差』兩個字請收回。」何桂清又躊躇著說：「倒是有一件，我動身至快也得端午前後，那時候，恐怕你已回杭州了。」

「我從杭州趕回上海。」胡雪巖答得極其爽利，「而且，我上海也有人，一切不須雲公費心。」

談話到此，酒也夠了，胡雪巖請主人「賞飯」，吃完略坐一坐，隨即起身告辭，何桂清仍舊用轎子將他送回金閶棧。阿巧姐正燈下獨坐，在守候他回來。

「你吃了飯沒有？」

「吃過。」阿巧姐說，「一直想吃陸稿荐的醬豬肉，今天總算到口了。」

說著，她服侍他卸衣洗腳，一面問起何桂清那裡的情形。胡雪巖不便將那些如何進京，活動調任的話告訴她；但除此以外，就沒有甚麼可說的了，因為何家的內眷親屬，他一個也不曾看到。

等上了床，阿巧姐在枕頭上問他：「明天怎麼樣？想到哪裡去？」

「正事都辦完了。明天哪裡去逛一天？到蘇州一趟，總不能說虎邱都不曾到過。」

聽他這一說，阿巧姐頗有意外之感，「我原以為你的事，總得有幾天，才能辦完。」她說，「這一來──。」

「怎麼呢？」胡雪巖見她欲言又止，同樣地感到詫異。

「我本來想回木瀆去一趟。現在看來不成功了。」

「這倒無所謂。」胡雪巖問，「你去幹甚麼？」

「咦，你這話問得怪！我家在木瀆，到了蘇州不回去，說得過去嗎？」

「喔！」胡雪巖脫口說：「你是去看老公？」

「說得可要難聽！」阿巧姐有些氣急敗壞地，「我是回娘家。」

看她的神氣，這不是假話；既然如此，胡雪巖覺得倒不妨問了下去：「你娘家還有甚麼人？」

「娘老子，一個兄弟。」阿巧姐又說，「我看一看他們，有點錢帶到了，馬上回城。」

「那得多少時候？」

「一來一去，總要兩天。」

「兩天？」胡雪巖想了想說，「你明天就去，後天回來；一回來我們就走。」

「這樣，」阿巧姐歉然地說，「明天不能陪你逛虎邱了。」

「這倒無所謂。阿巧，」胡雪巖問道，「你跟你夫家，到底怎麼回事？」

「怎麼回事？只要有錢給他們，他們啥也不管。」阿巧姐用這樣鄙夷不屑的口吻回答。

「錢是按月帶回去？」

「有時一個月，有時兩個月。錢多多帶，錢少少帶，沒有一定。再也要看有沒有便人；常常要託人，真麻煩。」

「與其如此，還不如一刀兩斷，也省得託人麻煩。」

阿巧姐不響，看樣子是有些為難；胡雪巖便在猜度？她的為難是甚麼？

「一刀兩斷是可以，就怕他們獅子大開口。」

「你倒說說看，大到怎麼的程度？鄉下人開口來也不見大到哪裡去。」

「總要兩千銀子。」

兩千銀子倒是獅子大開口了，在上海「長三」中，娶個紅倌人也不過花到這個數目；而阿巧姐人雖不錯，身價到底不值這麼多。

如果說一句「兩千就兩千」，這樣出手，不能博得豪闊之名；倒有些像洋場新流行的俗語，成了「洋盤」。當然，這是因為從阿巧姐情不自禁地表現出，對「何老爺」有「意思」以後，胡雪巖對她的興趣，已經打了折扣之故；否則他就不會有那樣做「洋盤」的感覺。

於是他淡淡地答了句：「到了上海再說吧，手邊也沒有這麼多銀子。」

其實他帶著三千銀票，這樣說是託詞；阿巧姐原不曾作此期待，因而也不覺得失望。一宿無話，第二天起身，他實踐前宵枕上的許諾，催阿巧姐回木瀆。

「丟你一個人在客棧裡，真不好意思。」阿巧姐說，「要嘛，你跟我一淘去。」

這算甚麼名堂？鄉土風氣閉塞，阿巧姐這樣帶個「野漢子」回家，就算她自己不在乎，胡雪巖也覺得尷尬，所以搖著手說：「不要緊，不要緊！你一個人去好了。一個人在城裡逛逛也很好。」

「那麼，我明天一早就動身回來。大概中午就可以到了。」

說著，便託金閶棧代為雇一頂來回的轎子；胡雪巖想想讓她空手回去，自己一無表示，也不好意思，便取了一張一百兩的銀票，說是送她父母買補藥吃。阿巧姐自然高興，上轎時便越發有那種依依不捨的神情了。

也不過是她剛走，何桂清又派人送了柬帖來，約他午間在獅子林小酌；胡雪巖正愁無處可去，自是欣然許諾，給了回片，發了賞錢，坐轎進閶門，到玄妙觀裡喝了一碗茶，在廟市上買了幾樣小件的玉器，到了近午時分，就在廟前雇一頂小轎，去赴何桂清之約。

獅子林以假山出名，據說是倪雲林親手所經營；曲折高下，詭異莫測，何桂清親自引導遊覽，隨處指點，極其殷勤。一圈逛下來，去了個把鐘頭，走得累了，便覺得飲食格外有味；吃到半飽，話才多了起來。

這種場合，自然不宜談官場；談商場則何桂清是外行，於是只好談山水，談風月了。有了幾分酒意的何桂清，談興愈豪，話也更少顧忌，一談談到家庭，他忽然說道：「雪巖兄，我有件事，要靦顏奉託。內人體弱多病，性情又最賢慧，常勸我置一房妾侍，可以為她分勞，照料我的飲食起居。我倒也覺得有此必要，只是在江蘇做官，納部民為妾，大干禁例；這一次進京，沿途得要個貼身的人照料，不知道你能不能替我在上海或者在杭州，物色一個？」

「這容易得很。請雲公說說看，喜歡怎樣的人？」

「就像阿巧姐那樣的，便是上選。」何桂清脫口而答。

胡雪巖一楞，細看一看他的臉色，不像飾詞巧索，心裡便好過些了，「我知道了。」他點點頭，「總在雲公動身以前，我必有以報命。」

「拜託，拜託！」何桂清說，「回頭我先送五百兩銀子過來。請雪巖兄在這個數目之內替我辦。」

「用不了這麼多。」胡雪巖說：「雲公也不必送來，辦成了，我跟雲公一起算，順便還要討賞。」

「言重，言重！該我謝媒。」

答應是答應下來了，回到金閶棧，細想一想，要找像阿巧姐這樣的人，卻真還不大容易。

「嗐——！我傻了！」胡雪巖突破心頭的蔽境；解決了難題，卻帶來悵然若失的情懷。

何必再去尋阿巧姐這樣的人？阿巧姐不就在眼前？然而胡雪巖這一次撒手，跟放棄阿珠的感覺大不相同；當時移花接木將阿珠與陳世龍之間的那條紅絲聯繫起來，不但心安理得，而且有快心愜意之感，如今要將阿巧姐送入別人的懷抱，心裡卻是酸溜溜的，很不好受。

因此一個人徘徊又徘徊，翻來覆去的在想，除此以外可還有更好的辦法？這樣蟻旋磨轉的一直到天快黑，聽得外面有人在喊：「胡大老爺！」聲音很熟，卻一時想不起是誰？出門一看，才影綽綽的辨清楚，是周一鳴。

「中午我來伺候，胡大老爺出去了？」

「喔，對不起，失迎！」胡雪巖答道：「何學台約我逛獅子林。」

「姨太太也不在——。」

「她回木瀆去了。」胡雪巖又補了一句：「那不是小妾，你的稱呼用不著。」

這也算是碰了一個釘子，周一鳴答不上來了；沒話找話說了句：「胡大老爺怎不點燈？」

「啊！」胡雪巖這時才醒悟，自己也覺得好笑，說了一半實話：「我在想一件心事，想得出神了。老周，我們吃酒去。」

「是！」周一鳴陪笑說道：「我本來就打算做個小東，請胡大老爺喝杯酒。只怕胡大老爺不肯賞臉，不敢說。」

「笑話！啥叫不肯賞臉？你說得太客氣了。」胡雪巖很中意周一鳴，想跟他談談，便很懇切的說：「我擾你的。不過，下館子我可不去；不是怕你多花錢。第一，中午油膩吃得太多；第二，想看看蘇州的小酒店是怎麼個光景，跟我們杭州有甚麼不同。」

「胡大老爺這樣說，我就恭敬不如從命了。這種專門吃酒的酒店，玄妙觀前多得很，地方很乾淨，可以坐一坐。」

「那好，我們就走吧！」

胡雪巖隨手套上一件馬褂，關照店夥鎖了門，與周一鳴雇了一輛馬車進城；玄妙觀前燈火輝煌，十分熱鬧——江寧失守，蘇州成了全省的首善之區，文武官員，平空添了數百，大多不曾帶家眷，公餘無處可去，多集中在玄妙觀前，閒逛的閒逛，買醉的買醉，市面要到二更才罷。

酒店家家客滿，最後在一家字號叫「元大昌」的，找到了一副臨街的座頭，兩個人坐下來，要了紹興花雕；隨即便有兩三個青布衣衫，收拾得十分乾淨挺括的，上了年紀的婦人，挽著竹籃來賣下酒的滷菜。那些鴨頭和鴨翅膀，看樣子很不壞，但味道卻不怎麼樣；好在胡雪巖旨在領略蘇州酒店的情趣，不在口腹，倒也不甚介意。

等坐定了，吃過一巡酒，他放眼四顧，開始觀察；蘇州本地人雍容揖讓，文文氣氣，一望而知——他們間壁一桌就是，兩個都是白鬚老者，但一口道地的蘇州話，卻是其軟無比；只聽他們高談闊論，也是一種樂趣。

四外烽火連天，這「元大昌」中卻是酒溫語軟，充滿了逸興閒情；隔座那兩位白鬚老者，談的是嘉慶年間的舊話，談硯台、談宜興的「供春壺」、談竹雕，都是太平盛世，文人墨客的雅玩。

「人生在世，為甚麼？」胡雪巖忽生感慨，「就是吃吃喝喝過一生？」

這句話問得周一鳴直著眼發楞，不但不能回答，甚至也無從了解他的意思。

「我是說，像隔壁那兩位老太爺，」胡雪巖放低了聲音說：「大概是靠收租過日子的鄉紳。這樣的人家，我們杭州也很多，祖上做過官，掙下一批田地；如果不是出了個敗家精，安分度日，總有一兩代好吃。本身也總有個把功名，好一點是進過學的秀才，不然就是二三十兩銀子捐來的監生，也算場面上的人物。一年到頭無事忙；白天孵茶館，晚上『擺一碗』，逍遙自在到六七十歲，一口氣不來，回老家見閻王，說是我陽世裡走過一遭了。問他陽世裡做點啥？啥也不做！像這樣的人，做鬼都沒有意思。」

這番不知是自嘲，還是調侃他人的話，周一鳴倒是聽懂了，此人也算是有志向的人，所以對胡雪巖的話，頗有同感，「是啊！」他說，「人生在世，總要做一番事業，才對得起父母。」

有這句話，胡雪巖覺得可以跟他談談了，「老周，」他問，「聽說你在水師，也是蠻有名的人物？」

「名是談不到，人緣是不錯。」周一鳴喝了口酒，滿腹牢騷地說，「從前船戶都叫我『老總』，見了客氣得很；現在都叫我老周，啥跑腿的事都要幹。想想真不是味道。」

「你的意思，仍舊想回水師？」

「想也不行！」周一鳴搖搖頭，「從前我那個長官，現在官更大了；聽了他娘的小舅子的話，把我恨得要死。要想再回去補個名字，除非移名改姓，從小兵幹起，那要幹到甚麼時候才得出頭？想想只好算了。」

「果真你要回去，我倒可以幫你的忙。」胡雪巖說，「想來水師管帶，官也不會大到哪裡去；我替你請何學台寫封信，你看怎麼樣？」

「求得到何學台的信，我又不必回原地方了。何學台跟江蘇巡撫許大人是同年，有何學台的信，我投到『撫標』去當差，比原來的差使好得多。」

「那好！」胡雪巖說，「這上頭我不大懂。明天我帶你去見何學台，你當面跟他說。」

聽得這話，再想到何桂清對胡雪巖的客氣，料知他們交情極深，事必有濟，所以他極其興奮，連連道謝，應酬得格外殷勤了。

酒吃到六分，胡雪巖不想再喝；叫了兩碗「雙澆麵」，一碗是燜得稀爛的大肉麵，一碗是燻魚麵，兩下對換，有魚有肉，吃得酒醉飯飽，花不到五錢銀子，胡雪巖深為滿意。

「錢不在多，只要會用。」他說，「吃得像今天這麼舒服的日子，我還不多。」

「這是因為胡大老爺曉得我作東，沒有好東西吃，心裡先就有打算了，所以說好。」

「這就叫『知足常樂』。」胡雪巖說，「凡事能夠退一步想，就沒有煩惱了。」

這天晚上他再想阿巧姐的去留，就是持著這種態度，譬如不曾遇見她，譬如她香消玉殞了，譬如她為豪客所奪；這樣每自譬一次，便將阿巧姐看得淡了些，最後終於下了決心，自己說一聲：「君子成人之美！」然後嘆口氣，蒙頭大睡。

第二十四章

第二天一早起身，周一鳴已經在等著了，臨時客串聽差，替他奔走招呼；所以阿巧姐雖不在身邊，胡雪巖亦覺得並無不便。同時心裡在想，自己一向為求便捷爽利，不喜歡帶個聽差在身邊；看來若有像周一鳴這樣的人，帶在身邊，亦自不妨；這一趟回去，或在杭州，或在上海，倒要好好物色一個。

等他漱洗完畢，周一鳴又要請他進城去喝早茶。胡雪巖心裡有數，便連聲答道：「好的，好的！吃完早茶，我帶你去見何學台；當面求他替你寫信。」

於是進了城在「吳苑」茶店吃早茶。蘇州的茶店跟杭州的又不同；杭州的茶店，大都是敞廳，一視同仁，不管是縉紳先生，還是販夫走卒，入座都是顧客；蘇州的茶店，分出等級，各不相干，胡雪巖好熱鬧，與周一鳴只在最外面那間廳上坐，一面喝茶，一面吃各式各樣的點心，消磨到十點鐘，看看是時候了，算了帳，安步當車到蘇州府學去見何桂清。

由於愛屋及烏的緣故，何桂清對周一鳴也很客氣，再三讓座，周一鳴守著官場的規矩，只是垂手肅立，最後卻不過意，才屁股沾著椅子邊，彷彿蹲著似地坐了下來。

看他這侷促的光景，胡雪巖倒覺得於心不忍，便要言不煩地說明來意，何桂清當時答道：

「許大人親自到上海督師去了。」接著轉臉問胡雪巖：「現在倒有個好機會，是去收稅；不知道這位周君願意不願意屈就。」

「屈就這兩個字言重了。不知是哪一處稅卡？」

「現在新創一種『釐金』，你總曉得。」

「這聽說過。」胡雪巖答道，「到底怎麼回事，卻還不十分清楚。」

「是你們浙江的一個奇士的策劃。此人算來是雪軒的部民；湖州府長興人，名叫錢江——。」

錢江字東平，是浙江長興的一名監生，好大言、多奇計，彷彿戰國的策士一流人物。鴉片戰爭一起，協辦大學士吏部尚書，宗室奕經，奉旨以「揚威將軍」的名義，到浙江督辦軍務；錢江叩轅獻計，招募壯士、奇襲英軍，擒其首腦。畏葸的奕經，如何敢用這樣的奇計？敬謝不敏。後來林則徐得罪遣戍，而錢江在廣州犯了法，亦充軍到伊犁，在戍所相遇，林則徐對他深為賞識。當林則徐遇赦進關時，設法將他洗脫了罪，帶入關內；在京城裡為他揄揚於公卿之間，聲名鵲起，不幸地，林則徐不久病歿，錢江頓失憑依，於是挾策遊於江淮之間，在揚州遇到了雷以諴。獻上兩策，第一策是預領空白捐照，隨時填發。第二策就是開辦釐金。

窮了想富、富了想貴，人之常情；所以做生意發了財的，尤其是兩淮的那班鹽商，最喜歡捐官，捐到三品道員還覺得戴藍頂子不夠威風，總想找機會，如報效軍需，捐助河工，花大把銀子買個「特保」，弄個二品頂戴的紅頂子才肯罷休。

但是捐官的手續甚為繁複，吏部書辦的花樣百出，往往「上兌」一兩年，一張證明幾品官員身分的「部照」還拿不到，這一來自然影響捐官的興趣。錢江的辦法就是專為想過官癮的富商打算；一手交錢、一手交貨，上了兌，立刻填發部照，爽快無比。雷以諴認為此策極妙，便託錢江上了個奏摺，細陳其事；照他的辦法，部裡的書辦就沒有好處了，所以起初部議不准。無奈國庫空虛，乾嘉年間積下的上千萬銀子，從道光年間鴉片戰爭以來，為奕經、耆英、琦善，以及賽尚阿等總領師干的欽差大臣，花得光光；現在朝廷平洪楊之亂，「既要馬兒好，又要馬兒不吃草」；如果馬兒自己覓草去吃，猶復不准，如何說得過去？因此，錢江的妙策，到底被批准了；部裡領來大批的空白捐照，現款交易，而且沒有層出不窮的小費，既快又便宜，捐官的人，自然趨之若鶩。雷以諴就靠了這筆收入，招募鄉勇，才得扼守揚州、鎮江一帶。

然而捐官只是一趟頭的買賣；細水長流，還得另想辦法。於是而有釐金；清朝的行商稅，本來只有關稅一種。大宗稅收是錢糧地丁，因為失地太多而收額大減；兩淮的鹽稅，亦因為兵火的影響，銷場不旺，彌補之道，就靠釐金，一錢抽一釐，看起來稅額甚輕，但積少成多，為數可觀。最先是由雷以諴在揚州仙女廟、邵伯鎮等運河碼頭，設卡試辦，成效不壞，朝廷因而正式降旨，命兩江總督怡良、江蘇巡撫許乃釗、漕運總督楊以增，在江南、江北各地試行捐釐助餉，以裕軍需。

聽罷何桂清的陳述，胡雪巖對錢江其人，深為仰慕，頗想一見，但這是一時辦不到的事，只好丟開，先替周一鳴作打算。

「他是水師出身，運河、長江各碼頭，都是熟人。若得雲公栽培，當差絕不致誤事，坍雲公的台。」

「我知道，我知道，看周君也是很能幹的人，何況又是你的舉薦，一定賞識不虛。」何桂清說，「我馬上寫信，請坐一坐！」

說罷，他退入書房，親筆寫了一封信。何桂清雖未做到封疆大吏，督撫的派頭已經很足，兩張八行箋，寫著胡桃大的字；按科名先後，稱雷以諴為「前輩」。胡雪巖接了信代周一鳴道謝；周一鳴自己則叩頭相謝。

「你先回去吧！」胡雪巖對周一鳴說，「我還要陪何大人談談。」

等周一鳴一走，何桂清告訴胡雪巖一個消息，說江蘇巡撫許乃釗有調動的消息；「今天一早，接到京裡的密信。」他說，「我想等一等再說。」

許乃釗調動，何以他要等候？細想一想，胡雪巖明白了，必是何桂清有接此任的可能，不妨靜以觀變。

這個主意的改變，胡雪巖覺得對自己這方面大為不利，因而頗想勸他仍照原來的計畫，先活動調任倉場侍郎，然後放到浙江去當巡撫，那一來，對王有齡，對自己，對嵇鶴齡便有左右逢源，諸事順手之樂了。

暗中的猜測，不便明勸，萬一猜得不對，變成無的放矢，是件可笑的事，教何桂清看輕了自己；而且凡事明說不如暗示，旁敲側擊的效果最好，這是胡雪巖所深知的。於是略想一想，有了一套說詞。

「江蘇巡撫這個缺，從前是天下第一；現在，我看是最末等的了。」他忽然發了這樣一段議論。

何桂清當然要注意，「蘇撫的缺分，不如以前是真的，」他說，「但亦不至於淪為末等。」

「我瞎說的，跟雲公請教。」胡雪巖徐徐而言，想著末等的理由，想到一條說一條：「第一是大亂在江蘇，地方少了；錢糧也就少了。」

「還好，蘇松膏腴之地，還在我們手裡。」

胡雪巖不便說蘇松難保，「要保住，也很吃力；劉麗川至今還在上海。這且不去說它；第二，江蘇的官太多。」他說，「浙江好的是巡撫獨尊！」

「啊！」何桂清深深點頭，「你這話有道理，督撫同城，確是麻煩，不是東風壓倒西風，就是西風壓倒東風。」

「巡撫要壓倒總督，怕不大容易，這也不去說它，第三，」胡雪巖又說：「江南大營的向大人，聽說很難伺候。雲公，有這話沒有？」

這話當然有的。何桂清心想，江南大營的驕兵悍將，不知凡幾；向榮的難伺候，猶其餘事。於是本來想在江蘇等機會，打算著能接許乃釗的遺缺的心思動搖了。

看他默然不語，胡雪巖猜到了他的心裡，益發動以危言：「地方官要與城共存亡。我替我們杭州同鄉許大人說句私話，如果能調動一個缺，真正是『塞翁失馬，焉知非福』了。」

這句話才真的打動了何桂清，他最膽小；雖然紙上談兵，豪氣萬丈，其實最怕打仗。看起來，江蘇真的成了未等的缺，何必自討苦吃，還是進京去吧！

主意打定了，卻不便明說，只連連點頭：「高論極是，佩服之至。」

「我哪裡懂甚麼？不過俗語道得好：『旁觀者清』，不在其位，不關得失，看事情比較清楚。」

「說得一點不錯。」何桂清答道：「我就正要老兄這樣的人，多多指點。」

「雲公這話說得太過分，真叫我臉紅。」他趁勢站了起來，「我就此告辭了；順便跟雲公辭行。」

「怎麼？」何桂清頓現悵然之色，「你就這樣走了？」

「是的。我預備明天一早動身回上海。」

「那麼——，」何桂清沉吟了好半晌說：「我們上海見面吧！那不會太久的。」

「是！我一回上海就把款子預備好，隨時等雲公的招呼。」

「還有件事，無論如何，奉託費心。」

胡雪巖一楞，隨即會意，事實上此事已成功了一半，所以很有把握地說：「雲公請放心，一到上海，必有喜信。」

何桂清自然高興。而過分的欣悅，反生感慨，「真想不到，這一次無端與雪巖兄結成知交。」

他搖搖頭說：「人生在世，都是一個緣字；想想真是不可思議。」

胡雪巖跟他的境遇，約略相似；再加上王有齡，三個人天南地北，不知冥冥中是甚麼力量的驅使？得能聚在一起，像七巧板一樣，看似毫不相干，居然拼出一副花樣，實在巧妙之至。

所以對他的話，深具同感。

「雲公，說緣字，還有讓你想不到的事。」他緊接著又說，「眼前我不說破，說破了不好玩了。只盼你早則節前，晚則節後，到了上海，我們再敘。」

聽他如此說法，何桂清便不肯多問；只說：「好，好！我們再敘。良晤非遙，我就不送你了。」

「不敢當，我也就不再來辭行了。」他站起身作揖。

「你請等一等。」何桂清說完，匆匆又走入書齋；好久，都不見再露面。

他是親筆在寫名帖——寫信來不及了，只好用名帖；一共七八張，從蘇州到上海，沿路掌管一方的文武官員，都有他的名帖致意；致意是門面話，其實是為胡雪巖作先容。

「你備而不用吧！」何桂清把一疊名帖交了過去，「交情深淺，都在措詞上看得出來；該用不該用，怎麼用法？你自己斟酌。」

「有雲公這幾張名帖，就等於派了百把兵保護，一路上可以睡到上海，多謝，多謝！」

「雪軒那裡，我另外覆信；這裡跟浙江，每天都有驛差，方便得很。我就不必麻煩你轉信了。」

何桂清一面說，一面親自送客；體制所關，送到二門為止。等胡雪巖回到客棧，他跟著又派人送了四樣路菜，一部他新刻的詩稿；另外一個沉甸甸的小木箱，打開來一看，是一隻「汽鍋」。

「難為你家大人想到。」

「我家大人交代。」那個叫何福的聽差說：「胡大老爺的交情，與眾不同；叫我跟胡大老爺請示，若還有事，我就在這裡伺候胡大老爺上了船再回去。」

「不必，不必！我有人。你請回去吧，替我道謝。」

說完，在阿巧姐的梳頭匣裡取了個紅封套——紅封套甚多，備著賞人用的，輕重不等；最重的是五兩一張銀票，給何福的就是這一種。

這一下，胡雪巖就只有一件事了，等阿巧姐回來。原說午間可到，結果等到日落西山，不見芳蹤，反倒是周一鳴又來相伴了。

「胡大老爺，真是多虧你栽培。我去請教過人了，說何大人這封八行的力量很夠，一定會得個好差使。」他笑嘻嘻地說。

「那很好！」胡雪巖也替他高興，「你得趕快到揚州才好。遲了就沒有好差使了。」

「不礙。沿運河、長江兩岸都要設卡子，差使多得很，搶不光的。我伺候了胡大老爺回上海，再到揚州，最多耽誤十天的功夫，不要緊。」

看他意思甚誠，而且路上也還要他招呼，胡雪巖就點點頭不再多說了。

於是又閒談了一會，周一鳴看胡雪巖有點心神不定的模樣，便有些躊躇，再坐下去，怕惹他的厭；如果告辭，丟下他一個人在客棧，更為不妥，想了想又勸他出去喝酒散心。

「謝謝，今天不行了。我得等人。」

「喔，」周一鳴知道他心神不定的由來了，「是等阿巧姐？」

「是啊！她回木瀆娘家去，說了中午回來的，至今人面不見，不知是怎麼回事？」

「此刻不來，今天不會回來了。木瀆的航船，早就到了。」

「不是搭的航船，自己雇了一隻船來回。」

「那這樣，」周一鳴站起身來，「我到閶門碼頭上去打聽打聽看。」

「不曉得是哪一條船，怎麼打聽？」

「不要緊！我到那裡，一問便知。」

「對了！你碼頭上最熟。」胡雪巖欣然答道，「那就拜託了。」

等周一鳴走不多時，忽然有個十五、六歲的小後生，由金閶棧的店夥領了來見胡雪巖，自道他是潘家跑上房的書僮，奉了他家姨太太之命，「請胡老爺過去，有位堂客，要見胡老爺。」

又是姨太太，又是堂客，當著店夥在那裡，胡雪巖有些尷尬，怕引起誤會，傳出謠言去，總是煩惱，所以不跟那小後生答話，只向店夥說道：「你們這裡，另外有位胡老爺吧？他弄錯了！」

「不錯！」店夥答道，「他說了胡大老爺的官印，上雪下巖，我才領了來了。」

「那就奇怪了。」胡雪巖對那小後生說，「蘇州我沒有姓潘的朋友，更不認得你家姨太太。」

「原是木瀆來的那位堂客要見胡老爺。」小後生說，「那位堂客是我們姨太太的要好姐妹。」

「原來是阿巧姐！」胡雪巖大惑不解，「怎麼不回客棧，到了你家？」

「那就不清楚了。只說請胡老爺過去見面。」

胡雪巖為難了。素昧平生，應人家內眷的邀請，這算是怎麼回事？同時阿巧姐有何理由到了潘家？而又叫自己去相會？凡此都是疑竇。以不去為妙。

話雖如此，事情卻要弄清楚；真假之間，首先要問阿巧姐，「那位木瀆來的堂客，你看見了沒有？」他問。

「見了的。」

「是怎麼個樣子？」

那小後生把阿巧姐的身材、容貌、服飾形容了一遍，果然不錯。阿巧姐在潘家這話，看來不假。

有了這個了解，事情就好辦了，「好的，你到外面等一下。或者去逛一逛再來；我要等個人回來見了面，才能跟你去。」說著，胡雪巖隨手在茶几上抓了些零錢給他，「你去買糖吃！」

「謝謝胡老爺！」小後生問道，「我歇多少時候再來？」

「歇半個時辰。」

未到半個時辰，等的人到了，是周一鳴，據他打聽的結果，阿巧姐的那條船，早在下午三點鐘，就已到達。

「這有點意思了！看起來不假。」接著，胡雪巖便將那個突如其來的邀請，說了給周一鳴聽。

「這其中一定有道理。阿巧姐必有不便回來的理由；胡大老爺，我陪了你去。」

「你的話不錯。不過我不想去，一個人不怕一萬，獨怕萬一。」胡雪巖低聲說道，「人心多險，一步錯走不得。我平日做人，極為小心，不願得罪人；但難免遭妒，有人暗中在算計我，亦未可知。別樣事都好分辯，就是這種牽涉人家閨閣的事，最要遠避。所以，我想請你替我去一趟。」

周一鳴久歷江湖，各種稀奇古怪的事都經過，心想他是怕著了「仙人跳」，顧慮得倒也有道理。自己替他去走一趟，一樣也要小心，當時便點點頭說：「我去！去了只把阿巧姐請出來，看她是何話說？」

「對了！你問明了立刻來告訴我。」

正在談著，那小後生已轉了回來。胡雪巖隨便找了個不能分身的理由；來人自無話說，帶著周一鳴走了。

這一走，過了個把時辰，才見他回來，「阿巧姐的話很多，有些事，我也弄不清楚。」周一鳴略停一停，整理一下思緒，要言不煩地說：「阿巧姐夫家派了人，從木瀆跟了她到這裡，看樣子是來找麻煩。阿巧姐不願回這裡，就是不願意讓他們發現她落腳的地方。阿巧姐說有好些話一定要跟胡大老爺你當面談。她怕跟來的人，在潘家附近守著，此刻不敢出門；到半夜裡教我去接了她來。」

「喔！」胡雪巖深為詫異，「據我知道，她夫家老實得很。怎有此事？」

這話在周一鳴無可贊一詞，只這樣說：「反正見了面就知道了。」

「慢點！」胡雪巖雙目炯炯，神色凜然，「不能去接她！萬一為人跟蹤，明天告我個拐帶良家婦女，這個面子我丟不起。老周，我問你，那潘家是怎麼回事？」

「蘇州潘家有兩潘，一潘是『貴潘』，一潘是『富潘』，阿巧姐的那一家，是富潘的同族。阿巧姐的小姐妹，是他家的姨太太；太太故世了，姨太太當家，所以能夠作主，把阿巧姐留了下來住。」

「潘家的男主人，叫啥？你曉得不曉得。」

「不曉得。」

「不曉得也不礙。」胡雪巖說，「等我去拜他家男主人，當面說明經過，把阿巧姐找了出來，就當著他家男主人談好了。不過，這一下，要委屈你了。」

這話周一鳴明白，是要他權且充任報帖的家人，這也無所謂；他很爽快地答應：「伺候胡大老爺去。」

於是雇好一頂轎子，周一鳴持著拜匣，跟隨胡雪巖到了潘家；帖子一投進去，潘家的男主人莫名其妙，但他的姨太太心裡明白，說了經過，方始恍然，立刻吩咐接見。

「來得冒昧之至。」胡雪巖長揖問道：「還不曾請教台甫。」

「草字叔雅。」潘叔雅說，「老兄的來意，我已經知道了。我把人請出來，你們當面談。」

「是！是！承情不盡。只是深夜打攪，萬分不安。」

於是潘叔雅道聲：「暫且失陪。」轉身入內。

趁這片刻功夫，胡雪巖將潘家的客廳，打量了一番；這才訝然發現，潘家的裡外大不相同，大門殘舊狹隘，像個破落戶，客廳中的陳設卻是名貴非凡，光是壁上的字畫，就讓胡雪巖目眩不止，這面一堂屏條山水，四幅恰好就是「四王」；那面一堂屏條書法，四幅也恰好就是文徵明的真草隸篆「四體」。另有一幅中堂，頂天立地，寫的是碗大的狂草，胡雪巖除了個「一」字，其餘一字不識；但這麼兩丈多長，七八尺寬的一張大宣紙，就夠他發半天的楞了。

「胡老爺，請用點心！」

一個穿著極整潔的藍布大褂的聽差，捧來了一隻銀盒；盒子鑿成一朵梅花，花蒂就是把手。揭開來看，裡面是五隻細瓷碟子，盛著五樣點心，紅、綠、黃、黑、白俱備，顏色極豔，胡雪巖只認得紅的是玫瑰年糕，拿起銀鑲牙筷，拈了一塊放在嘴裡，滑糯香甜，其味彌甘，但卻不是玫瑰的味道。

「這是拿啥做的？」

「是拿桃子汁在粉裡蒸的。」

這在胡雪巖可說聞所未聞，只有，嘆一聲：「你們府上真講究！」

聽差矜持的微笑著，退後兩步，悄悄侍立。胡雪巖一面進食，一面在想：等將來發了大財，總要比這潘家更講究，做人才有意思。

正在仰慕不已，胡思亂想的當兒，聽得屏風後面，有了人聲，抬眼看時，正是阿巧姐由個丫頭陪著走了出來。一見面就說：「我等你好久了。」

「請這面坐吧！」聽差十分知趣；將他們兩人引到靠裡的匟床上；端來了蓋碗茶，隨即向那丫頭使個眼色，都退到了廊下。「怎麼回事？」胡雪巖問，「回一趟娘家，搞出很大的麻煩！早知如此，倒不如我教老周陪了你去。」

「陪了去也沒用。事情很奇怪——。」

奇的是就在阿巧姐回去的前一天，有人尋到阿巧姐的夫家，直言相告，說是受阿巧姐的委託，來談如何了結他們這層名存實亡的夫婦關係。如果願意休妻另娶，可以好好送一筆錢。

阿巧姐的丈夫很老實，不知何以為答；但他有個堂房哥哥，名叫小狗子，卻是個喜歡攬是非的壞蛋，一看奇貨可居，當時便表示：一切都好談，但要阿巧姐親自出面料理。來人一再探詢口風，小狗子說是只想要個兩三百兩銀子。

「是假話！小狗子的打算，是要騙我到家，好敲人家的竹槓。偏偏我第二天就回家；虧得消息得來早，所以小狗子來叫我，我不肯回去。我娘也叫我早早走。」阿巧姐接著又說：「那知道小狗子帶了兩個地痞，弄了隻船跟了下來。我一看這情形，不敢回客棧；同時關照船老大，不可說破是金閶棧代雇的船。上了岸，雇頂小轎，一直抬到這潘府上。還不曉得小狗子知道不知道我在這裡？」

胡雪巖一面聽，一面深深點頭，等她說完，主意也就定了，「你做得好！」他說，「不要緊，我來料理。」

「你怎麼樣料理？」

「這家的姨太太，跟你的交情厚不厚？」

「從小在一起的姐妹。」阿巧姐答道：「交情不厚，我也不會投到這裡來了。」

「那好！」胡雪巖欣慰地，「你就先住在這裡。多住幾日。」

阿巧姐大感意外，「多住幾日？」她皺眉問道：「住到幾時？」

胡雪巖的意思，最好住到何桂清動身北上的時節。但這話此時不便說，而且一時也說不清楚。再又想到，雖然阿巧姐跟人家的交情甚厚；只是當居停的，到底不是正主兒，作客的身分也有些尷尬，主客雙方，都有難處；短時勾當，還無所謂，住長了要防人說閒話。

「這樣吧！」胡雪巖說，「見事行事。你在這裡打攪人家，我自然有一番意思。明天就備一筆禮來；若是她家男主人好意相留，你就住下去，不然另想別法。」

「住下去倒沒有甚麼？我只是問你，要住到哪一天？」阿巧姐又說，「我也知道你上海事情多，最多三兩天就要回去；莫非把我一個人撇在這裡？」

「當然不會！」胡雪巖說，「我另有安排——。」

「啥安排？」阿巧姐搶著問；神氣極其認真。

若是別人，看她這樣咄咄逼人，會覺得招架不住；胡雪巖自然不會，「你不要著急，自然是極妥當的安排。」他接著又說：「長話短說，我讓你住在這裡，不讓你回客棧，就是不想落把柄在小狗子手裡。回頭我就要去打聽，到那裡去的人是甚麼人？」

「對！這要去打聽。」阿巧姐說，「在船上我一直想不通，為啥要冒我的名，說我託他們去談的？莫非是我認識的人？」

這句話提醒了胡雪巖，念頭像閃電一般從心裡劃過，十有八、九是尤五和古應春搞的把戲——自己曾經跟他們說過，請他們聽自己的招呼行事，暫時不必插手；果然，不聽自己的話，弄巧成拙，反惹出意外的麻煩。

不過，他也知道阿巧姐此時心神不定，不宜多說，便即答道：「你不必瞎猜。一切有我。這件事辦得順利的話也很快；說不定明後天就可以水落石出。你先安心在這裡玩幾天，我把你的衣箱送過來。」

「那倒不必。我跟我那小姐妹，身材相仿，她的衣服多得穿不完。不過，」阿巧姐又提到那話：「這總也要說個日子，到底住多少天？我也好安心；人家問起來，我也有話好答。」

「那——，」胡雪巖心想，看樣子到端午前後，何桂清動身的那時候，是不可能的了，既然如此，就早些了結這事，所以盤算了一會，很爽快地答道：「三天！第四天我準定來接你。」

阿巧姐很滿意，卻又叮囑了一句：「你可記在心裡！」

「不會忘記！」說著，他從身上掏出一大疊銀票來，檢了幾張小數目的遞了過去，「這裡二百兩銀子，你留著用。在人家這裡作客，小錢不要省；下人該當開發的，都要開發。出手也不可以小氣。懂吧？」

阿巧姐如何不懂？點點頭說：「你放心好了，我不會丟你的面子。」

於是胡雪巖請見主人，道謝告辭；等周一鳴陪著回到金閶棧，他把他留了下來，細談究竟。

這段經過，前因後果，相當曲折，即令胡雪巖把不必說出的話，隱去了許多，仍舊使周一鳴聽得津津有味，而且摩拳擦掌，大有躍躍欲試之意。

「鄉下土流氓搞不出甚麼把戲，等我打發他們走。」

「人都還不知道在哪裡，你先別忙！」胡雪巖說，「我們商量好再動手。只是擺脫這兩個人，事情好辦；我要跟小狗子打交道。」

「喔！」周一鳴把心定下來；因為看樣子還有許多花樣，且等聽了再說。

「我現在又要叫小狗子曉得厲害，又要他感激。你倒想個辦法看。」

這是個難題，胡雪巖原有藉此考一考周一鳴的意思；他好好考慮了一會，出了一個主意，胡雪巖認為可行，當天就開始動手。

第一步是去打聽這兩個人，鄉下人到底是鄉下人，不脫泥土氣；所以第二天一早，周一鳴很快地在潘家附近找到了——潘家的巷口就是一爿俗稱「老虎灶」的小茶店，光顧這裡的茶客，大多是附近的平民，一到先自己取了木臉盆舀水洗臉漱口；相互招呼，然後吃茶吃點心，高談闊論；只有坐在門口燒餅攤子後面那張桌子上，土裡土氣，賊頭賊腦的兩個茶客，不但不跟人招呼，而且兩雙眼睛只盯著過往行人；特別是看見堂客，更為注意，這就相當明顯了。

「小狗子！」周一鳴冒叫一聲。

小狗子哪知道「螳螂捕蟬，黃雀在後」？聽得聲音，轉臉來看；看到周一鳴含笑注視，便即問道：「是你叫我？」

「是啊！哪一天進城來的？」

「昨……昨天。」小狗子囁嚅著說，「我不認識你？」

「怎麼會不認得我？」周一鳴也做出困惑的神色，「我倒請問，你是不是家住木瀆？」

「是的。」

「那就對了！」周一鳴以極有把握的聲音說：「你貴人多忘事，認不得我；我是不會記錯的。我們上一次吃過『講茶』，我那朋友多虧你幫忙。」

這又是周一鳴瞎扯，料準像小狗子這樣的人，少不得有吃講茶、講斤頭的行徑，所以放心大膽撒謊。小狗子不知是計，想了想問：「你的朋友是哪個？」

「姓王。」

「喔，」小狗子說：「想來是王胖子的朋友。不錯，王胖子調戲劉二寡婦，挨了耳光，是我幫他叫開的。王胖子現在還好吧！」

「還不錯，還不錯！」周一鳴順口回答，「他常常提到你，說你小狗子夠朋友。來，來，我做個吃點心的小東。」說著便向燒餅攤子高聲吩咐：「拿蟹殼黃、油包來！」

「不好意思，不好意思。」小狗子一面說話，一面眼睛朝外看；街上走過一個女人，後影極俏，像極了阿巧姐。

這等於自畫供狀，周一鳴心裡好笑，便根本不拿他當個對手；等那條俏影消失，小狗子怏怏地收攏目光，臉上並現懊惱與疑惑之色，周一鳴便單刀直入問道：「小狗子，你在等人？」

「不是，不是！」

「那個女的，」周一鳴遙遙一指，「後影好熟，好像在哪裡見過？」

小狗子怎想得到是有意逗他？驚喜交集地問：「你──啊，說了半天，看我荒唐不荒唐？還沒有請教你老哥尊姓？」

周一鳴因為藐視他的緣故，便懶得改性，照實答道：「敝姓周。」

「喔，周大哥，剛才過去的那個女人，你也覺得像是認識的？」

「是啊！」周一鳴說：「好像木瀆見過，也好像在上海見過。」他搖搖頭：「記不得了！」

這番做作，把小狗子騙得死心塌地；當時先不忙跟周一鳴答話，向他的同伴叫了聲：「老吳！」接著向外呶一呶嘴。

那個老吳便飛奔而去，周一鳴越發匿笑不已。「小狗子，」他放低了聲音說：「你們在釘人的梢？」他又用關切的神色，提出警告：「蘇州城裡，不比鄉下，尤其是這年把，總督、巡撫、總兵，多少紅頂子大官兒在這裡，你們要當心。」

「這──，」小狗子囁嚅著，「不要緊的！是熟人。」

「甚麼熟人？說剛才那個女的是熟人？」

「是的。」小狗子覺得周一鳴見多識廣，而且也說了相熟，便不再隱瞞：「周大哥，你說在木瀆，在上海見過都不錯。說起名字，你恐怕曉得，叫阿巧！」

聽得這話，周一鳴又有番做作，把腰一直，臉微微向後，眼略略下垂，好半晌才說：「我道是哪個，是在長三堂子裡的阿巧！怪不得背影好熟。」

「對，對！周大哥，你也曉得的，她在堂子裡。」小狗子更覺需要解釋，趕緊又說：「那都是她娘家不好；她是私下從夫家逃出的，做出這種事來，害得夫家沒面子，真正氣數。」

「那你現在釘她的梢，所為何來？想捉她回去？」

「也不是捉她，她不守婦道，想勸她回去。」

「這——，小狗子，不是我說一句，真正你們蘇州人的俗語：『鼻頭上掛鹹魚——臭鯗』，這種人怎麼勸得醒？」

小狗子點點頭，想開口卻又把話嚥了回去。

周一鳴明白，這就到了要緊關頭了。他原來定的計畫是，找好「班房」裡一個跑腿的小夥計，託他找個同事，兩個人弄條鍊子，弄副手銬；等自己探明了小狗子的住處，「硬裝榫頭」，隨便安上他一個罪名，先抓到班房裡，然後胡雪巖拿著何桂清留給他的，致長洲知縣的名片去保他出來。這就是既教小狗子知道利害，又要他感激的手法。而照現在來看，根本無須這樣子大動干戈，直截了當談判就行了。

對小狗子這面，毫無疑問，周一鳴認為「搓得圓、拉得長」，要他成甚麼樣子，就甚麼樣子，極有把握；但在胡雪巖那方面不能沒有顧忌，他覺得自己無論就身分、交情來說，替他辦事，還沒有能夠到自作主張，獨斷獨行的程度。自己只不過為胡雪巖奔走，他怎麼說，自己怎麼做，能把他的交代完全辦到，便是最圓滿的事。不聽他的話做，即使效果超過預期，依然會使得胡雪巖有「此人不可靠」的感覺，因為不聽話即是不易控馭。

為此，他改了主意，「小狗子，各人有各人的事，我也不來多問。」他略停一停說，「今天也是湊巧，我有個機會可以發筆小財；不過這件事我自己一個人做不成，正好路過看見你，想邀你做個幫手，不知道你有空沒空。」

話甚突兀，小狗子一時不知如何回答？有錢進帳的事，自然求之不得，但第一要看他的話靠得靠不住；第二要看自己做得了做不了；所以先要問個清楚才能打主意。

「周大哥，你挑我，我自然沒話說。是怎麼回事，好不好請你先說一說？」

「說來話長。看你現在心神不定，我也還有點事要去辦，這樣，」周一鳴故意做個沉吟的神情；然後語聲很急地問道：「你住在哪裡，中午我來看你。」

「我住在閶門外一個朋友那裡。」小狗子又說，「中午不見得回去。」

「那麼，我們中午約在那裡碰頭好了。我請你吃酒，把你的朋友老吳也帶來。」

「好的。」小狗子毫不遲疑地答道：「你約地方好了。哪個請哪個，自己弟兄都一樣的。」

「對！我們準定中午在觀前街元大昌碰頭。先到先等，不見不散。」

說定了，周一鳴先走；他很細心，沒有忘了先到燒餅攤上付了點心錢。然後匆匆奔到吳苑茶店——是昨晚上約好了的，胡雪巖在那裡等他。

「這個小狗子，兩眼墨黑，啥也不懂！居然想來尋這種外快，真正叫自不量力！」周一鳴得意地細講了發現小狗子的經過；然後又說：「殺雞焉用牛刀？這種樣子，胡大老爺你也犯不著費心了，有話跟他實說就是。本來我就想跟他打開天窗說亮話的；不過是胡大老爺的事，我不敢擅專。」

「不敢，不敢！」胡雪巖對周一鳴很滿意，所以也很客氣，拱著手說：「你幫我的這個忙，幫得不小。」

「哪裡的話？胡大老爺，你不必說客氣話。」周一鳴很懇切地答道，「該當怎麼辦，你儘管吩咐，我去跑。」

「你的辦法已經很好了。能夠就在這一兩天內辦妥當了，說句實話，是意想不到的順利。你中午去赴約，約了他到我客棧裡，我們一起跟他談。不過，那個姓吳的，最好把他撇開。」

「這容易。我自有法子。」

「還有件事，很要緊。」胡雪巖略想一想說：「不管它了，我自己去辦，你就只管約了小狗子來；只要約到，以下都是我的事。」

「只要約到」四個字，等於提醒周一鳴，小狗子可能心生疑惑，有意爽約。那在胡雪巖面上就不好交代了。

於是周一鳴不暇多說，匆匆出了金閶棧，為求快速，賃了一匹供遊客逛山用的馬，認鐙扳鞍，跨上馬背，將韁繩一帶朝城裡走。

「喂，喂，客人，你到哪裡？」賃馬的馬伕趕緊搶著嚼環，仰臉問說。

這些馬照例有馬伕帶路；而馬是跑熟了路的，出行之時，一步踏一步，到歸途回槽，撒開四蹄，卻又大不相同。馬都是上了歲數的，實在也快不到哪裡去；而且除卻逛山，從不進城，所以馬伕要那樣詫異地問。

周一鳴原曉得這些規矩，一看不能通融，便很簡捷地說：「我要進城，你賃不賃？不賃我就下來。」

「做生意哪有不賃之理。不過——。」

周一鳴沒有功夫跟他多磨，跳下馬來將韁繩一丟，掉頭就走。

這態度就不大好了，而那馬伕也是有脾氣的，當時便吐一口唾沫，自言自語的罵道：「真叫氣數！碰著『老爺』哉！」

蘇州話的「老爺」，用在這裡當鬼解釋，周一鳴正因賃馬不成，惹了一肚子氣，此時怒不可遏，轉過身來，搶上兩步，戟指喝道：「你罵誰？」

那馬伕一看來勢洶洶，便有懼意；但「蘇州人打架」的那副工架是出了名的，一面用怎麼樣也硬不起來的蘇州話，連聲警告：「耐要那哼？耐要那哼？」一面倒退著揎拳捋袖、撈衣襟、盤辮子，彷彿要拚個你死我活似地。

蘇州人又最好看熱鬧，頓時圍了一圈人；那馬伕有本地人助威，聲音便高了，用極快的蘇州話指責周一鳴不通人性，即令是吵架，也忘不了說幾句俏皮話，於是看熱鬧的人叢中，便有了笑聲。

周一鳴此時處境甚窘，他倒不是畏懼，而是怕鬧得不可開交，誤了小狗子的約會，便誤了胡雪巖的要緊事；心裡頗為失悔，卻苦於找不到一個台階可下。

幸好，有了救星；是胡雪巖，「老周，」他從人背後擠了出來，問道：「跟他吵甚麼？」

「為了趕辰光，想賃匹馬進城；這傢伙的馬，要揀地方走的，那就算了！『買賣不成仁義在』，用不著罵人。」

「哪個罵人？」馬伕也搶上來分辯；卻讓胡雪巖止住了。

「『相罵無好口』，誰是誰非，不必再辯。我只問你，耽誤了你的生意沒有。」

「就耽誤了生意，也只好我認倒楣。」

「那就沒話可說了。」胡雪巖說：「你趕快招呼你的生意去吧！」

說著，他把周一鳴一拉，掉臂而出；也不必勸解，更不必追問，兩個人雇了兩頂轎子抬進城，在觀前下轎，重新約一約時間，準定正午在金閶棧見面，然後分手，各去幹各的。

胡雪巖本想去找「爐房」，一打聽地方遠得很，只好找錢莊；踏進一家門面很像樣的「永興盛」，開口便問：「有沒有剛出爐的『官寶』。」

官寶就是五十兩一個的大元寶，由藩庫監視熔鑄，專備解京及其他公用，所以稱作「官寶」。錢莊不見得有剛出爐的官寶，但可以到爐房去兌換，甚至現鑄，只要顧客願意「貼水」，無不辦到。永興盛有個夥計，架子甚大，雙手分開成個八字；撐在櫃台上，歪著頭問：「要多少？」

「要二十個。」

二十個就是一千兩銀子；那夥計拿過算盤來，滴瀝搭拉打了幾下，算出貼水的銀數，然後說道：「要下午才有。」

「我有急用，另貼車費，拜託代辦一辦。」

於是又說定所貼的車費，胡雪巖付出一大一小兩張阜康的「即票」；那夥計斜睨著說：「這票子我們不收。」

「為甚麼？」

「信用靠不住。」如果說跟阜康沒有往來，不知道它的虛實，不便收受，胡雪巖倒也無話可說。說阜康「信用靠不住」，近於誣蔑，他不由得氣往上衝；伸手入懷，取出一大疊銀票，其中有鼎鼎大名的京師「四大恆」，以及總號設在漢口，分號二十餘處的「日昇昌」的票子，預備拿到櫃台上，教他自己挑一張。

手已經摸到銀票了，轉念一想，不必如此，便忍住了怒氣問道：「寶號可出銀票？」

「當然。」

「那好。」胡雪巖問道：「如果是寶號的本票，自然是頂靠得住了？」

「那還用說嗎？你有多少，我們兌多少。」

「我沒有。既然寶號不肯收阜康的票子，我只好到別家了。」胡雪巖拱拱手說：「對不起，對不起！」

出了永興盛，覺得這口氣真嚥不下去，最好馬上就能報復；但這不是咄嗟可辦的事，只得暫且丟開，先另找一家錢號，兌換了二十個官寶，託那家錢莊派一名「出店」送到了金閶棧。

也不過剛剛把銀子堆好，周一鳴陪著小狗子到了；引見以後，胡雪巖開門見山地說：「我是阿巧姐的客人，她託我替她來說句話，如果她夫家肯放她，她願意出一千兩銀子，讓她丈夫另外攀親，還可以買幾畝田，日子很可以過得去了。我聽老周說，這件事有你『軋腳』在內；『皇帝不差餓兵』，我替阿巧姐作主送你一百兩銀子。你看如何？」

這番話說得很明白，而小狗子仍有突兀之感，最教他困惑的是，這個自稱是王胖子的朋友，曾經一起吃過講茶的「周大哥」，何以會把自己的底細，摸得這麼清楚？因此，看看周一鳴，又看看胡雪巖，翻著一雙白多黑少的三角眼，竟無從作答。

就在他這遲疑不語之際，突然覺得眼前一亮——胡雪巖把張被單一揭，下面蓋著的二十個大元寶，盡皆揭露；簇簇全新，銀光閃亮，著實可愛；另外又有一堆銀子，幾個「中錠」，一些「元絲」，估計是百把兩上下，這不消說得，是預備送自己的謝禮。

俗語道得好：「財帛動人心」，胡雪巖是錢眼裡不知翻過多少跟斗的，最懂得這句俗語；所以特地要換官寶，好來打動小狗子的心。

這是胡雪巖熟透世故，參透人生，駕馭世人的一帖萬應靈藥，小狗子心裡也知道，阿巧姐真正成了奇貨。說書的常說：美人無價，若是咬定牙關不放鬆，弄個一萬八千的也容易得很，這區區一千兩銀子算得了甚麼？

無奈心裡是這樣想，那雙眼睛卻不聽話，釘住了疊得老高，耀眼生花的大元寶不肯放。當然口中無話；周一鳴要催他，嘴唇剛一動，讓胡雪巖搖手止住了。

他很有耐心，盡讓小狗子去想。銀子如美色，「不見可欲，其心不亂」；或者剛看一眼，硬生生被隔開，倒也罷了，就是這可望而不可即的境況之下，一定越看越動心，小狗子此時的心情，就慢慢變成這個樣子了。

「凡事不必勉強。」胡雪巖開口了——再不開口，小狗子開不得口，會成僵局，「你如有難處，不妨直說。」

「難處？」小狗子茫然地問。

胡雪巖看他有點財迷心竅的模樣，便像變戲法似地，拎起被單的一隻角，往上一抖；被單飛展，正好又把元寶覆住。這一來，小狗子的一顆心，才又回到了腔子裡。

「我也曉得你老哥是在外頭跑的，做事『落門落檻』，所以爽爽快快跟你說。」胡雪巖說：「我是受人之託，事情成不成，在我毫無關係，只要討你一句回話，我就有交代了。」

銀子等於已經收起來了，似乎只等自己一句話，事情便成罷論。這樣一個局面，輕易放棄，總覺得「於心不忍」；因此不擇言地答了句：「我來想辦法。」

「這就是了。」胡雪巖接著他的話說，「我們都是居間的人，有話盡不妨實說；有難處大家商量著辦。你老哥是何辦法？我要請教。」

「事情我做不得主，我只有盡力去說。成不成，不敢包。」小狗子又說：「如果數目上有著落，應該怎麼說法？要請胡老爺給我一句話，我心裡好有個數。」

這到了討價還價的時候，可說大事已定，胡雪巖略想一想說：「我在蘇州很忙，實在沒有閒功夫來磨。這樣，予人方便，自己方便，如果不耽誤我的功夫，我花錢買個痛快。明天一早，能夠立筆據，我自己貼四個大元寶。」

「明天一早怕來不及。」

「至遲明天中午；中午不成，這件事就免談了。一千兩銀子有人想用。」

這話是甚麼意思？小狗子方在猜疑，周一鳴便桴鼓相應地說了句：「刑房的張書辦，我是約了明天中午吃酒。」

兩句話加在一起，表示這一千兩銀子，可能送給張書辦；送錢給刑房書辦用，自然是要打官司，小狗子越發心存警惕，於是連連點頭：「好的，好的。我準定明天中午，把『原主』帶了來，要立筆據，我就是中人。」

「我們這方面，請老周做中人。」胡雪巖把那一百兩銀子取了來，放在小狗子面前，「這個，你先收了。」

小狗子喜出望外，但口頭還自要客氣兩句：「沒有這個規矩！」

「規矩是人立的，我的規矩一向如此，你先把你的一百兩銀子拿了去，跑起腿來也有勁。」

胡雪巖還附帶奉送了一塊簇新的綢面布裡的包袱，將銀子親手包好，交了過去。小狗子算一算，這件事辦成功了，那一千二百兩銀子中，明的中人錢，暗的二八回扣，還有三百兩銀子好進帳，平白撞出這一炷財香，也多虧周一鳴，所以向胡雪巖道了謝，招招手說：「周大哥，請你陪我出去。」

周一鳴陪他出了門，等走回來時，手裡托著兩個「中錠」；笑嘻嘻地說：「這傢伙倒還有良心，說飲水思源，是我身上來的路子，要送二十兩銀子給我；我樂得收下來，物歸原主。」

說著，把兩錠銀子擺在胡雪巖面前。

「笑話，他送你的，跟我啥相干？你收下好了！明天『寫紙』，我們照買賣不動產的規矩，『成三敗二』，中人錢五釐，你們『南北開』，還有三十兩銀子，是你應得的好處。」

周一鳴也平白進帳了五十兩銀子，高興得不得了，自然也把胡雪巖奉若神明，敬重得不得了，自告奮勇，要去接阿巧姐回來。

「不忙，不忙，讓她在潘家住兩天。」胡雪巖說：「我倒有兩件事跟你商量。」

這兩件事，第一件是他這天早上在永興盛受的氣要出，問周一鳴有何妙計？

「心思好不過胡大老爺。」周一鳴答道，「你老想出法子來，跑腿歸我。」

「法子倒有一個，我怕手段太辣。我先講個票號的故事給你聽——。」

京師的票號，最大的四家，招牌都有個「恆」字，通稱「四大恆」。行大欺客，也欺同行；有家異軍突起的票號，字號「義源」，專發錢票，因為做生意遷就和氣，信用又好，營業蒸蒸日上。而且發錢票專跟市井細民打交道，這口碑一立，一傳十，十傳百，市面上傳得很快，連官場中都曉得義源的信譽了。

四大恆一看這情形，同行相忌，就要想法子打擊義源，於是一面暗地裡收義源所出的票子，收了去兌現；一面放出謠言，說義源快要倒閉了。這一來造成了擠兌的風潮；哪知一連三天，義源見票即兌，連等都不用等，第四天，風平浪靜，義源的名氣反倒越加響了。

四大恆見此光景，自然要去打聽他的實力；一打聽才曉得遇上了不倒的勁敵——義源有實錢四百萬，出了一張票子，照數提一筆另行存貯，從來不發空票，所以不致受窘。

這個故事一說，周一鳴就懂了，「胡大老爺，」他問，「你的意思也是想收永興盛的票子，去『整』它一整？」

「對了！不過我又怕像『四大恆』跟『義源』一樣。」胡雪巖說：「你做初一，人家做初二；弄永興盛不倒，永興盛來整我的皐康，豈不是自討苦吃？」

「是的。這一點不可不防。」周一鳴說，「等我去打聽打聽永興盛的實力看。實力不厚，不妨『將他一軍』；不然，還得另想別法。」

「我就是這個意思，你去打聽了再說。好在這件事不忙。我講另外一件。」

另一件事是要送潘叔雅一筆禮，一則酬謝他暫作阿巧姐居停的情誼；再則是胡雪巖覺得像這樣的人，大可做個朋友，有心想結納。

如果說，僅僅是還人情債，這筆禮很容易送，反正花上幾十兩銀子，買四色禮物，情意就算到了。但要談結納，則必須使潘叔雅對這筆禮重視，甚至見情；他家大富，再貴重的禮物，也未見得放在心上。或者是杭州的土產，物稀為貴，倒也留下一個印象，無奈人在蘇州，無法辦到。

這番意思說了出來，等於又替周一鳴出了個難題，「送禮總要送人家求之不得的東西。」他說，「潘家有錢，少的是面子。能不能送他個面子？」

「這話說得妙！」胡雪巖撫掌稱賞，「我們就動腦筋，尋個面子來送他。」

這兩句話對周一鳴是極大的鼓勵，凝神眨眼，動足腦筋，果有所得，「我倒有個主意，你老看行不行？」他說，「何學台跟你老的交情夠了，託他出面，送潘家一個面子。」

「這個主意的意思很好。」胡雪巖深深點頭，「不過，我倒想不出，這個面子怎麼送法？」

「可以這樣子辦，你老寫封信給何學台，事情要不要說清楚，請你老自己斟酌；如果不願意細說，含含糊糊也可以，就說，這趟很承潘某人幫忙，請何學台代為去拜訪潘某人道謝。」

周一鳴說：「二品大員，全副導子去拜訪他；不是蠻有面子的事？」

「好極，好極。這個主意高明之至——高明，老周，你自己都不曉得高明在哪裡？」

這是甚麼怪話？周一鳴大為困惑，自然也無法贊一詞，只望著胡雪巖翻眼。

胡雪巖也不作解釋，還沒有到可以說破的時候；他已經決定照官場中通行的風氣，買妾以贈，安排阿巧姐做何桂清的側室。這一來，阿巧姐在潘家作客，何桂清亦應見情，所以代胡雪巖道謝，實在也就是他自己道謝。周一鳴的主意，隱含著這一重意義，便顯得格外高明；只是他自己不明白而已。

「準定這樣子辦。」胡雪巖相當高興，但也相當惋惜，「老周，你很能幹，可惜不能來幫我。」

周一鳴心中一動。他也覺得跟胡雪巖做事，不但爽脆痛快，而且凡事都是著著占上風，十分夠味；但到揚州去辦釐金，大小是個官，而且出息不錯，捨棄了似乎也可惜，所以也只好表示抱歉：「是啊！有機會我也很想跟胡大老爺。」

「那都再說了。」胡雪巖欣快的站起身，「今天我沒事了，到城裡去逛逛。你去打聽打聽永興盛的虛實，晚上我們仍舊在元大昌碰面。」

於是胡雪巖去逛了玄妙觀，吃茶「聽大書」；等書場散了出來，安步當車到元大昌，挑了一副好座頭，一個人先自斟自飲，等候周一鳴。

吃完一斤花雕，周一鳴來了，臉上是詭祕的笑容。胡雪巖笑道：「看樣子，永興盛要傷傷腦筋了。」

「說巧真巧！」周一鳴很起勁地說，「恰好我有個熟人在永興盛當『出店』，邀出來吃了碗茶，全本《西廂記》都在我肚裡了。」

「好極，好極！先吃酒。」胡雪巖親手替他斟了碗熱酒；「邊吃邊談。」

「永興盛這爿店，該當整它一整；來路就不正——。」

周一鳴從這家錢莊的來路談起——老闆本來姓陳，節儉起家，苦了半輩子才創下這點基業；不想老闆做不到一年，一場傷寒，一命嗚呼；死的那年，四十剛剛出頭，留下一妻一子。孤兒寡婦，容易受人欺侮；其中有個夥計也姓陳，心計極深，對老闆娘噓寒送暖，無微不至，結果人財兩得，名為永興盛的檔手，其實就是老闆。

「真叫是一報還一報！」周一鳴大大喝口酒說，「現在這個陳老闆，有個女兒，讓店裡一個夥計勾搭上了；生米煮成熟飯，只好招贅到家。這夥計外號『沖天炮』，就是得罪了你老的那個傢伙。」

「怪不得這麼神氣！原來是『欽賜黃馬褂』的身分。」胡雪巖問道，「這個陳老闆圖謀人家孤兒寡婦，他女婿又是這樣子張牙舞爪，他店裡的朋友一定不服；這爿店怎麼開得好？」

「一點不錯！」周一鳴放下酒杯，擊著桌面說，「真正甚麼毛病都逃不過你老的眼睛；不是這樣子，我那個朋友，怎麼會『張松獻地圖』來洩他的底？」

照周一鳴所知的底細，永興盛已經岌岌可危；毛病出在姓陳的過於貪心，貪圖重利，放了幾筆帳出去，收不回來，所以周轉有些不靈，本來就只有十萬銀子的本錢；票子倒開出去有二十幾萬。永興盛的夥計因為替死掉的陳老闆不平；所以都巴不得活著的這個陳老闆垮了下來。

胡雪巖是此道中人，聽了周一鳴的話，略一盤算，就知道要搞垮永興盛並不難；如果有五萬銀票去兌現，就能要它的好看，有十萬銀票，則非關門不可。看姓陳的為人，在同行當中所得的支持，一定有限。而且同行縱講義氣，到底「救急容易，救窮難」，永興盛的情形，不是一時周轉不靈；墊了錢下去，收不回來，沒有人肯做這樣的傻事。

轉念一想，自己搞垮了永興盛，有何好處？沒有好處，只有壞；風聲轉出去，說杭州阜康的胡雪巖，手段太辣，蘇州同業動了公憤，合力對付，阜康在蘇州這個碼頭就算賣斷了。

「算了！」胡雪巖笑笑說道，「我不喜歡打落水狗，放他一馬！」

「胡大老爺，」周一鳴反倒不服氣，「總要給他個教訓，而且阜康也來創創牌子。」

胡雪巖想了想說：「這倒可以！讓我好好想一想。」

這件事就不談了。胡雪巖放寬了心思喝酒；難得有這樣輕鬆的時候，不覺過量，喝到酩酊大醉，連怎麼回金閶棧的都記不清楚了。

到得第二天醒過來，只覺得渾身發軟，因而便懶得出門，在客棧裡靜坐休息；一個人喝著釅茶，回想前一天的一切，覺得周一鳴有句話，倒頗有意味；跟永興盛鬥閒氣是犯不著，但阜康的招牌，要到蘇州來打響了它，卻是很高明的看法。因為蘇州已是兩江的第一重鎮，軍需公款，各省協餉，進出甚鉅，如果阜康要想像漢口日昇昌那樣，遍設分號，大展身手，蘇州是個一定要打的碼頭。

打碼頭不外乎兩種手段，一是名副其實的「打」，以力服人，那是流氓「立萬兒」的法子，胡雪巖也可以辦得到，逼垮永興盛，教大家知道他的厲害；然而他不肯這樣做，他的鐵定不變的宗旨，是杭州的一句俗語：「花花轎兒人抬人」，這個宗旨，為他造成了今天的地位，以後自然還是奉行不渝。

這樣，便只有「以德服人」來打碼頭；想起「沖天炮」的臉嘴，實在可恨；但做生意絕對不可以鬥氣，他心平氣和地考慮下來，覺得永興盛大可用來作為踏上蘇州這個碼頭的跳板，現在要想的是，這條跳板如何搭法？

看樣子那個陳老闆不是好相與的人。像這樣的人，胡雪巖也看得多，江湖上叫做半吊子；上海人稱為「蠟燭」，「不點不亮」，要收服他，必得先辣後甜，教他苦頭吃過嘗甜頭，那就服服貼貼了。

照此想去，胡雪巖很快擬定了一個計畫。浙江跟江蘇的公款往來，他可以想法子影響的，第一是海運局方面分攤的公費；第二是湖州聯防的軍需款項，以及直接由湖州解繳江蘇的協餉，這兩部分匯到江蘇的款子，都搜羅永興盛的票子，直接解交江蘇藩司和糧台；公款當然提現，這一下等於借刀殺人，立刻就要叫永興盛好看。

到了不可開交的時候，便要由阜康出面來「挺」了。那時永興盛便成為俎上之肉，怎麼宰割都可以，或者維持它，或者接收了過來。當然，這要擔風險；永興盛是個爛攤子，維持它是從井救人，接收下來可能成為不了之局。

整個計畫，這一點是成敗的關鍵所在。胡雪巖頗費思考；想來想去，只有這樣做法最穩妥，就是臨時見機行事，能管則管，不能管反正有江蘇官方出面去提款，自己這方面並無干係。

然而這樣做法，穩當是穩當，可能勞而無功，也可能損人不利己，徒然搞垮永興盛。轉念到此，覺得現在還不到決定的時候；這事如果真的要做，還得進一步去摸一摸永興盛的底，到底盈虧如何，陳老闆另外有多少產業，萬一倒閉下來，「講倒帳」有個幾成數？這些情形都了解了，才能有所決定。

因此，等周一鳴一到，他就這樣問：「你那個在永興盛的朋友，對他們店裡的底細，究竟知道多少？」

「那就說不上來了。不過，要打聽也容易；永興盛的夥計大都跟陳老闆和那個『沖天炮』不和，只要知道底細，一定肯說。」

「好的，你託你那朋友去打聽。」胡雪巖說，「事情要做得祕密。」

「我知道。不過，這不是三兩天的事。怕你老等不及。」

「不忙，不忙！」胡雪巖說，「你打聽好了，寫信給我就是。」

「是！」周一鳴停了一下又說：「我把胡大老爺的事辦好了，就動身到揚州；先看看情形，倘或沒啥意思，我到上海來投奔你老。」

「我也希望你到我這裡來。果真揚州沒意思，我歡迎你。不過，不必勉強。」胡雪巖仍舊回到永興盛的話頭上，「你那個朋友叫啥？」

「他姓鄭，叫鄭品三。」

「為人如何？」

「蠻老實，也蠻能幹的。」

「這倒難得！老實的往往無用；能幹的又以滑頭居多。」胡雪巖心念一動，「既然是這樣一個人，你能不能帶他來見一見？」

「當然！當然！他也曉得您老的。」

「他怎麼會曉得？」

「是我跟他說的。不過他也聽說過，杭州阜康的東家姓胡。」周一鳴問道，「胡大老爺看甚麼時候方便，我帶他來。」

「你明天就要動身；你今天晚上帶他來好了。」

小狗子果然很結巴，「午砲」剛剛放過，人就來了——一共來了五個人；三個留在院子裡，帶著麻袋和扁擔。一個帶進屋來，不用說，是阿巧姐的丈夫。

據說他姓陳。四十歲左右，畏畏縮縮是個極老實的人；臃臃腫腫一件棉襖，外面罩著件簇新的毛藍布衫，赤腳草鞋。進得門來，只縮在門邊，臉上說不出是忸怩還是害怕。

「請坐，請坐！」胡雪巖轉臉問小狗子：「都談好了？」

「談好了。」說著，他從身上掏出來兩張桑皮紙的筆據；連「休書」都預備好了。

胡雪巖接過來看了一遍，寫得十分扎實，表示滿意，「就這樣！」他指著周一鳴說，「我們這面的中人在這裡，你算是那方面的中人。還要個『代筆』，就挑金閶棧的帳房賺幾個。」

「胡大老爺，」小狗子趕緊搶著說，「代筆我們帶來了。」接著便往外喊了一聲：「劉先生！」

五個人當中，只有這個「劉先生」是穿了長衫的；獐頭鼠目，不似善類。胡雪巖忽然動了疑心；然後發覺自己有一步棋，非走不可的，卻忘了去走。因此，一面敷衍著，一面把周一鳴拉到一邊，悄悄說道：「有件事，我疏忽了。你看，這姓陳的，像不像阿巧姐的男人？」

「這怎麼看得出來？」

「萬一是冒充的，怎麼辦？錢還是小事，要鬧大笑話！」胡雪巖說，「我昨天忘了關照一句話，應該請他們族長到場。」

「那也可以。我跟小狗子去說。」

「一來一往，耽誤功夫也麻煩。」胡雪巖說：「只要『驗明正身』，不是冒充；他們陳家族長來不來，倒也不生關係。」

「哪個曉得他是不是冒充？」周一鳴說，「除非請阿巧姐自己來認。」

這倒是一語破的！除此之外，別無善策；胡雪巖考慮了一下，斷然定下了緩兵之計。於是周一鳴受命招待小狗子吃午飯，胡雪巖則以要到錢莊去兌銀子作託詞，出了金閶棧，坐轎直奔潘家。

一張名帖，附上一個豐腴的門包；胡雪巖向潘家的門房，坦率道明來意，他家主人見不見都無所謂，目的是要跟阿巧姐見面。

潘叔雅是憚於世俗應酬的「大少爺」，聽得門房的通報，樂得偷懶，便請阿巧姐逕自出見。她一見胡雪巖空手上門，頗為失望，不免埋怨：「你也要替我做做人！我在這裡，人家客氣得不得了；真正叫人不安。」

「你放心！我已經打算好了，一定教你有面子。現在閒話少說，你馬上跟我回客棧，去認一個人。」

「認一個人！認哪個？」阿巧姐眨閃著極長的睫毛，異常困惑的問。

「你想想看，還有哪個是非要你去認不可的？」

這句反問，就點得很清楚了，然而阿巧姐卻越感困惑，「到底怎麼回事？」她有點不悅，覺得胡雪巖辦這樣的大事，不該不先商量一下，所以很認真的表示：「你不說清楚，我絕不去。」

胡雪巖十分見機，陪著笑說：「你不要怪我獨斷獨行，一則是沒有機會跟你說；二則是免得你操心，我是好意。」

「謝謝你的好意。」阿巧姐接受了他的解釋，但多少還有些餘憾，而且發覺處境頗為尷尬，「當面鑼，對面鼓，你教我怎麼認法。」

「不是，不是！用不著你照面，你只要在壁縫裡張一張，認清楚了人，就沒你的事了。」接著，胡雪巖把如何收服了小狗子的話，扼要說了一遍。

「你的花樣真多！」阿巧姐笑著說了這一句；臉色突然轉為嚴肅，眼望著磚地，好久不作聲。

這神態使得胡雪巖有些著急；同時也有些失悔，事情真的做得欠檢點了！阿巧姐與她丈夫的感情不太好，只是聽了怡情老二的片面之詞；她本人雖也在行為上表現出來，與夫家幾乎已斷絕往來，但這種門戶人家的話，靠不住的居多，俗語說得好：「騙死人不償命」，自己竟信以為真，一本正經去辦，到了緊要關頭，就會變成自討苦吃，阿巧姐固然不見得有意欺騙，然而「家家有本難念的經」，看樣子是別有衷曲，須當諒解？說來說去是自己魯莽，怪不得她。

怪不怪她在其次，眼前的難題是，阿巧姐如果不肯點頭，小狗子那面就不好交代。跑到蘇州來做這麼一件荒唐事，傳出去成為笑話，自己的這個面子卻丟不起。因而急於要討她一句實話。

「阿巧姐！」他神色嚴重地說，「到這時候，你再不能敷衍我了；你心裡的意思，到底怎麼樣，要跟我實說！」

「咦！」阿巧姐深感詫異：「我幾時說假話敷衍過你？」

「那麼，事情到了這地步，你像煞要打退堂鼓；是為啥？」

阿巧姐覺得好笑，「我又不曾像縣大老爺那樣坐堂，啥叫啥打退堂鼓？」她這樣反詰。話越發不對了，細辨一辨，其中有刺；意思是說，胡雪巖做這件事之先，既未告訴過她，更未徵求同意，這就是「不曾坐堂」，然則又何來「退堂鼓」可言？胡雪巖心想，阿巧姐是厲害腳色，此時不宜跟她講理；因為自己道理欠缺，講不過她。唯有動之以情，甚至騙一騙她再說。

於是他先認錯：「這件事怪我不好。不過我一定順你的心意，絕不勉強；現在人在那裡，你先去認一認，再作道理。人不對，不必再談；人對了，看你的意思，你說東就東，你說西就西，我絕無二話。」

人心到底是肉做的，聽得他這樣說，阿巧姐不能再遲疑了——其實她的遲疑，倒不是對她丈夫，還有甚麼餘情不忍割捨；只是想到她娘家，應該讓胡雪巖拿筆錢出來，替她娘養老。這個條件，似乎應該在此時一併來談；卻又不知如何談法？遲疑者在此，而胡雪巖是誤會了。

「那麼你請坐一坐，我總要跟主人家去說一聲。」她又問：「你可曾雇了轎子？」

「這方便，我轎子留給你，我另雇一乘。」胡雪巖說，「到了金閶棧，你從邊門進來，我叫人在那裡等你。」

這樣約定了，胡雪巖先離了潘家；轎子是閶門附近的，坐過兩回，已經熟識，等吩咐妥當，另雇一乘，趕回金閶棧，再賃一間房子，關照夥計，專門守在邊門上，等阿巧姐一到，悄悄引入，然後進來照一照面，無須開口。

一切布置妥貼，胡雪巖方回到自己屋裡；坐候不久，周一鳴領著小狗子等人，吃了飯回來，一個個臉上發紅，似乎喝了不少酒。彼此又作了一番寒暄，胡雪巖便海闊天空地談蘇州的風光；周一鳴會意，是要拖延辰光，就在一旁幫腔，談得極其熱鬧，始終不提正事。

小狗子有些忍不住了，好不容易找到一個空隙，插進一句話去：「胡大老爺，我們今天還想趕回木瀆，時間太遲了不方便。現在就動手吧！」

「喔，喔，」胡雪巖歉意地說：「對不起，對不起，再略等一等，等錢莊的夥計一到，湊夠了銀錢，我們馬上動手。好在只畫一個花押，快得很。」

這樣一說，小狗子就又只好耐心等候；但侷促不安的情狀，越來越明顯。胡雪巖冷眼旁觀，心頭疑雲愈密，暗暗又打了第二個主意。

正想託詞把周一鳴找到一邊商量，那守候的夥計出現了；他也很機警，提著茶壺來沖茶，暗中使了一個眼色，竟連周一鳴都不曾發覺。

於是胡雪巖告個便，在另一屋中見著阿巧姐，悄悄說道：「回頭我引一個人出來，你細細看，不要作聲。我馬上又會回來。」

叮囑完了，仍回原處；對阿巧姐的丈夫招招手。那個畏畏縮縮的中年人，只是望著小狗子，用眼色在討主意。

「胡大老爺，你有啥話，跟我說！」

「沒有啥要緊話，不過，這句話也不便讓外人聽見。」胡雪巖又連連招手，「請過來，請過來。」

鄉下人縱或不上「台盤」，但私底下說句話，何至於如此畏縮不前？所以小狗子不便再加阻撓，那個姓陳的，也只好硬著頭皮，跟了主人出去。

胡雪巖是何等腳色？一看這姓陳的，木頭人似地只由小狗子牽線，便不待阿巧姐來「驗明正身」，即已料到了七八分；因而引到外面，面對著阿巧姐所隱藏的窗戶，他開口第一句話問的是：「你到底姓啥？」

「我姓陳。」這句話答得極爽利，顯見不假；於是胡雪巖又問第二句：「你是阿巧姐的甚麼人？」

這句話問得他顯了原形，支支吾吾地囁嚅著不知所云。果然，胡雪巖暗叫一聲：慚愧！若非臨時靈機一動，叫小狗子騙了一千多銀子去，那才真是陰溝裡翻船，吃了虧還不能聲張；聲張出去，是個絕大的話柄。

心裡是又好氣又好笑，臉上卻是聲色不動，反倒好言安慰：「老陳，小狗子玩的把戲，我都曉得；你跟我說實話，我不難為你。回頭在小狗子面前，我也不說破，免得害你為難。」

最後這句話，說到了這個老實人心裡，「胡大老爺，我跟你說了實話，」他很認真地問：「你真的不會告訴小狗子？」

「真的。你要不要我罰咒？」

說到這話，姓陳的放心了，當時將內幕實情，和盤托出，他是阿巧姐的堂房「大伯子」，欠了小狗子的錢，所以不得不受小狗子的挾制，讓他來冒充阿巧姐的丈夫。講明了舊欠一筆勾消，另外送他一個大元寶。

有這樣荒唐事！胡雪巖問道：「你不怕吃官司？」

「我也怕！」那姓陳的哭喪著臉說，「小狗子說不要緊，中人、代筆都是自己人，告到縣衙門裡，只說那張筆據是假的，根本沒得這回事。」

「這傢伙！」胡雪巖心想，小狗子倒厲害，要讓他吃點苦頭；於是悄悄說道：「你不要怕，回頭他教你怎麼做，你就怎麼做，你只要咬定不曾跟我說實話，小狗子就不會怪你了。」

腦筋簡單的人，只有這樣教他；姓陳的倒也心領神會，連連點頭，只說：「曉得，曉得。」相偕回了進去，小狗子的臉色陰晴不定，但等胡雪巖說出一句話來，他的神態馬上又輕鬆了。

「來，來！」胡雪巖說：「我們就動手，立好筆據，你們抬了銀子，早早回木瀆，大家省事。」

周一鳴不知就裡，只當已經證實，姓陳的果真是阿巧姐的丈夫；得此結果，總算圓滿，於是欣然安設筆硯，讓小狗子把筆據鋪在桌上，首先在中人名下畫了花押，接著是小狗子和代筆拈起筆來畫了個「十」字；最後輪著姓陳的，「十」字都不會畫，只好蘸了印油，蓋個手印。

手續齊備，該當「過付」了，胡雪巖說：「老周，你是中人，先把筆據拿好；等付清了款子，再把筆據交給我。」說著，略微使個眼色。

周一鳴恍然大悟，還有花樣！一把就將筆據搶在手裡，一摺兩，兩摺四，緊緊捏住。

於是胡雪巖又說：「婚姻大事，合也好，分也好，都要弄得清清楚楚；現在筆據是立下了，不過男女兩造，只有一造到場，而且就是男方，我們也是初見。」他問周一鳴：「老周，你是中人，萬一將來有了糾葛，你怎麼說？」

周一鳴知道他是有意作此一問，便裝作很詫異地說：「有甚麼糾葛？」

「是啊！」小狗子也趕緊接口，「有啥糾葛？絕不會有的。」

「不然。」胡雪巖向姓陳的一指，「我看他不大像阿巧姐的丈夫，剛才私底下問了一聲，他一口咬定不假。這且不去說它了；不過，這張筆據，還要有個手續，才能作數。我們替人辦事，總要做得妥當扎實；不然將來男婚女嫁出了麻煩，是件不得了的事。」

「對！」周一鳴幫腔：「這個中人不好做。假使說是錢債糾紛，大不了中人賠錢就是。如果人弄錯了，說要陪個阿巧姐出來，怎麼賠法？」

「就是這話囉。」胡雪巖說，「人是貨真價實的本人，還是冒充？阿巧姐不在這裡，無法來認，也就不去說它；至少這張筆據，要能夠證明它是真的。」

聽說阿巧姐不在這裡，小狗子大放其心；心頭一寬，腦筋也靈活了，他振振有詞的說：「胡大老爺的話，一點不錯，要中人，要代筆，就是要證明這張筆據是真的。我倒不懂，胡大老爺你還要啥見證？」

「有中人，有代筆是不錯。」胡雪巖淡淡一笑，「不過打開天窗說亮話，萬一出了糾葛，打到官司，堂上也不能只憑老周一個人的見證；我們不如到縣衙門裡，在『戶房』立個案，好比買田買地的『紅契』一樣，請一方大印蓋一蓋。要多少花費，都歸我出。」

「好，好！」周一鳴首先贊成，對小狗子說：「這一來我們中人的責任都輕了。」

小狗子支吾著不置可否。這是突出不意的一著，鄉下人聽到「縣衙門」，心裡存怯意；提到書辦，就想起城隍廟裡，面目猙獰的「判官」。到了「戶房」，書辦如果說一聲：下鄉查一查再說。西洋鏡就完全戳穿了。

然而，這是極正當的做法，無論如何想不出推辭的理由。因此，小狗子急得滿臉通紅，不知如何是好？再看到周一鳴的詭祕的笑容，以及他手裡捏著的那張筆據，驀然意會，銀子不曾到手，自己的把柄先抓在別人手裡，這下要栽大跟斗了！

這一轉念間，就如當頭著了一棒，眼前金星亂爆；一急之下，便亂了槍法，伸出手去，要搶周一鳴掌握中的筆據。

一搶不曾搶到，周一鳴卻急出一身汗，慌忙將字據往懷裡一塞，跳開兩步，將雙手按在胸前，大聲說道：「咦，咦！你這是做啥？」

小狗子一看行藏等於敗露，急得臉如土色，氣急敗壞地指著周一鳴說：「事情太嚕囌！我不來管這個閒事了。請你把筆據拿出來，撕掉了算了，只當沒有這回事。」

周一鳴相當機警，知道自己這時候應該「做紅臉」，然後好讓胡雪巖出來打圓場、「講斤頭」，於是一伸手做個推拒的姿態，同時虎起臉說：「慢慢，小狗子，我們把話說清楚！你到底是怎麼回事？我一片血心，拿你當個朋友，你不要做半吊子，害得我在胡大老爺面前，不好交代。」

「不是這話，不是這話！」小狗子極力分辯，「我也是好意；不過這場閒事，實在難管。周大哥，你做做好事，把這張筆據還給我。」

「還給你？」周一鳴變色冷笑，「哪有這樣方便！」

這一說，小狗子把雙眼睜得好大，盯著周一鳴一眼不眨，倒像以前從未認清他的面貌似地，胡雪巖了解小狗子的心理，覺得周一鳴的火候還差些，翻臉不能翻得這麼快。於是趕緊站出來說話。

「有話慢慢談。」胡雪巖對小狗子說，「白紙寫黑字，要說隨便可以撕掉，也是辦不到的事。你倒說說看，事情怎麼樣『嚕囌』？有啥難處，說出來大家商量。」

小狗子的難處，就是難說。情急之下，只好隨便抓個人作擋箭牌，「他是老實人，」他指著姓陳的說，「從來沒有上過衙門。胡大老爺要他到戶房去立案，他一定不肯去的，豈不是害我們中間人為難。好在銀子亦不曾收，大家一筆勾銷；本夫在這裡，你們當面鑼，對面鼓，重新談過。談得好，我做個現成中人；談不好，只算我白跑一趟腿，白當一回差。」強詞奪理，居然也說了一大套，胡雪巖笑道：「已經談好了，筆據都立了，還談甚麼。如果說，不願意到衙門裡去，也不要緊。大不了多費點功夫，我們一船到木瀆，請你們這方面的陳家族長也做個見證，這總可以吧！」

這一下，西洋鏡還是要拆穿；但無論如何總是到了木瀆以後的事，小狗子覺得可以先喘口氣再說，便硬著頭皮答道：「好的！」

「那麼，甚麼時候走？」

「說走就走。隨便你們。」

小狗子的態度彷彿很硬氣，但另外一個老實人卻沒他這點點「功夫」；姓陳的可沉不住氣了，拉一拉小狗子的衣服，輕聲說了句：「去不得！」

「甚麼去不得？」小狗子大聲喝斥，「怕甚麼！」

「對啊！怕甚麼？」周一鳴在旁邊冷冷地說，「大不了吃官司就是了。」

這一說，姓陳的越發著急。他已經拿實情告訴了胡雪巖，如何還能跟著小狗子去蹚渾水？卻又不便明說，人家已經知道是假冒，話說得再硬都無用。所以只是搓著手說：「我們慢慢兒再談。」

胡雪巖看出他的窘迫，便見風使舵，抓住他這句話說：「談就談。事體總要讓它有個圓滿結局。你們自己去談一談。」

有這句話，繃急的弦，就暫時放鬆了。小狗子一夥，避到外面，交頭接耳去商議；周一鳴與胡雪巖相視一笑，也走向僻處去估量情勢，商量對策。

「果不其然是假冒。」胡雪巖將姓陳的所說的話，告訴了周一鳴，卻又蹙眉說道：「我看這件事怕要麻煩你了。」

「好的！」周一鳴這兩天跟胡雪巖辦事，無往不利，信心大增，所以躍躍欲試地說：「我去一趟，好歹要把它辦成了。」

「你也不要把事情看得太容易——。」

照胡雪巖的分析，小狗子出此下策，必是走正路走不通，卻又不甘心捨棄這一堆白花花的大元寶，因而行險以圖僥倖。如果這個猜測不錯，則在阿巧姐夫家那面，一定有何窒礙？首先要打聽清楚，才好下手。

「這容易。」周一鳴說，「我只要逼著小狗子好了。把柄在我們手裡，不怕他不說實話。」

等到一逼實話，方知胡雪巖這一次沒有料中。小狗子不務正業，有意想騙了這筆錢，遠走高飛；阿巧姐的丈夫，根本不知有此事。當然，這些話是周一鳴旁敲側擊套出來的。小狗子的意思，是這樁荒唐行徑，一筆勾消，他願意陪著胡雪巖到木瀆，從中拉攏，重新談判；又表示絕不敢再在中間做手腳，「戴帽子」，只巴望談成了寫紙，仍舊讓他賺一份中人錢。

胡雪巖同意這樣的辦法，他的處置很寬大，當時就將那張筆據銷毀；委託周一鳴作代表，即時動身到木瀆辦事。

第二十五章

等這些人走了，阿巧姐也可以露面了。胡雪巖覺得已到了一切跟她說明白的時候；於是凝神想了想，開口問道：「阿巧，我替你做個媒如何？」

他是故意用此突兀的說法，為的一開頭就可以把阿巧姐的心思扭了過來；這不是一下子可以辦得到的，被問的人，眨著一雙靈活的眼睛，在不曾想好話回答以前，先要弄清楚他這句話是甚麼意思？

「你這句話是甚麼意思？」她搖著頭，一雙翠玉耳環晃蕩不停，「我真不懂。」

「你是不是當我說笑話？」

「我不曉得。」阿巧姐答道：「反正我領教過你了，你的花樣百出，諸葛亮都猜不透。」

胡雪巖笑了：「你這句話是捧我，還是罵我？」

「也不是捧，也不是罵；我說的是實話。」

「我跟你說的也是實話。」胡雪巖收斂笑容，一本正經地說，「我替你做的這個媒，包你稱心如意；將來你也想著我一點好處，能替我說話的時候要替我說話。」

這幾句話說得相當率直，也相當清楚，阿巧姐很快地懂了，特別是「包你稱心如意」這六個字，撞在心坎上非常舒服。然而，到底是怎樣一個人呢？

不用她問，胡雪巖也要說：「這個人，你見過，就是學台何大人。」

聽得是這一個人，阿巧姐不由得臉就發熱；一顆心跳得很厲害。她還想掩飾，要做出無動於衷的神情，無奈那雙眼睛瞞不過目光如炬的胡雪巖。

「怎麼樣？」他故意問一句：「何大人真正是白面書生，官場中出名的美男子。馬上進了京，就要外放；聽說大太太身子不好，萬一有三長兩短，說不定拿你扶了正，不就是坐八抬大轎的掌印夫人？」

這說得多有趣！阿巧姐心花怒放，嘴角上不由得就綻開了笑意。

只是這笑容一現即逝。因為阿巧姐突然驚覺。事太突兀，多半是胡雪巖有意試探；如果信以為真，等拆穿了，便是一個絕大的話柄。別樣事可以開玩笑，這件事絕不是一個玩笑；太天真老實，將來就會難做人！

這樣一轉念間，不由得有惱色，冷笑一聲，管自己退到床帳後面的夾弄中去換衣服。

胡雪巖見她態度突變，自然詫異；不過細想一想，也就懂了。這也難怪她，「你不相信我的話，是不是？」他平靜地問，「你說，要怎麼樣，你才相信？」

這正也就是阿巧姐在自問的話。只是不論有何辦法，能夠證明此事真假？在此刻的態度，要表現得對此根本漠不關心，才是站穩了腳步。因此，她故意用不耐煩的聲音答道：「不曉得。你少來跟我嚕囌。」

這樣水都潑不進去的話風，倒有點教人傷腦筋。胡雪巖踱著方步在盤算，回頭有句話，可以讓她相信自己不是跟她開玩笑。反正真是真，假是假，事情總會水落石出；該說的話，此時盡不妨先說，她自會記在心裡，到她信其為真的那一刻，這些話就會發生作用了。

於是他「自說自話」地大談何桂清的一切，以及他預備採取的步驟，最後便必然又要問到：「現在要看你的意思怎麼樣？」

阿巧姐的衣服早已換好了，故意躲在床後不出現；坐在那裡聽他說得有頭有尾，活龍活現，心思倒又活動了。只是自己的態度，依然不肯表示，而萬變不離其宗的還是「裝佯」二字。

「甚麼我的意思？」她嬝嬝婷婷地走了出來，一面摺衣服，一面答道，「我不曉得。」

胡雪巖知道再逼也無用，只有反跌一筆，倒有些效用；於是裝出失望的神情說道：「你既然不肯，那也無法。甚麼事可以勉強，這件事必得兩廂情願才行。幸虧我在那面還沒有說破，不然就搞得兩面不是人了。」

一聽這話，阿巧姐怕煮熟了的鴨子，就此飛掉。豈不是弄巧成拙？但如果老實說一句「願意」，則裝了半天的腔，又是前功盡棄。左右為難之下，急出一計，盡力搜索記憶，去想七歲當童養媳開始，受婆婆虐待，冬天生凍瘃還得用冷水洗粗布衣服；夏天在柴房裡，為蚊子叮得一夜到天亮不能睡覺的苦楚，漸漸地心頭發酸，眼眶發熱，抽抽噎噎地哭出聲來。

漂亮女人的眼淚威力絕大；胡雪巖甚麼都有辦法，就怕這樣的眼淚，當時驚問：「咦，咦，怎麼回事？有啥委屈好說，哭點啥？」

「我的委屈哪裡去說？」阿巧姐趁機答話，帶著無窮的幽怨，「像我們這樣的人，還不是有錢大爺的玩兒的東西，像隻貓、像籠鳥一樣，高興了花錢買了來；玩厭了送人！叫她到東，不敢到西，還有啥好說？」

「你這話說得沒良心。」胡雪巖氣急了，「我是為你好。」

「哪個曉得是壞是好？你倒想想看，你做事自說自話，從來不跟人商量；還說為我好！」這是有所指的，指的就是周一鳴去辦的那件事。胡雪巖自覺有些理虧，只好不作聲。

沉默帶來冷靜，冷靜才能體味，細想一想阿巧姐的話，似逆而實順，也可以說是似怨而實喜；她心裡已是千肯萬肯了，只是不能不以退為進地做作一番。這是人之常情，甚至不妨看作她還有「良心」；如果一定要逼她說一句：願意做何家的姨太太，不但不可能，就可能又有甚麼意味？

想透了這一層，不覺她的眼淚有甚麼了不起。胡雪巖心裡在想，此刻必得爭取她的好感，讓她對自己留下一個感恩圖報的想法，將來她才會在何桂清那裡，處處為自己的利益著想——他想起聽嵇鶴齡談過的，秦始皇身世的故事；自己倒有些像呂不韋，不知不覺地笑了出來。

「別人哭，你笑！」阿巧姐還在裝腔作勢，白著眼，嘟著嘴說：「男人最沒有良心，真正教人看透了。」

「對！」胡雪巖順著她的語氣說，「我也承認這句話。不過男人也很聰明，不大會做趕盡殺絕的事？該講良心的時候，還是講良心的。」

阿巧姐不答，拭一拭眼淚，自己倒了杯熱茶喝；茶剛送到唇邊，忽又覺得這樣不是道理，於是把那杯茶放在胡雪巖面前，自己又另倒一杯。

「阿巧！」胡雪巖喝著茶，很優閒地問：「你家裡到底還有些甚麼人？」

「不跟你說過，一個老娘，一個兄弟。」

「兄弟幾歲，幹啥營生？」

「兄弟十八歲，在布店裡學生意。」

「可曾討親？」

「還沒有『滿師』，哪裡談得到此？」阿巧姐說，「再說，討親也不是椿容易的事。」

「也沒有甚麼難。阿巧，」胡雪巖說：「我另外送你一千銀子，你找個妥當的錢莊去存，動息不動本，貼補家用，將來等你兄弟滿了師；討親也好，自己弄爿小布店也好，都在這一千銀子上頭。」

阿巧姐看一看他，眨著眼不響。胡雪巖以為她不信自己的話，便很大方地，取出一千兩銀票，塞到了她的手裡。

「你真的要幫我的忙？」

「這還有啥假的。」胡雪巖笑道：「你真當我沒有良心？」

「我也是說說而已！人心都是肉做的，你待我好，我難道心裡沒有數？」阿巧姐又說：「你真的要幫我的忙，不要這樣幫。」

「那怎麼幫法？」

「我兄弟人很聰明，長得也不難看，在我們鎮上，是有名的漂亮小官人——。」

「你不用說了。」胡雪巖笑道，「看姐姐，就曉得做兄弟的一定長得很秀氣。」

「不是娘娘腔的那種秀氣，長得又高又大，站出來蠻登樣的。這也不去說他，我在想，你如果肯照應我兄弟，我叫他出來，跟了你去，不比在我們那個小地方學生意來得強？」說著，把銀票退了回來。

「原來如此！可以，可以。我一定提拔你兄弟，只要他肯上進。銀子你還是收著，算我送你老娘的『棺材本』。」

明知跟胡雪巖不用客氣，但阿巧姐總覺得不便收受，於是這樣說道：「我替我娘磕個頭謝謝你。錢，暫時先存在你這裡。」

「不必！你還是自己保管好了。」

阿巧姐不肯，他也不肯；取過銀票來，塞到她口袋裡。她穿的是件緞子夾襖，探手入懷，溫暖無比，心頭不免蕩漾起綺思，倒有些失悔，這樣一個人，遣之遠離，實在不大捨得。

因此，他一時無語，心裡七上八下地，思緒極亂。阿巧姐當然猜他不透，又提到她兄弟的事。

「我兄弟小名阿順。你看，甚麼時候叫他出來？」

胡雪巖定定神說：「學生意是寫好了『關書』的，也不能說走就走；我這裡無所謂，隨便甚麼時候來好了。」

學生意未曾滿師，中途停止，要賠飯食的銀子，這一點阿巧姐也知道；不過有一千兩銀子在身上，有恃無恐，便即答道：「這不要緊，我自會安排妥當。」

「那好。你寫信叫他出來好了。」

阿巧姐心想，除了這件事以外，還有許多話要跟家裡人說，那就不如再回去一趟；這樣轉念，便即問道：「你哪天走？」

「功夫已經耽誤了。等老周一回城，如果你的事情已經辦妥當，我明天一早就走。」

「那，」阿巧姐怏怏然說：「那來不及了。」

「怎麼樣？」

「如果你還有一兩天耽擱，我想回去一趟。現在，當然不必說它了。」

經此片刻功夫，胡雪巖的浮思已定；話已經說了出去，絕無翻悔的道理。既然如此，原來打算讓阿巧姐仍舊住在潘家的計畫，不妨更改一下。

「我是這樣在想，在外面做事，絕不可受人批評。從此刻起，你算是何學台的人了，我們就不便再住在一起；不然不像話。我原來的意思，想讓你住在潘家；現在你自己看，你住到娘家去也可以。」

這番話在阿巧姐頗有意外之感；細想一想，又覺得胡雪巖做事，真個與眾不同，心思細密，手法漂亮。既然他如此說，自己將來在何桂清面前也占身分，就無須多說甚麼了。

轉念又想，作此表示，顯得毫無留戀，像煞沒有良心。所以還是得有一句話交代——這句話很難，總不能說，反正還未到何家，住在一起，又有何妨？那不成了堂子裡的行徑？就是堂子裡，姑娘答應了嫁客人，馬上就得「下牌子」；也不能說未曾出門以前，還可以接客。但如果不是這樣說，又怎麼說呢？

終於想到一句話來了：「一個人講心，行得正，坐得正，怕甚麼？反正我們自己曉得就是了。」

「話不是這麼說，嫌疑一定要避。」胡雪巖又說：「我明天請老周送了你回去。你鄉下住兩天，如果覺得氣悶，再回潘家，也是一樣；或者，到上海來玩幾天也可以。反正在我，從現在起，就當你何家姨太太看待了！」

胡雪巖的這一句話，為他自己和阿巧姐之間，築起了一道籬笆，彼此都覺得該以禮自持，因而言語舉止，突然變得客氣了，也生疏了。

這樣子相處，便有拘束之感；胡雪巖便說：「你回潘家去吧，我送了你去。」

「那麼，你呢？」

「我，」胡雪巖茫然無主，隨口答道：「我在城裡逛逛。」

阿巧姐很想說一句，陪著他在城裡逛一逛。但想到自己的「何家姨太太」的身分，那句話便難出口；關切之意，無由寄託，不免躊躇。

「怎麼樣，早點走吧！」

「不忙！我再坐一息。」

枯坐無聊，少不得尋些話來說；阿巧姐便談蘇州的鄉紳人家。由富潘到貴潘，由貴潘談到「狀元宰相」，蘇州是出大官的地方，這一扯便扯不完了。

看看天色將晚，入夜再去打攪潘家，不大合適。胡雪巖便催阿巧姐進城；送到潘家，約定第二天再碰面，胡雪巖便不再驚動主人，逕自作別而去。

轎子已經打發走了，他信步閒行，一走走到觀前，經過一家客棧，正有一乘轎子停下，轎中出來一個人，背影極熟；定神想了想，大喜喊道：「大哥，大哥！」

那人站住腳，回頭一望；讓胡雪巖看清楚了，果然是嵇鶴齡。

「真想不到！」嵇鶴齡也很高興，「竟在這裡會面。你是怎麼到蘇州來的？」

「我也要問這話。」胡雪巖說，「大哥，你是怎麼來的？」

「我來接頭今年的海運。來了幾天了。」

「這樣說，杭州漕幫出亂子的事，你還不曉得？」

「我聽說了。雖不是我的事，到底與海運有關，心裡急得很，只是公事未了，脫不開身。」

嵇鶴齡問：「你是怎麼知道的呢？」

「這裡不是說話之處，你的屋子在哪裡？」

「喔！在這裡。」

嵇鶴齡引著胡雪巖到他的住處，也是一個小院子；有人開門出來，胡雪巖一楞，沒有想到是個妙年女子。

「這是胡老爺！我換帖兄弟。」

「胡老爺！」那妙年女子，含笑肅客：「請裡面坐。」

胡雪巖不知如何稱呼，只含含糊糊地點頭示意，視線卻始終不離，看她不到二十歲年紀，穿一件月白緞子夾襖，外罩一件玄緞長背心，散腳袴，天足，背後垂著漆黑的一條長辮子，像是青衣侍兒，但言談舉止，卻端莊穩重，又不像個丫頭，倒有些識不透她的路數。

嵇鶴齡照理應該引見，卻一直不提。胡雪巖越發納悶，但當著她本人，不便動問；只好談漕幫鬧事，王有齡求援經過。

「好！有尤五去調停，一定可以無事。」嵇鶴齡極欣慰地說，「這一下，我可以放心了。」

他接著又問，「那麼，你是怎麼到蘇州來的呢？」

「說來話長。」胡雪巖站起身來，「大哥，走，我們出去吃飯，一面吃，一面談。」

嵇鶴齡欣然同意，「不過，有件事要先作安排。」他問胡雪巖，「你搬了來與我一起住如何？」

「我今天住在這裡好了，行李就不必搬了。」胡雪巖說，「本來我想明天就走，既然你在此，我多住一天；後天在閶門外下船，一動不如一靜。」

「也好。我叫人替你找屋子。」

於是喚了他那新用的跟班長慶來，叫他到櫃上關照，留一間乾淨上房。胡雪巖怕周一鳴回來找不到人，所以又託長慶專程到金閶棧去說明自己的下落。

這樣安排停當，才一起出門；元大昌近在咫尺，走走就到了。兩個人找了個隱僻的角落坐下，把杯傾談，胡雪巖將此行的經過，源源本本告訴了嵇鶴齡。

「你倒真像你們西湖上所供奉的月下老人！」嵇鶴齡笑道，「盡做這些好事。」

「這好事不得不做。阿巧姐的心已經變了，我何苦強留？至於何學使那方面，我完全是『生意經』，也可以說押寶，押中了，大家有好處。」

嵇鶴齡懂這「大家」二字，意思是包括他和王有齡在內；因而越覺得胡雪巖這個朋友，真是交著了。不過，他到底是讀過幾句書的人，不以為拉這種裙帶關係是件很體面的事，所以不肯作何表示。

「現在要講你屋裡的那個人了。」胡雪巖問：「是那麼回事？」

聽這一問，嵇鶴齡笑了：「你當是怎麼回事？」他反問一句。

「我哪裡猜得出？你自己說吧。」

「是瑞雲的表妹。原來嫁在常熟，去年居孀，不容於翁姑；寫信給瑞雲，想來投靠她表姐。瑞雲問我的意思，你想，我莫非那麼小氣，養個吃閒飯的人都不肯？所以趁這趟到蘇州來公幹的機會，預備把她帶到杭州。」

「怎麼？」胡雪巖不勝惋惜地說：「年紀輕輕就居孀了。」

看他大有惜花之意，嵇鶴齡心裡一動；但隨即警覺，不宜多事，便點點頭說：「將來自然要遣嫁。如果你有合適的人，譬如像陳世龍那樣的，拜託你留意。」

「好！」胡雪巖很切實地答應，「我一定替她找。」

這一段又揭過去了，嵇鶴齡問到時局：「上海的情況怎麼樣？」

「小刀會不成氣候。只是有洋人在後面，替他撐腰，看樣子，上海縣城，一時怕難收復。」

胡雪巖說，「這種局面一長，無非便宜了洋人。」

「怎麼呢？」嵇鶴齡近來對「洋務」很關心，所以逼視著胡雪巖問，「你倒說個道理我聽聽。」

「第一，租界本是一片荒地，有地無人，毫無用處，現在這一亂，大家都逃到夷場去避難，人多成市，市面一繁榮，洋人的收入就多了。第二，現在兩方面都想拉攏洋人，鷸蚌相爭，漁翁得利，洋人樂得從中操縱。」

「怎麼個操縱法？」

「無非『見人說人話，見鬼說鬼話』，你要想他幫忙，就得先跟他做生意。現在兩江總督怡大人，決定斷絕他們的貨源，我看這個辦法，維持不長的。」

接著胡雪巖講了許多夷場上與洋人有關的「奇聞異事」；這在嵇鶴齡是很好的下酒物。當然，也增長了許多見識，他覺得胡雪巖似乎也有些偏見，洋人雖刁，刁在道理上，只要占住了理，跟洋人的交涉也並不難辦。最怕自己疑神疑鬼，或者一定要保住「天朝大國」的虛面子；洋人要聽一句切切實實的真心話，自己偏跟他推三阻四地敷衍，那就永遠談不攏了。

不過，這番見解，究竟尚未經過印證，而且風氣所播，最好是痛罵洋人；如果說兩句持平的話，一定為衛道之士斥為不明夷夏之辨，甚之加以「認賊作父」、「漢奸」等等惡名。因此，嵇鶴齡就是對胡雪巖這樣的至交，也未便輕發議論。

話風一轉，又談到浙江的政局。嵇鶴齡亦認為黃宗漢的調動，只是日子遲早而已，最明顯的跡象是，黃宗漢自己亦已在作離任的準備，該他收的陋規好處，固然催得甚緊；不該他得的好處，亦伸長了手在撈。這都是打算隨時可以捲鋪蓋的模樣。

「那麼，大哥，你看何學使有沒有調江浙的希望？」胡雪巖很關切地問。

「這哪裡曉得？現在也不必去管他！」

胡雪巖很坦率地說了他所以特感關懷的原因。在這次上海的絲生意結束以後，他雖說決定了根本的宗旨，仍然以做錢莊為主；但上海這個碼頭，前程似錦，也不大肯放棄。在他的想法是，有了官場與洋場的勢力，商場的勢力才會大，如果何桂清放了浙江巡撫，以王有齡跟他過去的淵源，加上目前自己在蘇州與他一見投契的關係，這官場的勢力，將會無人可以匹敵；要做甚麼生意，無論資本調度，關卡通行，亦就無往不利。

「所以我現在一定要想辦法看準風頭，好早作預備。如果何學使放到浙江，是沒有希望的事，我的場面就要收縮，抱定穩紮穩打的宗旨；倘或放到浙江是靠得住的，我還有許許多多花樣拿出來。」胡雪巖又說，「不是為此，我丟下上海、杭州許多等著料理的雜務，跑到蘇州來跟小狗子這種人打交道，不發瘋了嗎？」

這一說，嵇鶴齡自然要為他認真去想了。他點點頭，不即開口；喝著酒細細思量。

「我想有希望的。」嵇鶴齡先提了句使胡雪巖高興的結論，「現在他們乙未這一榜，聲氣相通，團結得很；外面的幾個缺，抓到了不肯輕易放手的。江西巡撫張芾，是他們乙未的傳臚，從前穆彰阿門下的『穆門十子』之一，今年正月裡革了職；上個月馬上又推出來一個他們同榜的鄭敦謹，到河南去當巡撫。現在江浙兩撫，都是乙未，聽說江蘇的許巡撫，聖眷已衰，早有調動的消息；如果黃巡撫再一調，一下子去了兩處要緊地盤，自然要作桑榆之計。照這樣說起來，何學使去接浙江，大有可能。再還有一層，此公亦願意自己人去接。」嵇鶴齡一面說，一面拿筷子蘸著酒寫了個「黃」字；自然是指黃宗漢。

「何以見得？」聚精會神在傾聽的胡雪巖問。

「這就跟我接雪公的海運局，是一樣的道理。」

「啊！『一語驚醒夢中人』！」胡雪巖恍然大悟；多想一想，拍案說道：「豈止有希望，簡直十拿九穩了。」

他接著提出一套深一層的看法，黃宗漢為人陰險工心計，目前雖紅，但冤家也不少，既然在浙江巡撫任內有許多「病」，自然要顧慮到後任誰屬？「官官相護」原是走遍天下十八省所通行的慣例；前任有甚麼紕漏，後任總是盡量設法彌補。有些人緣好的官兒，鬧了虧空，甚至由上司責成後任替他設法清理，也是數見不鮮的事。只是有兩種情形例外，一種是與後任的利害發生衝突，不能不為自己打算；一種就是前後任有仇怨，恰好報復。

黃宗漢要顧慮的，就是後一種的情形。浙江巡撫雖說歸閩浙總督管轄，但總督駐福州，浙江的巡撫是名副其實的一省最高長官；倘或後任抓住他的甚麼毛病，不須跟總督商量，就可以專摺參劾，連個緩衝的餘地都沒有。所以照這樣子，黃宗漢必得設法找個有交情的來接他的任；而何桂清跟他的交情，是沒有話可說的。

「是的！我的看法也差不多。」

「但是，」胡雪巖卻又提出疑問，「如果上頭對何學使想重用，而江蘇的許巡撫又要調動，那麼，何不將何學使放到江蘇，豈不是人地相宜，順理成章嗎？」

「不會！這有兩個道理，第一，何學使在江蘇常常上奏摺談軍務，頗有傷及許巡撫的話，他們是同年，不能不避嫌疑；所以即使上頭要派他到江蘇來，他怕人家說他上摺談軍務，是有取而代之的心，一定也不肯就的。」嵇鶴齡喝了一口酒又說：「其次，江蘇巡撫要帶兵打仗，而且目前是軍功第一，按察使吉爾杭阿在上海打小刀會，頗為賣力；照我的看法，許巡撫倘或調動，多半是吉爾杭阿接他的手。」

這一番分析下來，胡雪巖就更放心了，何桂清一定會當浙江巡撫，不過日子遲早而已。如果來得遲，對自己不利，但對嵇鶴齡卻是有幫助的；因為這一定是中間轉一任倉場侍郎，將來在通州驗收海運的漕米時，嵇鶴齡可以得到許多方便。

通過了這些，他頗有左右逢源之樂，因而酒興和談興也都更好了，喝得酩酊大醉，方跟嵇鶴齡回客棧去休息。

第二天早晨起身，問起夥計，聽說嵇鶴齡一早拜客去了，留下話，中午一定回來，要胡雪巖等他。枯坐無聊，而且自己也還要去等周一鳴的消息，以及跟阿巧姐見面，所以決定回金閶棧；他留下了話，說下午再來看嵇鶴齡。

未出閶門，先去看阿巧姐，跟她略說經過，表示不得不多留一天；這對阿巧姐是好消息，她決定立刻回木瀆，把她的兄弟去領來見胡雪巖。

「也好！索性都把它辦妥當了。不過你一個人是辦不了的；等周一鳴回來，我叫他再辛苦一趟，陪你一起回木瀆。」胡雪巖說，「回頭你也見見我那拜把子的大哥。」

於是阿巧姐又隨著胡雪巖回金閶棧，隨身帶著一大包衣服，其中有她的小姐妹送她的，也有這兩天現做的；潘家常年搭著案板，雇著兩名女裁縫，按日計酬。除卻三節，無日不製新衣。近水樓台，方便得很。

當然，阿巧姐曉得胡雪巖的脾氣，不會把人家送她的，實新而名舊的衣服在他面前穿出來。新製的衣裙，款式自不如夷場上來得新穎；但也有一樣好處，就是莊重。她索性連頭面的修飾都改過了，盡洗鉛華，只梳一個極亮的頭，髻上插一枝碧玉簪，耳上戴一副珠環，陌生人見了，怎麼樣也察不出一點風塵出身的氣息。

就在她在金閶棧剛打扮好，預備飯後隨著胡雪巖去見嵇鶴齡的時候；要去看的人，卻先到了。胡雪巖引見過後，阿巧姐執禮極恭；使得嵇鶴齡大起好感，當著她的面，讚不絕口。

「雪巖！」等阿巧姐退到裡室時，嵇鶴齡忍不住說了，「我略知柳莊相法，這個徐娘老去的佳人，著實有一段後福。」

「這一說，我的做法是對了。」胡雪巖笑道：「看她走幾步路，裙幅不動，穩重得很，倒是掌印夫人的樣子。」

「不然——。」嵇鶴齡忽然停住了。

「怎麼不說下去？」胡雪巖真忍不住要追問，「這個『不然』，大有文章。」

嵇鶴齡想了好半天，搖搖手說：「不談了！說出來徒亂人意。反正你『失之東隅、收之桑榆』，也無所謂。」

他引用的這句成語，胡雪巖是懂的；意思是放棄了阿巧姐可惜，但也有補償——這個補償，自然是從何桂清身上來；由於嵇鶴齡這樣說法，胡雪巖也就把未來所能得的那一份補償，看得特別認真了。

秋收全靠春耕，他覺得就從此刻起，對何桂清還得重新下一番功夫；想一想另外換了個話題，但仍舊是關於何桂清與阿巧姐的。

「大哥！」他說，「有件事正要託你。我想請你寫封信。」

「寫給誰？」

「何學使！這封信要寫得漂亮。最好是『四六』——。」

「你怎麼想來的？」嵇鶴齡笑著打斷他的話，「你簡直是考我。駢文要找類書，說得乾脆些，無非獺祭成章；客邊何來『佩文韻府』之類的書？」

這番話說得胡雪巖不懂，但大致猜得出來是為難。胡雪巖也知道對仗工整的「四六」，不是人人會做；心裡倒有些懊悔，貿然提出來，害得嵇鶴齡受窘。

「不管它了！」嵇鶴齡看出他的心思，急忙改口，「你的事，我也只好勉強試一試。你說吧，怎麼個意思？」

胡雪巖大喜，「是這樣，」他說，「第一，向他道謝，自然是一番仰慕的客套；第二，就說阿巧姐寄住潘家，我欠了人家的情，請他代為致謝！」

「第三，」嵇鶴齡笑著接口，「託他照拂佳人！」

「是有這麼個想法，不過我不知道怎麼說法？」

「我會說。」嵇鶴齡極有把握地，「我好好想兩個典故，隱隱約約透露點意思給他。」

「對！就這樣。」胡雪巖半羨慕，半感慨地說，「你們的這枝筆，實實在在利害。小時候讀蒙館，記得讀過兩句詩：『別人懷寶劍，我有筆如刀。』當時心裡在想，毛筆哪有寶劍厲害？現在才知道有些筆上刻的那句話：『橫掃千軍』，真正一點不錯。」

「也不見得那麼厲害！」嵇鶴齡由此想到了胡雪巖的不足之處，「有句話我早想跟你說了，依你現在的局面，著實要好好用幾個人；牡丹雖好，綠葉扶持，光靠你一個人，就是三頭六臂，到底也有分身不過來的時候。」

這句話搔著了胡雪巖的癢處，「著啊！」他拍著大腿說：「我也久已想跟大哥討教了。而且也作過打算，我想要用兩個人，一個是能夠替我出面應酬的，這個人有了，就是劉不才；另外一個是能夠替我辦筆墨的，在湖州有個人姓黃，本說要跟我一起到杭州，後來因為別樣緣故，打消了此議。我看他的本事也有限──如今我要跟大哥商量；」他很吃力地說，「這些人，我實在也還不知道怎麼用法？」

嵇鶴齡將胡雪巖的情況細想了一遍，很清楚地看出來他的「毛病」，於是這樣從遠處說起：「我說句很老實的話，你少讀書，不知道怎麼把場面拉開來？有錢沒有用，要有人；自己不懂不要緊，只要敬重懂的人；用的人沒本事不妨，只要肯用人的名聲傳出去，自會有本事好的人，投到門下。」

接著，嵇鶴齡由「千金市骨」的故事，談到孟嘗君門下的雞鳴狗盜之徒。胡雪巖一面聽，一面心潮思伏，有了極多的啟示。等嵇鶴齡談完，他不住讚嘆頗有茅塞頓開之感。

「我懂了！」胡雪巖連連點頭，「我這樣奔波，不是一回事！要弄個舒舒服服的大地方，養班吃閒飯的人；三年不做事，不要緊，做一件事就值得養他三年。」

「你真的懂了！」嵇鶴齡極其欣慰的說，「所謂『門客』就是這麼回事。揚州的鹽商，大有孟嘗遺風；你倒不妨留意。」

胡雪巖不答，心裡在細細盤算；好久，他霍地站了起來：「就是這樣了！這一趟回去，我要換個做法。」

「怎麼換？」

「用人！」胡雪巖一拍雙掌說，「我坐鎮老營，到不得已時才親自出馬。」

「對了！要這樣子你的場面才擺得開。」嵇鶴齡又說：「我幫你做！」

「自然。」胡雪巖說，「大哥就是我的諸葛亮。」

「這不敢當。」嵇鶴齡笑了；然後又彷彿有些不安地，「你本來是開闊一路的性情，我勸你的話，你自己也要有個數；一下子把場面扯得太大，搞到難以為繼，那就不是我的本意了！」

「大哥放心！」胡雪巖在這時候才有勝過嵇鶴齡的感覺，「只要是幾十萬銀子以內的調動，絕不會出毛病。」

「只要你有把握就行了。」嵇鶴齡站起身來，「我回去了。早早替你把那封信弄出來。」

「不是有甚麼約會，或者要去拜客？」

「都沒有。」

「那何不就在這裡動手？」

正說著，阿巧姐聽見了，也走出來留客，相邀便飯；這是無所謂的事，嵇鶴齡也就答應了。

「不必多預備菜。」他說，「我只想吃一樣東西；附近有陸稿荐沒有？」

「陸稿荐到處都有。」阿巧姐說，「我叫他們去買醬豬肉。」

「不是醬豬肉。是煮醬肉封口的那東西。」

大鍋煮醬豬肉，到了用文火燜的時候，為防走氣洩味，用麵條封住鍋口，那東西雖能吃，卻不登大雅之堂；阿巧姐便笑道：「這是賣給叫化子吃的呀！」

「你不管！」胡雪巖知道嵇鶴齡的脾氣，這樣搶著說：「只叫人去買就是。」

於是話題又轉到陸稿荐，胡雪巖與嵇鶴齡有同樣的困惑，不知道蘇州賣醬肉滷味的熟食鋪，何以市招都用陸稿荐，到底是一家主人的許多分店；還是像杭州張小泉的剪刀店一樣，真的只有一家，其餘都是冒牌？

「自然是冒牌的多！」阿巧姐說。

「怎麼叫陸稿荐呢？這名字題得怪。」嵇鶴齡問，「其中一定有個說法。」

「是的——。」

阿巧姐一本正經的講陸稿荐的故事；是個神話。據說陸家祖先起初設個賣醬肉的小鋪子，有個乞兒，每天必來乞討；主人是忠厚長者，總是操刀一割，割下好大一塊肉給他。這乞兒後來就露宿在他家簷下，有一天忽然不見了，剩下一床破草荐，廢置在屋角，從無人去理它。

有一次煮肉將成，這家主人發覺還須有一把猛火，才夠火候。這最好是用柴草，蘇州人稱為「稻柴」。稻柴一時無處去覓，恰好拿那床破草荐派用處；誰知這床草荐一燒，鍋中的醬肉，香聞數里。生意就此做開了。為了不忘本起見，便題名陸稿荐。

「禾桿為稿。這個名字倒是通人所題。」嵇鶴齡說：「不過我就不懂了，為甚麼這床草荐能教醬肉香聞數里？」

「那自然是沾著仙氣的緣故。」阿巧姐，「這個教化子，不是真的教化子，是呂洞賓下凡。」

「原來呂仙遊戲人間。」

「鬼話！」胡雪巖笑道，「人發達了，總有段奇裡古怪的故事；生意做得發達了，也是如此。」

「能教人編出這麼個荒誕不經的故事來，也足以自豪了。但願後人提起胡雪巖，也有許多離奇的傳說。」

「身後的名氣我不要！」胡雪巖隨口答道，「我只要生前有名，有一天我阜康的招牌，就像蘇州陸稿荐一樣，到處看得見；那就不白活一世了。」

「這也不是辦不到的事。就看你能不能立志！」嵇鶴齡勉勵著換帖弟兄。

胡雪巖脫口答道：「立志在我。成事在人！」

「這兩句話說得好！」嵇鶴齡大為讚賞，「雪巖，你的吐屬，真是大不凡了。」

「大哥，你不要捧我。」胡雪巖高興地謙虛著。

「不是捧你，你這兩句話，確是見道之言。成語所說：『謀事在人，成事在天』，自己作不得自己的主，算得了甚麼好漢？像你這樣就對了！先患不立志，次患不得人！」

這幾句話說得胡雪巖臉發燙，覺得他的誇獎，真個受之有愧——原來的意思，亦等於「成事在天」，事情成不成，要看別人。而嵇鶴齡卻把「在人」解釋為「得人」；並非本意。然而這樣解釋，確比本意高明。

「僅有志向，不能識人、用人，此之謂『志大才疏』，像那樣的人，生來就苦惱！」嵇鶴齡停了一下又說：「不得志的時候，自覺埋沒英才，滿腹牢騷；倘或機緣湊巧，大得其發，卻又更壞！」

「這……，」聚精會神在傾聽的胡雪巖失聲而問，「甚麼道理？」

「這個道理，就叫『爬得高，跌得重』！他的爬上去是靠機會，或者別的人有意把他捧了上去的；捧上了台，要能守得住，也不是件容易的事。這一摔摔下來，就不送命，也跌得鼻青眼腫。所以這種志大才疏的人，怎麼樣也是苦惱！」嵇鶴齡又說，「稽諸史實，有許多草莽英雄，因緣時會，成王稱帝，到頭來一場春夢，性命不保，說起來大都是吃了這四個字的虧。」

這番議論，胡雪巖心領神會，大有領悟——每次跟嵇鶴齡長談，總覺得深有所得；當然，也深深領受了友朋之樂，不過這份樂趣，較之與郁四、尤五，甚至王有齡在一起的感受，是大不相同的。

「說實在，我的見識，實在在大哥之下。」他心誠悅服地說，「為人真是不可不讀書。」

「『世事洞明皆學問』，光是讀死書，做八股，由此飛黃騰達，倒不如一字不識，卻懂人情世故的人。」

「大哥這話，又是牢騷了！」胡雪巖知道，科甲出身的官兒，看不起捐班；但捐班中有本事的，一樣也看不起科甲中的書呆子。

「你說他牢騷，他說他老實話也可以。」

「我倒說句老實話，」胡雪巖忽然想起，「也是極正經的話，大哥，你還打算不打算『下場』？」

嵇鶴齡是俗稱秀才的生員，「下場」是指鄉試；他自然也打算過，「『下場』也容易，」他說，「轅門聽鼓，閒了好多年，剛得了個差使，辭掉了去赴鄉試，就算僥倖了，還有會試。這一筆澆裹哪裡來？」

「這怕甚麼？都是我的事。」

「講你我的交情，果真我有秋風一戰的雄心，少不得要累你。不過，想想實在沒有意思。」

「何以呢？」胡雪巖慫恿他說，「今年甲寅，明年乙卯才是大比之年，有一年多的功夫，正好用用功。」

嵇鶴齡是久絕此想了，搖搖頭說：「時逢亂世，哪裡都可以立功名，何必一定要從試場去討出身？越是亂世，機會越多。其中的道理，我想，你一定比我還清楚。」

這又是一個啟示，胡雪巖想想果然；自己做生意，都與時局有關，在太平盛世，反倒不見得會這樣子順利。由此再往深處去想，自己生在太平盛世，應變的才具無從顯見，也許就庸庸碌碌地過一生，與草木同腐而已。

感慨之下，不由得脫口說了一句：「亂世才會出人才！」

「這話倒是有人說過。」嵇鶴齡有著嘉許之意，「以上下五千年，人才最盛的是秦末漢初跟魏、蜀、吳三分的時候，那時候就是亂世。」

「如今呢？」胡雪巖說，「也可以說是亂世。就不知道後世來看，究竟出了多少人才？」

「不會少！只說眼前，雪巖，你不要妄自菲薄，像你就是難得的人才。」

胡雪巖笑笑不作聲；就這時候，阿巧姐來請用飯。館子裡叫的菜，十分豐盛，另外一大盤陸稿荐的醬肉，自然也有那不登大雅的食物在內。

「你也一起來吃吧！」胡雪巖對阿巧姐說。

「哪有這個規矩？」她笑著辭謝。

「又沒有外人。」嵇鶴齡接口說道，「我跟雪巖都是第一趟到蘇州，要聽你談談風土人情。」

聽得這樣說，再要客套，就顯得生分了。阿巧姐心想，反正也要照料席面，站著顯得尷尬，倒不如坐了下來。

於是她打橫作陪，一面斟酒布菜，盡主人的職司；一面跟嵇鶴齡談家常。蘇州女人長於口才，阿巧姐又是歷練過的，所以嵇鶴齡覺得她措詞得體、聲音悅耳，益生好感。

這一來，一頓酒便喝得時候長了。喝到四點多鐘，方始結束；等嵇鶴齡一走，周一鳴跟著就到，阿巧姐的事，已經順順利利談成功，只待「過付」，便可「成交」。

「恭喜，恭喜！」胡雪巖笑著向阿巧姐說：「你算是脫掉束縛了。」

「多虧周先生費心！」阿巧姐向周一鳴道了謝，接著又歉然地說：「明天只怕還要勞駕。」

於是胡雪巖代為說明，要請他陪阿巧姐再回木瀆去一趟，將她的弟弟領了出來。周一鳴自然毫不遲疑地應承下來。

經過這一番細談，又到了晚飯時分；胡雪巖留下周一鳴吃飯，自己只喝著茶相陪，口中閒談，心裡在打主意。等盤算定了，閒閒問道：「老周，我倒問你一句話，你平時有沒有想過，自己發達了是怎麼個樣子？」

周一鳴無從回答，「我沒有想過。」他很坦率地說，「混一天，算一天！」

「這樣子總想過，譬如說，要做個怎麼樣的官，討個怎麼樣的老婆？」

「我在家鄉有一個。」周一鳴說，「我那女人是從小到我家來的，比我大兩歲，人很賢惠，一直想接她出來，總是辦不成功。」

「這總有個道理在裡頭。你說，何以辦不成功？」

「這還不容易明白？說來說去，是個錢字。」周一鳴不勝感慨地說，「這兩年，一個人混一個人；替人跑腿，又不能在那裡安頓下來。想想不敢做那樣冒失的事。」

「那麼，你要怎麼個樣子，才能把你女人接出來？」

「現在就有希望了。」周一鳴換了副欣慰的神情，「多虧胡大老爺照應。這趟到揚州，謀好差使，如果靠得住一年有二百兩銀子的入息，我就要接我女人出來，讓她過幾天安閒日子了。」

「這也不算甚麼。」胡雪巖說，「照我想，像你這樣的人，一個月總得要有五十兩銀子的入息，才不委屈你。」

「哪有這樣的好事？」周一鳴說，「如果那個給我這個數，我死心塌地跟他一輩子。」

「這話是真的？」

周一鳴是信口而答，此刻發現胡雪巖的神色相當認真，倒不敢隨便回答了。

「我們隨便談談。」胡雪巖放緩了語氣，「無所謂的。」

話雖如此，周一鳴卻必得認真考慮；看胡雪巖的神情，倒有些猜不透他的用意，只好這樣答道：「若是胡大老爺要我，我自然樂意。」

「不是這話，不是這話！」胡雪巖搖著手說：「我用人不喜歡勉強。」

「我是真心話。跟胡大老爺做事，實在痛快；莫說每月五十兩，有一半我就求之不得了。」

看他說得懇切，胡雪巖也就道破了本意，他說他想用周一鳴，是這天跟嵇鶴齡暢談以後的決定。他預備論年計薪，每年送周一鳴六百兩銀子；年終看盈餘多少，另外酌量致送紅利。要周一鳴仔細想過以後再答覆他；如果不願意，仍舊想到揚州，他也諒解，因為釐金關卡上的差使，到底是「官面上的人」。

「哪個要做哪種『官面上的人』？我也無須仔細想，此刻就可以告訴胡大老爺，一切都遵吩咐。」

「好！」胡雪巖欣然說道：「這一來，我們就是自己人了。」

不過，在周一鳴這一來反倒拘束了，不便再一個人在那裡自斟自飲；匆匆吃完飯，自己收拾了桌子，接著便問起阿巧姐明日的行程。

「我把阿巧姐託給你了。」胡雪巖說：「明天等立了筆據，你陪她到木瀆。事情辦完了，你把他兄弟帶到上海來。回頭我抄上海、杭州的地址給你。」

「那麼，」阿巧姐聽見了，走來問道：「你呢？」

「我看嵇大哥的意思。」胡雪巖答道：「明天再陪他一天，大概後天一早，一定要動身。現在有老周照應你，你落得從容，在木瀆多住幾天；以後有甚麼事，我請老周來跟你接頭。總而言之，『送佛送到西天』。一定要把你安頓好了，我才算了掉一件大事。」

一則是當著周一鳴在，阿巧姐不願她與胡雪巖之間的「密約」，讓局外人窺出端倪；再則是這兩三日中，對胡雪巖的觀感，又有不同，所以當時便作了表示。

「啥個『送佛送到西天』？我不懂！」

不管她是真不懂，還是假不懂？反正對「送佛送到西天」這番好意，她並不領情，卻是灼然可見的。胡雪巖也發覺了，自己說話稍欠檢點，所以很見機地不提此事；只對周一鳴說：「你早點請回吧！你自己有啥未了之事，最好早早料理清楚。我順便有句話要教你先有數，我做事是要『搶』的；可以十天半個月沒事，有起事來，說做就要做。再說句不近情理的話，有時候讓你回家說一聲的功夫都沒有。當然，你家裡我會照應，天大的難處，都在我身上辦妥。凡是我派出去辦事的人，說句文縐縐的話：絕無後顧之憂。老周，你跟了我，這一點你一定要記在心裡。」

「胡大老爺——。」

「慢點！」胡雪巖很快地打斷了他的說話，「稱呼要改一改了。我的這個『大老爺』，是花銀子買來的；不是真的坐堂問案的『大老爺』。如果是不相干的人，要這樣子叫我，雖然受之有愧；不過既然有『部照』，好歹也是個官，朝廷的體制在那裡，硬要不承認，就叫卻之不恭。做生意沒有甚麼大老爺、二老爺的；只有大老闆、二老闆。不過我也不喜歡分出老闆、夥計來；我另外有兩個『朋友』，一個叫劉慶生、一個叫陳世龍，都是我的得力幫手，他們都叫我胡先生；

你也這樣叫好了。別的地方，我要跟你學；做生意，我說句狂話，你要跟我學，這個『先生』，就是你跟我學做生意的先生。」

「喔唷唷！」阿巧姐在旁邊作出蹙眉不勝，用那種蘇州女人最令人心醉的發嗲的神情說：「閒話多是多得來！」

「話雖多，句句實用。」周一鳴正色說道：「胡先生，我就聽你吩咐了。」

「就這樣了。你明天一早來。」

就在周一鳴要離去的那一刻，金閶棧的夥計，帶進一個人來；這個人阿巧姐認得，是潘家的聽差。

「他叫潘福。」阿巧姐在窗子裡望見了，這樣對胡雪巖說，「不曉得為啥來？如果是跟我有關係的事，不要隨便答應。」說完，她將他輕輕一推。

於是胡雪巖在外屋接見潘福。來人請安以後，從拜匣裡取出一封梅紅帖子，遞了上來；打開一看，是潘叔雅用「教愚弟」署名，請他吃飯；日期是第二天中午。帖子上特別加了四字：「務乞賞光」。

這就很突兀了！潘叔雅是十足的「大少爺」，對不相干的人懶於應酬；所以胡雪巖到潘家去過幾次，根本就不請見男主人。而此時忽然發帖請客，必有所謂；被請的人自然要問一問：所為何來？

「只為仰慕胡大老爺。」潘福答道：「也沒有請別位客；專誠請胡大老爺一個人。」

胡雪巖實在想不出潘叔雅是何用意？但此時亦不必去想，到明日赴宴，自然明白；當即取了一張回帖，向潘福說明準到，先託他代為道謝。

「敝上又說，如果胡大老爺明日上午不出門，或者要到那裡，先請吩咐，好派轎來接。」

「大概不出門，不過派轎來接，大可不必。」

「一定要的。敝上說，不是這樣，不成敬意。」

既然如此，亦就不必客氣。等潘福告辭去後，少不得與阿巧姐研究其事；彼此的意見相同，潘叔雅下此請帖，一則說是「務乞賞光」；再則要派轎來接，必是有事重託。至於所託何事，連住在潘家好幾天的阿巧姐都無從猜測。

「不管它了！」胡雪巖說，「你讓老周陪著你進城吧！順便先在潘家姨太太那裡探探口氣；明天我到了，先想法子透個信給我。」

阿巧姐還有些戀戀不捨之意，但當著周一鳴不便多說甚麼，終於還是雇轎進了城。

一夜無話，第二天清早，胡雪巖進城逛了逛，看嵇鶴齡不在客棧，亦未驚動瑞雲的表妹，悄悄回到金閶棧。十一點鐘剛打過，潘家所派的轎子到了。

居然是頂大轎。問起來不知道潘叔雅一出生未幾，他父親就仿照揚州鹽商的辦法，花了兩萬銀子，替他捐了個道員；三品官兒，照例可以坐綠呢大轎。按規矩，還可以有「頂馬」，但這份官派，潘叔雅未擺；只是那頂大轎，十分講究，三面玻璃窗，掛著綵綢的窗帷；轎簷上是綵色的纓絡；轎槓包銅，擦得雪亮。轎子裡蓋碗、水果、閒食，還有一管水煙袋、兩部閒書；一部《隔簾花影》、一部《野叟曝言》，如果是走長路，途中不愁寂寞，盡有得消遣。

胡雪巖還是第一趟坐大轎，看到四名轎伕抬轎的樣子，不由得想起嵇鶴齡的話——嵇鶴齡講笑話，說四名轎伕，各有四個字的形容，前第一個昂首天外，叫做「揚眉吐氣」；第二個叫做「不敢放屁」，因為位置正在「老爺」前面，一放屁則「老爺」首當其衝。

後面兩名轎伕，前面的一個，視線為轎子擋住，因而叫做「不辨東西」；最後一個亦步亦趨，只有跟著走，那就是「毫無主意」。

據說軍機大臣的情形，就跟這四名轎伕一樣。軍機領袖自然「揚眉吐氣」；奏對時，照例由他一個人發言，所以第二個叫做「不敢放屁」；第三個進軍機不久，還摸不清楚底細，以「不辨東西」形容，亦是刻畫入微。至於最後一個，通稱「打簾子軍機」，當然是「全無主意」了。

由此又想到何桂清的同年，軍機大臣彭蘊章，不知位列第幾？如果是「不敢放屁」，則又何能為何桂清說話？幾時有機會倒要問一問他。

就這樣胡思亂想著，不知不覺已到了潘家；轎子一直抬到大廳簷外，才知道潘福的話靠不住，除了主人以外，另外還有兩位客，一般是華服的貴公子派頭。

賓主互揖以後，主人為胡雪巖引見兩位新交。他猜得果然不錯，一個叫吳季重，一個叫陸芝香，都是貴介公子；父兄皆是京官，本人是秀才。彼此道過仰慕，潘叔雅延入花園接待。

潘家的花園甚大，但房屋顯得很舊了；只有一座楠木船廳是新建的；潘叔雅就在這裡款客。男僕在廳外，廳內用兩個丫頭伺候；蘇州的丫頭得一俏字，一式滾花邊的竹布衫、散腳褲，束得極細的腰；梳得極光的辮子；染得極紅的指甲。鶯聲嚦嚦地，叫潘、吳、陸三人都是「少爺」；只稱胡雪巖才是「胡老爺」！

時已正午，就在船廳中開席。主人奉胡雪巖首座，不待他謙讓，首先聲明；客人只有胡雪巖一位，吳季重和陸芝香連陪客都不是；算是三個主人公請，有事要向胡雪巖請教——潘福的話是不錯。

有事要託胡雪巖是他早已意料到，等酒過三巡，他先開口動問了潘叔雅才細敘緣由。事起於阿巧姐的閒談，跟潘家姨太太在一起盤桓，閨中無事；她把從尤五、怡情老二以及胡雪巖本人那裡聽來的許多故事，作為消遣之資。胡雪巖的故事本來就與眾不同，加以阿巧姐口齒玲瓏，渲染入微，所以潘家姨太太深感興趣。

於是這些故事又從枕上傳到了潘叔雅的耳朵裡。這一下，他對胡雪巖刮目相看了！紈袴子弟交朋友，從不交平淡無奇的方正君子，一定要交「有趣」的人物，或者能說會道，或者儀表出眾，或者行事漂亮；照潘叔雅看，胡雪巖就是這一路人物。但是最使他佩服的，卻是胡雪巖的義氣；也就因為這一點，他要重託胡雪巖。

「胡大哥，」他敘入正題：「蘇州這個亂潮！官兵打仗，保民不足，騷擾有餘；我們三個都想到上海夷場上去看看，要請胡大哥照應。」

「是的。」胡雪巖平靜地回答；心裡在想，所謂照應，無非買房子之類，這是小事，於是又加了一句：「好的，都在我身上。」

「我想這樣，我有一筆現款，交給大哥；看怎麼給我用出去？」潘叔雅說，「這筆款子數目不大，大概十二、三萬銀子。」

十二、三萬銀子，還說數目不大，好闊的口氣。胡雪巖正要開口，吳季重搶在他前面說了。

「我跟叔雅的情形，差不多，有十萬銀子，也要請胡大哥替我費心用出去。」

「我的情形，稍為不同些。」陸芝香說：「我有一箱東西，放在蘇州不放心；請胡大哥看看，是存在甚麼地方妥當。」

「喔，」胡雪巖問道：「是一箱甚麼東西？」

「是一個畫箱。」

「芝香府上的收藏，是有名的。」潘叔雅說：「有幾件精品，還是明朝留下來的。」

就憑這句話，便可以想像得到那只畫箱的珍貴。這一點胡雪巖卻不敢輕易回答，只點點頭說：「我們再商量。」

所謂「商量」是推託之詞，胡雪巖已經決定不做這種吃力不討好的事；果然吃力不討好也還罷了，就怕出了甚麼毛病，古玩古畫是無法照樣賠償的。所以他作了這樣一個明智的決定。

但陸芝香的目的，是希望在運出危城，轉移到洋人所保護的夷場時，胡雪巖能保他的險；因而提到了尤五。

「聽說胡大哥跟漕幫的首腦，是至交？」

這是不能賴，也不必賴的，他點點頭答道：「是的。松江的漕幫，管事的老少兩代，都很看得起我。」說到這裡，胡雪巖很機警地想到，陸芝香說這話，自然有事要託尤五，那就落得放漂亮些，不必等他再開口，「如果老兄有甚麼事，只要力所能及，我可以代求。」

「是的。是要請胡大哥代求。」陸芝香說：「松江漕幫的勢力很大，跟這裡的『老大』也有聯絡。我想請胡大哥探探口氣，如果松江漕幫肯幫我的忙；我自然有一份微意。」接著，他問潘叔雅：「送五千銀子差不多了吧？」

潘叔雅還未答話，胡雪巖在一旁連連搖手：「談不到，談不到！談到這個，我那姓尤的朋友，反倒不肯搭手了。老兄，」他很誠懇的向陸芝香說：「你聽我一句話，幾位老哥都是大少爺出身，出手豪闊，不過，江湖上交朋友，也有用錢買不來的東西。老兄的委託，我盡全力去辦，只要有把握，這點事算不了甚麼！將來辦好了，我們總要在上海碰頭；那時我備桌酒，替各位引見，老兄當面道謝就夠了。」

前半段話略帶教訓的意味，但以態度懇切，所以陸芝香不但不以為忤，且連連拱手受教：「是的！是的！」談酬勞就俗了。」

接著便談漕幫的內幕，然後又談到夷場的奇聞異事；言不及義地大談特談，反將正事擱在一邊。

胡雪巖一面應酬著，一面很冷靜地在觀察，很快地明白了這三位「大少爺」，想移居上海，一半是逃難，一半是嚮往夷場的繁華。照此看來，如今要替他們在上海所辦的第一件事，就是替他們每一家造一所住宅。

這三所「住宅」的圖樣，很快地就已在他的腦中呈現，是洋樓，有各種來自西洋的布置，軟綿綿的「梭化」椅、大菜檯，還有燒煤或者燒木柴的壁爐。

這樣想著，對於潘、吳兩人的現款，胡雪巖也有了生利的辦法。不過這個辦法是「長線放遠鷂」，要圖急功近利，就根本無從談起。如果他們是望遠了看，那就對於自己的生意，也是一大幫助；胡雪巖心想，有二十萬可以長期動用的頭寸，何不在上海再開一家錢莊？

這一轉念間，才發覺自己又遇到了一個絕好的機會，於是仔細盤算了一會，想停當了，才找個他們談話間的空隙，向潘叔雅說道：「我有句話想動問。」

「好，好。你請說。」

「承兩位看得起我，我不敢不盡心。不過兩位對這筆現款，總有個打算，是做生意，還是放息；如果是放息，是長放，還是短放？總要先拿個大主意，我才好措手。」

潘叔雅向吳季重看了一下，以眼色徵詢意見。

「胡大哥，」吳季重只談他自己的情形，「我也不知道該怎麼辦？只好把我的想法告訴你；如果要逃難，蘇州的入息自然中斷了，田上的租米收不到；市房也不知道保得住、保不住？更不用談甚麼房租。那時候，舍間一家十八口，養命之源，都靠這筆款子。實情如此，請你看著辦。」

「我的情形也差不多。」潘叔雅說，「我自己一家不過十三口，只是寒族人多，如果都逃在上海，生活不濟，少不得我也要盡點心。」

「我明白了！」胡雪巖說：「萬一蘇州淪陷，不知道哪一天恢復？一年半載，還是三年五年，誰也不敢說。既然拿這筆款子作逃難的本錢，就得要細水長流，以穩當為第一。」

「『細水長流』這話，說得太好了！」吳季重很欣慰地，「我就是這意思。」

胡雪巖點點頭，放下筷子，兩手按在桌上，作出很鄭重的姿態：「兩位給我的這個責任不輕！我只能勉力以赴。我想應該作這麼一個兼顧的打算，第一，在上海夷場上，要有自己的住宅；第二、看每個月要多少開銷，提出一筆錢來放息，動息不動本。住的房子有了，日常家用有了；先穩住了『老營』，就不妨放手幹一番，餘下的錢，或者買地皮，或者做生意。這樣子做法，就朝最壞的地方去想，哪怕蝕光了，過日子依舊可以不愁；也就不傷元氣。兩位看我這個打算行不行？」

「怎麼不行？太好了。」吳季重轉臉說道：「叔雅，這位胡大哥老謀深算，真正教人佩服。」

朋友是從潘叔雅來的，聽得這番讚揚，真所謂「與有榮焉」，所以他也極其得意。一高興之下，馬上喚著丫頭說：「你進去跟姨太太說，鐵箱裡有隻拜匣，連鑰匙都拿了來。」

「慢慢！」胡雪巖急忙阻止，「你現在先不要拿甚麼東西給我。」

「一樣的。」潘叔雅說，「我家裡有五六萬的銀票，先交了給胡大哥。」

「不，不！我們做錢莊的，第一講究信用；第二講究手續。等談好了辦法，你們兩位的款子，交到錢莊裡來，我要立摺子奉上；利息多寡，期限長短，都要好好斟酌。」

「也好！」潘叔雅說：「那就請胡大哥吩咐。」

於是胡雪巖從買地皮，造房子談起，一直談到做洋貨生意，大致有了個計畫。購地造屋，以一萬兩銀子為度，其餘的對半分成兩份，一半是五年期的長期存款，一半是活期存款，用來作為經商的資本。存放的錢莊，由胡雪巖代為介紹——實際上等於長期存款，因為用來做生意的那一半活期存款，亦要聽胡雪巖的主意；如果他的頭寸緊，某一筆生意就可以不做，翻來覆去都聽他口中一句話。

「好，我們就這樣。」潘叔雅問陸芝香，「你呢？是怎麼個主意？」

「聽你們談得熱鬧，我自然也要籌劃籌劃；在上海大家房子造在一起，走動也方便。」

於是你一言，我一語，都是談的將來住在一起，朝夕過從的樂事。胡雪巖冷眼旁觀，覺得這三個闊少，與龐二、高四、周五那班人，脾氣又自不同，周、高等人到底自己也管過生意，比較精明，唯其比較精明，反容易對付。這三個卻完全是不知稼穡艱難的大少爺，也許期望太高，不切實際；也許未經世途，不辨好歹，談的時候甚麼都好，等一做出來，覺得不如理想，立刻就會有很難聽的話，吃力而不討好，那就太犯不著了。

於是他問：「三位都到上海去過沒有？」

「我去是去過一次，那時只有四歲，甚麼都記不得了！」潘叔雅說，「他們兩位最遠到過常熟。」

「這樣說，夷場是怎麼個樣子，你還是沒有見過。」

「是啊！」潘叔雅說，「我今年四十二；四歲的時候，還是嘉慶年間，那裡來的夷場？」

「都說夷場熱鬧，我倒要跟三位說一句：熱鬧是在將來。眼前熱鬧的，只是一小塊地方，魚龍混雜，不宜於像你們三位，琴棋書畫，文文雅雅的人住。我倒想到一處。可以買一大塊地皮住宅；那裡現在還像鄉下，將來等洋人修馬路修到那裡，就會變成鬧中取靜，住家的好地方。不過，這是我說；到底如何，要等你們自己去看到了再說。」

「只要你說好就行，先買下來再說。」

「潘三哥的話是不錯。」胡雪巖很率直的說，「不過我們是第一次聯手做事，以後的日子也還長，所以第一趟一定要圓滿。我現在倒有個主意，三位之中，哪位有興，我陪著到上海先去看一看，怎麼樣？」

「這個主意好！」陸芝香很興奮地說，「我早就想去玩一趟，只怕沒有熟人，又不懂夷場規矩，會鬧笑話，如今有胡大哥在，還怕甚麼？」

這一說，潘吳二人的心思也活動了，但吳季重十分孝母，又有些捨不得輕離膝下；潘叔雅則因為有一筆產業要處分，其勢不能遠離，所以商量結果，決定還是由陸芝香一個人去。

「我們哪一天走？」他問。

「我想明天就動身？」

「唷！」陸芝香大為詫異：「那怎麼來得及？」

做生意的人出遠門是常事，說走就走；像陸芝香這樣的人，出一趟遠門，是件了不得的大事，首先要挑宜於長行的黃道吉日，然後備辦行李，打點送親友的土儀；接著是親友排日餞別，自己到各處去辭行，這樣搞下去，如果十天以後走得成，還算是快的。

胡雪巖明白這些情形，心想，不必跟他「討價還價」了，就算多等他兩三天，亦是無濟於事；而自己的這兩三天的功夫，卻寶貴得很，不能無謂消耗，於是這樣說道：「好在我也不是急的事，你儘管從容；定了日子，我派人專程來迎接，或是我自己再來一趟，包你平平安安，舒舒服服到上海。」

「這樣就再好都沒有了。」陸芝香拿黃曆來挑日子，本來挑在月底，又以端陽將屆，要在家裡過節；最後挑定了五月初七這個黃道吉日。

談完正事，一席盛宴，亦近尾聲，端上來四樣「壓桌菜」只好看看；倒是小碟子裝的八樣醬菜，一掃而空，胡雪巖喝了一碗香粳米粥，揉揉肚子站起來說：「我要告辭了，大概明天動身，不再來向各位辭行。等過了端午，我一定設法抽空，親自來接芝香兄，那時候再敘吧！」

潘叔雅還要留他多坐；吳季重和陸芝香又要請他吃晚飯。胡雪巖覺得對這班「大少爺」，不必過於遷就，所以一律託詞拒絕，厚犒了潘家的婢僕，仍舊坐著那乘裝飾華美的四人大轎出閶門。

這時不過午後兩點鐘，胡雪巖一面在轎中閉目養神，一面在心裡打算，這一下午只剩下一件事，就是立阿巧姐恢復自己之身的那張筆據，一杯茶的功夫就可了事。餘下來的功夫，都可用來陪嵇鶴齡；等下進城，不妨到慕名已久，據說還是從明朝傳下來的一家「孫春陽」南貨店去看看。

打算得倒是不錯，不想那頂四人大轎害了他——閶門外是水陸要道，金閶棧成了名副其實的「仕宦行台」；而蘇州因為江寧失守，大衙門增多，所以候補的、求差的、公幹的官員，平空也添了許多，近水樓台，都喜歡住在金閶棧，看見這頂四乘大轎，自然要打聽轎中是那位達官？

胡雪巖性情隨和，出手豪闊，金閶棧的夥計，無不巴結，於是加油添醬，為他大大吹噓了一番，說他是浙江官場上的紅人，在兩江也很吃得開，許巡撫是小同鄉，何學使是至交，親自來看過他兩次。總督怡大人派了戈什哈送過一桌燕菜席；這頂四人大轎是蘇州城裡第一闊少，一生下來就成了道台的潘大少爺派來的。把胡雪巖形容成了一個三頭六臂，呼風喚雨的「通天教主」。

恰好潘、吳、陸三家又講究應酬，送路菜的送路菜，送土儀的送土儀，派來的又都是衣冠整齊的俊僕，這一下越顯得胡雪巖交遊廣闊，夥計所言不虛。於是紛紛登門拜訪，套交情，拉關係；甚至還有來告幫的，把個胡雪巖搞得昏頭搭腦，應接不暇。直到上燈時分，方始略得清靜。

「胡先生！」周一鳴提出警告：「你老在這裡住不得了！」

「是啊！」胡雪巖苦笑著說：「這不是無妄之災？」

「話倒不是這樣說。有人求還求不來這樣的場面；不過你老不喜歡這樣子招搖。我看，搬進城去住吧！」

「明天就要走了。一動不如一靜，只我自己避開就是了。」

好在最要緊的一件大事，已經辦妥，於是胡雪巖帶著阿巧姐的那張筆據，與周一鳴約了第二天再見，然後進城，一直去訪嵇鶴齡。談起這天潘叔雅的午宴，嵇鶴齡大為驚奇，自然也替他高興。

「真正是『富貴逼人來』！雪巖，我真想不到你會有這麼多際遇！」不過嵇鶴齡是讀書人，總忘不了省察的功夫，看胡雪巖一帆風順，種種意想不到的機緣，紛至沓來，不免為他憂慮；所以接下來便大談持盈保泰的道理，勸他要有臨深履薄的警惕，處處小心，一步走錯不得。

話是有點迂，但胡雪巖最佩服這位「大哥」，覺得語重心長，都是好話；一字一句，都記在心裡。最後便談到了彼此的行期。

「動身的日子一改再改；上海也沒有信來，我心裡真是急得很！」胡雪巖問，「不知道大哥在蘇州還有幾天耽擱？如果只有一兩天，我就索性等你一起走。」

「不必。我的日子說不定。你先走吧！我們在杭州碰頭。」

「那也好！」胡雪巖說：「明天上午我要到孫春陽看一看，順便買買東西。鐵定下午開船。明天我就不來辭行。」

「我也不送你的行。彼此兩免。」嵇鶴齡說，「提起孫春陽，我倒想起在杭州臨走以前，聽人談起的一個故事，不妨講給你聽聽。這個故事出在方裕和。」

方裕和跟孫春陽一樣，是一家極大的南北貨行，方老闆是有「徽駱駝」之稱，專出典當朝奉的徽州人，刻苦耐勞，事必躬親；所以生意做得蒸蒸日上，提起這一行業，在杭州城內首屈一指。

那知道從兩年以前，開始發生貨色走漏的毛病；而且走漏的是最貴重的海貨、魚翅、燕窩、干貝之類。方老闆明查暗訪，先在店裡查，夥計中有誰手腳不乾淨？再到同行以及館子裡去查，看哪家吃進了來路不明的黑貨？然而竟無線索可尋。

到了最近，終於查到了，是偶然的發現；發現有毛病的是「火把」——用乾竹子編紮的火炬，寸許直徑三尺長，照例論綑賣，貴重的海貨，就是藏在火把裡，走漏出去的。

方老闆頭腦很清楚，不能找買火把的顧客，說他勾結店中的夥計走私，因為顧客可以不承認，反咬一口，「誣良為盜」，還得吃官司。考慮結果，聲色不動，那綑有挾帶的火把，亦依舊擺在原處。

不久，有人來買火把，去接待「顧客」的，是他最信任的一名夥計，也是方老闆的同宗，不但能幹，而且誠實。這一下方老闆困惑了；這個人忠誠可靠，絕不會是他走私。也許誤打誤撞，一時巧合；決定看一看再說。

過了幾天，又發現火把中有私貨；這次來買火把的是另一個人，但接待的卻仍是那方姓夥計。這就不會是巧合了；他派了個小徒弟，暗中跟蹤那名「顧客」，一跟跟到漕船上。這就很容易明白了，怪不得本地查不出，私貨都由漕船帶到外埠去了。

於是有一天，方老闆把他那同宗的夥計找來，悄悄的問道：「你在漕船上，有朋友沒有？」

「沒有。」

說是這樣說，神色之間，方老闆心裡明白，事無可疑了。如今要想的是處置的辦法——談到這裡，嵇鶴齡問道：「雪巖，換了你做方老闆，如何處置？」

「南北貨這一行，我不大熟悉。不過看這樣子，店裡總還有同夥勾結。」

「是的，有同夥勾結。」

胡雪巖略想一想說：「南北貨行的規矩，我雖不懂，待人接物的道理是一樣的。我有我的處置辦法；你先說，那方老闆當時怎麼樣？」

方老闆認為他這個同宗走私，能夠兩年之久，不被發覺，是個相當有本事的人；同時這件事既有同夥勾結，鬧出來則於信譽有損，而且勢必要開除一班熟手，生意亦有影響，以決定重用此人，升他的職位，加他的薪水。這一來，那方夥計感恩圖報，自然就不會再有甚麼偷漏的弊病發生。

聽嵇鶴齡講完，胡雪巖點點頭說：「那個老闆的想法不錯，做法還差一點。」

嵇鶴齡大為詫異，在他覺得方老闆的處置，已經盡善盡美，不想在胡雪巖看，還有可批評之處；倒有些替方老闆不服氣。

「噢！我倒要看看，還有甚麼更好的辦法？」

「做賊是不能拆穿的！一拆穿，無論如何會落個痕跡，怎麼樣也相處不長的。我放句話在這裡，留待後驗；方老闆的那個同宗，至多一年功夫，一定不會再做下去。」

「嗯，嗯！」嵇鶴齡覺得有些道理了，「那麼，莫非不聞不問？」

「這怎麼可以？」胡雪巖說，「照我的做法，只要暗中查明白了，根本不說破，就升他的職位，加他的薪水，叫他專管查察偷漏。莫非他再監守自盜？」

「對！」嵇鶴齡很興奮地說，「果然，你比那個生意人都高明。『羚羊掛角，無跡可尋』，這才是入於化境了。」

「不過話要說回來，除非那個人真正有本事，不然，這樣子做法，流弊極大──變成獎勵做賊。所以我的話也不過是紙上談兵。大哥，」他說，「我常常在想到你跟我說過的那句話：『用兵之妙，存乎一心！』做生意跟帶兵打仗的道理是差不多的，只有看人行事；看事說話，隨機應變之外，還要從變化中找出機會來！那才是一等一的本事。」

「我看你也就差不多這個本事了。」嵇鶴齡又不勝惋惜地說，「你就是少讀兩句書。」

說到此事，胡雪巖只有搖頭；嵇鶴齡倒是想勸他折節讀書，但想想他那樣子忙法，何來讀書的功夫？也就只好不作聲了。

到了第二天，剛剛起身，又有個浙江到江蘇來公差的佐雜官兒，投帖來拜。胡雪巖一看這情形，果真應了周一鳴的話，此地不能再住了；因此託客棧去通知他的船老大，當天下午啟程，自己匆匆忙忙避了出去，臨走時留下話，如果周一鳴來了，叫他到城內吳苑茶館相會，不見不散。

坐上轎子，自覺好笑；世間的麻煩，有時是意想不到的，自己最不願做官，偏偏有人拿官派套上頭來，這是哪裡說起？

自然，他也有些懊惱，一清早在自己住處存不住身，想想真有些不甘心。

這樣怏怏然進了城，便覺意興闌珊，只在吳苑喝茶，聽隔座茶客大談時事。那人是濃重的湖南口音，相當難懂，而且聲音甚大；說話的神態，亦不雅，指手畫腳，口沫橫飛，胡雪巖深為不耐。但看他周圍的那些聽眾，無不聚精會神，十分注意，不由得有些好奇，也耐著心細聽。

慢慢聽懂了，是談的曾國藩在湖南省城長沙城外六十里的靖港，吃了敗仗，憤而投水，為人所救的情形。湖南的藩司徐有壬，臬司陶恩培本來就嫌曾國藩是丁憂在籍的侍郎，無端多事，辦甚麼團練，分了他們的權柄，所以會銜申詳巡撫駱秉章，請求出奏彈劾曾國藩，同時遣散他的部隊。

駱秉章還算是個明白人，而且他剛請到一位襄辦軍務的湘陰名士左宗棠，認為曾國藩已經上奏自劾，不可以再落井下石；而且敵勢正盛，也不是裁軍的時候，所以駱秉章斷然拒絕了徐、陶兩人的要求。

哪知就在第二天，歸曾國藩節制的長沙協副將塔齊布，湘潭大捷。湖南的提督鮑起豹，上奏自陳戰功；朝廷拿曾國藩自劾與鮑起豹表功的奏摺一比較，知道吃敗仗的應該獎勵，「打勝仗」的根本不曾出兵，於是一道上諭，免了鮑起豹的官；塔齊布則以副將越過總兵這一階，超擢為指揮一省綠營的湖南提督。

部將尚且如此，主帥的地位絕不會動搖，自可想而知。徐有壬和陶恩培大為不安，深怕曾國藩記仇，或者塔齊布要為他出氣，隨便找他們一個錯處，參上一本，朝廷一定准奏；因而兩個人約好了，到南門外高峰寺，曾國藩駐節之處，磕頭道賀兼道歉。

這是一大快事，聽的人無不撫掌；「曾侍郎吃了這個敗仗，反而站住腳了。」那人說道，「士氣反比從前好，都是朝廷明見萬里，賞罰公平的緣故。」

「正是，正是！」好些人異口同聲地附和。

由此開始，談話便亂了，你一言，我一語，胡雪巖只覺得民氣激昂；心裡暗暗在想：真叫「公道自在人心」，看樣子洪楊的局面難以久長。一旦戰局結束，撫輯流亡，百廢俱舉，那時有些甚麼生意好做？得空倒要好好想它一想，須搶在人家前面，才有大錢可賺。

於是海闊天空地胡思亂想；及至警覺，自己不免好笑，想得太遠了！再抬頭看時，茶客寥寥無幾，早市已經落場；辰光近午，周一鳴不知何以未來？

這一上午就此虛耗，胡雪巖嘆口氣站起身來，付過茶帳，決定到孫春陽去買了土產，回客棧整頓行裝上船。

剛走出吳苑，劈面遇著周一鳴，彼此叫應，胡雪巖問道：「哪裡來？」

「我從閶門來。」周一鳴答道：「一早先到潘家去看阿巧姐；約好明天上午到木瀆。阿巧姐要我陪她到金閶棧，才知道你老進城了。」

「喔，那麼阿巧姐呢？」

「她在客棧裡收拾東西。叫我來接胡先生。」周一鳴說，「聽客棧裡的人說，你老今天動身，所以有些行李已經發到船上去了。」

「噢。」胡雪巖問道：「孫春陽在哪裡，你知道不知道？」

「知道。在吳趨坊。」

於是周一鳴領路，安步當車到了吳趨坊以北的孫春陽，門口一株合抱不交的人樹，光禿禿的卻有幾枝新芽，證明不是枯樹。周一鳴告訴胡雪巖說，這株老樹還是明朝留下來的，此地原是唐伯虎讀書之處。

胡雪巖對這個古蹟，不感興趣；感興趣的是孫春陽的那塊招牌，泥金的底子，已經發黑，「孫春陽」三字，亦不甚看得清楚，然而店老卻有朝氣，一眼望去，各司其事，敏捷肅穆。有個白鬍子老頭，捧著管水煙袋，站在店堂中間，左右顧盼，拿著手裡的紙煤，指東指西，在指揮夥計、學徒，招呼客人。

奇怪的是有顧客，不見貨色，顧客交易，付了錢手持一張小票，往後走去，不知是何花樣？「孫春陽的規矩是這樣，」周一鳴為他解釋，「辦事分六房，不是衙門裡吏、戶、禮、兵、刑、工六房；是：南貨、北貨、海貨、醃臘、蜜餞、蠟燭六房。前面付錢開票，到後面憑票取貨。」

「顧客看不見貨色，怎麼挑？或者貨色不合，怎麼辦？」

「用不著挑的，說啥就是啥，貨真價實。」周一鳴說：「孫春陽做出牌子，貨色最道地，斤兩最足，老少無欺。如果這裡的貨色不滿意，就沒有再好的貨色了。」

「牌子做到這麼硬，倒也不是件容易的事。」

於是胡雪巖親自上櫃，買的是茶食和蠟燭；也買了幾條火腿，預備帶回杭州跟金華火腿去比較優劣。付款開票，到貨房交涉，要店裡送到金閶棧；孫春陽的牌子真是「硬」，說是沒有為客送貨的規矩，婉詞拒絕。

「這就不對！」胡雪巖悄悄對周一鳴說：店規不是死板板的。有些事不可通融，有些事要改良；世界日日在變，從前沒有外國人，現在有外國人，這就是變。做生意貴乎隨機應變。孫春陽從明朝傳到現在，是因為明朝下來，一直沒有怎麼變；現在不同了，海禁大開，時勢大變，如果還是那一套幾百年傳下來的老規矩，一成不變，我看，孫春陽這塊招牌也維持不久了。」

周一鳴也覺得大宗貨色，店家不送，是件說不通的事。聽了胡雪巖的話，心裡好好體會了一番；因為他曉得這是胡雪巖在教導，以後跟著他做生意，得要記住他這番話，隨機應變，處處為顧客打算。

照胡雪巖的打算，本想在城裡吃了午飯再回金閶棧；現在因為有幾大簍的茶食之類的拖累，不得不雇個挑伕，押著出城。到了金閶棧，只見阿巧姐已將他的箱籠什物，收拾得整整齊齊，堆在一邊；只等船家來取。

於是喚來金閶棧的夥計，一面準備午飯，一面吩咐結帳。等吃了飯，付過帳；阿巧姐送胡雪巖到船上，送到船上，卻又說時候還早，不妨坐一會。周一鳴知趣，託詞避到岸上去了。

胡雪巖歸心如箭，急待開船；但阿巧姐不走，卻不便下逐客令。看她站在那裡，默然有所思的神氣，又不免詫異，當即問道：「可是還有話要跟我說？」

阿巧姐在想心事，一時未聽清他的話，眨著眼強笑道：「你說啥？」

「我說：你是不是還有話要跟我說？」

「話？」她遲疑了一下，「又像有，又像沒有。」

這就是說，不過不忍捨去，想再坐一會。胡雪巖覺得她的態度奇怪，不弄弄清楚，一路回去，想起來心裡就會有個疙瘩，所以自己先坐了下來，歪身過去，拉開一張骨牌凳，示意她也坐下。

一個是在等她開口，一個是在找話好說；想來想去，想到有件事要問：「昨天，潘家三少請你吃飯，到底為啥？是託你在上海買地皮，造房子？」

「你已經曉得了。」

「曉是曉得，不太清楚。」

於是胡雪巖很扼要地把昨天聚晤的情形，約略說了一遍。

「照這樣說，你過了節還要到蘇州來？」

「不一定，要看我有沒有功夫。我看是來不成功的，將來總是讓老周辛苦一趟。」

「那時候……，」阿巧姐說，「我不曉得在哪裡？」

這是變相的詢問，問她自己的行止歸宿？胡雪巖便說：「到那時候，我想一定有好消息了。」

「好消息？」阿巧姐問：「甚麼好消息？」

這是很明白的，自然是指何桂清築金屋；胡雪巖不知道她是明知而裝傻，還是真的沒有想到？心裡不免略有反感，便懶得理她，笑笑而已。

「有功夫，你最好自己來！」

「為甚麼呢？」

「到那時候，我也許有話要跟你說。」

「甚麼話？何不此刻就說？」

「自然還不到時候。」阿巧姐又說，「也許有，也許沒有，到時候再說。」

言詞閃爍，越發啟人疑竇。胡雪巖很冷靜地將她前後的話和戀戀不捨的神態，合在一起來想；終於明白了她的心思。此刻她還在徬徨，一隻手已經抓住了那一個；這一隻手卻還不肯放棄這一胡。然而這倒不是她取巧，無非這幾日相處，易生感情，遽難割捨罷了。

意會到此，自己覺得應該有個表示，但亦不宜過於決絕，徒然刺傷她的心，所以用懇切規勸的語氣說道：「你不要胡思亂想了！終身已定，只等著享福就是了。」

「唉！」阿巧姐忽然幽幽地嘆了口氣，「啥地方來的天官賜？」

胡雪巖一楞，旋即明白，蘇州人好說縮腳語，「天官賜」是隱個「福」字，於是笑道：「你真是得福不知，好了，好了，」他擺出不願再提此事的神態，「你請上岸吧！我叫老周送你回去。」

「還早！」阿巧姐不肯走，同時倒真的想起一些話，要在這時候跟胡雪巖說。

算了，算了！胡雪巖在心裡說，多的日子也過去了，何爭這一下午？倒要看看她，究竟有些甚麼花樣。所以索性取出孫春陽買的松子糖之類的茶食，一包包打開，擺滿了一桌子說：「你慢慢吃著談。」

阿巧姐笑了：「有點生我的氣。是不是？」

「我改了主意了。今天不走！」胡雪巖又說，「不但請吃零食，還要請你吃了晚飯再走。」

「這還不是氣話？」

「好了，好了！」胡雪巖怕真的引起誤會，「我怎麼會生你的氣，而且也沒有甚麼可氣的。你一定還有許多話，趁我未走之前，盡量說吧！」

「這倒是真話，我要託你帶兩句話到上海。」阿巧姐拈了顆楊梅脯放在嘴裡，「請你跟二小姐說——。」

說甚麼呢？欲言又止，令人不耐；胡雪巖催問著：「怎麼樣，要跟老二說啥？」

「我倒問你，尤五少府上到底怎麼樣？」阿巧姐補了一句：「我是說尤五奶奶，是不是管五少管得很緊？」

問到這話，胡雪巖便不必等她再往下說，就明白了她的意思，「你是想勸老二，跟尤五少說一說，讓他接回家去，是不是？」他問。

「是啊！外面借小房也不是一回事。」

「這件事，用不著你操心，有七姑奶奶在那裡，從中自會安排。」胡雪巖說，「五奶奶人最賢慧，不管尤五少的事。」

「那麼，為甚麼不早早辦了喜事呢？」

這自然是因為尤五的境況，並不順遂；無心來辦喜事。不過這話不必跟阿巧姐說，他只這樣答道：「我倒沒有問過他，不知是何緣故。我把你的話帶給老二就是了。」

說到這裡，只見艙門外探進一個人來，是船老大來催開船，說是天色將晚，水關一閉，就得明天早晨才能動身。

「不要緊，」胡雪巖說，「我有何學台的名片，可以『討關』。」

這意思是只等阿巧姐一走，哪怕水關閉了，他也要開船。意會到此，她實在不能再逗留了，便站起身來說：「我要走了！」

胡雪巖也不留，一面派人上岸招呼周一鳴來接，一面送客。等阿巧姐嬝嬝娜娜地上了岸，船老大抽去跳板，正待開船；忽然周一鳴奔了來，大聲喊道：「慢慢，慢慢！」

胡雪巖就站在船門口，隨即問道：「還有甚麼話？」

「阿巧姐有個戒指，掉在船裡了。」

於是重新搭起跳板，讓阿巧姐上船；胡雪巖問她，是掉了怎麼樣的一個戒指？她支支吾吾地，只是在船板中低頭尋找。這就令人可疑了。胡雪巖故意不理，不說話也不幫她找，只站著不動。

他是出於好玩的心理，要看她如何落場？阿巧姐卻以為胡雪巖是看出她說假話，心中不快，有意造成僵局，不免有些老羞成怒了。

於是，她仰起身子站定腳，用女孩子賭氣的那種聲音說：「尋不著這個戒指，我不走！」說完，氣鼓鼓地坐了下來，眼睛偏到一邊去望，是氣胡雪巖漠不相關的態度。

這讓他詫異了，莫非真的掉了一個戒指？看樣子是自己弄錯了。因而陪笑說道：「你又不曾說明白，是怎樣一個戒指，我想幫你尋，也無從尋起。」

這話道理欠通，阿巧姐便駁他：「戒指總是戒指，一定要說明白了，你才肯勞動貴手，幫我去尋？」

「好，好！」胡雪巖搖搖手說：「我都要走了。何必還鬥兩句口。」他定神想了想，只有用「快刀斬亂痳」的辦法，「走，我們上岸！」

「上岸？」阿巧姐愕然相問：「到哪裡去？」

「進城。」胡雪巖說，「你的戒指也不要尋了，我賠你一個；到珠寶店裡，你自己去挑。」

這一下就像下象棋「降君」，一下子拿阿巧姐「降」住了，不知如何應付？支支吾吾地答道：「算了，算了，我也不要你賠。」

胡雪巖回答得極快：「那也就不要尋了！你就再坐一會，讓老周送你回潘家。我到了上海，自會寫信給你。」

能夠再與胡雪巖相聚片刻，而且又聽得這樣一句話，她覺得也可滿意了，所以剛才那種繃緊了臉的神情，不知不覺的消失，重重的釘了一句：「你自己說的，要寫信來！看你守不守信用。」

「一定會守。我自己沒有空寫信，請古大少寫，或者請七姑奶奶寫。」

「七姑奶奶通文墨？」

「好得很呢！她肚子裡著實有些墨水。」胡雪巖說，「我都不及她。」

這在阿巧姐聽來，好像是件極新鮮有趣的事，「真看不出！」她還有些不信似的，「七姑奶奶那副樣子，不像是通文墨的人。」

「你是說她不夠『文氣』是不是？」胡雪巖說：「人不可貌相！七姑奶奶的為人行事，另有一格，你們做夢都想不到的。」

接著，他講了七姑奶奶的那段「妙事」，有意灌醉了古應春，誣賴他「酒後亂性」，以至於逼得古應春指天罰誓，一定要娶七姑奶奶，絕不負心。

阿巧姐聽得目瞪口呆，「這真正是新聞了。哪裡有這樣子做事的？」她說，「女人的名節最重要，真有這樣的事還要撇清；沒有這樣的事，自己拿爛泥抹了臉。這位七姑奶奶的心思，真是異出異樣！」

「是啊，她的心思異出異樣。不過厲害也真厲害，不是這樣，如何教老古服服貼貼？」胡雪巖掉了一句文：「欲有所取，先有所予。七姑奶奶的做法是對的。」

阿巧姐不作聲，臉色慢慢轉為深沉，好久，說了一句：「我就是學不到七姑奶奶那樣的本事。」

那副神色加上這麼句話，言外之意就很深了，胡雪巖笑笑，不肯搭腔。

見此光景，阿巧姐知道胡雪巖是「吃了秤砣──鐵心」了，再捱著不走，也未免太自輕自賤！所以霍地站了起來，臉揚在一邊，用冷冷的聲音說：「我要走了！」

胡雪巖不答她的話，只向外高喊一聲：「搭跳板！」

跳板根本沒有撤掉，而且他也是看得明明白白的，是有意這樣喊一聲；阿巧姐心裡有數，這就是俗語說的：「敲釘轉腳」，將她離船登岸這回事，弄得格外牢靠，就算她改變心意，要不走也不行了。

做出事來這麼絕！阿巧姐那一片微妙的戀意所轉化的怨恨，越發濃了，「哼！」她冷笑一聲，「真正氣數，倒像是把我當作『瘟神』了！就怕我不走。」

這一罵，胡雪巖亦只有苦笑；一隻手正插在袋裡，摸著表鍊子上繫著的那隻「小金羊」，突然心潮起伏，幾乎想喊出來：「阿巧，不要走！」

然而她已經走了，因為負氣的緣故；腳步很急也很重，那條跳板受了壓力，一起一伏在晃蕩，她雖握著船老大伸過去的竹篙當扶手，到底也是件危險的事！胡雪巖深怕她一腳踩空，失足落水；瞠目張口，自己嚇自己，甚麼話都忘記說了。

等他驚魂一定，想要開口說句甚麼，阿巧姐已經上了轎，他只有高聲叫道：「老周，拜託你多照料！」

「曉得了！請放心。」周一鳴又揚揚手說，「過幾天我就回上海；有要緊事寫信，寄到金閶棧轉好了。」

第二十六章

胡雪巖到了上海，仍舊逕投大興客棧，行李還不曾安頓好，就寫條子叫客棧專人送到七姑奶奶的寓所，請古應春來相會。

不到一個鐘頭，古應春親自駕著他的那輛「亨斯美」，趕到大興客棧，一見面叫應了，甚麼話不說，先仔細打量胡雪巖的行李。

「怎麼回事，老古！」

「阿巧姐呢？」

「沒有來！」胡雪巖說，「事情大起變化，你想都想不到的。」

「怎麼樣呢？」

「說來話長。回頭有空再談。喂，」他問，「五哥回來了沒有？」

「還沒有。」古應春又問：「阿巧姐呢？怎麼事情起了變化？你要言不煩說兩句。」

胡雪巖不知道他何以對阿巧姐特別關心，便反問一句：「你是不是派人到木瀆去談過？」

「你先不用管這個，只說阿巧姐怎麼樣了？」

「名花有主，是我一手經理。不久，就是何學台的姨太太了。」接著，便講移植這株名花的經過；胡雪巖雖長於口才，但經過太曲折，三言兩語說不完，站著講了一刻鐘，才算說清楚。

「這樣也好！」古應春拉著他的袖子說，「走！去晚了，七姐的急性子，你是曉得的，又要埋怨我。」

「慢來，慢來！」胡雪巖按住他的手說，「我的話告訴你了，你一定也有話，怎麼不告訴我？」

「當然要告訴你的。到家再說。」

等坐上馬車，古應春承認曾派人到木瀆去談過阿巧姐的事，但一場無結果；派去的人不會辦事，竟連何以未能成功的原因何在？都弄不清楚。

「我倒比你清楚。阿巧姐吃了一場驚嚇；由此讓我還交了三個朋友，是蘇州的闊少，有一大筆款子要我替他們用出去。」胡雪巖笑道：「老古，我這一趟蘇州，辛苦真沒有白吃，談起個中的曲折，三天三夜都談不完。」

事情太多，東一句，西一句，扯來扯去，古應春一時也聽不清楚，只知道他這趟大有收穫。彼此在生意上休戚相關，胡雪巖有辦法，他自然也感到興奮。

轉眼間到了七姑奶奶寓所，馬蹄聲音是她聽熟的，親自下樓來開門，老遠就在喊：「小爺叔，你回來了。」

「回來了，回來了！」胡雪巖說：「先告訴你一樁開心的事，你總說蘇州的糖食好吃，我替你帶了一大簍來，放在『石灰缸』裡，包你半年都吃不完。」

「謝謝，謝謝！」七姑奶奶口中是對胡雪巖說話；眼睛卻看著古應春。

「阿巧姐不來了！」古應春輕聲對她說，「她也不會姓胡了。」

「怎麼鬧翻了？」

「不是，不是。你不要亂猜，回頭再跟你說。總而言之，可以放心了！」

「嗯，嗯！」七姑奶奶很高興地拍拍胸。

胡雪巖聽他們這番對答，越覺困惑，「老古，」他用低沉的聲音問：「到底是怎麼回事？甚麼事可以放心？」

「現在不會『白板對煞』了，」七姑奶奶搭腔，「人家都可以放心。小爺叔，快上樓來，看看哪個來了？」

上樓掀簾一看，含笑凝睇的竟是芙蓉，胡雪巖驚喜之餘，恍然大悟所謂「白板對煞」作何解？

「你是怎麼來的？」

「我跟三叔一起來的。」芙蓉說，「一到就住在七姐這裡。本來要寫信告訴你，七姐說不必，你就要回來的。」

「那麼三叔呢？」

「他就住在不遠一家客棧。」古應春笑道：「這位先生真是妙人！從他一來，你曉得哪個最開心？」

「那個最開心？」胡雪巖想了想說：「照我看，只有他自己。」

大家都笑了，「還有一個，」古應春指著七姑奶奶：「她！」

這一說，胡雪巖又大惑不解了；「何以七姐最開心？」

「你想呢？我們這位姑奶奶一刻都靜不下來的，現在聽了你小爺叔的話，要學做千金小姐，大門不出、二門不邁，老她怎麼坐得住？劉三爺一來算救了她了；他每天到各處去逛，看了稀奇古怪的花樣，回來講給她聽，真好比聽大書。」

「聽大書都沒有聽劉三叔說笑話來得發噱。」七姑奶奶也爽朗地笑著，「這個人真有趣。」

「來了，來了！」古應春說，「他的腳步聲特別。」

因為有此一句話，胡雪巖便先注意門簾下的腳，原來劉不才著的是一雙只有洋人用的黑色革履，上了油，擦得閃閃發亮。身上只穿長袍，未著馬褂；那件袍子純黑，非綢非緞，細細看去，才知是洋人用來做禮服的呢子，劉不才別出心裁，做成長袍，配上水鑽的套扣，顯得相當別致，也相當輕佻。

「喔！」劉不才先開口，「你總算回來了！人像胖上點。」

胡雪巖先答他的話，忍著笑將他從頭看到底，「劉三爺，」他又似嘲弄，又似佩服地說：

「你真正時髦透頂了！」

「劉三爺真開通。」古應春也說：「叫我就不敢穿了這一身奇裝異服，招搖過市。」

「這有啥要緊？人穿衣服，不是衣服穿人。」七姑奶奶幫劉不才說話，「『女要俏、一身孝；男要俏，一身皂』，劉三爺這身打扮真叫俏！看上去年紀輕了十幾歲。」

這一說大家都笑了，「閒話少說，」古應春問道：「我們是下館子，還是在家吃飯？」

「在家吃吧！」胡雪巖說，「我不想動了。」

於是七姑奶奶和芙蓉都下廚房去指揮娘姨料理晚餐；胡雪巖開始暢談此行的經過，因為有劉不才在座，關於阿巧姐的曲折，自然是有所隱諱的。

「照此看來，劉不才來得正好，」等聽完了，古應春異常興奮地說，「五月初七去接陸芝香，就請劉三爺去。」

「是的。」胡雪巖點點頭，「我也這麼想，將來陪他們吃喝玩樂，都是劉三爺的事。何學使經過上海，也歸劉三爺接待。」

「好的！」劉不才欣然答應，「都交給我。包管伺候得他們服服帖帖。」

「你這身衣服，」古應春說，「陸芝香或許不在乎，在何學使一定看不順眼。」

「我懂、我懂！」劉不才說，「陪啥人穿啥衣裳，我自己有數。」

「我在想，」胡雪巖說，「將來劉三爺跟官場中人打交道，甚至到家裡去的機會都有，有個功名在身上，比較方便得多。我看，捐個官吧？」

「最好不捐。一品老百姓最大。」

胡雪巖很機警，聽出劉不才的意思，不捐官則已，要捐就要捐得像樣；不過自己也不過「州縣班子」，不能替劉不才捐個「知府」，所以這樣說道：「我們是做生意，不是做官；大小不在乎，只為了做生意方便。譬如說逢關過卡，要討個情，一張有官銜的名帖投進去，平坐平起，道弟稱兄，比一品老百姓，就好說話得多了。」

「小爺叔的話不錯，我也想捐一個；捐他個正八品的縣丞。」

「那也不必，都是州縣班子好了，弄個『大老爺』做做。」

接著胡雪巖的話，那邊笑了；七姑奶奶手裡捧著一瓶洋酒，高聲說道：「各位『大老爺』請上桌吧！」

「啊呀！」古應春說道：「我倒忘記了，有位仁兄應該請了他來。」

「誰啊？」胡雪巖問。

「裘豐言。」

「喔，他也來了。這可真有得熱鬧了。」胡雪巖笑著說了這一句，卻又搖搖頭：「不過今天不必找他。我們還有許多事要談。」

生意上的許多機密，只有他們倆可以知道；連劉不才都不宜與聞，因此飯桌上言不及義，只聽劉不才在大談這天下午所看的西洋馬戲；馬背上的金髮碧眼的洋美女，如何婀娜多姿，大露色相。別人倒都還好，芙蓉初涉洋場，聽了目瞪口呆，只是不斷地說：「那有這樣子不在乎、不顧臉面的？我不信！」

「百聞不如一見。」胡雪巖說，「你明天自己去看一次就曉得了。」

「對的！」七姑奶奶的興致也來了，「明天我們也去看一場。」

「女人也許看嗎？」

「女人難道不是人？為啥不許！」

「有沒有女人去看？」芙蓉問她三叔。

「有，有。不但有，而且還跟不認識的男人坐在一起——。」

「三叔又要瞎說了。」芙蓉老實不客氣的指責，「這話我絕對不信。」

「我話沒有說完，你就怪我！」劉不才說，「我說的是西洋女人。」

古應春啣杯在口，忍俊不住一口酒噴了出來，虧得轉臉得快，才沒有噴到飯桌上；但已嗆了嗓子，又咳又笑好半天才能靜下來。

「小爺叔！」七姑奶奶也笑著對胡雪巖說：「我們這位劉三爺跟『酒糊塗』裘大老爺，真正是『寶一對』，兩個人唱雙簧似地說起話來，簡直把人肚腸都要笑斷。我情願每天備了好酒好菜請他們吃，聽他們說說笑話，消痰化氣、延年益壽。」

「你倒真闊！」古應春笑道，「請兩位州縣班子的人老爺做清客。」

「我倒想起來了。」七姑奶奶問道：「剛才你們在談，是不是劉三爺也要捐個官做？」

「老古也是！」胡雪巖接口，「老古精通洋務，現在剛正吃香的時候，說不定將來有人會借重，真的掛牌出來，委個實缺。七姐，那時候你就是掌印夫人了。」

「謝謝！」七姑奶奶撇著嘴說，「我才不要做啥官太太。」

「老古！」胡雪巖先是當笑話說，轉一轉念頭，覺得倒不是笑話，「說真的！老古，我看你做官，倒是蠻好一條路子。於你自己有益，對我們大家也有好處。」

七姑奶奶口快，緊接著問：「對老古自己有沒有益處，且不去說它；怎麼說對大家都有好處？」

「自然囉！」胡雪巖答道，「你只看王雪公，他做了官，不是我們都有好處？」

「喔，我懂了，是仰仗官勢來做生意。既然如此，老古為朋友，倒不妨打算打算。」

「你啊！」古應春嘆口氣說，「得著風，就是雨。曉得的人，說你熱心，不曉得的人，當你瘋子。」

七姑奶奶聽了胡雪巖的勸，脾氣已改得好多了，受了古應春的這頓排揎，笑笑不響。

「小爺叔！」古應春轉臉又說，「我樣樣佩服你，就是你勸我做官這句話，我不佩服。我們現在搞到興興頭頭，何苦去伺候貴人的顏色？」

胡雪巖很知趣，見這上頭話不投機，就不肯再說下去，換了個話題說：「從明天起，我們又要大忙特忙了。今天早點散吧！」

「對！」七姑奶奶看一看胡雪巖和芙蓉笑道，「你們是小別勝新婚；早點去團圓，我也不留你們多坐。吃了飯就走好了。」

於是止酒吃飯。古應春拿起掛在門背後的一支西洋皮馬鞭，等在那裡，是預備親自駕車送他們回大興客棧的樣子。

「你住得近，不必忙走！就在這裡陪七姑奶奶談談閒天解解悶。」胡雪巖向劉不才說。

雖然七姑奶奶性情脫略，但道理上沒有孤身會男客的道理，所以劉不才頗現躊躇；而古應春卻懂得胡雪巖的用意，是怕劉不才跟到大興客棧去，有些話就不便談了。因而附和著說：「劉三爺，你就再坐一會好了。」

既然古應春也這麼說，劉不才勉強答應了下來。古應春陪著胡雪巖和芙蓉下樓；戴著頂西洋鴨舌帽的小馬伕金福，已經將馬車套好，他將馬鞭子遞了過去，命金福趕車，自己跨轅，以便於跟胡雪巖談話。

「先到絲棧轉一轉，看看可有甚麼信？」

先到裕記絲棧，管事的人不在；古應春留下了話，說是胡大老爺已從蘇州回到上海，如有他的信，直接送到大興客棧。然後上車又走。

到了客棧，芙蓉便是女主人，張羅茶煙，忙過一陣；才去檢點胡雪巖從蘇州帶回來的行李。

胡雪巖便向古應春問起那筆絲生意。

剛談不到兩三句，只聽芙蓉在喊：「咦！這是哪裡來的？」

轉臉一看，她托著一方白軟緞繡花的小包袱走了過來；包袱上是一綹頭髮，兩片剪下來的指甲。

「頭髮上還有生髮油的香味，」芙蓉拈起那一綹細軟而黑的頭髮，聞了一下說，「鉸下來還不久。」

胡雪巖很沉著地問：「你是在哪裡尋出來的？」

「你的那個皮靶裡。」

不用說，這是阿巧姐替他收拾行李時，有意留置的「私情表記」，胡雪巖覺得隱瞞、分辯都不必要，神色從容地點點頭說：「我知道了！回頭細細告訴你。」

芙蓉看了這兩樣東西，心裡自然不舒服，不過她也當得起溫柔賢慧四個字；察言觀色，見胡雪巖是這樣地不在乎，也就願意給他一個解釋的機會，仍舊收好原物，繼續整理其他的行李。

「洋人最近的態度，改變過了。」古應春也繼續談未完的生意，「聽說，英國人和美國人都到江寧城裡去看過，認為洪秀全那班人搞的花樣，不成名堂；所以有意跟我們的官場，好好坐下來談。苦的是『上門不見土地』。」

「這叫甚麼話？」

「找不著交涉的對手。」古應春說，「歷來的規矩，朝廷不跟洋人直接打交道；凡有洋務，都歸兩廣總督兼辦，所以英國、美國公使要見兩江總督，督署都推到廣州，拒而不見。其實，人家倒是一番好意。」

「何以見得？」

「這是有布告的。英、美、法三國領事，會銜布告，通知他們的僑民，不准接濟小刀會劉麗川。」古應春又說，「我還有個很靠得住的消息，美國公使麥蓮，從香港到了上海，去拜訪江蘇藩司吉爾杭阿，當面聲明，並無助賊之心。只是想整頓商務、稅務，要見兩江怡大人。此外又聽說英、美、法三國公使，會銜送了一個照會，為了上海新設的內地海關，提出抗議。」

「這是甚麼意思？」

「多設一道海關，多收一次稅，洋商自然不願。」

胡雪巖很用心地考慮了一會，認為整個形勢，都說明了洋人的企圖，無非想在中國做生意；而中國從朝廷到地方，有興趣的只是打平叛亂，其實兩件事是可以合起來辦的，要做生意，自然要求得市面平靜；要求市面平靜，當然先要平亂，英美法三國公使，禁止他們的僑民接濟劉麗川，正就是這個意思。當今最好的辦法，開誠布公，跟洋人談合作的條件。

當他陳述了自己的意見，古應春嘆口氣說：「小爺叔，要是你做了兩江總督就好了，無奈官場見不到此，再說一句，就是你做了兩江總督也不行，朝廷不許你這樣做也是枉然，我們只談我們自己的生意。」他提醒他說：「新絲快要上市了。」

新絲雖快上市，不准運到上海與洋人交易，則現有的存貨，依然奇貨可居。疑問是在這樣的情勢，究竟可以維持多久？板高不售，一旦禁令解除，絲價下跌是一可慮；陳絲品質不及新絲，洋人要買一定買新絲，陳絲的身價更見下跌，說不定賣不出去是二可慮。胡雪巖意會到此，矍然而驚，當即問道：「老古，照你看，我們的貨色是賣，還是不賣？」

古應春不作聲。這個決定原是很容易下的；但出入太大，自己一定要表現出很鄭重的態度，才能說動胡雪巖，所以他的沉默，等於盤馬彎弓，實際上是要引起胡雪巖的注意和重視。

「你說一句啊！」胡雪巖催促著。

「這不是一句話可以說得盡的，貴乎盤算整個局勢，看出必不可易的大方向；照這個方向去做。才會立於不敗之地。」

胡雪巖一面聽，一面點頭，「不錯。」他說，「所謂『眼光』，就是要用在這上頭。照我的看法洪楊一定失敗，跟洋人一定要合作。」

「對！我也是這樣的看法。既然看出這個大方向，我們的生意應該怎麼做，自然就很明白了。」

「遲早要合作的，不如放點交情給洋人，將來留個見面的餘地。」胡雪巖很明確地說：「老古，絲我決定賣了！你跟洋人去談。價錢上當然多一個好一個。」

古應春只點頭，不說話。顯然的，怎樣去談，亦須有個盤算。

古應春想了想說：「這樣做法，不必瞞來瞞去，事情倒比較容易辦。不過『操縱』二字就談不到了。」

這句話使得胡雪巖動容了，他隱隱然覺得做生意這方面，在古應春面前像是差了一著；然而那股好勝之心，很快地被壓了下去。做生意不是鬥意氣！他這樣在想，見機最要緊。

「『操縱』行情，我何嘗不想？不過當初我計算的時候，沒有想到最要緊的一件事；這件事，洋人占便宜，我們吃虧。所以要想操縱很難；除非實力厚得不得了。」

「哪一件事？」古應春問，「洋人占便宜的是，開了兵船來做生意——。」

「著啊！」胡雪巖猛然一拍手掌，「我說的就是這件事，洋人做生意，官商一體；他們的官是保護商人的，有困難，官出來擋；有麻煩，官出來料理。他們的商人見了官，有甚麼話也可以實說。我們的情形就不同了，官不恤商艱；商人也從來不敢期望官會替我們出面去論斤爭兩。這樣子的話，我們跟洋人做生意，就沒有把握了，你看這條路子走得通，忽然官場中另出一個花樣，變成全功盡棄。譬如說，內地設海關，其權操之在我，有海關則不便洋商而便華商，我們就好想出一個辦法來，專找他們這種『不便』的便宜；現在外國領事提出抗議，如果撤消了這個海關，我們的打算，豈不是完全落空？」

胡雪巖知道他在動腦筋——這筆生意，腦筋不靈活是無法去做的。跟洋人打交道已經不容易；還有一批絲商散戶要控制。主意是胡雪巖所出，集結散戶，合力對付洋人，並且實力最強的龐二這個集團，亦已由於胡雪巖的交情和手腕，聯成了一條線，而指揮這條線的責任，卻落在古應春的身上。以前為了說服大家一致行動，言語十分動聽，說是只要團結一致，迫得洋人就範，必可大獲其利；如今這句話必得兌現，倘或絲價不如預期之高，一定要受大家的責難。

其中還有一部分是墊借了款子的，絲價不好，墊出去的錢不能十足收回，就非吃賠帳不可。這樣考慮了好一會，盤算了壞的這方面，又盤算了好的這方面，大致決定了一個做法，「小爺叔，」他說，「我想先跟洋人去談，開誠布公說明白，大家一起來維持市面，請他們開個底價給我。這個底價在我們同行方面，不宜實說，留下 個虛數，好作討價還價的餘地。你看我這樣子做，是不是妥當？」

「洋人這方面的情形，我沒有你熟。」胡雪巖說，「不過我們自己這方面的同行，我覺得亦用得著『開誠布公』這四個字。」

「你是說，洋人開價多少，我們就實說多少？」

「對，我就是這個意思。」胡雪巖說，「這趟生意，我們賺多賺少在其次；一定要讓同行曉得，我們的做法是為大家好，絕不是我們想利用小同行發財。」

「小爺叔是眼光看得遠的做法，我也同意。不過，」古應春說，「當初為了籠絡散戶，墊出去的款子，成數很高，如今賣掉了絲，全數扣回，所剩無幾；只怕他們有得嚕囌。」

「不要緊！」胡雪巖說：「我在路上已經算過了，有龐家的款子，還有蘇州潘家他們的款子，再把這票絲賣掉，手上的頭寸極寬裕；他們要借，就讓他們借。」

「慢慢！」古應春揮著手說：「是借、是押，還是放定金？」

這句話提醒得恰是時候，借是信用借款；押是貨色抵押；放定金就得「買青」——買那些散戶本年的新絲。同樣一筆錢，放出去的性質不一樣；胡雪巖想了想說：「要看你跟洋人談下來的情形再看；如果洋人覺得我們的做法還不錯，願意合作，那就訂個合約，我們今年再賣一批給他們。那一來，就要向散戶放定金買絲了。否則，我們改做別項生意；我的意思，阜康的分號，一定要在上海開起來。」

「那是並行不悖的事，自己有了錢莊，對做絲只有方便。」

「這樣子說，就沒有甚麼好商量的了。你拿出本事去做；你覺得可以做主的，盡由自己做主。」

將胡雪巖的話從頭細想了一遍，古應春發覺自己所顧慮的難題，突然之間，完全消失了。明天找洋人開誠布公去談，商量好了一個彼此不吃虧的價錢；然後把一條線上的同行、散戶都請了來，問大家願不願意賣？願意賣的最好；不願意賣的，各自處置，反正放款都用棧單抵押，不至於吃倒帳。生意並不難做。

這樣想了下來，神色就顯得輕鬆了，「小爺叔，」他笑道，「跟你做事，真正爽快不過。」

「你也是爽快人，不必我細說。總而言之，我看人總是往好處去看的；我不大相信世界上有壞人。沒有本事才做壞事；有本事一定會做好事。既然做壞事的人沒有本事，也就不必去怕他們了。」

古應春對他的這套話，在理路上一時還辨不清是對還是錯？好在這是閒話，也就不必去理他，起身告辭，要一個人去好好籌劃，明天如何跟洋人開談判？

等古應春一走，胡雪巖才能把全副心思擺到芙蓉身上。小別重聚，自然有一番體己的話，問她在湖州的日常生活，也問起她的兄弟；芙蓉告訴他，決計教她兄弟讀書上進，附在一家姓朱的書香人家讀書，每個月連束脩和飯食是三兩銀子，講好平日不准回家。

胡雪巖聽見這話，大為驚異，想不到芙蓉那樣柔弱的性情，教養她的兄弟，倒有這樣剛強的處置。

「那麼小兔兒呢？」他問，「一個人住在朱家，倒不想家？」

「怎麼不想？到了朱家第三天就逃了回來；讓我一頓手心又打回去了。」

「你倒真狠得下這個心？」

「你曉得我的心，就曉得我狠得下來了！」

「我只曉得你的心好，不曉得你心狠。」胡雪巖已估量到她有個很嚴重的說法；為了不願把氣氛弄得枯燥嚴肅，所以語氣中特地帶著點玩笑的意味。

芙蓉最溫柔馴順不過，也猜到胡雪巖在這時刻只願享受溫情笑謔，厭聞甚麼一本正經的話，所以笑笑不響，只把從湖州帶來的小吃，烘青豆、酥糖之類擺出來供他消閒。

她將他的心思倒是猜著了，但也不完全對；胡雪巖的性情是甚麼時候都可以說笑話，也甚麼時候都可以談正經；而且談正經也可以談出諧謔的趣味來，這時便又笑道：「你是啥個心，怎麼不肯說？是不是要我來摸？」

說著順手撈住芙蓉的一條膀子，一摸摸到她胸前；芙蓉一閃，很輕巧地避了開去。接著便發現窗外有人疾趨而過，看背影是大興客棧的夥計。

顯然的，剛才他的那個輕佻的動作，已經落入外人眼中；即令芙蓉溫柔馴順，也忍不住著惱，手一甩坐到一邊，扭著頭不理胡雪巖。

一時忘形，惹得她不快，他自然也感到歉疚；但也值不得過去陪笑說好話，等一會事情也就過去。所以只坐著吃烘青豆，心裡在想著，湖州有哪些事要提出來問她的？

偶然一瞥之間，發覺芙蓉從腋下鈕扣抽出一條手絹，正在擦眼淚，不由得大驚失色，奔過去，捧著她的臉一看，可不是淚痕宛然？

「這，這是為甚麼？」

「沒有甚麼！」芙蓉擤擤鼻子，擦擦眼淚，站起來扯了扯衣襟，依舊坐了下來，要裝得沒事人似地。

「一定有緣故。」胡雪巖特為這樣說：「你不講，我要起疑心的。」

「我自己想想難過！不怨別人，只怨自己命苦。」她將臉偏到一邊，平靜地說：「如果是平起平坐的夫婦，上床夫妻，下床君子，你一定也要尊重人家，不會這樣動手動腳，教不相干的人看輕了我。」

越是這樣怨而不怒的神態，越使得胡雪巖不安，解釋很難，而且也多餘；唯一的辦法是認錯。

「我不對！」他低著頭說：「下次曉得了。」

忠厚的芙蓉反倒要解釋了，「我也不是說你不尊重我，不過身分限在那裡，也是沒有辦法的事。」她又說：「你現在應該想得到了，我為什對小兔兒狠得下心來，我要他爭氣！要他忘記了有我這樣一個姐姐！」

「這……，」胡雪巖頗感不安，「你也把這一點看得太重了！男人家三妻四妾，也是常事，我又沒有看輕過你。」

「話不是這麼說。」芙蓉也覺得這身分上的事，再談下去也無味；所以避而不談，只談她兄弟，「我一個人前前後後都想過了，小兔兒在我身邊，一定不會有出息，為啥呢，第一，不愁吃，不愁穿，他要啥，我總依他，只養不教，一定不成材；第二，有三叔在那裡，小兔兒學不到好樣，將來嫖賭吃著，一應俱全。我們劉家就再沒有翻身的日子了！」

這番話說得胡雪巖半晌作聲不得，口雖不言，心裡卻有許多話，最想說的一句是：「我把你看錯了！」他一直看芙蓉是個「麵人兒」——幾塊五顏六色的粉，一把象牙刻刀，要塑捏成怎樣一個人，就是怎樣一個人。此時方知不然！看似柔弱，其實剛強；而越是這樣的人，用的心思越深，做出來的事，說出來的話，越是出人意外。從今以後，更不可以小覷任何人了！不然就可能會栽大跟斗。

由於這樣的警惕，他更加不肯輕易答腔；站起來一面踱方步，一面回味她的話，越想越深，把她未曾說出來的意思都琢磨到了。

「難為你想得這麼深！」他站定了腳說：「不過，我倒要勸你，你這樣子不是福相！我實在替你擔心。你甚麼事放不開，一個人在肚子裡用功夫，耗心血的；怪不得人這麼瘦！」

芙蓉頗有自知之明，知道自己怎麼樣在肚子裡用功夫，也抵不上他腦筋略為一轉；就憑這兩句話，便可以想見他已了解自己所不曾說出來的一番意思——如果她是他明媒正娶的結髮糟糠，小兔兒這個小舅子，他就會當自己同胞的小弟弟看待，自然而然地負起教養之責；唯其他念不及此，所以只有靠她做姐姐的，自己要有決斷。

只要他知道了就好，他一定會有辦法！芙蓉這樣在想，先不必開口，且聽他說些甚麼？

「這是我不對！我沒有想到小兔兒。不過，話說回來，是我沒有想到，不是不管他。我的事情實在太多，就算是我自己的兄弟，只怕也沒有功夫來管。所以，你不要怨我；只要你跟我提到，我一定想辦法，盡責任。」胡雪巖停了一下說：「你就只有這麼一個親骨肉，只要你捨得，事情就好辦了，你倒說，你希望小兔兒將來做啥？做官？」

「也不一定是做官，總巴望他能夠自立。」芙蓉想了想，低眉垂眼，是那種不願說而又非說不可的神態，「無論如何，不要像三叔那種樣子。」

胡雪巖明白，這是她感懷身世，痛心疾首的一種感慨；如果不是劉不才不成材，她即使相信算命看相的話，生來是偏房的命，但不能為人正室，不嫁也總可以！只為有了一個兄弟，又不能期望叔父能教養姪兒成人，終於不得不做人的偏房；而委屈的目的，無非是為了小兔兒。其情哀，其志苦；胡雪巖對她不但同情，而且欽佩，因而也愈感到對小兔兒有一分必須要盡責任。

「你的意思我懂了。」他說：「你三叔雖不是敗子回頭金不換，也有他的道理，將來會發達的。你不要太看輕了他。」

「我不是看輕他，他是我叔叔，一筆寫不出兩個劉字，我總尊敬他的。不過……，」芙蓉忽然搖搖手，「這也不去說他了。我只望你拿小兔兒當自己人。」

「當然。不是自己人是啥？」胡雪巖說：「閒話少說，你倒說，你將來希望小兔兒做啥？」

「自然是巴望他榮宗耀祖。」

「榮宗耀祖，只有做官。像我這樣捐來的官不希奇；要考場裡真刀真槍拚出來的才值錢。」胡雪巖平靜地說，「只要小兔兒肯替你爭氣，事情也很好辦，我替你請個最好的先生教他讀書。」

為了表示不是信口敷衍，胡雪巖當時就要筆墨紙張，給王有齡寫信，請他代為託「學老師」，覓一個飽學秀才「坐館」。當然，他也還有許多事要跟王有齡談——文墨上的事，胡雪巖不大在行；有些話，像跟何桂清見面的經過，又非親筆不可，所以這封信寫到鐘敲十二下，還沒有寫完。

芙蓉倒覺得老大過意不去，先是當他有些負氣；後來看看不像，長篇大套在寫，當然是談別的事。不過因頭總是由小兔兒身上而起，這樣慎重其事，未免令人難安。

「好歇歇了！」她溫柔地說，「蓮子都煮成泥了；吃了點心睡吧，明天再說。」

「馬上就好，馬上就好。」胡雪巖頭也不抬地說。

說是這樣說，仍舊又很費勁地寫了一個鐘頭才罷手；他把頭一張信紙，遞了給芙蓉。

芙蓉是識得字的，接過來念道：「雪公太守尊兄大人閣下，敬稟者，」念到這裡笑了，「好嚕囌的稱呼！」

「你看下去。」

於是芙蓉又念：「套言不敘。今有內弟劉小兔，」到這裡，芙蓉又笑了，「你怎麼把小兔兒的小名也寫了上去？」

「哪要甚麼緊，又不是官場裡報履歷；我跟王大老爺通家至好，就寫小名也不要緊。」

想想也不錯，她便笑道：「說來說去，總說不過你。」

「不用你說，我曉得，你看，」他指著「內弟」二字，「這你總沒話說了吧？」

這是不拿芙蓉視作妾媵，她自然感激，卻不便有何表示，只靜心看去下；見胡雪巖對聘師的要求是學問好、性情好，年紀不宜過大；如願就聘，束脩從優。這見得他是真為自己跟小兔兒打算，心頭由熱而酸，不知不覺的滾下兩滴眼淚。

「我想想又不對了！」她揩一揩眼睛說，「怕小兔兒福薄，當不起！再說，這樣費事，我心也不安。」

這話讓胡雪巖沒奈何了！「算命看相，可以相信，不過一個人也不要太迷這些花樣。」他搔搔頭說，「你樣樣都好，就是這上頭看不開。」

「我看，還是先附在人家館裡的好。」

「為啥呢？」

為來為去，還是為了芙蓉怕小兔兒沒有那裡專請一位先生來教導的福分——她最相信八字；連自己的終身，都相信是注定了偏房的命。胡雪巖意會到此，便有了辦法。

「我看這樣，你先去替小兔兒排個八字看，到底福命如何？若是注定要做官的，就照我的話做；不然就隨便你。」

「這話說得對！你倒提醒我了。明天就替他去排個八字看。」芙蓉去找了一張紅紙，「勞動你把小兔兒的生辰八字寫下來。」

寫完小兔兒的生辰八字，也吃了消夜，上床在枕頭上，芙蓉還有一樁「官司」要審，就是那方白緞繡花小包袱中，包著的一綹黑髮，兩片指甲。

「這是哪裡來的？」她說，「你用不著賴；也用不著說假話。」

「聽你的口氣，當我一定要賴，一定要說假話。那，我就最好不說話——說了真話，你也一定不相信。」

「我說不過你！」芙蓉有些著惱，「你不說，那包東西我不還你。」

「你儘管拿去好了，不管拿它燒掉、摔掉，我絕不過問。」

「你不覺得心疼？」

「心疼點啥？」胡雪巖泰然自若地，「你要不相信，我當面燒給你看！」

「唉！」芙蓉嘆口氣說，「『癡心女子負心漢』，我真替那個送你這些東西的人難過。」

這句話卻發生了意想不到的效用，胡雪巖大為不安，「你說我別樣，我都不在乎；就是這一樣不能承認。」他加重語氣分辯，「我絕不是沒有良心的人，對朋友如此；對喜歡過的女人，也是如此。」

「這樣說起來，你對這個女人是喜歡過的？」

「不錯。」胡雪巖已經從芙蓉的語氣，料準了她不會吃醋，覺得直言不妨，所以又說，「就是前不久，我喜歡過，現在已經一刀兩斷。她不知道怎麼，忽然『冷鑊裡爆出熱栗子』；在我絕不能撿『船並舊碼頭』的便宜。所以對這兩樣東西，我只當作不曾看見。」

「你的話我弄不明白。」芙蓉問，「她叫啥名字，啥出身？」

「叫阿巧姐。是堂子裡的；七姑奶奶也見過。」

芙蓉深為詫異：「七姑奶奶這樣直爽的人，跟我無話不談；怎麼這件事不曾提起？」

「你說話教人好笑，直爽的人，就該不管說得說不得，都要亂說？」胡雪巖提醒她：「七姑奶奶真正叫女中豪傑，不要看她瘋瘋癲癲，胸中著實有點丘壑；你不要看錯了她！」

「好了，好了！你不要把話扯開去。你倒講講看，你們怎麼樣好法？」

「就是這樣子！」胡雪巖翻個身，一把抱住芙蓉。

「哼！」芙蓉冷笑，「看你這樣子，心裡還是忘不掉她；拿我來做替身！」

說著，便要從他懷抱中掙扎出來，無奈他的力氣大，反而拿她抱得更緊了，「我不是拿你做她的替身；我是拿你來跟她比一比。」他說，「她的腰沒有你細；皮膚沒有你滑。說真的，我還是喜歡你。」

這兩句話等於在醋罐裡加了一大杓清水，酸味沖淡了，「少來灌米湯！」她停了一下又說，「你把跟她的事，從頭到尾，好好講給我聽。」

「講起來話長！」胡雪巖從枕頭下掏出表來看了一下說，「兩點鐘了！再講就要講到天亮，明天再說。」

「你不講就害我了！」

「這叫甚麼話？」

「你不講，害我一夜睡不著。」

「好，我講。」等把阿巧姐的故事，粗枝大葉講完，胡雪巖又說：「這一來，你可以睡得著了；不許再嚕囌！」

「問一句話可以不可以？」

「可以。不過只許一句。」

「照你看，」芙蓉問，「事情會不會起變化？」

「甚麼變化？」

「阿巧姐只怕不肯嫁何學台了。」芙蓉從容分析，「照你的說法，她先對你也不怎麼樣；等到見了年紀輕，人又漂亮，官又做得大的何學台，心裡就有了意思。照規矩說，她自己也要有數，是人家何家的人了，在你面前要避嫌疑，怎麼又在替你收拾行李的時候，私底下放了這兩樣『私情表記』？而且送你上了船，推三阻四，不肯下船；恨不得跟你一起回來。這你難道看不出來，她的心又變過了。」

「我怎麼看不出來？不理她就是了。」

「你倒說得容易！可見你不懂女人的心。」

這一下，胡雪巖便不能不打破自己的戒約，往下追問：「女人的心怎麼樣？」

「男人是沒良心的多，見一個，愛一個；愛一個，丟一個，女人不同，一顆心飄來飄去，不容易有著落，等到一有著落，就像根繩子一樣，綑得你緊緊地，再打上個死結，要解都解不開。現在你是讓她綑住了，自己還不曉得；說甚麼『不理她就是』，有那麼容易？你倒試試看！」芙蓉訕笑地又說：「真正是『吃的燈草灰，放的輕巧屁』！」

這一番話把胡雪巖的瞌睡蟲趕得光光，睜大了眼，望著頂帳，半晌作聲不得。

「你說，我的話錯不錯？」

「豈但不錯！還要謝謝你，虧得你提醒我。」胡雪巖不安地問，「你看，該怎麼辦？」

「自然是把她接了回來。」

這是句反話，如果在平時，胡雪巖一定又會逗她拈酸吃醋，開開玩笑；此時卻無這種閒逸的心情，一本正經地說：「這是絕不會有的事。我現在就怕對何學台沒有交代，好好一件事，反弄得人家心裡不痛快，對我生了意見，說都說不明白了！」

芙蓉是有心試探，看他這樣表示，心頭一塊石頭落地，便全心全意替他策劃：「你現在要搶在前面，不要等她走在你前面叫明了，事情就會弄僵。人人要臉，樹樹要皮，話說出口，她怎麼收得回去？」

「這話對！」胡雪巖說：「我現在腦筋很亂，不曉得怎麼快法？」

「無非早早跟何學台說明，把阿巧接了回去，生米煮成熟飯，還有啥話好說。」

「話是有道理。不過官場裡有樣規矩你不懂，做那個地方的官，不准娶那個地方的女子做妾，麻煩就在這裡。」

談到官場的規矩，芙蓉就無法置喙了。但即使如此，她的見解對胡雪巖仍舊是個很大的幫助。第二天一早醒來，首先想到的也就是這件事；大清早的腦筋比較清醒，他很冷靜地考慮下來，認為「生米」雖不能一下子就成「熟飯」；但米只要下了鍋，就不會再有變化，為今之計，不妨託出潘叔雅做自己的代表，先向何桂清說明白，事成定局，阿巧姐自會死心，這就是將「生米」下鍋的辦法。

不過，這件事還要個居間奔走的人。現成有個周一鳴在那裡；不然還有劉不才，也是幹這路差使的好材料。好在事情一時還不會生變，不妨等周一鳴回來了再說。

等把這個難題想通了，胡雪巖覺得心情相當輕鬆；盤算了一下，古應春這天一定在忙著跟洋人接頭，不必去打擾他，只有找劉不才一起盤桓，不妨一面出去遊逛，一面看看可有合適的地皮，為潘叔雅買下來建新居。

想停當了才起身下床，芙蓉晨妝已畢；伺候他漱洗早餐，同時問起這天要辦些甚麼事？

「等你三叔來了再談。」胡雪巖說，「我想帶你去逛逛。」

「我不去。拋頭露面像啥樣子？」

「那麼你做點啥呢？」

「我還是到七姑奶奶那裡去。」芙蓉答道，「跟她在一起，永遠是熱鬧的。」

「就你們兩個人，怎麼熱鬧得起來？我看不如約了七姑奶奶一起去玩。」

「她不肯的。」芙蓉忽然問道：「你說了她甚麼？她好像有點賭氣的樣子；古老爺常常勸她出去走走，不要在家悶出病來，她說甚麼也不肯。」

這話胡雪巖在前一天也聽見過，當時不以為意，現在聽芙蓉提到，才知道七姑奶奶真的發憤了！倒是一件令人感動的事。

「我不過勸她，要像個大家閨秀的樣子；哪知道她這樣認真。」胡雪巖說，「賭氣是絕不會有的事，她最佩服我；還有大事要我幫忙，賭甚麼氣？」

「這倒是真的，」芙蓉點點頭，「提起你來總是『小爺叔』長，『小爺叔』短。我看，」芙蓉笑道，「只有一個人不佩服你。」

「哪個？」

「梅玉的娘。」

昨天是為了阿巧姐生醋意，這時候又提到他妻子，胡雪巖心裡不免有些厭煩，所以默不作聲。

芙蓉也是很知趣的人，見他是這樣的態度，便不再往下說；聊些別的閒天，等著劉不才。

結果劉不才不曾來，來了個古應春，帶了由絲棧裡轉來的兩封信，一封是尤五的，由陳世龍代筆，說杭州漕幫鬧事，經過調處，已經平息。只是新交了好些朋友，飲宴酬酢無虛日，所以還得幾天才能回上海。再有一封是王有齡的，這封信就長了。

王有齡接到胡雪巖初到上海的信，又接到何桂清從蘇州寫給他的信，加上陳世龍帶去的口信，都要在這封信中答覆，所以足足寫了七張紙；認得出是他的親筆。這樣一個浙江官場中的紅人及能員，每天忙得不可開交，居然能抽出功夫來寫這麼一封洋洋灑灑的信，就顯得交情確是與眾不同了。

信上自然先提到尤五，說是「既感且愧」，因為尤五會同郁四，將浙江漕幫的糾紛，順順利利地處置停當，情已是可感，而且還承他送了許多禮物，實在受之有愧。至於認七姑奶奶作義妹一節，君子成人之美，而況又是舊雨新知雙重的交情，自然樂從。問七姑奶奶甚麼時候到浙江？他好派專差來迎接。

「你看！」胡雪巖將前面兩張信遞了給古應春；接著又往下看。

下面提到何桂清，說是接到他從蘇州寄去的信，才知道胡雪巖的行蹤。何桂清認為能結識胡雪巖，是「平生一大快事」；也提到了那一萬銀子——這下是王有齡來讚揚胡雪巖了，說他的處置「高明之至」，這一萬兩銀子，請胡雪巖替他記入帳下，將來一起結算。

此外還有許多瑣碎的事，其中比較重要的是，催促裘豐言早日回杭州，因為現在有個「優差」的機會，他可以設法謀取，「遲則為他人捷足先登，未免可惜。」

「對了！」胡雪巖放下信問道，「『酒糊塗』住在哪裡？他的事辦得怎麼樣了？昨天我倒忘了問你。」

「都弄好了，就因為五哥不在這裡，路上沒有交代好，不敢啟運。」古應春又說，「劉三爺知道你要跟他碰頭，去約他了。等一下就到。」

「那這樣吧，我們先去吃飯，然後到七姐那裡去；留下口信請他們來。」

「那又何必在外頭吃？還是到我們那裡去。」

於是古應春和胡雪巖坐馬車；芙蓉不肯跟胡雪巖同車招搖過市，另雇一頂小轎走。轎慢車快，等她到時，只見七姑奶奶正笑容滿面地在跟胡雪巖商量到湖州的行程。

「怎麼？」芙蓉驚喜地問道，「你也要到湖州去？」

「是啊！」七姑奶奶洋洋得意地說，「我哥哥在做知府，我為啥不去。」

這一節，也就像阿巧姐那件事一樣，是無話不談的七姑奶奶所不曾跟她談到的少數「祕密」之一。不談阿巧姐是為了怕替胡雪巖惹麻煩；不談胡雪巖居間拉攏，認王有齡作義兄，是七姑奶奶自覺身分懸殊，不相信現任知府的王大爺肯降尊紆貴，認此義妹。事情不成，徒落話柄，所以她不願告訴芙蓉。

誰知王大老爺居然答應了，而且彷彿認此義妹，是件極可高興的事，當然喜出望外；加以芙蓉一見投緣，不算外人，所以有那得意忘形的神態。

聽她自己約略說明緣由，芙蓉也替她高興，「恭喜，恭喜！」她笑著說，「從今以後，不叫你七姑奶奶，要叫你王大小姐了。」

「好了，好了！自己人，不作興笑我的。我是沾了小爺叔的光。來！」七姑奶奶一把拉著她走，「到廚房裡幫幫我的忙。」

古應春是廣東人，講究飲饌；七姑奶奶閒著無事，也就在烹調上消磨辰光，所以家裡沒有客來，飯菜也很豐腆，廚房裡早已預備得差不多了，還有一個娘姨，一個小大姐，四個人一起動手，很快地把飯開了出來。

主客四人一面吃飯，一面還是談湖州之行。剛剛只談了一半，胡雪巖決定親自送七姑奶奶去；現在要談的是動身的日期。

這是個難題，胡雪巖的事情太多，不容易抽出功夫來；「五月初七以後就不行了，蘇州的人要來。再等下去，天氣太熱，又不相宜。」他躊躇著說，「而且一去一來至少要半個月的功夫——。」

「小爺叔抽不出功夫，只好等秋涼以後再說。」七姑奶奶不願強人所難，這樣很爽快地表示了態度。

「那不行。耽誤了你們的好事。」胡雪巖又說，「再者，陳世龍也要做親了。這杯喜酒一定也要去吃的。事情總有辦法，等我慢慢來想。」

話題中斷，接下來是古應春談他上午跟洋人見面的情形；談到一半又被打斷了——劉不才和裘豐言連翩而至，兩個人臉上紅著，是喝了酒來的，但也不妨再來幾杯。

「事情都弄好了。」裘豐言說，「只等尤五哥來就動身。」

「他還有些日子才能回來。」胡雪巖說，「或者你先回去一趟。」

「不必，不必！」裘豐言指著劉不才說，「我跟劉三哥在一起，寫意得很；每天吃吃酒，到處逛逛，這種逍遙自在的日子，難得遇到，尤五哥儘管慢點回來好了。」

胡雪巖又好氣、又好笑，「你真正『酒糊塗』！一則要早早交差，人家等著洋槍用；採運軍火的事，哪容得你逍遙自在？真是『急驚風遇著慢郎中』！再則，」他把王有齡的信拿給他看，「雪公一番熱心，你不要錯過機會。」

等把信看完，裘豐言點點頭說：「雪公的盛意，著實可感。不過，尤五哥不來，我也沒辦法走。空手回去，算啥名堂？只好讓人家『捷足先登』了！」

這話也不錯，於是胡雪巖又遇到一個難題。七姑奶奶看他們愁顏相向，忍不住要問：「小爺叔！到底為了啥？」

「老裘要運洋槍回去；路上怕不安靖，要五哥先替他沿路安排好。只要一進浙江地界就不要緊了。」胡雪巖說，「上次也是這樣。一定要等五哥來，說妥當了才敢走。」

「是這樣一樁事情！為啥早不跟我說？」

一聽這話，胡雪巖和裘豐言精神一振，齊聲說道：「七姐！你有辦法？」

「這不是甚麼大不了的事。」七姑奶奶又怪古應春，「你知道這件事，也放在肚裡不說，真正氣數。」

「一時疏忽，也是有的。」古應春笑道，「閒話少說，你有辦法就拿出來！」

七姑奶奶的辦法很簡單。尤五手下幾個得力的人，她無不相熟，只要找到其中之一，一切迎刃而解。但十分不湊巧的是，古應春親自去跑了一遍，竟一個也不曾找到。

「不要緊！」七姑奶奶真有男子漢的氣概，毫不遲疑地說，「這段路上有頭有臉的人物，也都曉得我。我送了裘老爺去。」

這真是語驚四座了！首先古應春就擔心，「一船軍火，不是好玩的事！」他說，「千斤重擔你挑不挑得下來，自己要想一想。」

「我想過了。不要緊的。」

語氣雖平靜，而胡雪巖卻聽得出，愈平靜愈顯得倔強：他是深知她的脾氣的；發現芙蓉也想說話，急忙拋過去一個阻止的眼色，然後裝出歡然的神情說：「好極，好極！有七姐出馬，一定一路順風。老裘，就讓七姐送你去好了。」

裘豐言知道胡雪巖這樣說法，必有道理，自然桴鼓相應地，也裝出興奮和感激的神態，拱拱手說：「多謝七姑奶奶，只是勞動玉步，於心不安。」

「沒有多少路，只當到嘉興去玩一趟。」

「慢點！」胡雪巖靈機一動，「我倒有個辦法。七姐，你索性到杭州，把那件大事辦了它。」

「那，」事出突兀，七姑奶奶一時還想不通，「那麼，小爺叔你呢？」

「我是對不起，這趟不能陪你了——。」

胡雪巖的打算是，七姑奶奶認義兄，尤五一定要到場；來了又去，徒勞跋涉，而自己算來抽不出功夫，那就不如趁此機會，早早辦了這件大事，以便向古家老族長去說媒。至於尤家兄妹與王有齡之間，要有個人從中傳話照料，他也想好了，可以拜託裘豐言。

裘豐言當然樂意效勞。七姑奶奶和古應春也覺得這樣安排十分妥貼。只是一船軍火，真個託付七姑奶奶保險，這件事除了她自己有信心以外，誰也覺得太不妥當。

找個機會，古應春將胡雪巖和裘豐言拉到一邊說道：「小爺叔，你真的信任我們那口子？她是『女張飛』，你是諸葛亮，莫非有啥妙算？」

「妙算不敢說，打算是有的。要我親自跑一趟松江；我到『老太爺』那裡去搬救兵。」

「妙，妙！」古應春大喜，「真正是妙算！」

「輕點！輕點！」胡雪巖急忙阻止，「七姐的脾氣你曉得的，這件事不能讓她知道。我悄悄去，悄悄來，有一晝夜的功夫就夠了。」

「那麼，你預備啥時候走？」

「今天就走。」

「我陪你去。」裘豐言說：「我也久慕『老太爺』的名，想見見他。」

「也好！不過水路不平靜；我想走陸路，為了趕辰光我騎馬去，你行不行？」

裘豐言不會騎馬，無法同行，只得怏怏而罷。及至回到屋裡，只見劉不才正為七姑奶奶在開備辦禮物的單子，芙蓉則是七姑奶奶的參贊，兩人商量著說一樣，劉不才便提筆寫一樣。開完長長的一張單子，七姑奶奶接到手裡看了一遍，自言自語地說：「備齊總得六七百兩銀子。」接著便叫一聲：「小爺叔！」

「怎麼樣？」

「你有沒有空？」她問：「我是說能不能抽出兩天的功夫來？」

胡雪巖面有難色，便先問一句：「你要我替你辦甚麼事，說來商量。」

「我想請你陪我回一趟松江。」

這一說，古應春不由得就要問：「回松江幹甚麼？」

「要去拿東西，天氣熱了，我的單衣夾服還在家；還有些首飾，到杭州去也要用的。」

「那也用不著小爺叔陪你去啊？」

「這件大事，我總要跟老太爺說一聲；還有，你的那件事。」

「我的？」古應春詫異地，「我自己倒不曉得！」

「你真是木頭人！」七姑奶奶恨恨地說：「小爺叔是不是你的大媒老爺？」

「原來是這件事！」古應春笑著答道：「你不說是我們兩個人的事，我怎麼知道？」

談到這裡，裘豐言大為高興地說了句：「這一下，我也去得成了。」

七姑奶奶自然不懂他的話，胡雪巖便一半解釋，一半掩飾地說：「老裘跟我提過好幾次，想去見見老太爺，一直沒有機會；現在可以一起去了。」

「喔，那太好了！」七姑奶奶也問道：「小爺叔，那麼你呢？」

胡雪巖還不曾開口，古應春和裘豐言相視而笑，神情詭祕，使得七姑奶奶大感困惑，睜圓了一雙眼，直瞟著古應春。

「說實話吧！」胡雪巖深怕引起誤會，揭破了真相，「我原來就想去見老太爺，跟他要兩個人，送老裘到杭州。七姐，不是我不相信你有辦法，是因為我覺得千斤重擔，何必放在你肩上？萬一出了事，五哥一定要怪我，說：『老七是心熱，做事為了朋友，不計後果。你們怎麼也不仔細想一想。』這話我就沒法交代了。七姐，你是明白人，一定體諒我跟老裘的處境！」

「那沒有甚麼！只要把事情辦通就是。小爺叔用不著這樣子來解釋的。」

聽她如此諒解，胡雪巖深感欣慰，「說你是明白人！真是明白人！」他轉臉去問芙蓉。「你呢？」

「我們說好了。」七姑奶奶搶著答道：「一起到松江去玩一趟。現在就挑日子好走！」

芙蓉取了黃曆來看，第二天就是宜於長行的好日子，時間是太侷促了些，但以芙蓉在這些上頭很迷信，明天不走，就得再等五天，為了遷就她，只好大家趕一趕。

「你沒事，替我們去雇船，要大，要好！」七姑奶奶這樣吩咐古應春。

聽得七姑奶奶這一聲，古應春宛如奉了將軍令，答應著轉身就走。

「等等、等等！」劉不才慌不迭地站起來，「我跟你一起走。」

這下芙蓉開了口，「三叔！」她也是極匆遽的語氣，「你不要走！這裡有好多事，要請你辦。」

劉不才無可奈何地站定腳，轉身答道：「你快說！我有要緊事。」

「咦！」芙蓉倒奇怪了，「忽然有要緊事，三叔，你倒說！」

「哎呀！」他著急地，「姑奶奶，你就少問了，只說要我辦甚麼事就是。」

「我也要買點零碎東西帶走，不是三言兩語說得完的。」

「那就這樣。你請雪巖開單子，我一下就回來，替你去買。夷場上市面遲，都買得到。買不齊的，明天上午再補。」

芙蓉見他行蹤詭祕，還要留住他說個究竟。倒是胡雪巖看不過，阻住了芙蓉；於是劉不才如逢皇恩大赦似地，跟著古應春匆匆走了。

「奇怪！」芙蓉咕嚕著說，「我這三叔，盡做些別人不懂的事。我看不是好花樣。」

「算了，算了！」胡雪巖說，「我要去看兩個錢莊朋友，你要買點啥，我替你帶來。其實你不說我也曉得，無非胭脂花粉，衣料吃食；新奇實用的洋貨。」

「對！我要送人的。不過，千萬不要太貴；貴的你買來我也不要。」

「你看你，」胡雪巖笑道，「七姐是自己人。客氣一點的，聽了你的話會怎麼想？送人的禮，不要貴的；原來是弄些不值錢的東西送人！」

「話不是這麼說，」七姑奶奶向著芙蓉，「東西貴不一定好；賤的也不一定不好。送禮全在合用，要看人會不會買？」

胡雪巖笑了，「七姐，你現在真的很會說話了。」他說，「老古是好口才，總算在這上頭你拜著個好師傅。」

「哪個要拜他師傅？除非你小爺叔，還差不多。」

「好了，好了，不要恭維我了。」胡雪巖一笑出門。

等他走了不久，劉不才笑嘻嘻地走了進來，是極得意的神情，自道是賭「花會」去了；贏了二百多兩銀子。

甚麼叫「花會」，芙蓉還是第一次聽見這兩個字。七姑奶奶卻是懂的；不但懂，而且迷過，因而便為芙蓉解釋——「花會」跟廣東的「白鴿票」相仿；上海設局賭花會的，亦以廣東省城和潮州兩地的人居多。賭法是三十六門開一門；其中兩門永遠不開，所以實際上是三十四門猜一門，猜中的一賠二十八。

「這種賭不公平，要公平就要一賠三十三，一賠二十八，等於多占五門。」七姑奶奶說，「後來我是想穿了，所以不賭。這種賭不知道害了多少人！尤其是沒有智識的女人！」

「本來嘛！」芙蓉這樣說，「好好的良家婦女到花會裡去賭錢，像甚麼樣子？輸了錢，自然吵得家宅不安。」

「還不光是輸錢，為了『祈夢』，敗壞名節的都不知道多少？」

「甚麼？」芙蓉大為不解，「與『祈夢』啥相干？」

芙蓉也是迷信這些花樣的，七姑奶奶覺得正好借此奉勸。便從頭講起：「花會的總機關叫『總筒』，各地方設『筒』，也有上門來兜攬的，叫做『航船』。賭法是每天早晚各開一次，稱為『早筒』、『晚筒』。向例前兩筒開過的圍不開，所以三十六門實際上只開三十四門。三十六門是三十六個人，據說最初就是梁山泊的三十六巨盜；但久而久之，宋江、吳用等等名字，完全改過了。三十六個人的身分，各各不同；另外每個人有座『本命星』，天上飛的、陸上爬的、水中游的都有。像第二十五，名叫林太平，身分是皇帝，本命星就是一條龍。」

「三十四門只能挑一門，怎麼挑法？這樣也好，那樣也好，心裡七上八下拿不定主意。那就只好祈夢了。夢見龍，當然押林太平，夢見黑狗，就要押第二十八羅必得。」七姑奶奶停了一下問：「你曉得祈夢到哪裡去祈？」

「自然是廟裡。」芙蓉答說。

「不是！荒山野地的墳頭上。」

芙蓉大駭，「是晚上？」她問。

「當然是晚上，哪有白天祈夢的？」

「晚上睡在墳頭上？」芙蓉不斷搖頭，「不嚇死人！」

「為了錢，膽就大了，不但是墳頭上，而且越是新墳越好——。」

這是由於「新鬼大，故鬼小」的說法，新墳則墓中人新死不久，魂靈易聚；招魂的方法是用一口空鐵鍋，拿鍋鏟空敲一陣，據說鬼魂就會聞聲而至。然後根據夢兆去押，百不失一。

「那麼，靈不靈呢？」

「怎麼會靈？」七姑奶奶說，「譬如你夢見黃狗，我夢見黑狗，各押各的，總有一個不靈。各人有各人的心境，各人做各人的夢，個個要靈，除非三十四門開。哪有這個道理？」

「講得透徹！」對賭之一道三折肱的劉不才，擊案稱賞，「賭錢全靠算！『觸機』不足為據。」

芙蓉也深有所思地點點頭；接著又問：「那麼，怎麼說是敗壞名節呢？」

「你想想，一個女人獨自睡在荒郊野外，還有個不被人糟蹋的？」

「啊！」芙蓉悚然，「這花會說起來真是害人無窮！三叔，你也少去！」

「你放心，這種賭是不會賭的人玩的。迷不到我！我不過喜歡賭，要去見識見識而已。」劉不才又說，「今天贏了二百多兩銀子，不足為奇。遇見一樁妙事，說起來，倒著實教我佩服。」

聽這一說，七姑奶奶首先就高興了，「快說，快說！」她捧杯茶給劉不才，「你說的妙事一定妙！」

劉不才所講的，是他在一處「分筒」中親眼得見的一位人物。這處分筒，規模極大，賭客中頗多殷實富戶，下的賭碼極重；其中有個富孀，大家姓梁，行四，所以都叫她「梁四太太」。

梁四太太打花會與眾不同，專打一門，這一門在三十六門中，名列十六，叫做李漢雲。奇的是她專打這一門，總筒中偏偏不開這一門。這樣一年多下來，已經輸了上萬的銀子。

這天下午，她照例坐轎到了那裡；因為是大戶，自然殷勤接待，一盞茶罷，分筒執事便陪笑相問：「四太太，把條子交下來吧！」

花會打那一門的那張「條子」照例是封緘的；要等總筒開出來才能揭曉。不如此則總筒可以統計每一門下注的數目，避重就輕揀注碼最少的一門開。話雖如此，弊端還是有的。梁四太太這時聽執事問到，便憤憤地說：「錢輸了，還是小事；我就不相信一次都不會中。我總要著一次才服氣。」

「我勸四太太換一門的好！」分筒執事說，「賭上面真是有鬼的，不開起來一定不開。」

「今天開出來，我一定會中。你看，」梁四太太便從手巾包裡取出一把紙條來，「今天我打三十四門，莫非還不中？」

「哪有這種賭法的？」分筒執事笑道，「四太太你不想想，三十四門，只中一門，賠了你二十八門，還要輸四門。這叫甚麼算盤？」

「當然下注有多少。開出來是我的重門，我就贏了。」梁四太太說：「總要中一回，我才能死心歇手。」

分筒執事，聽她的口風，這是最後一回來賭花會。平白失去這麼一個大戶，未免可惜。但此時亦不便相勸；只拿筆來記每一門所下的注碼。

一注注寫完，卻只有三十三門，梁四太太奇怪，凝神細想一想說道：「下轎的時候我還數過的，是三十四張條子；大概是數弄掉了一張，你們替我去找一找看？」

那分筒執事，工於心計；而且日夕從事，對於這上面的舞弊，精到極點，當時心裡就打算好，這張條子就尋著了，也不能夠給她。

果然在門檻下面找到了，但回覆梁四太太卻是如此：「到處找過，沒有！」

「沒有，就算了！莫非偏偏就開那一門？我想，世界上沒有那麼巧的事！」

分筒一則要「統吃」梁四太太；再則怕她今日一中，明日不來；於是便單開那一門——打開撿到的那張條子，看是第三十五門張九官，當即通知總筒，開出張九官來。

「我跟這位梁四太太前後腳到。」劉不才說，「眼看她的三十三張條子拆封；第一封拆開來就是張九官——。」

七姑奶奶心急，打斷他問：「這是啥道理？好奇怪！」

「怪事還多呢！你不要心急，聽我說！」劉不才又說：「拆開第二封，還是張九官。」

「第三封呢？」七姑奶奶問，「莫非也是張九官？」

「這還用說？一直拆到第三十三封，都是張九官。梁四太太一共贏了一萬兩千多銀子，一年多輸下去的，一下子扳本反贏錢！」

這個故事的謎底揭開來，將芙蓉聽得目瞪口呆，不信地說：「真想得出這種惡刻的法子？」

「這梁四太太的腦筋，可以跟小爺叔比了！」七姑奶奶不勝嚮往地說，「我們真想結識結識她！」

「那也容易，」劉不才說，「只要到那處分筒去幾回，一定遇得見她。」

「省省吧！」芙蓉趕緊勸阻，「這種花會，害人不淺；這樣子猜心思，壽命都要短幾年，你既然已經戒掉了，千萬別去。」

「這話也是！」劉不才大有懺悔之意，「賭這樣東西，不賭心思沒有趣味；要賭心思，真叫『強中自有強中手』，永遠不會有啥把握。想想真沒意思！」

「照這樣子說，劉三爺，你也要洗手戒賭了？」

「你聽他的！」芙蓉撇撇嘴，對七姑奶奶說，「我們三叔說要戒賭，總有十七八回了。」

劉不才不好意思地笑了一下；七姑奶奶便為他解嘲：「雖然沒有戒掉，總常常想著在戒，這就蠻難得的了！」

「這麼難得？」門外有人在搭腔；大家轉臉看時，是不知道甚麼時候溜了出去，如今又溜了回來的裘豐言。

於是七姑奶奶將剛剛聽來的故事，又講了一遍。裘豐言也對梁四太太讚嘆不止，這樣談到十點多鐘，古應春和胡雪巖陸續歸來；船已雇好，胡雪巖所買的東西，已直接送回客棧。約定第二天中午，仍在七姑奶奶那裡會齊，一起下船。

第二十七章

到了松江，船泊秀野橋下，都上了岸，先到尤家休息；尤五奶奶大出意外，少不得有一番寒暄張羅。尤家常年備著好些客房，除了芙蓉是七姑奶奶早就約好，跟她一起住以外，尤五奶奶又堅邀胡、裘二人在她家下榻。略略安頓，隨即去見老太爺。

因為裘豐言是生客，又是一位官兒，老太爺十分客氣；教人取來長袍馬褂，衣冠整齊，肅然陪坐。這一下不但裘豐言大為不安，連胡雪巖亦頗為侷促；幸好，七姑奶奶接踵而至，有她在座，能說會道，親切隨和，才把僵硬的氣氛改變過來。

說過一陣閒話，七姑奶奶談到正事，「老太爺，」她說，「今天我有樁大事來稟告你老人家。不過，有點說不出口。」

老太爺已經看出來，裘豐言跟她也相熟；這樣，自己說話，就無須有所避忌，「真正新鮮把戲！」他似笑非笑地說，「你還有啥說不出口的話！」

「老太爺也是，就看得我那樣子的老臉厚皮。」七姑奶奶笑著站了起來，「我先進去跟老姑太太談談，請小爺叔代我說吧！」

老姑太太是老太爺的妹妹，也七十多了，耳聾口拙，沒有甚麼可談的；七姑奶奶無非是託詞避開，好讓胡雪巖談她的親事。

七姑奶奶的沒有一個歸宿，原是老太爺的一樁心事，所以聽得胡雪巖細談了經過，十分高興。尤其是聽說王有齡以知府的身分，降尊紆貴，認出身江湖的七姑奶奶作義妹，更覺得是件有光彩的事。這一切都由胡雪巖而來，飲水思源，說了許多感謝的話；同時因為裘豐言作胡雪巖的代表，在尤家與王家之間，要由他來從中聯絡安排，所以老太爺又向裘豐言拜託道謝。言出至誠，著實令人感動。

「老太爺，」胡雪巖最後談到他自己的請求，「有件事，尤五哥不在這裡，要勞動你老人家替我調兵遣將了！」

「噢！」老太爺一迭連聲地說：「你吩咐，你吩咐！」

等胡雪巖說明，要派兩個人護送；料想是件輕而易舉的事，卻不道老太爺竟沉吟不語。

這就奇怪了，他忍不住要問：「老太爺，莫非有甚麼難處？」

「是的。」老太爺答道，「你老弟是自己人；裘爺也是一見如故的好友。這件事說不巧真不巧，說巧真巧。不巧的不去說它了；只說巧的是，虧得你跟我說。不然，真要做出對不起朋友的事來了。」

聽得這話，以胡雪巖的精明老到，裘豐言的飽經世故，都察出話中大有蹊蹺；兩人面面相覷，交換了一個眼色，自然還是胡雪巖開口。

「老太爺既當我們是自己人，那麼，是怎麼的『不巧』？何妨也說一說！」

「不必說了！不巧的是老五不在這裡；在這裡就不會有這件事。」老太爺平靜地問道：「裘老爺預備甚麼時候走？」

「我的貨色還在上海，雇船裝貨，總得有三五天的功夫。我聽老太爺的吩咐！」

「吩咐不敢當。」老太爺說，「你明天就請回上海去預備。今天四月十四，準備四月二十開船，我們四月十九，在上海會齊。」

「怎麼？」胡雪巖不解「我們」兩字，「莫非——。」

「是的。」老太爺說，「我送了裘老爺去！」

「那怎麼敢當？」裘豐言跟胡雪巖異口同聲地說。

「不！」老太爺做了個很有力的手勢，「非我親自送不可。」說著，嘴唇動了兩下，看看裘豐言，到底不曾說出口來。

「對不起，老裘！」胡雪巖看事態嚴重，也就顧不得了，逕自直言：「你請外面坐一坐，我跟老太爺說句話。」

「是，是！」裘豐言也會意了，趕緊起身迴避。

「不必！裘老爺請這裡坐！」老太爺起身又道歉：「實在對不起！我跟我們胡老弟說句『門檻裡』的話。不是拿你當外人；因為有些話，說實在的，裘老爺還是不曉得的好。」

交代了這番話，老太爺陪著胡雪巖到佛堂裡去坐——這是他家最莊嚴、也最清靜的一處地方；胡雪巖很懂這些過節，一進去立即擺出極嚴肅的臉色，雙手合十，先垂頭低眼，默默地禮了佛，才悄悄在經桌的下方落座。

老太爺在他側面坐了下來，慢慢吞吞地說道：「老弟台，我不曉得這件事有你『軋腳』在內；早曉得了，事情就比較好做。現在好比生了瘡，快破頭了，只好把膿硬擠出來！」

胡雪巖很用心地聽著，始終猜不透，裘豐言押運的這一批軍火，跟他有何關係？但有一層是很清楚的，老爺的處境相當為難；只是難在何處，卻怎麼樣也想不出。江湖上做事，講究彼此為人著想；所以胡雪巖在這時候，覺得別樣心思可以暫時不想，自己的態度一定得先表明。

「老太爺，」他說，「我曉得你拿我這面的事，當自己的事一樣；既然這樣子，我們就當這件事你我都有份，好好商量著辦。如果難處光是由你老一肩挑了過去，即使能夠辦通，我也不願意。」

「老弟台！」老太爺伸出一隻全是骨節老繭的手，捏著胡雪巖的手腕說：「我真沒有白交你這個朋友。我把事情說給你聽。」

真如他自己所說的：「事情說巧真巧，說不巧真不巧！」這一批軍火跟他的一個「同參弟兄」有關；這個人名叫俞武成，地盤是在揚州、鎮江一帶。這時太平軍雖已退出揚州，但仍留「丞相」賴漢英，扼守辰州，與清軍刑部左侍郎雷正誠的水師，相持不下。太平軍全力謀求打開局面，所以跟上海的洋商在暗中有交易，希望買到一批軍火。

「這件事要派洋商的不是！」老太爺說：「浙江買的那批洋槍，原來洋商是答應賣給『長毛』

的，已經收了人家的定洋，約期起運；由英國兵艦運了去。哪知道事情變了卦，聽說替浙江方面出頭交涉的人，手腕很靈活——。」

「老太爺，」胡雪巖很高興地搶著說，「這個人不是別人，就是未來的『七姑爺』古應春。」

「噢！我不曉得。老五這兩個月一直在上海，消息隔絕了。這且不去說他，先說我那個同參弟兄俞武成。」

俞武成跟賴漢英相熟，因而一半交情，一半重禮，賴漢英託出俞武成來，預備等這批軍火從上海起運，一入內河，就要動手截留。由於是松江漕幫的地盤，所以俞武成專程到松江來拜訪他這位老師兄，很客氣地打了招呼。

「這怪我一時疏忽。」老太爺失悔地說，「我是久已不管閒事，一切都交給老五；偏偏老五又到杭州去了。俞武成又是當年一炷香一起磕頭的弟兄！五十年下來，同參的只剩了三個人，這個交情，我不能不賣。哪曉得大水沖了龍王廟！如今說不得了，只好我說了話不算！」

「那怎麼可以？」胡雪巖口答道，「俞老雖是你老的同參，但是答應過他的，也不能臉一抹，說是自己人的東西，不准動！光棍不斷財路，我來想辦法。」

「老弟台！沒有教你傷腦筋的道理。我是因為當你自己人，所以拿門檻裡的話告訴了你；照規矩是不能說的。」老太爺又說：「我只請你做個參贊，事情是我的，無論如何要掮它下去，你請裘老爺放心好了。」

「怎麼放得下心！」胡雪巖說，「如今只有『按兵不動』，那批洋槍先放在那裡，等跟俞老爺談好了再說。」

老太爺不答，身往後一靠，雙眼望空，緊閉著嘴唇，是那全心全意在思索如何解開這難題的神氣。

胡雪巖見此光景，頗為不安；心裡也在打算——如果俞武成不是他的「同參弟兄」，事情就好辦；若是這批軍火，不是落到太平軍手裡，事情也好辦。此刻既是投鼠忌器，又不能輕易鬆手，搞成了軟硬都難著力的局面，連他都覺得一時真難善策。

「難！」老太爺說，「想來想去，只有我來硬挺。」

「硬挺不是辦法。」胡雪巖問道，「照你老看，俞老跟那面的交情如何？」

「這就不清楚了。不過江湖上走走，一句話就是一句話，他答應了人家，我又答應了他；反正不管怎麼樣，這票東西，我不讓他動手，我們弟兄的交情就算斷了。」

「話不是這麼說！」胡雪巖腦際靈光一閃，欣然說道：「我倒有個無辦法中的辦法，我想請你老派個專人，將俞老請來；有話擺在檯面上說：兩面都是自己人，不能幫一面損一面。事情該怎麼辦？請俞老自己說一句。」

「這叫甚麼辦法？」老太爺笑道：「那不就表示：這閒事我管不下來，只好不管嗎？」

「正就是這話！」胡雪巖點點頭，「你老不肯管這閒事，俞老怨不著你。而在我們這面，就承情不盡了。」

老太爺略想一想問道：「莫非你另有啥法子，譬如請官兵保護，跟武成硬碰硬較量個明白？」

「我哪能這麼做？」胡雪巖笑道，「我這樣一做，將來還想不想在江湖上跑跑？」

「那麼，你是怎麼辦呢？」

「我想跟俞老談了再說。」胡雪巖答道，「我要跟他老實說明白，這票貨色，如果不是太平軍那面要，我可以放手；由他那面的戶頭承買，我另找洋商打交道。現在可不行。這請俞老不要管閒事。至於那面送了怎樣一筆重禮，我照送就是。」

「聽說是一萬銀子。」

「一萬銀子小事，我貼也貼得起。我看俞老也不見得看得如何之重！我要勸他的是，一定不可以幫長毛。為人忠逆之辨，總不可以不分明。」

聽到最後一句，老太爺很注意地望著他；好久，才點點頭說：「老弟台，你雖是空子，漕幫的來龍去脈，清清楚楚，說句實話，二百年下來，現在的時世，不是翁、錢、潘三祖當年立家門的時世了。長毛初起，我們漕幫看得兩『秀』很重。哪曉得越來越不像話，天下還沒有到手，倫常名教倒已經掃地了。甚麼拜天地不敬父母；甚麼『男行』、『女行』，烏七八糟一大堆。現在小刀會劉麗川也在拜天地了；這些情形我也看不慣。所以，你如果能勸得武成回心轉意，不幫長毛；這就不算在江湖道上的義氣有虧缺。不過，我不曉得你要怎麼勸他？」

「那自然見機行事。此刻連我自己都還不曉得該怎麼說？」

談到這裡，就該馬上做一件事，派人去把俞武成找來，老太爺不知道他此刻在何處？但漕幫的聲氣甚廣，只要交代一句下去，大小碼頭，旦夕皆知，自會找出人來；何況俞武成亦非無名小卒，找起來更容易。只是要看他是近是遠；在近處來得快，在遠處來得慢，日子無法預定。

「我曉得你心裡急；不過急也無用，事情是總可以擺平的。」老太爺說，「難得相聚，且住兩日再說。」

「當然，當然。」胡雪巖說，「多的日子也耽擱下來了，不爭在這兩天。」

他是如此，裘豐言更不在乎；這一夜照樣開懷暢飲，聽老太爺談他當年走南闖北，涉歷江湖所遭遇的奇聞異事，直到深宵不倦。

談來談去談到俞武成，「松江是『疲幫』，他們那一幫是『旺幫』；所以武成在我們這夥人當中，是花花公子，嫖賭吃著，樣樣來，樣樣精。」老太爺不勝感慨地說，「哪曉得快活了一輩子，老來苦！」

「這都是叫長毛害的。」胡雪巖說，「不鬧長毛，他好好在揚州、鎮江，何至於此？所以俞老跟『他們』搞在一起，我真弄不懂！」

「老弟台，你見了武成，這些話要當心。他有樣壞毛病：不肯認錯！不說還好，一說偏偏往錯裡走。除非他老娘說他，他不敢不聽；不然，天王老子說他一句錯，他都不服。」

「這樣看起來，倒是位孝子！」裘豐言說：「可敬之至。」

「大家敬重他，也就是為此。」老太爺說，「他今年六十七，到了九十歲的老娘面前，還會撒嬌。想想也真有趣。」

「喔！」胡雪巖問：「他娘還在？」

「還在！」

「在鎮江？還是揚州？」

「不！那兩個地方怎麼還能住？」老太爺說：「搬在蘇州。去年到杭州燒香，路過松江，在我這裡住了幾日。」

「九十歲的老太太，還出遠門燒香。倒健旺？」

「健旺得很呢！」老太爺說；「這位老太太，當年也是好角色。俞三叔——武成的老爹，是教仇家害死的；她帶了一把水果刀找上仇家的門去，見面就是一刀！出來就到衙門；縣官倒是好官，說她替夫報仇，當堂開釋。那時她還有四月的身孕在身；生下來就是武成。」

「原來俞老是遺腹子！怪不得孝順。」

「他也不敢不孝順。」老太爺又說：「武成後來管幫，也虧得我這位俞三嬸。當時俞三叔一死，還沒有兒子；幫中公議，由他家老五代管。遺腹子生下來，如果是女的，不必說；是男的，到二十歲，俞老五『推位讓國』。哪曉得俞老五黑心，到時候不肯讓出來。又是俞三嬸出面，告到漕運總督那裡，官司打贏；武成才能夠『子承父業』。」

「照此說來，這位老太太對外頭的事情，也很明白？」

「當然！是極明白的人。」

「也管他們幫裡的事嗎？」

「早先管，這幾年不大管了。」老太爺又說：「早先不但管他們幫裡的事，還管江湖上的閒事；提起俞三寡婦，真個是響噹噹的字號。」

就在這一番閒談之中，胡雪巖已籌劃好一條極妥當的計策；不過欲行此計，少不得一個人，先要跟這個人商量好了，才好跟老太爺去談。

這個人就是七姑奶奶。回到尤家已經深夜，不便驚動；第二天一早起身，匆匆漱洗，便喚撥來伺候他的小廝，進去通知，立請七姑奶奶有要緊事商量。

七姑奶奶大方得很，說是請胡雪巖、裘豐言到她屋裡去談。「小姐」的閨房，又有芙蓉在，裘豐言自然不便入內。

「不要緊！我們真正是通家之好，你一起去聽聽，省得回頭我再說一遍。」

聽得這話，裘豐言只好相陪。到七姑奶奶住的那棟屋子，堂屋裡已經擺好一桌早飯——松江人早餐吃硬飯，裘豐言頗感新奇；不但有飯還有酒；這在他倒是得其所哉，欣然落座，舉杯便喝了一大口。

「老裘，你少喝點，今天還有事！」

「甚麼事？」七姑奶奶接口說道：「裘老爺來，沒有啥款待，只有酒。小爺叔，你不要攔他的高興。」

「老裘不會不高興，我一說出來就曉得了。七姐，我問你個人，你曉不曉得？」胡雪巖說：「俞三寡婦！」

「是不是俞師叔的老娘？」

「對。」

「現在不叫俞三寡婦了；大家都叫她三婆婆。我見過的，去年到松江來，說要收我做乾女兒，後來算算輩分不對，才不提起的。」

「好極了！照此說，她很喜歡你的。七姐，你要陪我到蘇州去一趟。」

說到這一句，裘豐言恍然大悟，高興端起一大杯燒酒；「這下我非浮一大白不可了！」

七姑奶奶和芙蓉，卻是莫名其妙，於是胡雪巖約略將俞武成打那票槍械的主意，以及老太爺如何為難的情形，略略談了些。這樣七姑奶奶不等他再講下去，也就明瞭他們的用意了。

「小爺叔，你是想搬出三婆婆來，硬壓俞師叔？」

「是的。意思是這個道理。不過有一套做法。」胡雪巖說，「我動到這個腦筋，主要的是不讓老太爺為難。我想這樣做，你看行不行？」

胡雪巖的做法是，備一筆重禮，跟裘豐言倆肅具衣冠，去拜訪俞三婆婆，見面道明來意，要說老太爺因為已經答應了俞武成，不便出爾反爾。萬般無奈，只有來求教俞三婆婆；應該怎麼辦？請她說一句。

「人心都是肉做的，小爺叔這樣子尊敬她，我再旁邊敲敲邊鼓；三婆婆一定肯出面干預。只要她肯說一句，俞叔帥叔不敢不依。好的，我準定奉陪，甚麼時候走？」

「我先要跟老太爺談一談。請你先預備，我們說走就走。」

「我沒有啥好預備的。」七姑奶奶說，「倒是送三婆婆的禮，小爺叔你是怎麼個打算？」

這一層，胡雪巖自然已有打算，分派裘豐言去辦；請他當天趕到上海，轉告劉不才，採辦兩枝吉林老山人參，另外再配三樣宜乎老年人服食使用的禮物，由裘豐言帶到蘇州，仍舊以閶門外的金閶客棧為聯絡聚集的地點。

於是，裘豐言跟著胡雪巖到了老太爺那裡，開口說到「辭行」，老太爺不解所謂，深為詫異。

「我想到了一個辦法，可以免得你老人家在俞老面前為難。」胡雪巖說，「我跟老裘，好比焦贊、孟良，預備把佘太君去搬請出來。不過你老要跟我們唱齣雙簧。」

這齣雙簧，在老太爺這面輕而易舉，只要找了俞武成來，當面跟他說明：胡、裘二人，上門重託：他因為答應俞武成在先，已經拒絕。同時告訴他，說俞三婆婆派人來尋過，留下了話，叫他立即趕回蘇州，有緊急大事要談。

聽胡雪巖講完，老太爺兜頭一揖：「老弟台，你這條計策，幫了我的大忙；保全了我們白頭老弟兄的交情，感激之至。不過雖拿佘太君把他壓了下去，他的難處也要替他想想，這歸我來辦。你們不必管了。」

「這也沒有叫老太爺勞神的道理。」胡雪巖說，「老實奉告，洋槍上是有一筆回扣的；我們就拿這筆錢交俞老一個朋友，在蘇州見著了他，我當面跟他談，一定可以擺平。反正你老只要假裝糊塗好了。」

「裝糊塗我會。」老太爺問道：「你們啥時候動身？」

「裝就要裝得像。我們明天就走；回頭也不再到你老這裡來了。怕一見俞老，反而不好。」

「既然這樣說，我就不留你們了。不過，在蘇州把事情說妥當了，無論如何再要到松江來住兩天。」

「一定，一定！」

兩人辭了出來，裘豐言當即動身到上海；胡雪巖心裡在想，意料不到的，又有蘇州之行。既然有此機會，阿巧姐的糾葛，應該理個清楚；巧的是有芙蓉，大可以拿她作個擋箭牌。

因此，回到尤家，他問芙蓉：「你要不要到蘇州去玩一趟？」

「我懶得動，而況你們兩三天就回來的；尤五嫂跟我也很談得來，我就一動不如一靜了。」做女主人的，也在殷勤留客，胡雪巖當著尤五嫂的面，不便多說甚麼；只好向七姑奶奶使個眼色。

這個眼色用意，不易了解，七姑奶奶心直，當時就說：「小爺叔，你有話儘管說，怕啥？」

「七姐！」胡雪巖無可奈何，只好這樣說：「你請過來，我有句話說。」

一說自然明白，七姑奶奶也認為芙蓉跟著到了蘇州；阿巧姐一見，當然甚麼話都說不出口，這是個極好的擋箭牌。於是悄悄勸尤五嫂，不必強留。至於芙蓉，聽說有此關係，隨即也改了主意，願意跟七姑姑奶奶作伴到蘇州。

於是連夜收拾行李，第二天一早下船，一行四眾，胡雪巖和兩位堂客之外，另外帶了個後生，名叫阿土；他曾奉了尤五的命令，蘇州去送過俞三婆婆的壽禮，所以帶著他做「嚮導」。到了蘇州可熱鬧了，在金閶棧的，有原來住在那裡的周一鳴；隨後來的裘豐言，還有跟了來「軋鬧猛」的劉不才，分住了兩座院落，卻都集中在胡雪巖那裡，聽他發號施令。

「七姐！你帶著阿土是第一撥，見著三婆婆，先替我們問好；再說要去拜訪她。如果她問：為甚麼不跟著你去？你就說怕她嫌我們冒昧不見。然後問她，明天一早去見她，行不行？她若是允了，就派阿土回來通知。」

「我曉得了。小爺叔，」七姑奶奶問道：「三婆婆會問，為啥要去看她，我怎麼說？」

「你只說我們尋俞老尋不著，只好來見三婆婆？她若問起尋俞老又是何事？你只說不曉得，不過絕無惡意。」

「好的，我懂了。」七姑奶奶說完，立刻帶著阿土離去。

「老周！你即刻上觀前去一趟，替我辦一身七品服色！從上到下，全套都要。」

「啊呀！」裘豐言說，「我也沒有帶袍褂來。」

「那容易，一共辦兩身。」等周一鳴一走；胡雪巖對劉不才說：「三爺，如今是你的差使了！你身上多帶些錢，進城到花家柳巷去走走，挑個最好的地方『開盤子』；要做闊客！」

「你倒好！」芙蓉先就埋怨了，「一到就不叫三叔幹好事。」

「好事壞事，不去說它！」劉不才問道：「這是為了啥？你說了，我心裡好有個數。」

「是為了過幾天好請客。」胡雪巖說：「聽說俞武是個『老白相』，嫖賭吃著，式式精通；等他一來，我就把他交給你了！」

「這一說，倒是我來對了！你放心，你放心，等他一來，歸我招呼，包管他服服貼貼！」說完，劉不才高高興興地走了。

調兵遣將已畢，胡雪巖笑著對芙蓉和裘豐言說：「今天沒有事了，我們到那裡去逛逛？」

「算了，算了！」裘豐言說，「等事情辦妥了，再去逛也不遲。」

「咦！」胡雪巖問道：「你一向是天塌下來都不擔心的人，這回怎麼放不下心來。」

「彼一時也，此一時也！」裘豐言說，「這件事，我通前徹後想過了；不全是江湖道上的事，有長毛夾在裡頭，只怕俞老身不由己！」

這一說，胡雪巖矍然而起，「你的話對，不可不防！」他想了想又說，「事不宜遲，趕快給松江寫封信回去。老裘，你來動筆！」

這是裘豐言責無旁貸的事，一面親自搬出文房四寶來；一面問胡雪巖，這封信如何寫法？信中拜託老太爺，等俞武成到了松江，務必設法探明跟賴漢英那方面，訂下了怎樣的約定；原來的計畫是如何動手？還有最要緊的一層，俞武成是不是自己在賴漢英的挾制脅迫之下，有身不由主的模樣？

剛把信寫完，阿土已經回到客棧，跑得氣喘吁吁地說：「七姑奶奶叫我趕緊回來通知，三婆婆的孫子，馬上要來拜會；他是個『總爺』。」

綠營武官中有「千總」、「把總」的名目，是低級武官；所以老百姓見了綠營兵丁，都尊稱一聲「總爺」。胡雪巖覺得這不值得重視；倒是三婆婆有此禮遇的表示，自然是肯接見了，值得高興。

「好的，我知道了。」他想了一想，認為阿土在蘇州已無用處，正好派他回去送信，「阿土，我煩你立刻回松江，拿這封信送給老太爺。你跟老太爺說，信中所談的事，一有結果，立刻給我回信。就勞駕你再辛苦一趟。」說著，又喊芙蓉，取出十兩銀子送他做盤纏。

就這時，只見金閶棧的夥計，引進一名武官來，後面還跟著四名馬弁。一看這氣派，不像「總爺」；胡雪巖眼尖，趕緊向裘豐言說道：「是個水晶頂子。」

頂戴用水晶，是五品官員，裘豐言失聲說道：「啊！是守備。糟了，便衣接見，似乎失禮。」

失禮也無可補救了，只見夥計已經高舉名帖，拉長了聲音唱道：「俞老爺拜！」

裘豐言比較熟於官場儀注，拉一拉胡雪巖，掀開門簾，踱著方步，迎到外屋；只見「俞老爺」帶著馬弁站在門外，便閃開了視線，從夥計手裡接過名帖來看，上面寫的是：「侍晚俞少武頓首拜。」不用說，是俞武成的兒子。

「不敢當，不敢當！請你替我們擋俞老爺的駕；身在客邊，未帶公服，不敢褻慢！」

夥計還未接話，俞少武已經跨了進來，兩手一揮，將馬蹄袖放了下來，接著便請了個安。雖說武職官兒品級不值錢，到底受之有愧，所以胡雪巖和裘豐言都覺得相當尷尬。

幸好，俞少武不敘官階敘世誼，站起來口稱：「兩位老世叔！」他說：「家祖母特意命少武來請安。家祖母的意思，不敢勞動兩位老世叔光降，有甚麼吩咐，告訴少武就是了。」

「是，是！」裘豐言拱手答道：「世兄，請先坐了敘說。敝姓裘，這位是雪巖兄！」

彼此重新又見了禮，坐定攀談，裘豐言有一番官場中請教「功名」的話頭；這才知道，俞少武是一名武進士，授職守備，派在兩江「督標」當差。督標中軍知道他是漕幫子弟，又見他儀容出眾，言語靈便，特為報請總督，行文兵部，將他補了一名「提塘官」，專駐京城，接理兩江總督衙門的奏摺呈遞事宜。最近是請假回籍省親，還有個把月的勾留。

「原來世兄是科甲出身！真正失敬之至。」裘豐言翹一翹大拇指，「英雄出少年。如今亦正是英雄的時勢，前程如錦，可喜可賀。」

等到寒暄告一段落，俞少武重申來意，請示有何吩咐？這是談到了正經上頭，裘豐言使個眼色，讓胡雪巖回答。

「有件事，要請教令尊。只為令尊行蹤不定，特意來求三婆婆。」胡雪巖說：「未盡道理，不便啟齒；我想煩世兄回去稟告令祖母，我跟裘兄準定明天一早，登堂拜謁，務必請三婆婆容我們晚輩，有個申訴的機會。」

「實在不敢當。」俞少武站起身來答道：「家祖母說，現在住在蘇州，亦是寄人籬下，只怕接待簡慢，不敢勞駕，有話還是請這時候吩咐。」

「這是三婆婆體恤我們晚輩；做晚輩的自己要知道敬老尊賢。」胡雪巖又說：「我跟松江尤五哥如同親弟兄一樣，他不當我『門檻』外頭的人看待，說起來等於一家人，我們豈有不去給三婆婆請安的道理？準定這樣，明天一早到府上。雖有話要申訴，絕不會讓老人家操心為難，請放心！」

俞少武聽得這樣說，只好答道：「那就明天上午，恭候兩位老世叔的大駕！」說完，請安告辭。胡雪巖和裘豐言送出客棧大門，又開發四名馬弁的賞錢；眼看客人騎馬走了，兩個人在門口就談了起來。

「想不到俞武成有這樣一個好兒子！」胡雪巖讚嘆著說：「上頭又有那麼一位老娘替你遮風雨；我倒著實羨慕他的福氣。」

「閒話少說。」裘豐言熟於官場的種種，提醒胡雪巖說：「明天去見三婆婆，著實該有一番重的禮節；照我看，三婆婆必是一位貤封的命婦。」

「喔！」胡雪巖倒想起來了；從他捐了官以後，一直就想替父母請個封典，也算是榮宗耀祖的一番孝心，所以聽裘豐言提到此事，特感興趣，「老裘，我正要請教你，這封典是怎麼請法？」

「到裡頭去談。」

回到裡面，丟下俞家的事，裘豐言細講封典；照「會典」規定，文武官員三品以上封三代，妻子、父母、祖父母；七品到四品封兩代，妻子、父母；八、九品只封妻子，未入流就談不到封典了。

人子為盡孝心，將妻子的封典讓出來，讓求改封上人，叫做「貤封」；所以三品以上的官員，可以請求貤封曾祖父母，七品到四品，可以請求貤封祖父母。以俞家的情形來說，俞少武一定替三婆婆請了封典。

「封典亦是朝廷的名器，從前很慎重的；軍興以來也濫了，跟捐官一樣，封典亦可以捐的。」

「喔，」胡雪巖更感興趣，「怎麼捐法？」

「白丁是不可以捐的；有了官職，可以加捐品級。」

「那好！捐個『一品夫人』甚麼價錢？」

裘豐言笑了，「一品夫人是捐不來的，捐加品級，也有個限制；像俞少武是五品，可以替他祖母捐個『三品淑人』。」他略停一下又說：「明天我們去見她，勢必至於要穿公服；也勢必至於要磕頭。這雖是禮書所不載，但比照下屬見上官的禮節，應該如此！」

「不但要行大禮。」胡雪巖說：「江湖上的人，最講究面子，我還想捧一捧這位老太太。譬如說我們借一副『導子』擺了去，讓她家熱鬧，你看行不行？」

「這也沒有甚麼不行，不過嫌俗氣而已。只要你不在乎人家背後笑你，我就可以借得到。」

「借哪個的？」

「當然是借縣官的。吳縣孫大令，跟我相熟；要借他的導子一定借得到。不過敲鑼喝道而去，如果她家地方太小，或者巷子太狹，塞得實實足足，害做主人的不自在，那反倒不好了。」

「這話也是。等老周回來了再說。」

周一鳴還沒有來，七姑奶奶卻從俞家折回；她是奉了俞三婆婆之命，特意來接芙蓉去相會的。據她告訴胡雪巖，說俞三婆婆起先有所疑忌，當是她兒子跟浙江官面上有甚麼糾葛，特意派兩名「差官」來「辦案」。後來俞少武回去一說，提到胡雪巖的聲明，絕不讓她「操心為難」，才知他們此來，並無惡意。

「三婆婆聽我提到芙蓉阿姨，她說：『照規矩，他們兩位既然特為武成而來，就是我家的貴客，該盡地主的道理。不過我是女流，不便出面；少武又是晚輩。只好這樣了，把胡家姨太太先請了來，也算是個做東道的意思。』小爺叔，我看三婆婆的意思很誠懇，就讓芙蓉阿姨去走一趟好了。」

胡雪巖欣然許諾：「三婆婆的盛意，不可不領。這樣，」他轉臉對芙蓉說：「你就跟七姐去玩一趟，順便先把我們的禮帶了去。」

芙蓉有些躊躇，她拙於交際應酬；又聽說俞三婆婆早年是那樣一個「狠角色」，心裡有種異樣的畏憚。七姑奶奶看出她的心思，便即鼓勵她說：「不要緊！一切有我。」

「對了！」胡雪巖也明白她的心境：「有七姐保你的駕，你怕甚麼？」

「也好！」芙蓉終於點點頭，「我總歸寸步不離七姑奶奶就是了。」

「你看！」七姑奶奶笑道：「我們這位芙蓉阿姨，真正忠厚得可憐。閒話少說，你快換衣裳，我們就走。」

趁芙蓉更衣的片刻，胡雪巖把他們第二天的部署，告訴了七姑奶奶。凡是這種擺虛場面的事，從中必要有個「贊禮」的人，穿針引線；素昧平生的雙方，禮尚往來，才會若合符節。七姑奶奶是玲瓏七竅心，當然心領神會，一口應承，包管主客雙方，不但不至於會在禮節上出現僵窘，而且皆大歡喜。

等芙蓉一走，俞少武又派馬弁送了一桌燕菜席來；吃到一半，又有人來通知，說七姑奶奶和芙蓉，這天都讓俞三婆婆留著，住在俞家了。這種種情誼相孚的跡象，都顯示著明天見了俞三婆婆，一切難題都可迎刃而解。現在只望阿土能趕快送個信來，說俞武成不曾受到賴漢英那方面的挾制，大功便近乎告成了！

第二天一早起身，漱洗裝扮，胡雪巖和裘豐言一個人一身簇新的袍褂，由周一鳴當跟班，捧著拜匣；另外裘豐言的一名聽差，挾著衣包和紅氈條，跟在轎子後頭，一直進城，直奔鐵瓶巷俞家。

俞家從七姑奶奶那裡得知梗概，也早有準備；大門洞開，俞少武候在門口，等轎子一到，命轎伕抬了進去，到大廳滴水簷前下轎。

彼此作揖招呼過後，胡雪巖便說：「把老人家請出來吧！我們好行禮。」

「實在不敢當！」俞少武垂手彎腰答道：「家祖母有話，請兩位老世叔換了便衣，到後廳待茶。」

「禮不可失！」裘豐言說道：「初次拜謁，一定要『堂參』的！」

謙辭再三，俞少武說了句：「恭敬不如從命！」便轉到大理石屏風後面去了。

於是周一鳴和裘豐言的聽差，一起動手，移一張太師椅正中擺好；椅前鋪下紅氈條，靜等俞三婆婆出臨。

不久，聽得腳步隱隱，望見去裙衫綽約，是七姑奶奶親自攙著俞三婆婆，顫巍巍地走了出來。胡裘二人，一齊站起，在下首並立。胡雪巖定睛凝視，一見了俞三婆婆的面，不免詫異：在他的想像中，俞三婆婆早年既有「英雌」的名聲，想來必是像山東婦女的那種剛健高大的體魄，誰知她生得又矮又小，而且百褶紅裙下，渾如無物，料想必是一雙三寸金蓮。這樣纖弱的一個婦人，怎能教無數江湖好漢畏服？真正是人不可貌相了。

然而看到臉上，才知道她果有不凡之處。那張臉皺得像橘皮一樣，口中牙齒大概掉完了，癟得很厲害；但是一雙眼睛，依然十分靈活，顧盼有神；視線轉到客人身上，她側臉問七姑奶奶：

「哪位是你的小爺叔？」

「個子高的那位。」

胡雪巖便踏上一步，「我是胡雪巖！」他說，「特地來給三婆婆請安。」

「哎呀！這話折煞我了。胡老爺你千萬不要這樣說。」

「三婆婆！」七姑奶奶說，「小爺叔跟師叔一輩，你請坐下來，好讓小爺叔跟裘老爺行禮。」

「喔，還有裘老爺，更不敢當了！」

謙之又謙，讓之又讓，俞三婆婆只肯站在椅子旁邊，受了兩位「大老爺」的頭；由她的孫子，磕頭還禮。

「兩位老世叔，請換了便衣，後面坐吧！」

於是俞三婆婆仍舊由七姑奶奶攙著，先回了進去；胡雪巖和裘豐言換去袍褂，在俞少武陪同之下，接到二廳款待，八個乾濕果盤，銀托子的蓋碗茶，排場相當講究。

「真正不敢當！胡老爺、裘老爺這麼隆重的禮教；又賞了那麼貴重的東西，教我老婆子真不知道怎麼說才好。」俞三婆婆說到這裡，又轉臉對七姑奶奶說，「我的耳朵不好，回頭兩位有甚麼吩咐，你替我仔細聽著！」

這就顯得俞三婆婆是個角色了！她明明耳聰目明，卻偏這樣子交代，為的是留下一個退步，等胡雪巖有所干求而無法辦到時，便好裝聾作啞，得有閃轉騰挪的餘地。

因為如此，胡雪巖越發不敢大意，要言不煩地敘明來意；一方面表示不願使松江漕幫為難，開脫了老太爺的窘境；一方面又表示不願請兵護運，怕跟俞武成發生衝突，傷了江湖的義氣。

這番話真如俗語所說「綿裡針」，表面極軟，骨子裡大有講究。俞三婆婆到底老於江湖，熟悉世面，聽胡雪巖說到「不願請兵護運」這句話，暗地裡著實吃驚。話中等於指責俞武成搶劫軍械，這是比強盜還重的罪名，認起真來，滅門有餘。「胡老爺，裘老爺！」俞三婆婆裝出氣得不得了的樣子，「我這個兒子，真正無法無天！活到六十多，實在還不及我這個孫子懂事。兩位看我老婆子的面上，千萬不必生氣，等我找了他來問。」她回頭拉一拉拐杖，厲聲吩咐俞少武；「趕快多派人，把你那個糊塗老子找回來！」

不管她是真的動氣，還是有意做作，來客都大感不安，「三婆婆！」胡雪巖急忙相勸，「這件事怪不得俞大哥！我們也是道聽塗說，事情還不知道真假；我想俞大哥亦不至於敵友不分。

我們的來意，是想請三婆婆做主；就算沒有這回事，少不得也要仰仗俞大哥的威名，保一保我們。」

聽得這一說，俞三婆婆的臉色和緩了，轉眼對七姑奶奶說：「這倒還罷了！我想你師叔也不至於這麼糊塗！」略停一下，她又對客人說道：「既承兩位看得起我，武成理當效勞。他心直口快，外面得罪的人多；每每有人造他的謠言，虧得兩位賢明，絕不會誤聽人言。事情好辦，請兩位在蘇州玩個兩三日，我一定教兩位高高興興回杭州。」

胡雪巖將她的話，一字一句，聽得明明白白；心裡著實佩服俞三婆婆，就這麼輕描淡寫地，將俞武成意圖劫械的一行罪嫌，洗刷掉了。話是從自己口裡說出去的：「道聽塗說，不知真假」；即使將來翻臉，要想改口，已是不能。真正薑是老的辣！自己竟糊裡糊塗地被她騙了一句話去，可以說是這一年多一帆風順的境遇中，唯一的一次栽跟頭。然而，這個跟頭栽得不能不服輸。

「多謝三婆婆，我們不敢打攪了。靜聽好音！」胡雪巖站起身說：「不過，我們還有句話，實在想交一交俞大哥。等他來了，務必請三婆婆派人給我們個信，我們好當面跟俞大哥解釋？」

「都是好朋友，一切心照，何用解釋？」俞三婆婆說：「兩位抬舉武成，我們母子祖孫三代都是感激的。等武成一回家，我馬上叫他給兩位去請安。」

這幾句交代，漂亮之至。胡雪巖和裘豐言，心滿意足；但要告辭，卻被留住了。

「無論如何，要讓我們祖孫，盡一點意思，吃了便飯再請回去！」俞三婆婆又說：「看見兩位，我倒想起有件心事，還要重託。」

俞三婆婆的話，其實是留客的託詞。筵席是早就預備好的，俞家還請了陪客，有些是俞少武的同僚，有些是俞武成的師兄弟。不管是何身分，對胡、裘二人的禮數，都極恭敬。好在胡雪巖長於詞令，裘豐言為人風趣，所以很快地都消除了拘束的感覺，快談豪飲，頗為酣暢。

酒到一半，俞少武告個罪，回到二廳；那裡也有一桌豐盛筵席，是俞三婆婆親自做主人，款待芙蓉和七姑奶奶。這一桌就不如外面那樣輕鬆自如了；主要的原因是，芙蓉被奉為首席，深感不安，過於矜持。

俞少武一進來，先敬堂客的酒。照官稱叫芙蓉是「胡姨太太」；他也學了京裡的規矩，將「姨」字念成「亦」字，表示「亦是一位太太」。

敬了「胡亦太太」再敬七姑奶奶，她跟俞少武是青梅竹馬之交，一個叫「七姐」，一個叫「大弟弟」。這一番周旋過後，俞少武才攙著祖母到大廳向客官來敬酒。

在座的陪客都是她的晚輩；胡、裘二人亦以晚輩自居，所以一齊起身離座，再三謙辭。結果由俞三婆婆總敬一杯；然後向她孫子說道：「少武，你要向胡老爺、裘老爺磕頭道謝。這兩位真正夠義氣！」

俞少武也已知道他父親的所作所為，倘或認真，是件不得了的事，所以連聲答應著，要來行禮。胡雪巖和裘豐言，自然不肯受這個頭，遜席相避，於是俞三婆婆又說話了。

「兩位請聽我說。我就是這個孫子，如今大小也是個朝廷的命官；在我們這種人家，也算榮宗耀祖了。不過，江湖上的家世，跟官場難免合不攏，這是我一直不放心的一件事，總想託個人照應。說實話，官場中也認識幾位，不是人家看不起我們；就是自己覺得高攀不上。難得兩位賞面子；再說句放肆的話，我也看得兩位跟官場中人不同，真正是重情分，講義氣。所以，今天當著大家的面，我把我這個孫子，託付給兩位；要讓少武磕了頭，我才放心。」

這一套長篇大論，旁人只覺得俞三婆婆是特別看重兩位貴客；在胡雪巖卻聽出弦外之音，拜託照應俞少武，實在是拜託迴護俞武成。照此看來，俞三婆婆用的心思極深；處處在防備自己這方面會動用官面上的力量來對付她的兒子。有此疑忌存在，總不是件妙事。

為了消釋可能會有的誤會，胡雪巖不肯說謙辭的話，「既然三婆婆如此吩咐，我們倒不能不老著臉受少武一個頭。」他說，「三婆婆，從今天起，少武的事，就等於我自己兄弟的事一樣。」

「胡老爺，你的話錯了！」俞三婆婆平靜地說：「是你姪兒的事。」

「姪兒也罷，兄弟也罷。只當我自己的事！」

「少武！」俞三婆婆極欣慰地說：「你聽見沒有？還不快磕頭？你說想調回來，跟在我身邊；胡老爺一定會替你想法子。」

這一說，俞少武更是心甘情願地跪了下來；胡雪巖也就坦然受了他的大禮。

江湖上重然諾，經此當筵一拜，俞少武的窮通富貴，便與胡雪巖息息相關了。而父子的安危禍福是不可分的，所以俞武成如果遇到了甚麼難題，胡雪巖由於對俞少武有責任，自然也不能袖手。俞三婆婆這著棋，實在高明，然而也只有胡雪巖喻得其中的深意。

因此，他對松江的信息，特感關心。為了不願讓裘豐言擔心，他只好獨任其憂，在肚子裡默默做功夫，將俞武成的情況，重新作一番深入的估計。想得越多，疑慮越深，到了第二天早晨，尚無消息，他覺得不能再因循株守，坐失事機了。

於是約了俞少武在吳苑茶館見面，找個僻靜之處，悄悄問道：「你曉不曉得令尊此刻在哪裡？」

「大概是在青浦叉袋角。」俞少武說，「不瞞老世叔說，家父在那裡有一房家眷；叉袋角又有幾家大賭場，是家父喜歡去的地方。我昨天就請人分頭去找了，到今天晚上一定會有消息的。」

「我倒要問你，令尊跟賴某人到底是啥交情？他想動那票『貨色』，你知道不知道？」

這一問，俞少武的臉色顯得異常認真，用一種近乎要賭咒的語氣答道：「在老世叔面前，我不敢說一個字的假話，我一點都不曉得。家父不會跟我說，我也不便去問。而且我一直在京城裡，回來還不到半個月；一共見過家父兩面，談不了幾句話。如果我曉得有這件事，無論如何要想法子，勸家父打消了它！」

話說得很誠懇，也相當坦率，胡雪巖覺得跟他談論不必像對他祖母那樣，要加幾分小心，便直抒所感：「這件事，照我看有麻煩。令尊客居異地，手下的弟兄都不在這裡；雖然出頭來主持，無非因人成事。上山容易下山難，不是憑一句話就可以罷手的。如果脫不得身，怎麼辦？」

俞少武就是現任的武官，當然能夠領會胡雪巖所說的話，想一想果然；截掠軍械，是件非同小可的事，調兵遣將，如何下手；得手以後，如何將這些槍械運交賴漢英？官軍派出大隊攔截剿辦，又如何應付？自然得有一番布置；而人不是自己的人，中途變卦，想憑一句話就撤消原有的布置，哪有這麼容易的事？

這樣一層一層想下來，臉上頓現愁雲：「事不宜遲！」他說，「及早勸阻，還容易著手。我馬上就到青浦去一趟。」

見他如此果斷，胡雪巖深感安慰；不過他的計算到底比俞少武深得多，按著他的手說：「你不宜去！因為雖是父子，到底是朝廷的五品武官，去了容易讓人起疑。而且，只要令尊是在青浦，這時候就一定到了松江，你去了也是撲空。」

「那麼，老世叔說怎麼辦，我聽命。」

「我想我馬上趕回松江去看看。你派個得力的人跟了我去。」胡雪巖緊接著說，「令祖母有甚麼話交代，最好也由這個人帶了去，那就更省事了。」

「是！」俞少武說，「我馬上回去告訴我奶奶。老世叔是不是一起到舍下坐坐？」

「不必！」胡雪巖答道：「我先回金閶棧料理。在那裡等你的信息。再託你轉告七姑奶奶，小妾煩她照應。」

「是，是！我奶奶跟姨太太極談得來；就請她在舍下玩兩天，一切我們都會伺候，老世叔請放心！」

「打攪不安。只有等我回來，再給三婆婆道謝了。」

於是就在吳苑分手，各奔東西。胡雪巖轎去如飛，到了金閶棧，只見裘豐言一個人在那裡獨酌，見他進來，便站起身來說：「你到哪裡去了？劉三爺和老周又不在，我一個人又不敢走開，無聊之極，只有借酒遣悶。」

胡雪巖雖有事在心，但天生是甚麼憂煩都不肯現於詞色的人，便笑笑調侃他說：「沒有哪個不准你吃早酒？何必還要想套話來說？」

剛說到這裡，只見劉不才腳步輕飄飄地走了進來；裘豐言一見，便趁著酒興向他這位詼諧慣了的好朋友取笑，「三爺，春風得意？」他說，「我真羨慕，老胡委派了你那麼好一個差使。說說看，溫柔鄉中是何風光？」

胡雪巖昨天派他的差使，是去尋芳問豔；劉不才不辱所命，連走數家，到底訪著了一處極出色的妝閣，主政是金閶的一朵名葩。

「你先說：芳名叫啥？」

「你看！」

劉不才從口袋裡掏出一張「局票」；黃箋紙印著一個銀元寶，隻字皆無。連胡雪巖那樣的人，都猜不透他是甚麼用意？

「我是問那個姑娘的花名，你弄這張紙頭給我們看幹甚麼？」裘豐言把局票翻過來，翻過去看了兩遍，交還劉不才。

劉不才不接，「你再仔細看看，」他說，「這張局票上就隱著她的名字。」

這一指點，胡雪巖馬上就猜到了一半：「姓黃？」

「對！叫做黃銀寶。」

「妙！說穿了一點不錯。」裘豐言仔細欣賞那張局票，角上有「北京琉璃廠榮寶齋精製」的字樣，不由得又誇一聲：「似俗而雅，倒也難得。」

「一點不錯！似俗而雅。」劉不才撫掌說道，「名字俗氣，人倒雅得很；像朵菊花似地。」

「那麼你就是陶淵明了！『採菊東籬下，悠然見南山。』」裘豐言笑道：「昨晚上採了花沒有？」

「哪有這麼容易的事，你看得她們太不值錢了。」

「那麼昨天一夜不回是借的乾鋪？」胡雪巖說，「剛剛頭一天，肯借乾鋪，也就不錯的了。」

「照這樣說，你今天就該『報效』了！」裘豐言興致勃勃地說，「今天晚上吃你的『鑲邊酒』！我替你算算客人看，老胡一個，俞少武一個——。」

「慢點，慢點！」胡雪巖打斷他的，「不要算上我，我馬上要到松江——。」

這下是裘豐言打斷了他的話：「何出此言？」

「是真的。吃花酒的事，擺在一邊再說。」胡雪巖略頓一下，毅然說道：「我們先商量正經。」

先是不願他人分憂，到此地步，已非胡雪巖一個人的力量所能消弭可能有的禍患；因此，他唯有直言心中的顧慮。裘豐言已有先見，經驗也多，倒還不怎麼樣，劉不才從前是紈袴，此刻成了請客的材料，酒陣拳仗，一往無前，但聽得這種隱伏殺機的勾當，頓時臉色大變，連黃銀寶都置諸腦後了。

胡雪巖一見他這樣子，趕緊加以安慰，拍拍他的背說：「沒有你的事，你跟老裘坐守蘇州。」

「就沒有我的事，我也不放心你去啊！」

「這話不錯。」裘豐言接口：「是我的事，我沒有袖手閒坐的道理。」

「算了，算了！」胡雪巖急忙攔在前頭，「我沒功夫跟你們爭論，現在辦事要緊；你們要聽我的，不要亂了陣腳。」

這是所謂徒亂人意，裘豐言和劉不才不敢再開口。於是胡雪巖又估計情勢，分析出三種情況，三種難處。

三種情形是：第一、俞武成跟洪楊合作，調兵遣將，已經布置就緒；而且身不由己，無形中受了挾制。其次，雖已布置就緒，但收發由心，仍可化干戈為玉帛，只是一筆遣散的費用，相當可觀。最後一種情況，也正就是大家所希望的，俞武成可以說不幹就不幹，至多將已收的酬金退還給對方而已。

「凡是總要作最壞的打算。算它是第一種情形，我倒也有個算盤。」裘豐言略一躊躇，「老胡，你先說，是那三種難處。」

「第一是俞家的交情。俞三婆婆實在利害，如今這件『濕布衫』好像糊裡糊塗套到我身上了；投鼠忌器，處處要顧著俞武成，這是最大的難處。」

「是的。」裘豐言深深點頭，「又不光是俞家的交情，牽涉到松江漕幫，無論如何這份交情要保全。」

「我也是這麼想。所以我初步有這麼個打算，倘或是第一種情形，至少要想法讓俞武成退出局外，那面也不管。」

「你的意思是，如果賴漢英一定要蠻幹，就是我們自己來對付？」

「對！我們要替俞武成找個理由；讓那方面非許他抽身不可。」

「這容易想。難的是我們自己如何對付？」裘豐言說，「照我看到那時候，非請兵護運不可。」

「難就難在這裡，目前請兵不容易；就請到了，綠營的那班大爺，也難伺候，開拔要錢，安營要錢，出隊要錢，陣亡撫恤，得勝犒賞更要錢——。」

「算了，算了！」裘豐言連連搖手：「此路不通！不必談了。」

「那麼談第三種難處。譬如能夠和平了結，他們的人或者撤回或者遣散，我們當然要籌筆錢送過去。錢在其次，萬一有人告我們一狀，說我們『通匪』，這個罪名，不是好開玩笑的！」

裘豐言瞿然而驚，「我倒沒有想到這一層。」他是那種做了噩夢而驚醒的欣慰：「虧得你想得深！」

在旁邊半天不曾開口的劉不才，聽得滿腹憂煩，忍不住插了句口：「只聽你們說難！莫非真的一籌莫展？」

「你倒說，有甚麼好辦法？事情是真難！」裘豐言看著胡雪巖，「老胡，我看只有照我的辦法，一了百了。」

他故意不說，留下時間好讓人去猜。可是連胡雪巖那樣的腦筋，亦不得不知難而退：「老袭，你說吧！看看你在死棋肚裡出了甚麼仙著？」

「依我說，這票貨色，拿它退掉！」他撇著京腔說：「大爺不玩兒了！看他們還有轍沒有？」

「這，這叫甚麼話。」劉不才是跟他開慣玩笑的，便尖刻地譏嘲：「天氣還沒有熱，你的主意倒有點餿了！」

「三爺，話不是這麼說！出的主意能夠出其不意，就是高著。真的如此，教他們白費心思一場空，倒也不錯。不過，為了明哲保身，不求有功，但求無過，不妨這麼辦；現在，我們是在打天下，就絕不能這麼退縮。面子要緊！」

這個面子關乎胡雪巖的信譽，袭豐言的前程，還有王有齡的聲望。非繃了起來不可。說來說去還是得照胡雪巖的辦法，初步找個理由讓俞武成脫身事外；第二步看情形再作道理。

「這個理由太容易找了！」袭豐言說：「俞武成是孝子，江湖上盡人皆知。如今老太太說不行，就叫不行！俞武成母命難違，不是很好的理由嗎？」

胡雪巖還未及答言，只見又是四名馬弁出現；隨後便見俞少武陪著一個人進來，這個人的形相生得極其奇特，一張圓臉上眉眼鼻子湊得極近；年紀有六十了，一張癟嘴縮了上去，越顯得五官不分，令人忍不住好笑。

「老世叔！我替你引見一個人，是我大師兄楊鳳毛。」

看楊鳳毛年紀一大把，胡雪巖總當他是俞少武的父執輩；如今聽說是「大師兄」，知是俞武成的「開山門」的徒弟，大概代師掌幫，是極有分量的人物，所以趕緊走上去拉著他的手說：「幸會、幸會！」

哪知楊鳳毛年紀雖大，腰腳極其輕健，一面口中連稱「不敢」；一面已跪了下去磕頭。胡雪巖謙謝不遑；而楊鳳毛「再接再厲」，對裘豐言和劉不才都行了大禮。

「這是怎麼說？」胡雪巖很不安地，「這樣子客氣，叫我們倒難說話了。」

「是我們三婆婆交代的，見了胡老爺跟胡老爺的令友，就跟見了師父一樣。」楊鳳毛垂手說道：「胡老爺，三婆婆派我跟了你老到松江去。」接著張目四顧，顯得很躊躕似地。

胡雪巖懂得他的意思，江湖上最重祕密，有些話是連家人父子都不能相告的；雖然裘、劉在座共聞，絕不會洩漏，不過「麻布筋多，光棍心多」，楊鳳毛既然有所顧忌，不如單獨密談的好。

於是他招招手說：「楊兄，我們借一步說話！」

「告罪，告罪！」楊鳳毛又向裘豐言、劉不才作了兩個大揖，才跟著胡雪巖走到套間；地方太小，兩個人就坐在床沿上談話。

「胡老爺！三婆婆跟我說，胡老爺雖在『門檻』外頭，跟自己人一樣，關照我說話不必敘客套，有甚麼說甚麼。所以，我有句老實話，不曉得該不該說？」

這樣招呼打在前頭，可知那句「老實話」，不會怎麼動聽。只是胡雪巖不是那麼喜歡聽甜言蜜語的人，便點點頭說：「沒有關係！你儘管說好了。」

「我也打聽過，胡老爺是了不起的人物。不過隔道門檻就像隔重山，有些事情，胡老爺怕沒有經過。」楊鳳毛略停一下又說：「江湖上的事，最好不沾上手；一沾上就像唱戲那樣，出了上場門就不容你再縮回去了。」

「我知道。這齣戲不容我不唱；哪怕台下喝倒采，我也要把它唱完。」

「現在這齣戲不容易唱，『九更天帶滾釘板！』」楊鳳毛滿臉誠懇地說，「能不唱最好不唱。」

一聽這話，胡雪巖起了戒心。俞武成想動那批洋槍，顯然的，楊鳳毛也是參預其事的一個；而且以他們的關係來說，必還是一個重要腳色。雖然三婆婆極其漂亮，俞少武相當坦率，然而都算是「局外人」；只有眼前的這個楊鳳毛，才是對自己此行成敗，大有關係的人物，而照彼此的立場來說，是敵是友，還不分明，倒要好好應付。

因此，他很謹慎地答道：「多謝老兄的好意。事出無奈，不要說是『九更天』，就是『遊十殿』我也只好去。不過，『花花轎兒人抬人』，承三婆婆看得起我，我唱這齣戲，總要處處顧得到她老人家。」

這番表白，似軟實硬，意思是不看三婆婆的面子，就要硬碰硬幹過明白。至於「花花轎兒人抬人」這句俗話是反著說：「我是如此尊敬三婆婆；莫非你們就好意思讓我下不去？」

楊鳳毛是俞武成最得力的幫手，見多識廣，而且頗讀過幾句書；此來原是先要試探試探胡雪巖，看他是不是夠分量、能禁得起大風大浪的人？如果窩窩囊囊不中用；或者雖中用是個半吊子，便另有打算。現在試探下來，相當佩服，這才傾心相待。

「胡大叔！」他將稱呼都改過了，「既然你老能體諒我們這方面，願意擔當；那麼我就掏心窩子說實話，事情相當麻煩。」

果然，是胡雪巖所估計的第一種情形。這當然也要怪俞武成沉不住氣，自覺失去了鎮江一帶的地盤，寄人籬下，不是滋味；同時漕幫弟兄的生計甚艱，他也必須得想辦法，為了急謀打開困難，以致誤上賊船。

「胡大叔，」楊鳳毛說，「我師父現在身不由己。人是他們的，一切布置也是他們的；不過抬出我師父這塊招牌，擋住他們的真面目而已。」

「那我就不懂了，莫非他們從鎮江、揚州那方面派人過來？不怕官軍曉得了圍剿？」

「這就要靠我師父幫他們遮蓋了。」楊鳳毛答道，「鎮江、揚州派來的人倒還不多，一大半是小刀會方面的。周立春的人本來已經打散，現在又聚了攏來了。」

「如果你師父不替他們遮蓋呢？」胡雪巖問：「那會變成啥樣子？」

「變得在這一帶存不住身。」

這就是對方非要絆住俞武成不可的道理。事情很明顯了，俞武成是騎虎難下；縱能從背上跳下來，亦難免落個出賣自己人的名聲。江湖上最看重這一點，所以俞三婆婆的話，有沒有效力；俞武成是不是始終能做個百依百順的孝子，都大成疑問。

想是這樣想，話不妨先說出來：「『蘿蔔吃一節剝一節』，我想第一步只有讓你師父跳出是非之地；哪一方面都不幫。這總可以辦得到吧？」

「那也要做起來看。」

「怎麼呢？」

「那方面如果不放，勢必於就要翻臉。」楊鳳毛說，「翻了臉能夠一了百了，倒也罷了！是非還在！胡大叔，請問你怎麼對付？除非搬動官軍，那一來是非更大了。」

這就是說，跳下了虎背，老虎依然張牙舞爪；如何打虎，仍舊是個難題。就這處處荊棘之際，胡雪巖靈機一動，不自覺地說出來一句話。

「做個伏虎羅漢，收服了牠！」

楊鳳毛不懂他的話，愕然問道：「胡大叔！你說點啥？」

胡雪巖這才醒悟，自己忘形自語，「喔，」他笑道，「我想我心裡的事。有條路或許走得通；我覺得這條路，恐怕是唯一的一條路。」

「只要走得通，我們一定拚命去走。胡大叔，你說！」

胡雪巖定定神答道：「我是『空子』，說話作興觸犯忌諱；不過——。」

「唉，胡大叔！」楊鳳毛有些不耐，「我們沒有拿你老當空子看。胡大叔，你何須表白。」

「好！那我就實說。」胡雪巖回憶著老太爺的話，從容發言：「你們漕幫的起源，我也有些曉得。洪楊初起，你們都很看重的；哪曉得長毛做出來的事，不倫不類，跟聖經賢傳上所說的大道理，全不對頭，簡直可以說是逆天行事，決計成不了氣候。既然如此，無須跟他們客氣。再說，你們鎮江、揚州的地盤，就失在他們手裡。有朝一日光復了，你們才有生路。你說我這話是不是？」

「是的！」楊鳳毛深深點頭，憂鬱地說：「我師父這一次是做得莽撞了些。」

「歪打可以正著！老兄，」胡雪巖撫著他的背說，「我替你們師父想條路子！小刀會這方面的情形，我也有點曉得；周立春他們那班人，亦不過一時鬼摸頭，心裡何嘗不懊悔？只不過摸不到一條改邪歸正的路子。如今要靠你們師徒兩個。我的意思是，周立春下面那批打散了的人，既然已經聚攏，何不拿他們拉過來？」

一聽這話，楊鳳毛那張癟嘴閉得越緊，以至於下巴都翹了起來；一雙眼睛眨得很厲害，不過眼中發亮，是既困惑又欣喜的神情。

「胡大叔，你是說『招安』這批人？」

「是啊！」胡雪巖說，「賴漢英哪裡來的長毛，如果肯一起過來最好，不然就滾他娘的蛋，也算對得起他們了！」

楊鳳毛覺得胡雪巖的做法很平和。再往深處去想，就算俞武成能退出來成為局外人，也只是表面如此看法；實際上是絕不能置身事外的，倘或官軍圍剿，事情鬧大了，江湖上還會批評他不夠朋友。所以唯有這樣子才是正辦；退一步說，招安不成，他總算為朋友盡過心力，對江湖上也有了交代了。

想通了這些道理，頓時將胡雪巖敬如天神，站起來便磕了個頭。胡雪巖大驚，急忙避開，拉著他的胳膊說：「怎麼、怎麼，無緣無故來這一套！」

「胡大叔，你算是救了我師父一家。你老怕還不曉得，三婆婆幾十年沒有為難過；這一趟她老人家，急得睡不著覺，在蘇州，我們是客地；這件事要鬧開來，充軍殺頭都有分！再說，她老人家又疼孫子；少武是朝廷的武官，我師父做這件事，傳出去要斷送了少武的前程。如今好了！不過，」楊鳳毛又陪笑說：「你老送佛到西天，我曉得你老跟何學台有交情，招安的事，還要仰仗鼎力。」說著，又作了個大揖。

胡雪巖倒不曾想到何桂清。如今聽楊鳳毛一提醒，立刻在心裡喊一聲：妙！何桂清紙上談兵的套摺，上了不少；現在能辦成這事，是大功一件，對於他進京活動，大有幫助。這樣看來，自己的這個主意，憑心而論，著實不壞。

於是他很爽快地答道：「一句話！這樣好的事情不做，還做啥！」

「多謝胡大叔！」楊鳳毛的臉色轉為嚴肅，「我聽你老的差遣。」

胡雪巖最會聽話；聽出這是句表示謙虛的反話，實際上是楊鳳毛有一套話要說，所以這樣答道：「事情是你們師徒為頭，我只要能盡力，絕不偷半分的懶。不必客氣，該怎麼辦請你分派。」

「那我就放肆了！我想，第一，這話只有你老跟我兩人曉得。」

「當然！」胡雪巖說，「你們楊家的堂名叫『四知』，天知、地知、你知、我知。」

「是。第二，我想我先去一趟；請胡大叔聽我的信息，再去見何學台。」

「那也是一定的。總要那方面點了頭，才好進一步談條件。」

「你老最明白不過，那我就不必多說了。」楊鳳毛說：「我馬上趕去見我師父，最多一晝夜的功夫，一定趕回來。」

「你師父怕是在松江，我們一起去也可以。」

「不！不在松江。」

不在松江在哪裡呢？他不說，胡雪巖也不便問；不過心裡已經雪亮，俞武成的行蹤，楊鳳毛一定清楚。說是最多一晝夜定能趕回來，則隱藏之地亦絕不會遠。

「事不宜遲。我現在就走。」楊鳳毛鄭重叮囑：「胡大叔！明天上午，你無論如何不要走開；我人不到一定有信到。」

等楊鳳毛告辭，裘豐言自然要問起談話的情形。胡雪巖謹守約定，隻字不吐，只笑著說：「你陪劉三爺去捧那個『黃銀寶』好了。幾檯花酒吃下來，就有好消息了。」

裘豐言寬心大放，喜孜孜地跟著劉不才走了。胡雪巖一個人靜了下來，將前後經過情形細想了一遍，覺得自己的路子走對了；走得通，走不通，明日此時，可見分曉，且不去管它。眼前有一整天的功夫，光陰如金，不該虛耗；正好將潘家所託，以及阿巧姐的終身，辦出個頭緒來。

這就得找周一鳴了。奇怪的是一早不見他的面；只好留下話，如果來了，讓他在金閶棧等候，然後坐轎進城，先去拜訪何桂清。

名帖一投進去，立刻延見；何桂清將他請到書齋，執手寒暄，極其殷勤，自然要問起：如何又到了蘇州？

「有幾件事，必得來一趟，才能料理清楚。其中有一件是雲公吩咐的，辦得差不多了。」

「喔！」何桂清很高興地問：「是怎樣一個人？」

「德是中上；貌是上中；才是上上——將來體貼殷勤，一定沒話可說。」胡雪巖因為阿巧姐自己看中過何桂清，料想進了何家的門，必然馴順非凡，所以此時誇下這樣的海口。

何桂清當然相信他的話，喜心翻倒，忍不住搓著手說：「能不能見一面——？」

「請雲公稍安毋躁。」胡雪巖笑道：「幾時到了上海；立刻就能見面。」

到底身分是二品大員，不便做出猴急相；何桂清只得強自按捺著那顆癢癢的心，定一定神答道：「天氣快熱了。炎暑長行，一大苦事；我想早一點走。算日子，也就在這幾天必有旨意。」

「這樣說起來，總在五月中就可以動身了。」

「對了。」

「那我跟雲公暫且作個約定，以五月十五為期，如何？」

「好的。我也照這個日子去作安排。」何桂清又說：「你託我的事，我替你辦了。潘叔雅人倒不俗，我們現在常有往來。承他的情，常有餽遺；想辭謝吧，是你老兄面上的朋友，似乎不恭，只好愧受了。」

話中是很願屈尊交潘叔雅這樣一個朋友；而潘叔雅對他的尊敬，則從「常有往來，常有餽遺」這些話中，表現得明明白白。胡雪巖的原意，就是要替他們拉攏，所以聽得何桂清的話，當然感到欣慰。

照規矩，他亦還須有所表示，「雲公愛屋及烏，真是感同身受。」他拱拱手說。

「哪裡，哪裡！」何桂清心裡在想，真叫「三日不見，刮目相看」；相隔沒有多少日子，不想他也會掉文了！雖是尺牘上的套語，總算難能可貴，這樣想著，便又笑道：「雪巖兄，曾幾何時，你的談吐大不相同，可喜之至。」

胡雪巖略有窘色，「叫雲公見笑！」他急轉直下地說：「有件事，想跟雲公請教。」說著，他看了看站在門口的聽差。

這是有要緊話說，何桂清便吩咐聽差迴避；然後由對面換到胡雪巖下首，側過頭來，等他發話。

「我想請教雲公一件事，」胡雪巖低聲說道：「現在有一批人，一時糊塗，誤犯官軍；很想改過，不知道朝廷能不能給他一條自新之路？」

「怎麼不能？這是件絕好之事！」何桂清大為興奮，「這批人是哪裡的？」

問到這話，胡雪巖當然不肯洩底，「我亦是輾轉受人之託，來人做事很慎重，詳情還不肯說。不過，託我的那人，是我相信得過的。我也覺得這是件好事，心想雲公是有魄力、肯做事的人，所以特地來請教。」他略停一下又說：「如今我要討雲公一句話：此事可行與否？朝廷可有甚麼安撫獎勵的章程？」

「一般都是朝廷的子民，如能悔過自新，朝廷自然優容；所以安撫獎勵，都責成疆吏，相機處理。」何桂清又說，「我為甚麼要問這批人在那裡？就是要看看歸誰管？如果是蘇州以西，常州鎮揚一帶，歸江南、江北兩大營，怡制台都難過問。倘或是蘇州以東，許中丞是我同年，我可以跟他說，諸事都好辦。」

聽得這話，胡雪巖暗暗心喜，「那麼，等我問清了再回報雲公。不過，」胡雪巖試探著問：「我想，招撫總不外有官做、有餉領，雲公，你說是不是呢？」

「給官做是一定的，看那方面人數多少，槍械如何，改編為官軍，要下委札派相當的官職。餉呢，至多只能過來的時候，發一次恩餉，以後看是歸誰節制，自有『糧台』通籌發放。」

胡雪巖所想像的，亦是如此。只是授官給餉，都還在第二步爭取；首先有句話，關係極重，不能不問清楚。

「雲公，」他特意擺出擔憂的沉重臉色，「我聽說有些地方棄械就撫的；結果上了大當，悔之莫及。不知可有這話？」

「你是說『殺降』？」何桂清大搖其頭，「殺降不祥，古有明訓。這件事你託到我，就是你不說，我也一定要當心；你想想，我無緣無故來造這個孽幹甚麼？再說，我對你又怎麼交代？」

「是！是！」胡雪巖急忙站起來作了個揖：「雲公厚愛，我自然知道；只不過提醒雲公而已。」

「是你的事，我無有不好說的。不過，這件事要快；遲了我就管不到了。」

「我明白，就在這兩三天內，此事必有個起落。不過還有句話，我要先求雲公體諒。」胡雪巖說：「人家來託我，只是說有這件事，詳情如何，一概不知。也許別有變化，作為罷論；到那時候，我求雲公不要追究。」

「當然。我不會多事的。」

「還要求雲公不必跟人談起。」

「我知道，我知道。如果此事作為罷論，我就當根本沒有聽你說過。總而言之，我絕不會給你惹麻煩。」

「雲公如此體恤，以後我效勞的地方就多了！」

這句話中有深意；意思是說，只要何桂清肯言聽計從，不是自作主張，他就會有許多辦法拿出來，幫何桂清升官發財。

「正要倚重。」何桂清說：「老兄闠闠奇才，佩服之至。前幾天又接著雪軒的長函，說老兄幫了他許多忙。我跟雪軒的交情，不同泛泛；以後要請老兄以待雪軒者待我！」

於是由此又開始敘舊；一談就談得無休無止。許多客來拜訪，何桂清都吩附聽差，請在花廳裡坐，卻遲遲不肯出見，逕自應酬胡雪巖。

這讓客人很不安，同時也因為還有許多事要料理，所以一再告辭；而主人一再挽留，最後還要留著吃晚飯，胡雪巖無論如何不肯。等到脫身辭了出來，太陽已快下山了。

轎伕請示去處，胡雪巖有些躊躇，照道理要去看一看三婆婆，卻又怕天黑了不方便。如果回到金閶棧，則出了城就無須再進城，這一夜白耗費在客棧裡未免可惜。左右為難之下，想到了第三個去處，去拜訪潘叔雅。

不過天黑拜客，似乎禮貌有虧；而且一見要談到他所託的事，如何應對，預先得好好想一想，倉卒之間，還是以不見面為宜。

於是又想到了第四個去處，「喂！」他問轎伕：「有個有名的姑娘，叫黃銀寶，住在哪裡，你曉不曉得？」

轎伕歉然陪笑：「這倒不曉得了。」

「蘇州的堂子，多在哪一帶？」

「多在山塘。上塘丁家巷最多。」轎伕建議：「我們抬了胡老爺到那裡問一問就知道了。」

一家一家去訪豔，胡雪巖覺得無此閒功夫，大可不必。而且就尋到了，無非陪著裘豐言吃一頓花酒，也幹不了甚麼正經。這樣一想，便斷然決定了主意，回客棧再說。

一到金閶棧，迎面就看到周一鳴；一見胡雪巖如獲至寶，「胡先生、胡先生！」他說，「等了你老一下午。」

胡雪巖未及答言，只見又閃出來一個後生，長得高大白晳，極其體面；那張臉生得很清秀，而且帶點脂粉氣，胡雪巖覺得彷彿在哪裡見過似地，一時楞在那裡，忘了說話。

「他叫福山。」周一鳴說，「是阿巧姐的兄弟。」

「怪不得！」胡雪巖恍然大悟，「我說好面熟，像是以前見過！這就不錯了；你跟你姐姐長得很相像。」

福山有些靦腆，「胡老爺！」那一口蘇州話中的脂粉氣更濃；然後，跪了下去磕頭。

「請起來，請起來！」

福山是他姐姐特地關照過的，非磕頭不可，胡雪巖連拖帶拉把他弄了起來，心裡十分高興，但他自己也不知道是因為福山長得體面，還是愛屋及烏的緣故。

「我一大早到木瀆去了。特地把他帶了出來見胡先生。」周一鳴說。

「怪道，早晨等你不來。」胡雪巖接著又轉臉來問福山：「你今年幾歲？」

「十九歲。」

「學的布店生意？」

「是的。」

「有幾年了？」胡雪巖問，「滿師了沒有？」

「滿師滿了一年了。」

只問了兩句話，倒有三處不符的地方。胡雪巖的記性極好，記得阿巧姐告訴過他的話，因而問道：「你的小名不是叫阿順嗎？」

「是的。」福山答道：「進布店學生意，老闆叫我福山；就這樣叫開了。」

「我記得你姐姐說你今年十八歲；還沒有滿師。」

「我是十九歲。我姐姐記錯了。」

「那麼，你滿師不滿師，你姐姐總不會記錯的囉？」

「也可以說滿師，也可以說不滿師。」周一鳴代為解釋：「他學生意是學滿了；照例要『幫師三年』，還沒有幫滿。」

「現在都弄妥當了？」胡雪巖看著周一鳴問。

「早已弄妥當。」周一鳴答道，「『關書』已經拿了回來。」

「那好。」胡雪巖又問福山，「你姐姐拿你託付給我，我要問你，你想做點啥？」

「要請胡老爺——。」

「不要叫老爺！」胡雪巖打斷他的話說，「叫先生好了。」

「噢！」福山也覺得叫「老爺」礙口，所以欣然應聲：「先生！」

「你是學布生意的，對綢緞總識貨囉？」

「識是識。不過那爿布店不大，貨色不多；有些貴重綢緞，沒有見過。」

「那倒不要緊。我帶你到上海，自然見識得到。」胡雪巖又說：「做生意最要緊一把算盤。」

「他的算盤打得好。」周一鳴插嘴說道：「飛快！」

「噢，我倒考考你。你拿把算盤坐下來。」

等福山準備好了，胡雪巖隨口出了一個題目，四疋布一共十兩銀子；每疋布的尺寸不同，四丈七、五丈六、三丈二、四丈九，問每尺布合到多少銀子？他說得很快；用意是考福山的算盤之外，還要考他的智慧。如果這些嚕哩嚕囌的數目，聽一遍就能記得清楚，便是可造之材。

福山不負所望，五指翻飛，將算盤珠撥得清脆流利，只聽那「大珠小珠落玉盤」似地的聲音，就知道是好手。等聲音一停，報告結果：「四疋布一共一百八十四尺，總價十兩，每尺合到五釐四毫三絲四忽掛零。」

胡雪巖親自拿算盤覆了一遍，果然不錯，深為滿意。便點點頭說：「你做生意是學得出來的。不過，光是記性好、算盤打得好，別樣本事不行，只能做小生意。做大生意是另外一套本事，一時也說不盡；你跟著我，慢慢自會明白，今天我先告訴你一句話：要想吃得開，一定要說話算話。所以答應人家之前，先要自己想一想，做得到，做不到？做不到的事，不可答應人家；答應了人家一定要做到。」

他一路說，福山一路深深點頭，等胡雪巖話完，他恭恭敬敬地答一聲：「我記牢了！」

「你蘇州城裡熟不熟？」

「城裡不熟。」

「那麼，山塘呢？」

「山塘熟的。」福山問道：「先生要問山塘啥地方？」

「我自己不去，想請你去跑一趟。有個姑娘叫黃銀寶；我有兩個朋友在那裡，一個姓裘，一個姓劉，你看看他們在那裡做甚麼？回來告訴我。」胡雪巖緊緊接著又說：「你不要讓他們知道，有人在打聽他們。」

「噢！」福山很沉著地答應著；站起身來，似乎略有躊躇，但終於很快地走了。

等他背影消失，周一鳴微帶不以為然的語氣說：「胡先生，我知道你是考考他『外場』的本事，不過，他這種小後生，到那種地方去，總不大相宜！」

「你怕他落入『迷魂陣』是不是？」胡雪巖笑道：「不要緊的！我看他那個樣子，早就在迷魂陣裡闖過一陣子了。我倒不是考他；就是要看看他那路門徑熟不熟？」停了一下他又說：「少年入花叢，總比臨老入花叢好。我用人跟別人不同，別人要少年老成；我要年紀輕的有才幹、有經驗，甚麼事看過經過，到了要緊關頭，才不會著迷上當。」

這番見解，在周一鳴不曾聽說過，一時無話可答；仔細想想，似乎也有些道理。不過，他在想，年輕後生，一個個都見過世面，經過陣仗，學得調皮搗蛋，駕馭可就不容易了。

「也只有胡先生，有本事吃得住他們。」周一鳴畢竟想通了，「旁人不敢像胡先生這樣子做法。」

「對！」胡雪巖表示欣慰，「你算是懂得我了。」

「不過，」周一鳴又替福山擔心，「他身上沒有甚麼錢；就找到了黃家，那種『門口』怎麼踏得進去？」

「這就要看他的本事了。不去管他。我倒問你，阿巧姐怎麼樣？」

「她仍舊住在潘家，人胖了；自然是日子過得舒服。」周一鳴又說：「福山的事，也就是胡先生你來之前兩三天才辦好。如果你老不來，我已經帶著福山回上海。現在是怎麼樣一個情形，請胡先生吩咐。」

「唉！」胡雪巖搖搖頭，「事情一樁接一樁，好像捏了一把亂頭髮。你問的話，我現在無法告訴你；你跟福山先住下來再說。」

於是周一鳴到樓房去作安排；胡雪巖一個人倚枕假寐，心裡一樁一樁的事在想。發覺自己犯了個極大的錯誤，因而想到一句話：「君子務本」；自己的根本，第一是錢莊，第二是絲。

錢莊現成有潘叔雅的一筆錢在那裡；絲則湖州方面的新絲又將上市，今年是不是還做這生意？要做是怎麼個做法？得要趕快拿定主意，通知陳世龍去辦。這樣子專管閒事，耽誤了正經，將來是個不了之局。

於是，他當機立斷，作了個決定，只等明天楊鳳毛回來，看怎麼說，事情如果麻煩，只好照裘豐言的辦法，把那批洋槍丟在上海再說，自己趕緊陪著七姑奶奶回浙江去幹正經；閒事能管則管，不能管的只好丟下再說。

想停當了，便又另有一番籌劃；將能管的閒事，派定了人去管，第一個是劉不才，可以管潘家的事；第二個是周一鳴，可以管何桂清跟阿巧姐的事。

多少天來積壓在心頭的沉重之感，就由於這樣一轉念間，大見輕鬆；當然，劉不才和周一鳴去代他管那兩件閒事，絕不會做得比自己好，似乎有些不能放心。但是他實在疲倦了；管不得那許多了。心一橫，想起不知哪裡看來的兩句詩，脫口念了出來：「閉門推出窗前月，吩咐梅花自主張！」

然而三件閒事畢竟有一件不能不管；心思集中，顧慮便能周詳，心裡在想：何必路遠迢迢先回杭州，再轉湖州？由蘇州到湖州，現成的一條運河，算起位置來，蘇州在太湖之東、湖州在太湖之南，應該是條捷徑。

「老周，」胡雪巖向他請教，「蘇州到湖州的水路怎麼走法？」

「胡先生是問運河？」周一鳴答說，「這條路我走過，由蘇州到吳江叫北塘河；吳江到平望這一段叫官塘河。到了平望分兩支，一支往南到嘉興叫南塘河；往西經南潯到湖州，就是西塘河。一共一百二十里路。」

於是胡雪巖打定了主意，剪燭磨墨，親筆寫好一封信，封緘完畢，福山也就回來了。

「黃銀寶住在下塘水潭頭。」福山回報：「劉老爺、裘老爺都在那裡。劉先生在推牌九。」

「推牌九？」胡雪巖詫異，「跟哪些人在賭？」

「都是那裡的人；娘姨、小大姐，擁了一屋子。」福山又說，「只有裘老爺一個人在吃酒。」

胡雪巖笑了：「一個酒鬼，一個賭鬼，到那裡都一樣。」

「福山，」周一鳴問，「你是不是親眼看見的？怎麼曉得是他們兩位？」

福山臉一紅，「那裡有個『相幫』，我認識。」他說，「是我們木瀆人，我託他領我進去看的。」

這就見得胡雪巖說他「在迷魂陣裡闖過一陣」的話，有點道理了。周一鳴笑笑不響。胡雪巖卻對福山誇獎了兩句。

「你倒蠻能幹，在外面自己會想辦法，很好，很好！」接著又問：「湖州，你去過沒有？」

「沒有去過。」福山剛受了鼓勵，因而自告奮勇，「不過沒有去過也不要緊，胡先生有啥事，我去好了。」

「你替我去送封信。地址在信面上；那個人你叫他郁四叔好了。討了回信，立刻回來。」說著，胡雪巖將一封信，十兩銀子都交了給他，又加了一句話：「窮家富路，多帶點，用多少算多少。」

這意思是，盤纏費用，實報實銷。周一鳴想指點他一句；轉念一想，怕胡雪巖是有意試他，不宜說破，便閉口不語。

於是福山當夜便去打聽到湖州的航船；第二天一早就走了。胡雪巖睡得很晚才起身；抖擻精神，等候楊鳳毛的消息。趁這空檔中，他將阿巧姐與何桂清的好事，如何安排；細細作了交代。接著，劉不才與裘豐言在黃銀寶家宿夜歸來，少不得又有一番的說笑；這就到了放午砲的時候了。

楊鳳毛言而有信，正在他們團團一桌吃午飯的當兒，匆匆趕了回來。

於是主客四人，一起離座，相邀共餐；楊鳳毛說是吃了飯來的，胡雪巖便不勉強，依舊是將他延入套房去密談。

「你啥辰光到的？」

「上半天就回來了。在三婆婆那裡有幾句話要說。」楊鳳毛說到這裡停了下來，雙眼不住的眨，彷彿話很多，不知從哪裡說起似地。

這神情讓胡雪巖起了戒心，心裡在想，他一回來不先到金閶棧，卻回俞家去看三婆婆，自然是他們「自己人」有一番不足為外人道的密議。照此看來，彼此還談不到休戚相共；親疏遠近之間，自己要掌握分寸才好。

「胡大叔，我先說一件事，三婆婆想高攀，請姨太太認在她老人家名下。不知胡大叔肯不肯委屈？」

這一問，大出胡雪巖的意外，不過他的思路快，幾個念頭電閃般在腦海中印了一下，大致明白了用意；還是因為彼此初交，而所言之事，安危禍福，出入甚大；要結成親家，變做「自己人」方能放心。

為了公事，胡雪巖自然樂從；為了彼此結交，這也是好事，但他另有一層顧慮，怕芙蓉有了這樣一個來頭甚大的「乾娘」，搞成尾大不掉之局，將來處妻妾之間會有麻煩，因而遲疑著答應不下來。

江湖上講究見風使舵得快，楊鳳毛一看這樣子，趕緊說道：「原是妄意高攀，做不到的事——。」

「不！」胡雪巖深恐引起誤會，急忙打斷；同時也想到唯有說實話，才能消釋猜疑，所以接著說道：「承三婆婆抬愛，我是求之不得。為的是內人是隻雌老虎；我亦不敢將小妾帶回家去。將來內人有甚麼悍潑的行為，小妾受了委屈，變得對不起她老人家，所以我不敢答應。」

話說得很老實，也很委婉，楊鳳毛當然懂得其中的深意，「胡大叔，說到這一點，你請放心。三婆婆的人情世故熟透、熟透！將來只有幫你調停家務，」他使勁搖著手說：「絕不會替乾女兒撐腰，讓胡大叔為難的。」

「既然如此，那我還有甚麼話說？」胡雪巖放出心滿意足的神態，「揀日不如撞日，今天下午，就叫小妾替三婆婆磕頭。」

「好的！歸我來安排。胡大叔，我跟你老實說吧！這樣一辦，是讓我師父好向對方說話。原來一切都安排好了，實在說不出不算數的話來；如今才有話說：是我乾妹妹家的事，真正沒有法子。只好對不起了！」

胡雪巖這才明白，楊鳳毛所以要先回俞家，原是與三婆婆有關，要跟她先說通，這樣安排，用心甚苦，也見得俞家的誠意，胡雪巖覺得很安慰。

「那麼，」他問，「還有件事，怎麼說？」

還有件就是「招安」大事，楊鳳毛沉著地說：「我師父自然贊成，不過做起來不容易；好比一條船已經順流東下，再要掉過頭來逆風上行，自然吃力。我師父的意思，是想請胡大叔去見一面，當面詳談。」

「好！」胡雪巖毫不遲疑地答應，「你師父此刻在哪裡？」

「在同里。」楊鳳毛問道，「這地方，胡大叔總知道吧？」

胡雪巖自然聽說過——吳江縣城極小，有人說笑話，東門喊一聲「喂！」西門會有人答應；但吳江縣屬，位處縣城東北的同里，卻是出名的一個大鎮，其地與青浦接壤，是東南魚米之鄉中的菁華，富庶異常。

「原來你師父在同里，怪不得來去不過一天的功夫。」胡雪巖問道：「我們甚麼時候走？」

「明天一早。胡大叔你看如何？」

「可以。怎麼去法？」

「自然是坐船去，歸我預備。」楊鳳毛又說，「騎馬也很方便，沿著一條塘路，一直就到了。」

「還是坐船去吧！」

「是。」楊鳳毛略停了一下又說，「不過有句話，我先要關照你老。對方有幾個管事的人，亦都在同里；這批人，胡大叔想不想跟他們見面？」

胡雪巖考慮了一會，毅然答道：「『不入虎穴，焉得虎子』，我跟他們見見面也可以。」

「既然這樣，要請胡大叔隨緣些。」楊鳳毛說，「這批人狂嫖爛賭，不成個玩意；如果肯跟他們混在一起，那就說甚麼都好辦了。」

胡雪巖靈機一動，立即問了出來：「楊老兄，我帶個人去行不行？」

「那自然可以。」楊鳳毛的語氣有些勉強，「不知是哪一個？」

「自然是極靠得住的自己人，就是外面的那位劉三爺。」胡雪巖說：「我們是親戚。此公吃喝嫖賭，件件精通，賭上面更是個大行家。」

「是胡大叔的親戚，自然不要緊。」楊鳳毛站起身來說，「我先去回報三婆婆。」

「好的！我等下就去。託你先跟小妾說一聲：拜在三婆婆膝下，我很高興。應該有的規矩，我會預備……。」

「不！」楊鳳毛打斷他的話，「三婆婆交代過了，那份重禮已經受之有愧，絕不讓胡大叔再破費！」

胡雪巖心想，此刻不必多爭；自己這面照規矩辦好了。因而含含糊糊地敷衍著，等把楊鳳毛送走了，立刻便找裘、劉、周三人商量，好分頭辦事。

事情很複雜，「招安」一節，還有忌諱，一時說不清楚；他只能要言不煩地交代，首先是讓周一鳴進城，備辦疋頭等物，作為芙蓉孝敬「乾娘」的儀禮。其次是關照劉不才收拾行李，預備第二天到同里。最後託裘豐言到俞家，跟七姑奶奶商議芙蓉拜義母的禮節。

「那麼你呢？」裘豐言問，「一起到俞家不好嗎？」

「我另有個要緊地方，非走一趟不可。一會兒我到俞家去好了。」

胡雪巖要去的那個要緊地方，是潘叔雅家。由於楊鳳毛的話，觸發了靈機；預備做一篇「偏鋒文章」，在賭上找機會去收服那批草莽豪客；這就得帶足了本錢，自己身上只有一萬多銀票，打算跟潘叔雅去借兩萬現款。

名帖一投進去，潘叔雅立刻迎了出來，一見面就說：「雪巖，要罰你！到了蘇州，為甚麼不來看我？」

「你怎麼知道我來了？」

「今天上午見著何學使，他告訴我的。」

「這就是了！我自然該罰。不過，你老兄也要想想，如果不是為了有迫不得已的事，我去看他幹甚麼？」胡雪巖又說，「本來還不想來打攪你，曉得你們這班闊大爺討厭無謂的應酬，既然抽不出功夫來陪你們玩，而且各位所委的事，也還沒有辦妥，何必上門？」

潘叔雅笑了，「話總說不過你。」他又問，「照這樣說，今天來是有事？」

「是啊！無事不登三寶殿，今天有兩樁事奉託，第一，想請你們到同里去捧我一個場——。」

「你的手真長，」潘叔雅打斷他的話說，「伸到同里去做生意撈錢了！」

「恰恰相反，不是去撈幾文，想去送幾個。不然，還不至於來麻煩你。我想到同里去大賭一場。」

這一下潘叔雅才懂了捧場的意味，胡雪巖不是賭客，但不懂他為何路遠迢迢跑到同里去大賭一場？「其中總有個道理吧？」他問。

「不錯；我要結交幾個人；到了同里你就知道了。」胡雪巖緊接著提出第二個要求：「為此想跟你借兩萬銀子，三天以後，等我上海錢到，馬上奉還。」

「說甚麼馬上馬下？」潘叔雅想了想說：「我給你金葉子如何？」

「都可以。借金葉子我仍舊還金葉子好了。」

於是潘叔雅借了五百兩金葉子給胡雪巖。但到同里捧場，他卻不甚有興趣，「同里的賭風極盛，平常人家，甚麼兒子週歲，孫子滿月，請客一請請三天，也就賭三天。」潘叔雅搖搖頭，「龍蛇混雜，我不想去。」

「既然如此，我不勉強。」胡雪巖說，「等我這趟回來，如果事情順利，陪你們好好賭一場。此外還有個人要替你們引見；此人極有趣，跟你們幾位一定玩得來。你們幾位託辦的事，我也交給他了。一切都等我從同里回來再談。」

「好！專候大駕。」潘叔雅又問：「要不要跟那位見見面？」

這是指阿巧姐。胡雪巖早就打好了主意的，立即答道：「不必，不必！我曉得她住在府上，人都胖了。心廣體胖，日子過得很舒服，我放心得很。」

說完胡雪巖隨即告辭，先回金閶棧，將金葉子鎖了在箱子裡。接著，周一鳴也回來了，辦來極豐盛的儀禮，胡雪巖一一檢視，認為滿意。於是由周一鳴押著禮物，跟在他的轎子後面，一起進城。

一到俞家，俞少武開大門迎接；抬頭望到裡面，大廳上已高燒一對紅燭，燃著壽字香，桌椅都換上紅緞平金的圍椅披，簷前還掛著四盞簇新的宮燈，一派喜氣洋洋，布置得像個壽堂。

芙蓉還不曾替三婆婆行禮，俞少武倒已經改了口，「姑丈！」他這樣喊著，「一切都布置好了。只等你老來了，行個儀式。」

到得裡面一看，大廳兩廂，高朋滿座，裘豐言被奉為上客，好些人陪著談話；一看胡雪巖自然轉移了目標。看這樣子，三婆婆對收這乾女兒，視作一件大事；胡雪巖一面敷衍應酬，一面心裡在琢磨，到底是她跟芙蓉投緣，還是另有用意？

這個疑問一時無從解答，只好先隨緣應酬著，找個空隙跟俞少武說：「我先到後面跟老人家去請個安。」

「奶奶也在等姑丈。」俞少武說，「我陪了你老進去。」

道聲「得罪」，胡雪巖跟著俞少武進了中門；裡面也是布置得一片喜氣。七姑奶奶笑嘻嘻地迎了出來，綠襖黑裙，鬢邊簪一朵深紅色極大的茶花，襯著她那皓皓白雪的肌膚，濃豔異常；見了胡雪巖先福一福道賀：「小爺叔，恭喜，恭喜！」

「不敢當！」胡雪巖拱手答禮，「這兩天多虧你照應。」

「小爺叔！」七姑奶奶心急，不及等待三婆婆，就有話要說，「你請過來！」

胡雪巖立即就想到，她要說的話，必是在見三婆婆以前就該知道的；所以遙遙以目致了歉意；然後跟著七姑奶奶到了一邊。

「小爺叔！」她輕聲說道：「事情要當作芙蓉阿姨，從小就認了三婆婆做乾娘。」

「光棍一點就透」，這是為了便於俞武成好說話；若非如此，則認親一舉，顯然就是有意妝扮出來的一齣戲。所以胡雪巖連聲答道：「我懂，我懂！」

「三婆婆今天把壓箱底的私房錢，掏出來請客，晚上場面熱鬧得很——。」

「啊！」這一下提醒了胡雪巖，搶著問道：「七姐，我正要問你，今天場面好像很隆重。到底是三婆婆喜歡芙蓉，還是另有用意。」

「兩樣都有。一則替阿姨熱鬧，熱鬧；再則要叫江湖上傳出一句話去，三婆婆收了乾女兒。」

「啊！啊！」胡雪巖說道：「真正薑是老的辣。」

說完，隨著七姑奶奶一起進了堂屋，三婆婆跟芙蓉是一樣打扮，大紅寧綢夾襖，月白裙子，簇簇生新，看上去像是連夜趕製而成的。

胡雪巖為了捧三婆婆，也抬舉芙蓉的身分，直截了當便叫：「乾娘！」

這一叫三婆婆高興，芙蓉更高興。有這樣一個江湖上赫赫有名的俞三婆婆做乾娘，在她是個極大的安慰，心裡不舒服的是，不是正室，像今天這種日子，竟不能穿紅裙。三婆婆體貼乾女兒，卻又不能亂了世俗規矩，特意跟七姑奶奶商量，找了四個女裁縫來、搭起案被，連夜做了這麼一式兩套衣服，叫人一望而知是母女，這已使得芙蓉感激不已，如今再聽得胡雪巖跟著自己一樣稱呼，泯滅了偏房的痕跡，自然越發高興。

「胡老爺！」三婆婆笑得眼睛瞇成一條縫，「我就高攀托大了，以後稱你『姑爺』。」她緊握著芙蓉的手說，「姑爺，從今更是一家人了。武成的事，你總要放在心上。」

「當然，不但大哥的事，少武的事，我也不能不管。」

這些都不是尋常的應酬。胡雪巖意會到這是一齣做給江湖朋友看的戲，跟俞三婆婆桴鼓相應，每句話都應付得嚴絲合縫，滴水不漏；一切儀節，也是莊肅隆重，順順利利地行過了禮，隨即開筵，一共有十二桌人。胡雪巖在裘豐言「保駕」之下，依次敬酒；應酬得十分周到。

盛筵結束，繼之以賭，搖攤，牌九，一應俱全。這時候胡雪巖可不上場了，由楊鳳毛陪著，進中門去跟俞三婆婆辭行。

「乾娘！」他這樣開口問道：「明天我到同里去看大哥。乾娘有甚麼話，要我跟大哥說？」

「我對他沒有甚麼話。倒是，姑爺，我跟你有幾句話說。」

「是！請乾娘吩咐。」

「我今天很高興。說實在的，我大半截身子在土裡的人，還有這樣一樁意外的喜事，想想老天爺真不虧待我！」

「乾娘說得好。」胡雪巖笑道，「只怕我跟芙蓉沒有啥孝敬乾娘。等我這趟跟大哥將事情辦妥當了，我接乾娘到杭州去，在西湖上住一個夏天。」

「好啊！去年到杭州燒過一次香；今年還要去。這是以後的事，暫且不去說它。」俞三婆婆略停一下又說：「姑爺，我現在要重重託你。」

「乾娘怎麼說這話？」胡雪巖微感不安，「我早說過，只要我能盡心，一定盡心。大哥、少武的事，就是我的事。」

「我曉得，我曉得。不過，你大哥雖說年紀也一大把，說實在的，有時候做出來的事、說出來的話嫩得很，遠不如鳳毛來得老到。比姑爺你，那就差得更遠了。」

「乾娘！」胡雪巖笑道，「你把大哥說成這個樣子，連我都有點替他不服。」

「是我自己的兒子，而且就是他一個，哪有故意貶他的道理？實在情形是如此！在外人面前，我做娘的，要替他遮蓋，在你面前我不必。你以後就知道了。現在我要重託你，其實是跟你打個招呼；如果武成說話、行事有甚麼不上路的地方，你看我的面子！」

這番話說得胡雪巖莫名其妙，但此時亦無暇去細作推敲，只滿口應承下來。

「乾娘，你請放心。我這趟去，見了大哥，自然當自己長兄一樣敬他。」胡雪巖又說，「大哥是『大樹下面好乘涼』；我也聽說了，他從小就是公子哥兒的脾氣，倘或有甚麼話，我自不敢跟他計較！」

「姑爺！」俞三婆婆激動地說：「有你這兩句話，就是我們俞家之福。我甚麼話也不用說了，等你回來，我好好替你接風。」

「不光是接風，」胡雪巖湊她的興說，「還要慶功！」

「但願如你金口。」三婆婆轉臉喊道：「姑奶奶，你請出來吧！」

她口中的姑奶奶便是芙蓉，因為有楊鳳毛在，先不便露面，此時聽得呼喚，才踏著極穩重的步子走了出來。

「這兩天你算是『回門』，今天姑爺來接，你們一起回去吧！」

今天去了，明天胡雪巖到同里，還得回來，何必多此一舉？一動不如一靜，反可以顯出自己的「孝心」。芙蓉對人情世故也很留意的；這樣打定了主意，便笑著答道：「還是在乾娘這裡舒服，我不回去！」

胡雪巖也不願她回去，因為這一夜要跟劉不才、裘豐言有所商議，也許談得很晚，也許到黃銀寶那裡作長夜之飲，有芙蓉在，言語行動都不免顧忌；所以聽得她的答語，正中下懷，隨即便幫了兩句腔。

「讓芙蓉在這裡陪你老人家；等我同里回來，再來接她。」

「隨你們的便。好在我這裡也是你們的家。」三婆婆又說：「或者你就住在這裡也好。」

「那不必了。我跟鳳毛兄，還有點事要商量。」胡雪巖趁機告辭：「明天一早就走。我此刻就跟乾媽辭行。」

於是作了個揖，彼此叮嚀了一番，胡雪巖跟裘豐言在賭桌上找到劉不才，由楊鳳毛陪著一起回金閶棧，約定了第二天上船的時刻，楊鳳毛隨即辭去。

「我看俞武成不大好對付。」胡雪巖面有憂色，「我要另外安一支伏兵。」他問周一鳴：「同里地方你熟不熟？」

「這一帶的水路碼頭，我都熟的。」

「那好！明天等我們一走，」胡雪巖對裘豐言說，「你隨老周隨後趕了來，找一家客棧住下，聽我的招呼；你們要委屈一兩天，一步不可走開。」

「好！」裘豐言笑道：「我買了兩部詩集子，還沒有打開過，正好在客棧裡吃酒讀詩。」

「對！就這樣好了。」胡雪巖又問周一鳴：「在哪家客棧？你先說定了它！」

周一鳴想了想答道：「同里的客棧倒想不起了。每趟經過同里，不是住在船上，就是住在我一個朋友家；從沒有住過客棧。」

「那就在你朋友家通消息好了。」劉不才說。

「好的。我那個朋友跟劉三爺你是同行；到同里東大街，問養和堂藥店老闆，就找到我了。」

胡雪巖點點頭說：「就這樣！你們到了同里，找客棧住定以後，老裘不要露面；老周不妨到水路上去打聽打聽，俞武成在同里幹些啥？不過，老周，事情要做得隱祕。」

「我曉得。」

第二十八章

安下了這支伏兵，胡雪巖才算放下心來。第二天一早起身，漱洗穿戴，剛剛停當，楊鳳毛就到了，一起吃了早飯上船；船就停在閶門碼頭；雙槳如飛，穿過吳江有名的垂虹橋，中午時分就到了同里。

船是停在一家人後門口，踏上埠頭，就算到了目的地。在船上，胡雪巖就聽楊鳳毛談過，這家人家做米行生意，姓朱；朱家老大是俞武成的徒弟，也就是楊鳳毛的後弟。俞武成只要一到同里，就住他家；朱老大待師父極其恭敬，所以胡雪巖、劉不才不妨亦以朱家為居停。

胡雪巖此來一切聽從楊鳳毛的安排，雖覺得住在素昧平生的朱家，可能會十分不便，但亦不便表示異議。幸好朱老大殷勤隨和，一見之下，頗覺投緣；把那嫌拘束的感覺，消除了許多。

引見寒暄以後，朱老大隨即向楊鳳毛說道：「大哥，師父到青浦去了，今天晚上如果不回來，明天早晨一定到。臨走留下話，請大哥代為向貴客道歉，失迎不安。又說，請貴客一定住在這裡。」說到這裡，面向胡雪巖和劉不才：「舍間太小，只怕款待不周，讓兩位委屈。」

於是胡雪巖少不得也有幾句謙謝的門面話；一面應酬，一面在心裡轉念頭，覺得這半天的功夫，白耗費了可惜，應該如何想法子的好好利用。

念頭還沒有轉定，朱家的傭工來請吃飯，魚米之鄉，飲食豐美，雖是便飯，亦如盛筵；朱老大還說：「簡慢不恭，到晚上替貴客接風。」

同席的除了賓主四人，另外還有三個人作陪，朱家的老三、帳房和教書先生。席間談談吳江的風物，輕鬆得很。飯罷，楊鳳毛徵詢胡雪巖的意見，是在朱家客房中睡個午覺起來，再作道理，還是出去走走。

「久聞同里是個福地，去瞻仰瞻仰吧！」

於是由楊鳳毛、朱老大陪著，出去走走——後門進來，前門出去；一條長街，鋪得極平整的青石板；放眼望去，鱗次櫛比的樓房，相當整齊。街上行人，十九穿的綢衫；哪怕是穿草鞋的鄉下人，都是乾乾淨淨的一身細藍布短衫袴，手中多半持一支湘妃竹的旱煙袋，有的套一個白玉扳指；有的腰上拴一掛玉石佩件。吳中人物的俊雅，光看這些鄉下人，就不難想見了。

走到一家掛燈結綵的人家，朱老大站住腳說：「兩位要不要進去玩玩？」

從大門中望進去，裡面有好幾桌賭；胡雪巖便問：「不認識的也可以進去嗎？」

「可以，可以。敝處的風俗是如此。」

於是進去看了看，有牌九、有搖攤。胡雪巖入境問俗，志在觀光，不肯出手；劉不才則守著「冷、等、狠」三字訣，不願出手。這樣連闖了幾家，都是轉個圈子就走；由南到北，一條長街快到盡頭了。

因為胡雪巖和劉不才都有些鼓不起興致來的樣子，朱老大頗感不安，悄悄向楊鳳毛問道：「到小金秀那裡去坐坐，怎麼樣？」

楊鳳毛略有些躊躇，胡雪巖耳朵尖，心思快，聽出來小金秀必是當地的一朵「名花」；勾欄人家要熟朋友同去，才有點意思，否則就會索然寡味，所以趕緊接口：「不必費心，就這樣走走很好。」

說著話，又到了一處熱鬧的人家；這家的情形與眾不同，石庫門開得筆直，許多賣熟食的小販，由門外延入門內，似乎二門院子裡都有。進出的人物，也不像別家衣冠楚楚相當整齊；三教九流，龍蛇混雜，胡雪巖摸不清它是甚麼路道？

劉不才卻一望而知，別家是「書房賭」；這一家是真正的賭場。

「如果要玩，就要在這種地方。」他說，「『開了飯店不怕大肚漢』，賭起來爽氣。」

「劉三爺眼力真好！」朱老大聽懂了他的話，由衷地佩服，「真正的賭場，在同里就這一家。要不要進去看看？只有這一家賭『白星寶』。」

聽說是「白星寶」，劉不才技癢了，「這是賭心思！」他問，「這種賭在浙東很通行；怎麼也傳到了貴處？」

「原是從浙東傳過來的——。」

有個紹興人姓章的，到同里來開酒作坊，生性好賭，先是聚集友好，關起門來玩；不久有人聞風而至，場面便大了。正好駐同里的巡檢換人，新任的吳巡檢是章老闆的同鄉，因勢利用，包庇他正式開賭場；而巡檢老爺則坐抽頭錢，日進斗金，兩年下來，已經腰纏十萬了。

聽朱老大說明了來歷，劉不才認為一定賭得很硬，不妨進去看看。

到了大廳上一看，有牌九、有搖攤，賭客卻並不多；從夾弄穿到二廳，情況就大不相同了，一張大方桌，三面是人——人有三排，第一排坐、第二排立、第三排則站在條凳上，肩疊著肩，頭並著頭，擠得水洩不通。好在朱老大也是當地有面子的人物；找著熟人情商，才騰出空位，讓他們擠了進去。

不管是江南用骰子搖的搖攤，廣東抓棋子數的番攤，都在未知之數；只有白星寶是莊家可以操縱的「做寶」，所以劉不才說「是賭心思」——賭客跟一個不在場的人賭心思。

這個人名為「做手」，住在樓上；為了防止弊端，也為了不以場上的勝負得失影響他的冷靜思考，所以樓梯是封閉的，只在板壁上開一個小孔，用一只吊籃傳遞寶盒。樓下有個小童專司奔走之役。鈴聲一響，將籃子吊了上去；拿著那個銅製的寶盒，送給在煙榻上吞雲吐霧的做手；做好了寶，再用鈴聲通知，將籃子吊了下來，等寶盒上桌，賭客方才下注。

賭注跟搖攤完全一樣，只是前朱雀、後玄武、左青龍、右白虎是用天、地、人、和四張牌九來表示。而且，雖是「做寶」，一樣也有「路」；劉不才借了旁人所畫的「路」來一看，認為這個做手是高手，做的寶變幻莫測，哪一條路都是，其實哪一條都不是，因而決定等著看一看再說。

這時候已經連開了三記「老寶」，都是地牌；第四寶開出來還是老寶。到了第五寶，樓上的鈴聲老不響；寶官沉得住氣，賭客卻不耐煩了，連聲催促，於是寶官叫人去拉鈴，催上面快將寶盒送下來。

催管催，上面只是毫無動靜；催到第三遍，才聽見鈴響。但是賭客望著寶盒，卻都躊躇著不知如何下注；因為連開了四記老寶，第五寶又拖延了這麼多時候，料想樓上的做手，殫精竭思算無遺策，這一寶十分難猜。

「我照路打，應該這一門！」有人把賭注放在天牌那一門上。

「不能照路了！一定是老寶。」另一個人說；隨即在「老寶」上下注。

「有理，有理！」又一個賭客連連點頭，「拖延了這許多功夫，就為的要狠得下心來做老寶。」

由於這兩個人一搭一檔，認定是老寶，別的賭客在不知不覺中受了影響，紛紛跟著下注。開出寶來，譁然歡呼，果然又是一張地牌，莊家賠了個大重門。

到第六寶越發慢了，等把寶盒子催了下來，打老寶的人就少了；是開出來的，居然又是老寶。這一次是驚異多於一切；而越到後來越驚異，連開六記地牌。

「出賭鬼了！」有人向寶官說：「弄串長錠去燒燒！」

「笑話！哪裡有這種事？」寶官因為打地寶的越來越少；吃重賠輕，得其所哉，所以拒絕了那人的提議。

到第九記再開出老寶來，賭客相顧歛手；沒有一個人相信還會出老寶。於是道有賭鬼的那人便談掌故，說乾隆年間有家賭場搖攤，曾經一晚上一連出過十九記的「四」；後來被人識破玄機，在場賭客都押「四孤丁」，逼得賭場只好封寶關門。

「甚麼玄機？」

「那晚上是乾隆皇帝南巡的龍船，在同里過夜。真龍出現，還會不出四？」

「對，對！」四是青龍，問的那人領悟了；但對眼前卻又不免迷惑，「那麼此刻又是甚麼花樣？皇帝在京城，同里不會出現真龍；而且地牌是『進門』！」

「所以我說有賭鬼。」

「照你這樣說，還要出老寶？」

「不曉得！」那人搖搖頭，「就明曉得是老寶，也打不下手，照我看，這一記絕不會『兩眼筆直』了！」

「兩眼筆直」是形容地牌。別的賭客都以其人之言為是；一直冷靜在聽，在看的劉不才，卻獨具機杼，他認為如果是講「路」，則怪路怪打，還該追老寶；若是講賭心思，則此人做老寶做得別人不敢下注，這才是一等一的好心思！照此推論，著實還有幾記老寶好開。

「冷、等」兩字做到了，現在所要的是個「狠」字；正當寶官要揭寶盒子時，他輕喝一聲；

「請等一等！」

「可以。」寶官縮住手說：「等足輸贏。」

「請問，多少『封門』？」

「一千兩。」

「一千兩！」劉不才從身上掏出一捲銀票來，取一張，擺在地牌那一門上。

這一下便令全場側目。由於劉不才是生客，而且看他氣度安閒，將千把兩銀子，看得如一吊銅錢似的不在乎，越發覺得此人神祕莫測，因而也越增好奇的興趣。

百多隻眼睛注視之下，開來居然又是「兩眼筆直」！於是場中像沸了似地，詫異的、羨慕的、氣憤的、懊惱的，眾聲並作，諸態畢陳。劉不才卻是聲色不動，只回頭向朱老大輕聲說了句：「僥倖！」

這一下大家才知道這個生面孔的大賭客是朱老大的朋友；紛紛投以仰慕的眼光。江湖中人最愛的是面子；朱老大自然以有這樣一個「一賭驚人」的朋友為得意，臉上像飛了金，心上像拿熨斗燙過，舒坦異常。

寶官籠絡賭客，也湊興表示佩服；而且關照站在「青龍角」上的「開賠」，免抽頭錢——行話叫做「水子」，三釐、五釐不等。當然，劉不才也是很漂亮的；等開賠將三千兩的籌碼賠到，他取了根一百兩的牙籌，往青龍角上拋了過去。

等寶盒子再放到賭檯上時，大家都要看劉不才如何下手？再定主意。這也有句紅話，叫做「燈籠」。燈籠照「路」，有紅有黑；賭場裡講究避黑趨紅，如果剛才一直有人在追老寶，而有人錯過了好幾寶不出手，到「年三十看皇曆，好日子過完了」再來下注，則其人之黑可知！善於趨避的人，就會抽回注碼，改押別處。但劉不才這盞燈籠是紅燈籠；別人對老寶不敢再押，就他敢，而且居然追到了，這是多旺的手氣？所以都要跟著他下注。

於是等劉不才將一千兩銀子一押在地牌上；賭注如雨，紛紛跟進。開出盒子來，寶官與開賠，相顧失色，而賭客則皆大歡喜；莊家在這一記老寶賠了兩萬多銀子。

這一下，全場鼎沸，連大廳上的賭客都趕了進來；劉不才則被奉若神明，他左右的兩個賭客，都盡量將身子往外縮，怕擠得他不舒服。而就在這時候，發覺有人拍一拍他的肩，回頭看時，是胡雪巖在向他使眼色，接著呶一呶嘴，示意他離去。

劉不才實在捨不得起身，但又不敢不聽胡雪巖的指揮，終於裝模作樣地掏出金錶來看了看，點點頭，表示約會的時間到了，然後一把抓起銀票，站起身來。

賭場裡專有班在混的人，一看劉不才贏了六千銀子，便包圍上來獻殷勤；劉不才自然懂「規矩」，到帳房裡去兌現時，順便買了一百兩的小籌碼，一人一根，來者不拒。

一面「分紅」，一面便有怨言，「你不該催我，」他向胡雪巖說，「做手的路子，讓我摸到了，起碼還有三記老寶。」

「就因為你摸到了，我才催你走。大家都跟著你打，再有兩下，就可以把賭場打坍。何苦一到同里，就害得人家栽跟頭？」

「胡大叔！」朱老大跟著楊鳳毛這樣稱呼，「你老人家真正是老江湖，夠義氣。」

劉不才心裡不服，「賭場無父子」，講情面義氣，自己倒楣；但當著主人，又見朱老大是那樣尊重胡雪巖，只好隱忍不言。再退一步想想，片刻功夫，贏進六千銀子，真正「賭能不輸，天下營生第一」！不由得便有了笑意。

「劉三爺賭得好，胡大叔不賭則更好！」楊鳳毛對朱老大說：「怪不得胡大叔有那麼好的人緣，你我都要學他老人家。」

「言重，言重，」胡雪巖摸著臉笑道：「你們兩位說得我臉紅了。」

「閒話收起。」楊鳳毛問道：「再到那裡去坐坐？」

「恐怕胡大叔、劉三爺也倦了，回到舍間息一息，吃酒吧！」

於是安步當車，仍舊回到朱家。他家最好的一處房子，是座水閣；在嘉賓蒞止時，正好有朱家親戚女客住在那裡，這時已騰了出來，朱老大便將胡雪巖等人，延入水閣休息。

剛剛坐定，朱家老僕，在門外輕叫一聲：「大少爺！」使個眼色把他請了出去，悄悄說道：「賭場裡的章老闆來了，說要看我們家一位客人，還帶了四樣禮，請大少爺先出去看看。」

這真是不速之客了！朱老大不知他要看哪個？想想哪個也跟他沒有淵源；這件事倒著實猜它不透。於是匆匆出廳接見；彼此熟人，見面不用寒暄，直問來意。

一問才知道他要看的是胡雪巖。章老闆是從那些向劉不才討彩的閒漢口中，得知胡雪巖用心仁厚，特意將劉不才那盞「燈籠」拿走，解了賭場的一個大厄。因而專誠拜訪，一則道謝；二則想交個朋友。

「這位胡大叔，是我師父的朋友，還有點乾親，為人四海得很，道謝不必，交朋友一定可以。不過，」朱老大說：「你這四樣禮，人可省省。」

「我也曉得，幾樣吃食東西，不成敬意；不過空手上門，不好意思。」章老闆也覺得這四樣水禮送得不妥，如果說是謝禮，反倒像輕看胡雪巖的一番意思，所以躊躇了一下說：「這樣吧，你不必跟胡先生說起。不過，東西帶都帶來了，再拿回去也麻煩，你就丟在廚房裡好了。」

「這倒也是句話。來，來，我帶你進去。」

一直帶到水閣，引見以後，朱老大代為道明來意；胡雪巖對此不虞之譽，謙謝不受。章老闆卻是一臉誠意，一揖到地，差點就要跪了來。

「胡先生，你幫我這個忙大了。說實話，」他指著劉不才說：「這位劉三爺也是我在賭上混了二、三十年，頭一遭遇見的人物。如果劉三爺再玩一會，大家跟著他『一條邊』打『進門』，我今天非傾家蕩產不可！」

「怎麼呢？」胡雪巖問道：「下面還是出老寶？」

「一共出了十六記。說起來，也是一樁新聞。幸好，」章老闆彷彿提起來仍有餘悸的神情，「只有劉三爺一個人看得透。劉三爺一走，大家都不敢押老寶；通扯起來，莊家還是贏面。」

劉不才聽見這話，自然面有得色，於是特地笑道：「我也不過怪路怪打，瞎碰瞎撞而已。」

「賭就是賭個機會，千載一時的機會，只有劉三爺一個人抓得住。說起來教人不相信，做手只做了四記老寶，但開出來的是十六記；毛病出在第五記上——。」

「啊，我想起來了。」劉不才插嘴說，「第五記上，寶盒子老不下來，拉鈴拉了三遍才催到。出了甚麼毛病？」

是做手得了暴疾，昏迷在煙榻上；傳遞寶盒子的小童，不知就裡，拚命推他推不醒，下面鈴聲催得心慌，便不問青紅皂白，將原盒子送了下來。做到十六記上，隱隱聽得樓上有哭聲；拿鑰匙開了樓門，上去一看，那小童因為上下隔絕，呼援無門，越想越害怕，已是面無人色。再看那做手，連身子都涼了。

這是聞所未聞的怪事，連在賭場裡混過半輩子的劉不才，都覺得不可思議；在那烽火不驚，平靜富足的同里，連張家的母狗哺育了李家的小貓，都會成為談來津津有味的新聞，對這樣一件「死人做寶」的怪事，自然會轟動。所以，就在章老闆訪胡雪巖的那時刻，茶坊酒肆便到處在談論；於是「朱老大家的兩個客人」，立即成了同里的鋒頭人物。

這件新聞，下午剛到，在酒店裡小酌自勞的裘豐言和周一鳴也聽到了；兩人相視而笑，十分興奮。裘豐言倒還持重，周一鳴卻忍不住了；同時他跟胡雪巖這許多日子，也懂了很多揚名創招牌的花樣，於是將胡雪巖和劉不才的身分揭露了出來，道是並非朱老大的朋友；是朱老大的師父，俞武成的朋友。這一下，在大家的心目中，俞武成這個名字，似乎也很響亮了。

消息傳播得真快，第二天一早，俞武成從青浦回同里；中途在一處村鎮歇腳吃茶，便有人向他打聽胡雪巖和劉不才。因此，在朱老大家的水閣初見面；他向胡雪巖說的第一句話就是：「老兄一到，名氣就響。我們在江湖上混了幾十年的，真要甘拜下風了！」

這話不是句好話，胡雪巖自然聽得出來，只好這樣答道：「我們是仰仗大哥的聲光。這種毫無道理的鋒頭，不出為妙；所以今天步門不敢出，專誠等候大哥，一切聽大哥的吩咐。」

賓主之間，一見面便有些格格不入的模樣，楊鳳毛大為不安；趕緊將俞武成的袖子一拉，「師父！」他輕聲說道：「你老請到這面來！」

將俞武成拉到一邊，楊鳳毛將三婆婆如何看重這門乾親，一一細陳，最後極鄭重地說：「臨走之前，三婆婆特為拿我喊到一邊，教我告訴師父；這位胡大叔是極能幹、極講義氣的人；她老人家說；幾十年功夫當中，看過的也不少，狠的有，忠厚的也有，像胡大叔這樣又狠又忠厚的人，還是第一趟見——。」

「甚麼？」俞武成說：「我倒不懂她老人家的話，怎麼叫又狠又忠厚？」

「忠厚是說他的本性，狠是說他辦事的手段。」楊鳳毛又說：「我倒覺得三婆婆的眼光到底厲害，這『又狠又忠厚』五個字，別人說不出。」

「那麼，你說對不對呢？」

「自然說得對！」楊鳳毛接下來又轉述「慈訓」：「三婆婆說，我們在這裡，寄人籬下，受人的氣，也不是辦法。想要打開局面，都在胡大叔身上；師父要格外尊敬他！」

「昨天章老闆賭場裡又是怎麼回事？」

「這件事，」楊鳳毛的神色顯得很興奮，「師父也有面子！」接著，他將當時的情形，細說了一遍。

「這倒難得！說他忠厚不錯。」俞武成又說：「那姓劉的，看起來也是『老白相』；居然對他服服貼貼，這就看得出來，有點本事的。」

「本事不止一點點。師父，你老跟他一談就知道了。」

於是俞武成再跟胡雪巖交談時，態度就大不相同了；他很客氣，一定要讓胡雪巖和劉不才「升匹」，而敘起禮節來，劉不才是芙蓉的叔叔，長了一輩，所以稱謂亦自各別，俞武成叫胡雪巖「老胡」，叫劉不才則是官稱「劉三爺」；劉三爺卻又尊稱他「俞老」，跟胡雪巖所叫的「大哥」一比，彷彿又矮了一輩。反正江湖上各敘各的，稱呼雖亂，其實都是一律平等的朋友。

俞武成的門規甚嚴，楊鳳毛、朱老大都是站著服勞；他自己則坐在水閣臨窗的一張太師椅上相陪，跟胡雪巖大談松江漕幫。他稱「老太爺」為「松江老大」；說起許多他們年輕時一起闖蕩江湖的故事，感嘆著日子不如從前好過。

劉不才在這場合，只有靜聽的份兒。一面聽、一面打量俞武成；年紀六十開外，打扮得卻如紈袴子弟，緞鞋緞袍、雪白的袖頭，不時捲上翻下；等袖子翻下來時，已經蓋過手面，所以必得翹起一隻大拇指來，將袖口擋住，才便於行動——這原是江湖上人特有的一種姿態，只是俞武成身材魁梧，服裝華麗；大拇指一翹起來，那只通體碧綠的「玻璃翠」扳指，異常耀眼，所以格外顯得有派頭。

然而劉不才感覺興趣，也感到困惑的是，俞武成那件在斜陽裡閃閃發光的緞袍，無風自動，不時東面凸起一塊，西面蠕動片刻，不知是何緣故？目不轉睛地看了半天，總想不透；心便癢得厲害，正忍不住要動問時，謎底揭曉了。

是朱老大捧了一大冰盤，出於太湖中洞庭東山的櫻桃來款客；但見俞武成抓了一串在手裡，平伸手掌，很快地，袖子裡鑽出一隻毛茸茸的小松鼠來，一對極大、極明亮的眼睛，靈活地轉了轉，然後拱起兩隻前爪，就俞武成掌中捧著櫻桃咬。

劉不才嘻開了嘴笑，「俞老，你真會玩！」他問：「怎麼養隻松鼠在身上？不覺得累贅？」

「養熟了就好了。」

「整天在身上？」

「嗯！」俞武成點點頭，「幾乎片刻不離。」

「一天到晚，在你身上爬來爬去，不嫌煩嗎？」

「自然也有睡覺的時候；只要拿牠一放到口袋裡，牠就不鬧了。」俞武成又說：「劉三爺喜歡，拿了去玩！」

「不，不！」劉不才搖著手說：「君子不奪人所好。而且，說實話，在我身上爬來爬去，也嫌肉麻！」

俞武成笑笑不響，回頭問朱老大：「快開飯了吧？」

「聽胡大叔跟師父的意思。」朱老大答道：「如果不怎麼餓，不妨稍等一等；火腿煨魚翅，火功還不大夠。」

「那就等一下。先弄些點心來給胡大叔點飢；等我們談好了正事，痛痛快快吃酒。」

這段話中要緊的是「談正事」一句，胡雪巖怕他不願劉不才與聞機密，便不經意地使個眼色；劉不才會意，站起身來說：「你們談！我趁這會功夫，上街去看個朋友。」

「那麼，」朱老大自告奮勇，「我陪著劉三爺一起去。」

劉不才是想去看周一鳴；這是暗中埋伏的援兵，不便讓俞武成這方面的人知道，所以拱拱手說：「不敢，不敢！你做主人，要留在府上；而且，同里我也熟，絕不致迷路。」

這是假話，他也是第一次到同里；只是不如此說，朱老大還會派人引路。果然，做主人的不再客氣，放他一個人走了。

於是俞武成跟胡雪巖，還有楊鳳毛在一起密談。俞武成表示願意聽從胡雪巖的安排；老實相告，原來準備動那船洋槍的人馬，都由周立春手下一個得力的頭目「蹺腳長根」安排。所要借重俞武成的，是因為這條水路，是松江漕幫的勢力範圍，必須請他出面，來打通「松江老大」的路子，現在松江方面，由於守著「兩方面都是朋友，只好袖手中立」的立場，所以「蹺腳長根」也躊躇著不敢下手。如今得有這樣一條出路，深符所願；但條件如何？必得跟胡雪巖談一談。

「那當然。」胡雪巖問道，「怎麼樣跟這位朋友碰頭？」

「那還得再聯絡。老胡，我是直心直肚腸，」俞武成很鄭重地說：「有句話我想先請教你；你我是一家人了，而且我老娘的眼光是不會錯的，我當然相信。不過，那批做官的，我吃過他們的苦頭，實在不大相信。當初我兒子要去考武舉，我就跟他說：『做官也沒啥意思，不要去考。』也是我老娘『望孫成龍』親自料理，親自送考。至於招撫這一節，我是無所謂的，辦成功了，幫裡弟兄，可以去吃一份糧，也算是餬口；再說，拿『他們』拉過來，也總算是替朝廷出了力。就怕那批做官的老爺，口是心非，等出了毛病，我怪你也無用；那時候，我就不是在江湖上好混不好混的事了！」

聽他這夾槍帶棒一大頓，胡雪巖相當困惑，不知他說的甚麼？只是抓住「出了毛病」這四個字極力思索，慢慢悟出道理來了。

「你是說，人過去以後，當官兒的，翻臉不認人，是不是？」

「對了！」俞武成說：「光是翻臉不認人，還好辦；就怕——。」他搖搖頭，「真的有那麼一下子，那就慘了。」

「你是說——，」胡雪巖很吃力地問：「會『殺降』？」

「保不定的。」

「不會！」這時候胡雪巖才有斬釘截鐵的聲音：「我包你不會，大哥，我跟你實說吧，我接頭的是何學使的路子，他馬上要放好缺了。京裡大軍機是他們同年，各省巡撫也有許多是他同年。這一榜紅得很，說出話來有分量的。」

「那麼，何學使跟你的交情呢？」

「何學使託我替他置妾。交情如此而已！」

「那就沒話說了。」俞武成欣然問道：「何學使可曾談起，給點啥好處？」他趕緊又補了一句，「不是說我。是說對蹺腳長根他們。」

「提到這一層，就我不說，大哥也想像得到：棄暗投明，朝廷自然有一番獎勵，官是一定有得做的。」接下來，胡雪巖便根據何桂清的指示說道：「弟兄們總可以發一個月恩餉，作為犒賞。以後看撥到哪裡，歸那裡的糧台發餉。本來，一個月的恩餉好像少了點；不過也實在叫沒法子，地方失得太多，錢糧少收不少，這些情形，大哥你當然清楚。」

俞武成當然清楚，他自己和這一幫無事可做，便是朝廷歲入的明證，所以點點頭表示領會，「恩餉不恩餉，倒不在話下，照蹺腳長根的意思，將來投過去，變成官兵，駐紮的地方要隨他挑；說老實話，也就是仍舊想駐紮在這一帶。這一點，」俞武成很難出口似地，「總要把它做到！」

胡雪巖對這方面雖不在行，但照情理而論，覺得不容易做到，他略想一想問道：「那麼我倒請問大哥如果叫他去打小刀會，他肯不肯？」

「這不肯的。原來是一條跳板上的人，怎麼好意思？」

「這樣子就難了！」胡雪巖說，「這一帶駐了兵，都是要打小刀會的。軍情緊急，一道命令下來，就要開拔；如果不肯出隊，就是不服調度。大哥，你想想看，你做了長官，會怎麼樣處置？」

「我倒沒有想到這一層——。」俞武成搔搔頭皮，顯得很為難似地。

胡雪巖看得出來，愈武成大概已拍了胸脯，滿口應承，必可做到，所以才有此著急的神情。正在替他傷腦筋時，楊鳳毛已先開了口。

「師父只有這樣回覆他，還是調得遠些的好；本鄉本土，如果小刀會不體諒他的處境，或者事急相投，拒而不納，就傷了感情；要幫忙呢，窩藏叛逆的罪名，非同小可。何不遠離了左右為難的窘境？」

「這話說得透澈。」胡雪巖趁機勸道：「大哥，你就照此回覆，蹺腳長根如果明道理、講道理，一定不會再提甚麼人家做不到的要求。」

這兩個人一說，俞武成釋然了，「今天就談到這裡。」他站起身來，「我想，大致可以談得攏了。我們吃飯吧！」

開席要等劉不才，而劉不才遲遲不回；於是一面先用些點心，一面閒談坐等。等到天黑淨了，才見劉不才趕回來；進門向主人致歉，卻偷空向胡雪巖使了個眼色，暗示著周一鳴那裡有了甚麼花樣。

胡雪巖聲色不動。席間談笑風生，跟俞武成無所不談；散了席又喝茶，有意無意打個呵欠，朱老大便提議讓客人休息；送入客房，各道安置。胡雪巖和劉不才各住一間屋，但有門相通；為了慎重，他先看清了沒有朱家的人住在臨近，才招招手將劉不才邀了過來，細問究竟。

「老周在這一帶很熟，水路上到處有朋友；據他聽到的消息，俞老頭的處境，相當窘迫。不知道他自己跟你談了沒有？」

「略為談了些。卻不是甚麼『窘迫』。」胡雪巖問：「老周怎麼說？」

「老周是這麼說，他聽人談起，這一帶是松江漕幫的勢力，也很有人知道你跟尤五的交情；所以『松江老大』一說退出，名為中立，在旁人看，就是不管俞老頭的事了。江湖上雖重義氣，但也要是熟人才行；俞老頭的地盤都丟掉了，在這裡是靠松江老大的牌頭；松江老大一不管，就沒有人賣他的帳了。」

胡雪巖拿這些話跟俞武成自己的情形，合作一起來想，覺得周一鳴所得到的消息，相當可靠。照目前的情形看，俞武成確在窘境之中，成事不能，敗事不足；變成無足輕重的人物，如果說他還有甚麼作用，無非是他身上，還維繫著蹺腳長根這條線索而已！

「我看，你也犯不著這麼敷衍俞老頭。」劉不才說，「我看他跟藥渣子一樣，過氣無用了。」

「話不是這麼說。既然交了朋友，也不便太過於勢利。」

「朋友是朋友，辦正事是辦正事。他已經沒得用了，你還跟他攪在一起做甚麼？」

「不！」胡雪巖還不想跟他說蹺腳長根的事，只這樣答道：「我要從他身上牽出一個要緊人來！所以還要跟他合作。」

「你跟他合作是你的事；不過，你要想想人家會不會跟他合作呢？」

這句話提醒了胡雪巖，心裡在想：是啊！蹺腳長根當然也已曉得，俞武成的行情大跌；然則是不是會像自己一樣，跟他推心置腹，就大成疑問。說不定周一鳴所說的「沒有人賣他的帳」，正就是蹺腳長根那面的人。

念頭轉到這裡，覺得自己布下周一鳴這支伏兵的做法，還真是一步少不得的棋。於是他將俞武成跟他密談商定，要與蹺腳長根見一次面的話，都悄悄說了給劉不才聽，然後囑咐他第二天一早，再去看周一鳴，託他找水路上的朋友，好好去摸一摸蹺腳長根的底；看看俞武成跟他的關係如何？

到了第二天早晨，劉不才依舊託詞看朋友，一個人溜了出去，胡雪巖則由楊鳳毛和朱老大相陪吃早茶，說俞武成一清早有事出去了，到午後才能回來。胡雪巖心裡有數，是安排他跟蹺腳長根的約會去了。

到得吃過午飯，胡雪巖深感無聊，正想利用這段閒功夫，去打聽打聽絲市；劉不才匆匆趕了回來，一見胡雪巖便悄悄招手，拉到僻處，壓低聲音問道：「俞老頭回來了沒有？」

「你怎麼知道俞老頭出去了？」

「你先不必問。」

「還沒有回來！」

「還好，還好，真是命中該救。」

「咦！」胡雪巖大吃一驚，「你怎麼說？」

「周一鳴真得力。打聽來的消息，說出來要嚇你一跳；蹺腳長根擺下了『鴻門宴』；不但你，連俞老頭都要陷在裡面。」

「這——，」胡雪巖定定神先想一想，然後沉著地問：「你慢慢兒說，是怎麼回事？」

據周一鳴打聽來的消息是如此，蹺腳長根聽說「松江老大」變了卦，俞武成又談甚麼招安，疑心他要出賣朋友，因而一不做，二不休，決定連俞武成一起下手，預備綁架勒索，條件就是那一船洋槍。

蹺腳長根的打算是，請俞武成跟胡雪巖到他家會面；一入牢籠，移換密處，等所欲既償，便帶著那船洋槍，投奔洪楊。而且還怕胡雪巖不敢深入虎穴，預備了第二處地方，是同里鬧市中的一家「私門頭」，內中有一雙墜溷的姐妹花，妹妹叫妙珠，姐姐叫妙珍；是蹺腳長根的禁臠。她家跟朱老大家一樣，開出後門，就是河埠；半夜裡綁架落船，人不知、鬼不覺。

這消息太可驚了，但也太可疑了，胡雪巖實在不能相信；因為這樣做法，在江湖上來說，是異常「傷道」的，蹺腳長根縱有此心，部署一定異常機密，如何輕易能讓周一鳴打聽得到？

「我也是這麼想。」聽胡雪巖提出疑問以後，劉不才這樣答道，「但老周說得斬釘截鐵，消息萬分可靠。他又說，這也是無意中遇到一個知道內幕的人；他承認事情太巧，說是你鴻運當頭，才有這種逢凶化吉的機遇。」

「那好！這一試就試出來了。你說，那私門頭姐妹叫甚麼名字？」

「妙珍，妙珠。」

胡雪巖點點頭，四面一望，窗前就是書桌，有副筆硯，硯台塵封，墨剩了半段，拔出筆架上的筆來看，筆鋒已禿，這都只得將就了；他親自倒了點茶汁在硯台中，一面磨墨，一面招手將劉不才喚到跟前，低聲說過：「你隨便找張紙，替我寫下來；寫一句話好了：不在長根家，就在妙珍家。」說著，他走到門外去替劉不才「望風」。

急切間就是找不到紙，情急智生，劉不才將一方雪白的杭紡手絹，鋪在桌上，提筆寫了那十個字，然後摺了起來，交到胡雪巖手裡；他很慎重地藏在貼肉小褂子的口袋裡。

這一來，胡雪巖就改了主意，託詞想睡午覺，把自己關在屋子裡，籌劃應付可能會有的這一番意外變化。劉不才則在主人的安排下，上了牌桌。

到了四點多鐘吃點心的時候，俞武成回來了；一來便問胡雪巖。他倒是真的睡著了，為朱老大喚醒，請到水閣跟俞武成見面。

「我去看了蹺腳長根，他聽說你來了，很高興；明天晚上替你接風，詳談一切。」俞武成說，「我把你的話都告訴了他；他也很體諒，藩庫已不比從前，一個月的恩餉，對弟兄也總算有了交代。」

俞武成說得很起勁，胡雪巖卻顯得相當冷淡；平靜地問道：「他預備請我在哪裡吃飯？」

「主隨客便！」俞武成說，「如果你不嫌路遠，就到他那裡，他住在平望，說遠也不遠。不然，就在同里，他有個老相好是這裡出名的私門頭，名叫？」他敲敲自己的額角，「這兩年的記性壞了，怎麼一下子就想不起？」

「是不是叫妙珍？」

「妙珍，妙珍！」俞武成一迭連聲地：「老胡，你怎麼知道？」

「大哥！」胡雪巖用極冷靜的聲音答道：「我給你看樣東西。」

不用說，就是劉不才的那塊杭紡手絹，展開來鋪在桌上，潦潦草草十個大字：「不在長根家，就在妙珍家。」

「老胡，」俞武成疑雲滿面，「這，這是啥講究？」

胡雪巖不答他的話，只顧自己說：「大哥，今天我們同船合命，有啥話你無論如何不能瞞我！」

看他面色凝重，俞武成便知內中大有文章，而且事機可能非常急迫；於是拉著他的膀子說：

「來，來！到我房間裡去談。」

朱老大為他師父預備的住處，不但講究，而且嚴密，是個花木扶疏的小院落；北面三間平房，俞武成住在最裡面那一間，引客入內，在一張臨窗的紅木小圓桌旁邊坐下，臉朝著外，窗外若是有人經過，絕逃不脫他的視線——其實這是顧慮；從開始籌劃要動那票洋槍開始，這三間精舍，便成了禁地，除卻朱老大和楊鳳毛以外，甚麼人都不敢擅自入內的。

「老胡，我想你一定另外有路子！」俞武成說，「既然你說同船合命，你那邊如果另有打算，也不要瞞我。」

真是「光棍眼，賽夾剪」，一下就看出端倪來了，胡雪巖自然不肯再隱瞞，「另外打算是沒有；另外有路子，倒是真的。不過這條路，來得也意外，回頭我當然一五一十都要告訴大哥你聽。」他停了一下說：「我先請問大哥一句話，蹺腳長根為人怎麼樣？跟大哥的交情夠不夠？」

「要說他為人，向來是有心計的，外號『賽吳用』，至於跟我的交情，那就難說了。」

「怎麼呢？」

「我跟他本人交情不算深；不過，他的『前人』跟我一輩，叫做『金毛狗炳奎』。我救過金毛狗的性命；這話一時也說不清楚。」俞武成緊接著說：「長根是金毛狗最喜歡的一個徒弟；金毛狗臨死的時候，關照徒弟：俞某人的恩，我今生是無法報答了！將來你們見了他，就當見了我一樣。等他的徒弟點頭答應了，金毛狗才嚥的氣。所以他的徒弟都叫我俞師父；長根也就是為此，才來找我幫忙。」

「這樣說，此人就是『欺師滅祖』了！」

聽這一說，俞武成駭然，這四個字是他們幫中極嚴重的惡行，犯者「三刀六洞」，絕不容情；所以俞武成神情緊張，一時竟無法開口了。

「大哥，你大概不大相信？」

「是的。」俞武成慢慢點著頭，「蹺腳長根腳一蹺就是一個主意，我也不相信他是甚麼好人。不過，老胡，江湖上不講義氣，也要講利害，他做了『初一』，不怕我做『初二』？」

「你做初一，我做初二」，是與「君子報仇，三年不晚」大同小異的說法。大同者有仇必報；小異者時間不同，一個是「三年不晚」；一個是初一吃了虧，初二就要找場。

俞武成的話問得自然有道理，不過胡雪巖也可以解釋，誠如他自己所說的，「不講義氣、講利害」；蹺腳長根認為俞武成已經失勢，「虎落平陽被犬欺」，無足為奇，只是這話不便直說，怕俞武成聽了傷心。

「大哥的話是不錯。」他這樣答道：「蹺腳長根已經預備逃到那方面去了，當然不怕大哥做初二。」

「逃得了和尚，逃不了廟——。」

「跟他算帳是以後的事。」胡雪巖有些著急，搶著開口，將話題拉了回來，「我們先談眼前，這消息寧可信其有，不可信其無。」

俞武成搖搖頭，「不是甚麼信不信！要弄清楚，這個消息真不真？」他抬頭逼視著胡雪巖問：「你這個消息哪裡來的？」

「有個姓周的湖南人，從前在水師衙門做過事，水路上的情形很熟悉，是他得來的消息。」

「能不能請來見個面？」

「當然可以。我託劉三爺去找他。」

於是將劉不才從牌桌子上拉了下來；胡雪巖當著俞武成的面，把任務告訴了他，特意說明是俞武成要跟周一鳴見面。這是個暗示，周一鳴一定會想得到是怎麼回事？該當如何答覆，便好早作準備。

在等待的功夫中，俞武成將楊鳳毛、朱老大都找了來，關門密議；宣布了周一鳴所得來的消息，楊鳳毛跟朱老大的看法不同，一個信以為真，一個說靠不住。

說靠不住的是朱老大，他的理由是，妙珍、妙珠這雙姐妹的香巢每日戶限為穿，人來人往不知有多少，眾目昭彰之下，根本不能幹那種綁架的事。而且，她家後門那段河面，離碼頭不遠；整夜有船隻來往，要想悄悄將俞武成、胡雪巖弄上船，運出水關，也不是輕而易舉的。

「你是小開出身，沒有經過這種花樣。」楊鳳毛平靜地駁他，「只要他起了這種心思，辦法多得很。說實話，蹺腳長根這個人，照我看就是魏延，腦有反骨。事情有七、八分是真的，幸虧周朋友的消息得來得早；我們還好想法子防備——不過，也難！」

「怎麼呢？」俞武成說，「你說出來，向胡大叔討教。」

「胡大叔！」楊鳳毛問道：「你老看，是軟做，還是硬做？」

「怎麼叫軟做？」

「軟做是當場戳穿他的把戲，勸他不要這樣子做！」

「不好，不好！」俞武成大搖其頭，「這樣子軟法，越讓他看得我們不值錢。而且他真的敢這樣做，就是生了一副狼心狗肺，你跟他說人話，他哪裡會聽？」

「這話說得是。軟做怕沒有用。」胡雪巖又說，「不過硬做要做得漂亮。最要緊的是，先把證據抓在手裡。」

「著啊！」楊鳳毛拍著大腿說，「胡大叔的話，一滴水落在油瓶裡，再準不過。硬做的辦法很多，就是要看證據說話。」

「怎麼樣抓證據，我們回頭再說。」俞武成問：「你先說，硬做有幾個做法？」

楊鳳毛很奇怪地，卻又躊躇不語，他師父連連催問，才將他的話逼出來：「我的辦法不妥當！」

為來為去是為了證據，照楊鳳毛的設計，俞武成和胡雪巖要先入牢籠再設法跳出來，才可以抓得住蹺腳長根犯罪的真憑實據。萬一配合得不湊手，跳不出來，反激起長根的殺機，那就神仙都難救了。

相談尚無結論，劉不才卻陪著周一鳴到了，他在胡雪巖面前，身分低一等；但對俞武成師徒而言，卻同樣是朋友；而且有了那個消息，等於已嘉惠俞武成，所以他們師弟對他很客氣，著實敷衍了一陣，才談到正題。

話當然要由胡雪巖來問：「老周，你那個消息，很有點道理。不過其中也不能說沒有疑問。這件事關係太大，非要弄清楚不可。這消息是怎麼來的；你能不能講出來聽聽？」

如果光是胡雪巖一個人私下問他，他自然據實而言；但有初會面的俞武成師徒在，不免有所顧忌。俞武成看出端倪，便作了很誠懇的表示：「周老兄，你儘管說，我們這面，絕不會洩漏半個字。你如果不相信，我拿我老娘來罰咒——。」

周一鳴倏然動容，連連搖手：「這怎麼可以？」他想了想問：「我想請問俞大爺，蹺腳長根做的那些壞事，你是不是都曉得？」

「曉得一點。不能說完全曉得。」

「他欺侮過一個寡婦，這件事你聽說過沒有？」

「聽說過。」俞武成點點頭，「他先搭上了一個寡婦；賭輸了就去伸手，那寡婦的一點私房跟首飾，都讓他逼光了。長根要她賣祭祀田，她不肯；就嚇她，要撕她的面皮。那寡婦想想左右做不來人，一索子上吊死了，是不是這麼回事？」

「是的，那寡婦姓魏，有個兄弟在長根手下；長根大意，不在乎他——。」

「我懂了。」俞武成不須他再說下去，「姓魏的，是你老兄的好朋友？」

「不是，我跟他初交。我有個換帖弟兄，跟他是好朋友；這趟跟我換帖弟兄談起長根，他才找了小魏來跟我見面。消息是絕不假；可惜詳細情形他還不清楚。」

「這已經夠了。」俞武成問道：「不知道小魏肯不肯出面做見證？」

「不會肯的。」胡雪巖接口，「就肯出面，口說無憑，長根也可以賴掉的。」

「那麼，」俞武成斷然決然地說，「就我一個人去會他！」

「不！」胡雪巖說，「大哥，你一個人去無用；他一定按兵不動。我看此事只好作罷。那一船洋槍，承大哥情讓；我另有補報──。」

「嗐──！」俞武成搶著打斷，「老胡，你這不成話了。事情弄到這步田地，糟糕得很；窩窩囊囊，叫我以後怎麼再在場面上混？這樣，你先請回去；我跟松江老大去商量，一定把你這一船洋槍，運到杭州。蹺腳長根，當然也饒不過他；不要看我借地安營，我照樣要跟他拚個明白。」

看到俞武成有些鬧意氣的模樣，胡雪巖認為這件事不宜再談下去，先要讓他冷一冷，消一消氣；所以一面向劉不才使個眼色，一面擺擺手說：「『性急吃不得熱粥』，回頭再談吧！反正有大哥在這裡，沒有甚麼辦不通的事。」

「對了！」劉不才領受默喻，附和著說：「我陪俞老先玩一場牌九，換換腦筋！」

說著，他將俞武成硬拖了走。朱家吃閒飯的人很多，等場面擺開，自有人聚攏來，很快地湊起一桌小牌九；劉不才有意推讓俞武成做莊，絆住了他的身子，以便胡雪巖與楊鳳毛好從容籌計。

他的測度，絲毫不差，胡雪巖正是這樣希望。他對俞武成有多少實力，肚子裡有些甚麼貨，以及他的想法和脾氣，盡皆瞭然；覺得跟他談，不如跟楊鳳毛談，來得有用。當然，還有個少不得的人：周一鳴。

三個人是在水閣中促膝畫策。胡雪巖首先表明了態度，他的目的，已經有所更改，那一船洋槍如何運到杭州，猶在其次；主要的是想幫俞武成翻身，也不枉三婆婆一番器重的情意。

江湖上就講這一點「意思」。楊鳳毛對胡雪巖的態度，一變再變，由不甚在意，到相當佩服；而此刻是十分感激了。「胡大叔，」他說了句很坦率的話：「你老的心，我師父或許還不明白；我是完全曉得的。只要胡大叔吩咐，我們做得到的，一定出全力去做。現在胡大叔是這樣的用心，我倒想請問一句，照胡大叔看，我師父要怎麼樣才能翻身？」

「官私兩面。」胡雪巖很快地回答：「官的，譬如說能夠辦好這一次招撫，自然最好；不然，就要有殺搏的做法，也是大功一件。」

楊鳳毛領會得他的意思，一顆心怦怦然，相當緊張；但還不便表示態度，只眼神專注著，等他再說下去。

「私的，在江湖上要把你師父的名氣，重新打它響來！」

「是的。」對這一點，楊鳳毛深有同感，「我也一直這樣子在想。不過，也要有機會；能夠有機會幹一兩件漂亮的事就好了。」

「眼前就是個機會。這且擺下來再說。我現在想到一個主意，說出來你看看，行不行？」胡雪巖說：「有句話叫做『明修棧道，暗度陳倉』，現在蹺腳長根全副精神，都在你師父跟我身上；一雙眼睛，只顧看著同里，別的方面就疏忽了。我想趁這個空檔，將上海的那船軍火，趕緊起運。好在松江那方面有照應，一定不會出毛病。」

「嗯，嗯！」楊鳳毛連連點頭，「這個險值得冒。」

「不過也有個做法，我想請少武押運。當然，」胡雪巖緊接著說：「萬一出了毛病，絕不要他負責任。我的意思是，有這樣一趟『勞績』，等軍火到了杭州，奏保議敘，就可以拿他的名字擺在前面，多少有點好處，對三婆婆也是個交代。」

「好的。胡大叔挑他，那還有甚麼話說？等我回蘇州去一趟，當面告訴他。」

「不必你去。我會安排。」

接下來便是商量如何對付蹺腳長根。胡雪巖與楊鳳毛的看法相同，整個關鍵，就在證據！有了證據，怎麼樣都好辦，大則動用官兵圍剿，是師出有名；小則照他們幫裡「家門」的規矩，「開香堂」問罪，亦可問得他俯首無辭，三刀六洞，任憑處置。

「現在只有這樣的消息，既無書信字跡，也沒有人肯挺身指證，這就莫奈其何？當然，我也可以想法子拿他抓到公堂上，嚴刑拷問；不過這一來，我結了怨還在其次，捐了你們老頭子的威名，說他仗勢損人，這個名聲，我想他也絕不肯揹的。」

「當然，當然。」楊鳳毛一迭連聲地說，「一落這個名聲，在江湖上就難混了。」

「所以，除非罷手，不上他的圈套；不然就只有一條路子，叫做『不入虎穴，焉得虎子』！」

「我也想到過，覺得太危險！」

「只要接應得好，絕不要緊。我想這樣子做法——。」

胡雪巖的做法是跟俞武成去赴這一場「鴻門宴」，準備談判決裂，準備被綁架，等船到關卡，借稽查為名，出其不意，上船相救，那時候就證實了蹺腳長根的不逞之心，是官了還是私了，到時候再說。

楊鳳毛極注意地聽著，從頭到底，細作盤算，認為他的計畫，比自己的打算來得周密——前面的一段經過相同；不同的是脫險的方法，楊鳳毛預備邀人埋伏，唱一齣「臨江奪計」；胡雪巖是動用官方的力量作掩護，圍趙救燕。一個力奪，一個智取；自然後者比前者高明。

「胡大叔，你老隨機應變的功夫，我是信得過的，就怕我師父脾氣暴躁，搞得蹺腳長根老羞成怒。除此以外，只要接應得好，不會不成功。」

「成敗的關鍵在明暗之間。」胡雪巖說：「蹺腳長根以為他在暗處，我們在明處；其實他明我暗。如果消息洩漏出去，就又變成我們在明處了。」

「是的。」楊鳳毛鄭重地答道：「我想，這件事就胡大叔、周先生跟我三個人知道。等籌劃好了，再告訴我師父。」

「一點不錯。」

於是彼此不動聲色，吃罷了飯；仍舊由劉不才陪著俞武成賭錢，他們三個人接續未完的話題，將一切細節，都籌劃到了，然後分頭行事。

首先當然是要告訴俞武成。對於整個計畫，他有不以為然的地方，譬如由他兒子去押運那一船洋槍，俞武成就覺得將來說出去，是他先背棄了蹺腳長根，名聲不好聽；但他一向倚人成事，楊鳳毛是他最得力的學生，胡雪巖又處處顯得比自己這面高明，加以有那一層乾親在，越發不便多說甚麼。所以慨然答應：「都隨你們；你們怎麼說，我怎麼做！」

「有一層要請示大哥，等事情抖明了，是官了，還是私了？」胡雪巖說，「官了，我來奔走；私了，是你們家門裡的事，我就不能過問了。」

俞武成想了想說：「我想還是私了。驚官動府也不大好。」

「那都隨大哥的意思，好在我跟大哥始終在一起；有事隨時聽招呼就是了！」

「始終在一起」這五個字，俞武成深深印入腦中，不由得便有患難禍福相共的感覺；因而對胡雪巖的情分也就不同了——他是豪爽，加上些紈袴子弟想到就做的魯莽性格，當時便說：「鳳毛，你告訴你那些兄弟和『小角色』，以後胡大叔說的話，就跟我同你說的一樣。」

「是！」楊鳳毛心悅誠服地答道：「我們不敢不敬胡大叔。」

「不敢當，不敢當！」胡雪巖既得意、又慚愧，「大哥如此厚愛，教我不知何以為報？」

「老胡，你說反了——。」

「師父！」楊鳳毛打斷他的話說：「這不是談這些話的時候。胡大叔還有正事要趕著辦，晚上消夜再談吧！」

胡雪巖深知江湖上行事，越是光棍，越易多心，過節上的話，要交代得清楚；無端冒出個周一鳴來，已有些自張一幟，獨行其是的味道；再藏著個「黑人」裘豐言，更不成話，因而把握機會，作了說明。

「有件事，我要跟大哥回明白。老周跟我還有個朋友，也就是那一船洋槍的押運委員裘豐言；他們兩位不放心我，現在都趕到同里，預備幫忙。人多好做事，我們調兵遣將，原該在一起；不過，人一多，怕風聲太大，我跟大哥請示，是大家住一起，還是分開來的好？」

是合是分，俞武成無從作判斷，不過聽話是聽得懂的；胡雪巖既「怕風聲太大」，則意向如何？不言可知。於是俞武成毫不遲疑地答道：「分開來的好，分開來的好！」

「那位裘大老爺是『州縣班子』，跟劉三爺一樣，極有趣的人；三婆婆認胡大嬸，算是他引進。」

「喔！」俞武成說，「那麼，我該盡點道理；明天下個帖子，請裘大老爺吃飯。」

「那就不必了。等事情成功了，我們再好好熱鬧一下子。如果大哥想跟他見一面，我今晚上就把他帶了來。」

「那好極了！只怕簡慢不恭。」

這樣說定了，胡雪巖便由周一鳴陪著去看裘豐言。他正在客棧裡，捏著一卷黃仲則的《兩當軒集》，醉眼迷離地在吟哦。一見胡雪巖便即笑道：「老胡，我真服了你！來，來，先奉敬一杯。」

「等等，等等，回頭消夜，我再陪你吃。如今『軍情緊急』，你先把酒杯放下來。」

奪去他的酒杯，自是件極掃興的事；但他是真的服胡雪巖，說甚麼是甚麼，當時便陪著胡雪巖到另一張桌子坐下，細談正事。

胡雪巖將「暗度陳倉」的計畫說了一遍，當時便請他寫了三封信，一封是給松江老大，說明經過，請求在水路上照應；一封是由裘豐言自己出面，寫給王有齡，說明委任俞少武押運洋槍，作為將來敘功的根據；再一封是寫給何桂清，介紹周一鳴晉謁，說有「機密要事」密陳。

寫完了信，胡雪巖邀他到朱家消夜，跟俞武成見面。「酒糊塗」的裘豐言，卻忽然謹小慎微了，認為做事以隱祕為上，而且他也沒有跟愈武成見面的必要。但胡雪巖認為說好了見面，臨時變卦，怕俞武成多心，所以堅持原議。

這樣便不得不有此一行。見了面互道仰慕，而且酒杯中容易交朋友；愈武成覺得此人頗為投機。談到俞少武押運的差使，做父親的雖不以為然，而此時竟不能不鄭重拜託；這頓消夜，直吃到深夜才罷，裘豐言和周一鳴雙雙告辭，回到客棧打個盹，上了預先雇定的船，一個往北到蘇州去見何桂清，並通知俞少武到上海會齊；一個往東，先到松江見「老太爺」，然後回上海去運洋槍。

由於關卡上的安排援救脫險，得有些日子來部署，所以依照預先的商議，先用一條緩兵之計——俞武成向蹺腳長根說，胡雪巖為表敬意，堅持要先請他吃飯，從來「行客拜坐客」，但坐客卻須先盡地主之誼，因此俞武成提出折衷辦法，由他作東，先請雙方小敘會面，等條件談妥當了，再領蹺腳長根的情。

這個說法，合情合理，蹺腳長根當然想不到其中別有作用；只覺得自己的計畫，晚幾天實行，也無所謂，因而欣然應諾。

於是就在裘豐言動身的第二天中午，俞武成在朱家設下盛筵；蹺腳長根一蹺一拐地到了，不知是有意炫耀，還是自覺不甚安全，須人保護，他竟帶了二十名隨從。

這一下，主人家固然手忙腳亂，得要臨時添席招待；胡雪巖亦不得不關照劉不才，趕著添辦禮物，每人一套衣料，二兩銀子的一個紅包，原來備了八份，此刻須再添十二份——這倒不是他擺闊，是有意籠絡，保不定將來遇著性命呼吸的生死關頭，有此一重香火因緣，就可能會發生極大的作用。

入席謙讓，胡雪巖是遠客，坐了首座，與蹺腳長根接席，在場面上自然都是些冠冕堂皇的應酬話。吃完了飯，劉不才做莊推牌九，以娛「嘉賓」；俞武成則陪著胡雪巖和蹺腳長根，到水閣中談正經，在座的只有一個楊鳳毛。

「長根！」俞武成先作開場白，「這位胡老兄的如夫人，是我老娘從小就喜歡，認了乾親的；『大水沖倒龍王廟』，一家人不認識一家人，說起來也是巧事。老胡雖是空子，其實比我們門檻裡都還夠朋友；他跟松江老大、尤五的交情，是沒話說的。還有湖州的郁四，你總也聽說過，他們在一夥做生意。所以，那件事，要請你高抬貴手！」

「俞師父，你老人家說話太重了。」蹺腳長根的態度顯得很懇切，「江湖上碰來碰去自己人；光是三婆婆跟你老的面子，我就沒話可說。何況，我也想結交我們胡老兄。」

「承情，承情！」胡雪巖拱拱手說：「多蒙情讓，我總也要有點意思——。」

「笑話！」蹺腳長根擺著手說，「那件事就不必談了！」

洋槍的事，總算有了交代；於是談招撫。

蹺腳長根亦頗會做作，明明並無就撫之心，卻在條件上斤斤較量，反覆爭論，顯得極其認真似地；特別是對改編為官軍以後的駐區，堅持要在嘉定、崑山和青浦這個三角形的地帶上。

一直是胡雪巖耐著性子跟他磨，到了僵持不下之時，俞武成忍不住要開口，「長根！」他用低沉的聲音說：「做事總要『前半夜想想自己，後半夜想想別人』。我倒要問你一句：等招安以後，上頭要派你出隊去打上海縣城，你肯不肯去？」

「這——，俞師父，你曉得我的處境的。」

「是啊！」俞武成緊接著他的話說，「別人也就是曉得你的處境，不肯教你為難，所以要把你調開。不然的話，你跟小刀會倒還有香火之情；小刀會不見得跟你講義氣，冷不防要來『吃』掉你，那時候你怎麼辦？老實說一句：你想退讓都辦不到！為甚麼呢，一則，你當官軍，小刀會就不當你朋友了，說不定趕盡殺絕；再則，你一退就動搖軍心，軍令如山，父子都不認帳的——轅門斬子這齣戲，你難道沒有看過？」

蹺腳長根被駁倒了，沉吟了好半晌，做出情懇的神態，「俞師父，胡老兄，我實在有我的難處，弟兄們一份餉只好混自己，養家活口是不夠的；在本鄉本土，多少有點生路，一調開了，顧不到家眷，沒有一個人安得下心來。俞師父你老的話，當然再透澈都沒有；我就聽憑上頭作主，不過『皇帝不差餓兵』，請上頭無論如何要發半年的恩餉，算是安家費。家不安，心不定，出隊打仗也不肯拚命的，胡老兄，你說是不是？」

「是，是。你老兄再明白不過。」胡雪巖很誠懇地說，「我一定替你去力爭。半年，恐怕不大辦得到；三個月，我一定替你爭來。能多自然最好。」

「好了，好了！話說到這裡，長根，你再要爭就不夠意思了！」

「是的。」蹺腳長根略帶些勉強地，彷彿是因為俞武成以大壓小，不敢不聽：「我就聽你老的吩咐了。」

「好極！總算談出個結果。」胡雪巖看著俞武成說：「大哥，我想明天就回蘇州。官場上做事慢，恐怕要五六天才談得好。不過到底有多少人馬，要有個確數，上頭才好籌劃。」

這是想跟蹺腳長根要本花名冊；俞武成雖懂得他的意思，卻感到有些不易措詞，怕蹺腳長根託詞拒絕，碰一個釘子，則以自己的身分，面子上下不來。

誰知蹺腳長根倒爽快得很，不待俞武成開口，自己就說：「對，對！」接著便喊一聲：「貴生！」

貴生是他的一名隨從，生得雄武非常；腰裡別一把短槍，槍上一綹猩紅絲穗子，昂然走了進來候命。

「你把我那個『護書』拿來。」

取來「護書」，蹺腳長根從裡面抽出一張紙來，遞給胡雪巖，打開一看，上面記得有數字：

兩千七百人；三百五十四匹馬；此外記著武器的數目：長槍、大刀、白鑞桿子，另外還有四十多枝洋槍。

胡雪巖雖不曾經手過招撫的事務，但平時跟王有齡、嵇鶴齡、裘豐言閒談之中，已略知其中的關鍵虛實，大致盜匪就撫，老老實實陳報實力的，例子極少，不是虛增，就是暗減。而就在這增減之中，可以看出受撫者的態度，如果有心受撫，自然希望受到重視，所以人馬總是多報些，用虛張聲勢來自高身價；倘或一時勢窮力蹙，不得不暫時投降，暫保生路，那就一定有所隱瞞，作為保存實力，俟機翻復的退步。胡雪巖現在想探明的，就是蹺腳長根真正的實力。

「老兄誠意相待，讓我中間人毫不為難，實在心感之至。現在有句話想請教，我回到蘇州，是不是拿老兄的這張單子，送了上去？」

這意思是說，單子送了上去，即是備了案：「一字入公門，九牛拔不轉」，將來就撫時，便得照單點驗；他這樣試探，就是要看看蹺腳長根的態度，倘或有心就撫，聽此一說，自然要鄭重考慮，否則，便不當回事了。

果然，胡雪巖試探出來了，「儘管送上去！」蹺腳長根答道，「將來照這單子點數，我可以寫包票，一個人不少，一匹馬不缺。」

越是說得斬釘截鐵，越顯得是假話，因為天有不測風雲，人有旦夕禍福，這兩千七百多人中，難免沒有暴疾而亡的情事發生，何能包得下一個不少？

他的心思深，蹺腳長根和俞武成都想不到有這樣的用意在內；只覺得事情談到此，可以告一段落，當時約定，等他從蘇州回來那天，便是在妙珍香閨暢飲慶功之日。

談完正事，少不得有點餘興；這時在大廳上的賭，已經由一桌變成兩桌，一桌牌九、一桌搖攤，另外在廂房裡有兩桌麻將。俞武成陪著蹺腳長根來做莊，胡雪巖反對，認為莊家贏了錢該繼續往下推，讓下風有個翻本的機會。

劉不才這一陣子跟胡雪巖朝夕相處，默契更深，聽他這一說，立即會意；當時便改了宗旨，不以贏錢為目的，賭錢想贏不容易，想輸不難；不過劉不才就是輸錢，也要使點手段，潛注默察，哪個大輸，哪個小贏，一一了然於胸，然後運用大牌九配牌的巧妙，斟酌情形，該放的放，該緊的緊，調劑盈虛，很快地使得十之七八都翻本出了贏錢。自己結一結帳，輸了三千銀子，便笑嘻嘻地站起身「推位讓國」。

這三千銀子輸得蹺腳長根的手下，皆大歡喜；一致稱讚他是第一等的賭客。接下來蹺腳長根推莊；照規矩，他一個做頭腦的，跟他手下賭，必得送幾文，一千銀子很快地輸光。胡雪巖想輸些錢給他，卻不知怎麼樣才輸得掉？

「怎麼？」蹺腳長根不明他的用意，看著胡雪巖問道：「不下手玩玩？」

「我對此道外行。」胡雪巖微笑著答道，「再看一看！」

蹺腳長根不是忽發豪興，還是別有作用，突然間提高了聲音，看著胡雪巖說道：「老兄，我們賭一記，怎麼樣？」

「好！」胡雪巖答得也很爽脆，「奉陪。」然後又問：「是不是對賭？」

對賭就沒有莊家、下風之分，蹺腳長根在場面上也很漂亮，很快地答道：「自然是對賭，兩不吃虧。怎麼賭法，你說！」

所謂「怎麼賭法」是問賭多少銀子；胡雪巖有意答非所問地說：「賭一顆真心！」

這話出口，旁人的眼光都不約而同地看一看胡雪巖，再看蹺腳長根；只見他一楞，雙眼不住眨著，彷彿深感困惑似地；接著笑容滿面地答道：「對，對！賭一顆真心！老兄，我不會輸給你。」

這意思是他亦有一顆真心，然而這話也在可信、可疑之間；借機喻意，當不得真，胡雪巖自己把話拉了轉來：「我是說笑話。你我連俞大哥在內，待朋友哪個不是真心，何用再賭？來，來！賭錢，賭錢！」他看著劉不才說，「三爺，借一萬銀子給我。」

等劉不才數了一萬兩的銀票，交了過去；胡雪巖順手就擺在天門上。於是蹺腳長根又叫貴生把那個護書拿來，朝桌子中間一放，表示等見了輸贏再結算；但在賭場中，這是個狂傲的舉動，有著以大壓小的意味，俞武成看著很不舒服，忍不住就說了句：「我也賭一記！」

真所謂「光棍一點就透」，蹺腳長根趕緊一面伸手去取護書，一面陪笑說道：「俞師父出手，我就不敢接了。回頭你老人家推幾方給我們來打。」

這是打俞武成的招呼，自是一笑置之，蹺腳長根也不敢再有甚麼出格的花樣，規規矩矩理了一疊銀票，放在手邊；然後問道：「賭大的，還是小的？」

「小的爽快！」

蹺腳長根便將副烏木牌九，一陣亂抹，隨手檢了兩副，拿起骰子說道：「單進雙出。」骰子撒出去，打了個五點，這是單進；他把外面的那副牌收進來，順手一翻，真正「兩瞪眼」了！是個蹩十。

胡雪巖不想贏他這一萬銀子。他的賭不精，對賭徒的心情卻很了解，有時輸錢是小事，一口氣輸不起。特別是蹺腳長根此時的境況，不用打聽，就可以猜想得到，勢窮力蹙，已到了鋌而走險的地步；一萬銀子究竟不是小數目——一名兵勇的餉銀是一兩五錢到二兩銀子；他手下二千七百人，如果改編為官軍，發三個月的恩餉，還不到一萬銀子，就這樣一舉手之間輸掉了，替他想想，心裡也不是味道！

有錢輸倒還罷了，看樣子是輸不起的；一輸就更得動歪腦筋，等於逼他「上梁山」。這樣電閃一般轉著念頭；手下就極快，當大家還為蹺腳長根錯愕嗟嘆之際，他已把兩張牌，搶到了手裡。

場面上是胡雪巖占盡了優勢，蹺腳長根已經認輸，將那一萬銀子推到了他的面前；臉色自不免有些尷尬。其餘的人則都將視線集中在胡雪巖的兩張牌上，心急的人，並且喊道：「先翻一張！」

胡雪巖正拇指在上，中指在下，慢慢摸著牌——感覺再遲鈍的人也摸得出來，是張地牌；這張牌絕不能翻，因為一翻就贏定了蹺腳長根。

他決定不理旁人的慫恿關切，只管自己做作；摸到第二張牌，先是一怔，然後皺眉，繼之以搖頭；將兩張牌，往未理的亂牌中一推，順手收回了自己的銀票。

「怎麼樣？」蹺腳長根一面問，一面取了張胡雪巖的牌去摸。

「丁七鱉！」胡雪巖懶懶地答道：「和氣！」

怎會是「丁七鱉」？蹺腳長根不信；細細從中指的感覺上去分辨，明明是張「二六」，有這張牌就決沒有「鱉十」；再取另外一張來摸，才知道十點倒也是十點，只不過是一副地罡。

「難得和氣！」他說：「和氣最好！賭過了，好朋友只好賭一次，不好賭第二次。謝謝俞師父了，叨擾，叨擾！」

「時候還早嘛！再玩一息？」

「不玩了。」蹺腳長根答道：「相聚的日子還長。等胡老兄從蘇州回來，我們再敘。」

等他一走，俞武成悄悄問胡雪巖：「你到底是副甚麼牌；我不相信你連鱉十都吃不了它！」

「是副地罡。」胡雪巖說，「我看他的境況也不大好，於心不忍。」

「你倒真捨得！銅錢摜在水裡還聽個響聲，你一萬兩銀子就這樣陰乾了？」

其詞若有憾焉，其實是故意這樣譏嘲；胡雪巖一時辨不清他的意思，唯有報之以一笑。

「老胡，怪不得我老娘都佩服你！」俞武成這時才說了他的想法，「現在，你交情是放出去了！要看蹺腳是人，還是畜生？是人，當然不會做出甚麼狗屁倒灶的事；是畜生，我們就當他一條毒蛇打，要打在七寸上！死不足惜。」

「我就是這個意思。」胡雪巖說，「這一來，我們就是下了辣手，只怪他自己不好；不但我們自己心裡不會難過，就是有人替他出頭，『四方檯子八方理』，我們也可以把話擺在檯面上來講。」

「一點都不錯！你對江湖上的過節，熟透；真不曉得你是哪裡學來的？」

胡雪巖笑笑答道：「閒話少說，我明天一早就走，大概三、五天就回來。這裡就拜託大哥了。」

第五天上，胡雪巖如他自己所預定的期限，回到了同里；周一鳴是跟他一起來的。一到便調兵遣將，周一鳴和楊鳳毛守住運河兩頭的卡子，朱老大打接應，劉不才串清客，陪著胡雪巖和俞武成去赴那場「鴻門宴」。

等布置停當，蹺腳長根的帖子也送到了；日期是在兩天以後，所以不一到就請，理由是妙珍家的廚子，整治一桌水陸雜陳的盛宴，需要兩天的功夫。

當然，談正事歸談正事；送帖子的當天，蹺腳長根專誠來討消息。

蹺腳長根隨身帶一個藍布包裹，不知包著甚麼東西？客人不說，主人也不便問；說過幾句閒話，隨即問起此行的結果。

「四個月的恩餉——。」

四個月的恩餉，蹺腳長根可以保為四品的武官；駐區此刻不能預定，但一定會調到他處。胡雪巖說了這三個主要條件，留神觀察蹺腳長根的態度，倒要看看他用甚麼話來敷衍。

「既然要投過來，好壞都說不得了。有你老兄在，絕不會教我們弟兄吃虧，我就謹遵台命了。」

說著，蹺腳長根親自解開藍布包裹，裡面是一疊舊簿子；封面上寫著四個大字：「同心一德」。

「這是花名冊。我就只有這一份；時間侷促，來不及謄清，只好請你看底冊了。」

胡雪巖和俞武成相顧愕然，竟不知蹺腳長根是何用意？看那冊子，油膩垢汙，拿在手裡都有些厭惡；翻開來看，裡面塗塗改改，有些地方註一個「逃」字；有些地方註一個「亡」字；有些地方註著「改歸某隊」，是真實不虛的底冊。

「好極，好極！」胡雪巖只好當他確有誠意，「這份底冊，我借用兩天；請幾個人分開來趕抄。」

「不用你老兄費心；裡面有些變動的情形，別人弄不清楚，我派人來抄。不過，」蹺腳長根看著朱老大說：「我預備派三個人來，要在府上打擾兩天。」

這好像是更進一步表現了誠意；當朱家是他自己辦機密事務的地方。俞武成不等主人開口，便代為應允：「小事，小事！儘管請過來。」

「謝謝！就這樣說了。今天我還有點事，不打攪了；後天下午，早點請過來；還有許多事要請教。」

等蹺腳長根一走，胡雪巖大為緊張，也大為興奮；將俞武成拉到一邊，悄悄問道：「大哥，你看怎麼樣？這傢伙，不像是耍花樣？」

「是啊！我也有點想不懂。他把底冊都拿了來了，竟像是真有這回事！我想，」俞武成說：「不如託老周再去摸一摸底看。」

「對！」

於是，周一鳴受命去打聽蹺腳長根的真實意向；如果真的願意就撫，則前後的態度大不相同，何以有此突然的大變化？要找出能夠令人滿意的解釋來，方可以使人信其為真。

周一鳴的消息不曾來；蘇州卻有了信息——何桂清用專差送了一封信給胡雪巖，說是由江蘇營務處得來的消息，青浦、嘉定之間，不斷有一股一股的「匪徒」在移動，攜帶武器，形跡詭祕，自稱是由各地集中，聽候官方點驗。深怕這是借機蠢動，請胡雪巖趕緊打探明白，是不是確有其事？如果並無其事，則將出動官兵兜剿。信尾特別贅了一句：「此事關係重大，務望火速回示。」

第二十九章

這輕飄飄的一封八行，在胡雪巖感覺中，彷彿肩上壓下一副沉重的擔子。地方的安危，蹺腳長根的禍福，以及何桂清的前程，都繫於他的一句話中。說一聲：是預備點驗，不是別有用心，則官軍自然撤圍，但萬一蹺腳長根乘機作亂，則追究責任，豈僅何桂清不得了，自己亦有腦袋搬家的可能。

倘或答說：情況不明，難作判斷，則官軍便可能圍剿，有如殺降；自己在場面上如何交代，還在其次，身上等於揹了一筆血債，以後的日子怎麼過得下去？

跟俞武成商量的結果，只有這樣答覆：已經遵諭開始調查，真相未明之前，請何桂清轉告營務處，按兵不動，加以防範。

這是搪塞眼前，究竟真相如何，亟待澄清；周一鳴卻又不知到哪裡去了？胡雪巖心想，形勢像爐子上烘著一罐火藥，隨時可以爆發；這罐火藥不早早設法拿開，令人片刻難安。因而當機立斷，決定了一個開門見山的辦法。

這天晚上打聽到，蹺腳長根歇在妙珍那裡，胡雪巖請朱老大派了個人引導，逕造妙珍香閣。

這是不速之客，蹺腳長根深感意外。內心緊張，表面卻甚閒豫；胡雪巖先打量妙珍，貌不甚美，但長身玉立，身段極好，而且花信年華，正是風塵女子中最妙的那段年歲。至於談吐應酬，更見得氣度不凡；配了蹺腳長根那樣一個草莽英豪，他倒替她覺得可惜。

等擺出碟子來小酌，胡雪巖才看一看妙珍問蹺腳長根：「有封信，想給你看。」

「喔，」蹺腳長根會意了，「請到這邊來。」

一引引入妙珍的臥室，請胡雪巖坐在妝台邊；蹺腳長根自己坐在床沿上，俯身相就，靜候問話。

「我聽你一句話，你說怎麼樣，我就怎麼樣答覆。」胡雪巖一面說，一面把信遞了過去。

看完了信，蹺腳長根的臉色顯得很不安；靜靜想了一會答道：「老兄，你看我是甚麼意思？」

這話問得很有分量，胡雪巖很慎重地答道：「如果我不相信，我就不拿這封信給你看了。」

蹺腳長根點點頭，表示滿意：「好的！我曉得你為難。該怎麼辦，請你吩咐。」

「言重，言重！」胡雪巖想了想答道：「也難怪官軍！實在時世太亂，不能不防；弄出誤會來，說句實話，總是我們吃虧。所以，我想不如等一等；到有了點驗的日子，大家再來，官軍就不會疑心了。」

「是！」蹺腳長根說：「吃酒去！」

走到外間，他立刻找了貴生來，囑咐他連夜派人，分頭通知部下，各回原處。

這樣明快的處置，胡雪巖也深感滿意。喝酒閒談之際，由於撤除了內心的戒備，兩個人越談越投機；胡雪巖不待周一鳴來回報，就已知道了蹺腳長根改變態度，願意就撫的原因——當然，這是出於他的自敘。

一言以蔽之，是為了胡雪巖的態度。那副牌九上的「高抬貴手」，當然是促成蹺身長根改變態度的主要原因，但不是唯一原因。他認為胡雪巖講江湖義氣講得「上路」，固然心服；而真正使他能夠信任的，還在胡雪巖的才幹。講義氣也要有個講法；同生共死算得是最義氣的了，但同年同月同日的同死，究竟不如一起吃酒吃肉的同生來得有味道。蹺腳長根很坦白地表示，他就是相信胡雪巖有讓他吃酒吃肉的本事。

這番推心置腹的話，自然令胡雪巖有著意外的感動；不過他向來的處世之道是，人家越尊敬他，他越替人著想，所以一再謙虛，認為蹺腳長根「夠朋友」，給他這麼一個面子。同時又極力推崇俞武成，讓蹺腳長根清楚地感覺到，能尊敬俞武成，則比尊敬他更能使他高興。

這一番小酌，吃到深更半夜，俞武成卻有些不放心，特為派朱老大來探問；託詞蘇州有連夜送到的信，要請他回去看。到家相見，彼此說明經過，俞武成便越發對他刮目相看了。

第二天一早，周一鳴帶來的消息，與蹺腳長根自己所說的，大致相仿；而他，此刻又有了新的任務——在蘇州那方面，胡雪巖的布置是七分防備，三分招撫。現在防備不需要了，關卡上所設的暗樁，應該撤回；而招撫的準備工作，只做了三分是不夠的，必得立刻替蹺腳長根去安排，特意先派周一鳴去見何桂清，報個信息，他自己打算在這晚上赴宴以後，連夜回蘇州去料理。

一場「鴻門宴」，變成了慶功宴，在妙珍姐妹殷勤侍奉，以及蹺腳長根的不斷相勸之下，胡雪巖跟俞武成一樣喝得酩酊大醉；等酒醒過來，急切間不辨身在何處？一隻手無意間一伸，觸摸到極軟、極滑的肌膚；於是接著聞到了脂香，看到了粉光，昏昏羅帳中有個妙年女子陪他睡著，只是臉朝外面，一時看不出是誰？

定定神細想，除了猜拳鬧酒的情形，再也想不起酒闌人散的光景。於是搖搖他身邊那段藕也似的手臂，搖醒了一看，是妙珍的妹妹，顏色遠勝於她姐姐的妙珠。

「喔，胡老爺，你醒了！」和衣而睡的妙珠，急忙坐了起來，「要不要喝茶？」

「要的。」胡雪巖覺得嗓子乾澀，說話都很吃力，「要冷茶，大大來一杯！」

「酒吃得忒多了。俞大爺也醉得人事不知。」說著，她掀帳下床，剔亮了燈，倒了一大杯半溫的茶；掛起帳子，拿茶杯送到胡雪巖唇邊。

他一飲而盡，喘口氣問道：「甚麼時候了？」

「快四點鐘了。」

「只怕害你半夜不曾好睡，真正過意不去。」

「胡老爺為啥這樣子說？服侍客人是我們應該的，何況你是李七爺的朋友。」

李七爺是指蹺腳長根，胡雪巖便問：「他醉了沒有？」

「李七爺從不醉的。」

「喔！」胡雪巖很詫異，「他的酒量這麼大？」

「李七爺酒量並不大，不過，他會吃酒。」

「你這話倒有趣！」胡雪巖訕笑地說，「又說他會吃酒，又說他酒量並不大。」

「喔唷！胡老爺，你不作興『扳差頭』的！」妙珠的神態，聲音都嗲得令人發膩，「我是說李七爺吃酒上會變把戲。」

「我不是扳你的差頭，你說話真的有趣。」胡雪巖捧著她的臉說：「吃酒還會變把戲，你自己想想，話可有趣！」

「真的，不作興瞎說。」妙珠問道：「胡老爺，你跟李七爺熟不熟？」

「也算熟，也算不熟。」

「你自己呢？」妙珠反唇相稽，「說話也是一腳進、一腳出。」

「這有個說法，相交的日子不久，不能算熟；不過交情已很深了，所以也可以說是很熟。」

「熟了你就知道了，豁拳敬酒，你要當心李七爺，明明看他已經灌進嘴，實在是倒在地上，或者袖子裡。他曉得自己酒量的深淺，永遠喝到七分數就不喝了；不過，他不肯說一句話吃不了，那時候——。」妙珠笑笑不再說下去；意思是到那時候，就有「把戲」看了。

這句毫不相干的閒談，在胡雪巖覺得極其有用，喝酒賭錢，最可以看出性情；照蹺腳長根這種喝酒的情形來，顯然是個極能自制的人，但也是極難惹的人，到他不說做這件事，而逼著他非做不可時，他就出花樣了。

因此，胡雪巖對他仍不免引起了一兩分戒心。妙珠極其機敏，從他眼睛裡看出他神思不屬，隨即問道：「胡老爺你在想點啥？」

「我在想李七爺吃酒的把戲，以後遇到這種情形，要防備他，不教他變把戲。」

「不容易，李七爺花樣多得很，你防不住的。」

「喔！」胡雪巖的戒心更深了，「你們看，李七爺這個人怎麼樣？」

妙珠想了想答道：「極能幹的。」

「他的脾氣呢？」

「一個人總有脾氣的。李七爺有樣好，脾氣不亂發。我姐姐就喜歡他這一點。」

「你呢？你跟你姐姐是不是一樣？」

「是啊！」妙珠做出那種嬌柔不勝的神態：「喔唷，碰著有種脾氣醜的客人，那麼，我們吃這碗飯，真是叫作孽；甚麼傷人心的話都說得出來！」

「照這樣說，你也跟你姐姐喜歡李七爺那樣，會喜歡我。」胡雪巖說：「我是從不發脾氣的。」

「真的？」

「自然是真的。」

「那我喜歡。」說著，一把抱住胡雪巖；而且深深吸氣，彷彿無端興奮得不克自持似地。

胡雪巖靜靜享受著那種溫馨的滋味；同時拿眼前的觸覺，與他以前有過肌膚之親的幾個女子比較，覺得妙珠別有動人之處。

芙蓉沉靜，阿巧姐老練；而妙珠有阿珠那種嬌，卻無阿珠未曾開懷的生澀味道。這樣想著，起了移情之念，便將此珠當作那珠，正好彌補了缺憾。一番繾綣、萬種風情，胡雪巖心滿意足地沉沉睡去，一覺醒來，紅日滿窗；第一件事，就是想到要上蘇州，但不知如何，一念及此，那顆心便往下一沉，就像小時候新年裡正玩得高高興興，忽然聽說蒙館裡開學那樣，真是一萬個不情願。

算了！他將心一橫，決定偷一天懶。於是翻個身又睡；只是枕上衾底，香澤猶存；繚繞鼻端，蕩漾心頭，怎麼樣也睡不著了。

輾轉反側之際，驚動了在後房理妝的妙珠，輕輕走了出來，探望動靜；胡雪巖從簇新的珠羅紗帳子中望出去，只見妙珠淡妝猶如濃抹，因為天生來唇格外紅，皮膚格外白，朝陽映照，猶如一珠帶露的芍藥；而隔著帳子，又如霧裡看花，逗得他格外心癢，渴望著再親一親。

因此，等妙珠剛一掀帳子，他就伸手去拉；突出不意，動作又太猛了些，妙珠真的嚇一大跳，「啐！啐！」她拍著自己的胸說：「嚇得我來！」

「對不起，對不起！」胡雪巖歉意的陪笑，同時將身子往裡縮了一下，示意她坐下。

「真正是『猛門』老爺！」妙珠還在拍胸，「到現在我心還在跳！」

「哪裡就嚇得這樣了？」胡雪巖不滿地說，「我不相信。」

「不相信你摸摸看。」

胡雪巖便伸手摸到她胸前，一面摸，一面得意地笑了；這才讓妙珠發覺上了當，將腰一扭，捏住他的手，「拍」地打了一下，然後白著眼，將他的手塞到被頭裡。

「妙珠！」胡雪巖涎著臉說，「再陪我睡一會！」

「啐！不作興的。」說著站起來要走。

「別走，別走！」胡雪巖軟化了，連聲喊道：「我不跟你嚕囌，陪我說說話總可以吧！」

妙珠嫣然一笑，又坐了下來，「時候還早，你再睡一息。」她問，「今天想吃點啥？鰣魚，好不好？」

「好！」

「那麼，我要早點去關照大司務。」妙珠按著他的被頭，不讓他將手伸出來，「我馬上就來！」

果然，言而有信，一去即回；一面收拾房間，一面有一搭沒一搭地與胡雪巖說閒話。這一來，越發使得胡雪巖無法再睡；但他深知那種地方的規矩，午飯之前，除了廚子和打雜男工以外，娘姨、大姐都還在床上，非到中午不起市面，自己如果起身，則按規矩要有人來伺候，豈不是擾了人家的好夢？

胡雪巖最肯體恤下人，為此便依舊「賴」在床上，口中閒話，心裡盤算著事，倒也難得優閒。就這樣捱到近午時分，方始起身；漱洗完畢，正想去跟蹺腳長根見面，忽然來了個不速之客，是朱老大，帶來了一個意外的消息，說尤五和古應春都到了；俞武成請他立刻去見面。

「好！」胡雪巖十分高興，「我跟主人說一聲，馬上就走。」

到得後進妙珍的香巢，才知道蹺腳長根一早就走了，因為胡雪巖那時好夢正酣；不便驚擾；

臨走留下話，留胡雪巖住一天，晚上依然在這裡宴敘。

為了報答妙珠，同時，既還蹺腳長根的席，又替尤、古二人接風，胡雪巖便用妙珠的稱呼，對妙珍說：「珍姐，今天應該我『做花頭』；請你備個『雙檯』。菜跟酒都要好！」說著，取了張五十兩的銀票，放在桌上。

妙珍無論如何不肯收；又說用不了這麼多錢，推讓再四，胡雪巖只能收回，另外給二十兩銀子的賞錢；娘姨、大姐、相幫一齊來謝賞，個個笑逐顏開——於是，「胡老爺是第一號好客人」這句話，馬上傳開去了。

到得朱家，胡雪巖就感到不尋常；不請自來的不止尤五和古應春，另外還有五個人，都是中年，個個衣冠楚楚，但神態間總掩不住江湖豪氣，倒教他識不透是何路數。

等尤五一一引見，才約略聽出來，都是蘇、松、太一帶提得起名頭的第一等人物。其中有個人管胡雪巖叫「小爺叔」，不用說，是尤五的師兄弟。

有了這個「底子」在心裡，胡雪巖應酬寒暄就很投機了。然而此輩來意如何，煞費猜疑，因而找個機會，將尤五邀到一邊，細問究竟。

「我們白來一趟，不過倒是白來的好；要用得著我們的力量，事情就不妙了！」

尤五微笑著說了這幾句沒頭沒腦的話，然後表明來意，他是前天回松江的；王有齡託辦的事，此刻無暇細說——一到松江就得到消息，說蹺腳長根將有不利於胡雪巖和俞武成的舉動，松江老大頗為關心，與尤五商議，邀了這批人，趕來排解；如果排解不成，說不定就要「動手」，因此，松江老大親自在調兵遣將，還有大批人馬在待命。

「老太爺這麼待我，真正感激不盡。」胡雪巖是真的感動，「事情弄好了！」

「我也是一到就聽說了。小爺叔，你真行！蹺腳長根是有名疙瘩難弄的人，居然讓你擺平。不過，我想，我們此來，替你助助陣也是好的。」

「一點都不錯。老實說，我打聽過蹺腳長根的為人，十分之中，還有兩三分不大靠得住；有你們幾位的面子壓一壓，那就十足保險了！」

「好的！我出面來請客。」

「今天晚上是我的，大家吃花酒。明天中午筭你出面；你看這在裡好不好？」

「也只有借朱老大的地方才合適。不過……」尤五遲疑著，彷彿有句話不便出口似地。

「五哥，有話你儘管說。」胡雪巖倒真想不出尤五跟自己的關係，還有甚麼話礙口，因而充滿了好奇心，「我們的交情，還有甚麼話不能說的。」

「小爺叔，我先告個罪。說來說去，你總在『門檻』外頭——。」

原來為此！胡雪巖搶過來說：「你不用說了。我知道。我理當迴避。」

能諒解最好。尤五覺得交情已夠，無須解釋，便又提到另外一件事：「老古是昨天到我那裡的，他也有許多話要跟你說；聽說洋人已經服貼了。我去陪客人，把他調出來跟你來談。」

古應春帶來了極好的消息，洋人終於軟化了，決定出高價買絲；照古應春的算法，這一筆生意，可以賺十八萬銀子，問胡雪巖賣不賣？

「怎麼不賣?」胡雪巖很高興地說,「不要說十八萬銀子,就是賺八萬銀子,我也要賣了!生意要慢慢做,長線放遠鷂。而且,說老實話,我手上的事情太多,不清理不得了!」

「賣是賣,洋人有個條件,要訂三年的約;以後的絲都歸他一個人買。」

「這也可以,就是價錢上,年年不同,怎麼算法?」

「這當然到時候再議。他保證我們有錢賺。」古應春說,「大致是照外洋報價,扣除他的賺頭,就是實價。」

「這恐怕不妥當吧!這樣變成包他有錢賺了。」胡雪巖說,「你想想看,如果外洋絲價一落,扣除了他的賺頭,不夠我們的成本,怎麼辦?」

「是的。我也想到了。不過,說來說去,『千來萬來,賠本不來』,中外都是一樣的。如果外洋絲價落,他不收,別人當然也不收。我再說一句,洋人做生意,跟我們不同;他們做生意,講究培養來源,所以亦絕不會要求過分。我想,我們這方面的顧慮,亦可以跟他談;總而言之,守住互利兩個字,合約一定談得攏。不曉得你甚麼時候到上海去?」

「我的事,大部分要在上海辦,不過,杭州不能不去;七姐的事也要緊。」

「喔!」古應春問:「五哥沒有跟你談過?」

「談甚麼?沒有!」

「五哥跟王雪公老實說了,結這門乾親,是借重他的名望,好教我們那位老族長服貼。王雪公很體諒,他說,既然如此,不妨先提親事。現在天氣也熱,不必勞動七姐。秋涼辦喜事,他抽空來吃喜酒，再補認親的禮節。如果他不能來，就讓我送七姐去，回門帶認親，一事兩便。」

「好極了！雪公既有這話，恭敬不如從命，我暫時不必回杭州，辦完了蹺腳長根的事，由蘇州回上海。」胡雪巖又問：「老袁怎麼辦？」

「預定今天從上海動身。俞老的那位少君，我也見著了，少年老成，人很妥當，松江一帶，五哥已經關照過了，必定一路順風，你放心好了。」

由於這一連串諸事順利的好消息，胡雪巖的心境開朗，興致大好，決定大大地請一次客——另外挑日子已不可能，就拿這晚上的宴會擴大；這件事交給劉不才去辦，他跟楊鳳毛、朱老大商議，將當地與漕幫有淵源的人，統統請到。又顧慮到蹺腳長根當著尤五他們這班遠客，不便高踞首座；而又不宜委屈他做個陪客，特地向胡雪巖說明，將蹺腳長根也當作主人，發帖子拿他列在前面；這樣也就算很捧他了。

尷尬的是到了傍晚，嘉賓雲集，總數不下四十；主人之一的蹺腳長根始終不曾露面。胡雪巖一個人八面周旋，未免吃力；而心裡猶自不斷嘀咕，更覺得不是滋味。

「珍姐！」胡雪巖悄悄問妙珍，「長根到底到哪裡去了？你總有點數吧？」

「我也猜不透。一早有他一個兄弟來叫，背人談了一會就走了；臨走甚麼話都沒有留下。我看，」妙珍倒很有決斷，「不便讓客人久等，就開席吧！」

於是筵開四席，推讓多時，方始坐定。劉不才早就有了準備，將同里的「名花」列成一張單子，在席間傳觀，有熟識願意招呼的，便拿筆做個記號；然後飛箋催花，鶯鶯燕燕，陸續而至，有熟客的自然去就熟客，沒有熟客的，由劉不才看情形撮合。一時絲竹歌喉，接踵而起；前門轎馬後門船，熱鬧非凡。

這番豪舉，吸引了無數路人，駐足探望，紛紛探詢，是哪位闊客有此手面；等聽說是蹺腳長根做主人，便有人詫異，不知道他何以忽然有此闊綽的場面。

還有個詫異的人，就是蹺腳長根自己，一見妙珍那裡如此熱鬧，倒有些不便亂闖，進門拉住一個相幫問道：「是甚麼人在這裡請客？」

「咦！李七爺，你這話問得可要教人好笑？不是你自己跟胡老爺一起請客嗎？」

蹺腳長根明白了，是胡雪巖替他做面子；於是先不進大廳，由備弄繞到後面，把妙珍找了來，細細一問，才知究竟。

「對不起，對不起！」蹺腳長根走到廳上，握拳作了個羅圈揖，「我做主人的遲到，失禮之至。沒有甚麼說，罰我三杯。」

說著，便端起胡雪巖面前的酒杯，連著乾了三杯，然後看行輩大小，到席前一一招呼。那番應酬，相當漂亮周到。

盛筵已畢，接著便拉開檯子豪賭；安排好了客人，蹺腳長根將胡雪巖拉到一邊，用埋怨的口氣，說道：「老胡，有件事你做得不對了。差點出大亂了！」

「怎麼？」

「你從上海起運洋槍，也該先跟我說一聲！」

「喔！喔！」胡雪巖急忙認錯：「這是我疏忽。對不起，對不起！」

「我今天一早才曉得，忙到下午才算擺平。」

於是，蹺腳長根透露了部下的情形，兩千七百多人，並非個個都肯聽他的指揮；有一批人態勢不穩，只是他以大壓小，暫時制服著。及至蹺腳長根翻然變計，化干戈為玉帛，那一批人便有反他的意思；而且預備依照原定計畫硬奪裘豐言所押運的那一船洋槍。

幸好，事機不密，為蹺腳長根的一個心腹，探明究竟，星夜趕來同里，這天一清晨將他從妙珍的香衾中喚了起來，趕到青浦與嘉定交界之處，才算截住了那批人。

「截是截住了，費了好大的手腳；那船洋槍，已過金山衛，有松江老大的人在，不要緊了。不過——」蹺腳長根搖搖頭，不願再說下去。

胡雪巖感激而不安，「李七哥，」他改了稱呼，「你幫了我這個大忙；現在你自己有為難之處，該我出力。你說，只要我力量用得上，無不從命。」

蹺腳長根想了好一會，毅然說道：「你老兄與眾不同，我就跟你說實話吧；那批人為頭的是我一個『同參』的徒弟，讓我『做』掉了——。」

胡雪巖甚麼事都敢做，甚麼事都不在乎，只有聽見這話，臉色一變，不由得搶著問道：「怎麼？你拿他殺掉了？」

蹺腳長根臉色凝重地點點頭。

「那麼，」胡雪巖失聲而言：「他家不要找你算帳？」

「照江湖上的規定，我做得不算錯；他不聽話，而且這件事關係太大，事情又緊急，我這樣做，沒有人可以說我不對。不過，公是公，私是私，為了家門的規矩，我不能不做掉他，論到私情，他的後事我不能不料理。」

「喔，喔，我懂了，我懂了！好比諸葛亮斬馬謖，他『家有八旬老母』，你不能不管。」胡雪巖略停一下，直截了當地問道：「李七哥，你是不是要銅錢用？」

「是的。一面是撫恤；一面有些人嘴裡不敢說，心裡不肯跟我，我想不如打發掉的好。」

「對！這樣做倒也乾淨。」胡雪巖問道：「你要多少？萬把銀子我現成；再多也有，不過要隔個兩三天——。」

「夠了，夠了！兩千銀子撫恤；打發走路的十兩銀子一個，大概有三百多人，你借我五千銀子好了。」

說著，他一蹺一拐地走到窗前，取出寫局票用的筆硯，很吃力地寫了一張借據，字跡歪歪斜斜，措詞卻很得體：「今借到胡雪巖兄名下紋銀五千兩正。彼此至好，無保無息；約期三個月歸清。特立筆據存照。」下面具名是「李長根」。

他在寫借據的當兒，胡雪巖已去尋著劉不才，準備好了銀數；等回進來，蹺腳長根遞過那張借據，胡雪巖看都不看，就在蠟燭火上點燃燒掉，「李七哥，我那個合夥做生意的好朋友古應春告訴我，我在絲上賺了一票。自己人有難同當，有福同享，」他將一疊銀票遞了過去：「你分一萬銀子的紅。」

「這，這——。」一向精明強幹長於詞令的蹺腳長根不知道怎麼說才好。

「李七哥！交朋友的日子長得很。」胡雪巖拍拍他的背，微笑著走了。這一夜盡歡而散。送走了客人，胡雪巖要用現銀開銷；妙珍不肯收，因為蹺腳長根已有話關照，都歸他算。妙珍又說，頭錢打了兩百多兩銀子，她亦不好意思再要客人有何花費。胡雪巖只得由她。

於是擺上消夜，團團一桌，胡雪巖扶起筷子，先就說了一句：「早點散吧！」

「散？」蹺腳長根問道：「今天不住在這裡？」

於是妙珍也勸他留宿而胡雪巖因為有事要連夜趕辦，執意不從。妙珍的臉色便不好看了，託詞頭痛，告個罪離席而去。

「這未免殺風景了！」古應春說，「老胡，何苦？」

胡雪巖不響，站起身來，去看妙珠；進房就發現她一個人坐在梳妝台前面抹眼淚。

「怎麼樣？」他走過去，扶著她的肩，用軟軟的聲音說道：「是生我的氣？」

「沒有！」妙珠搖搖頭。

「那麼，好端端，淌甚麼眼淚？」

「是我自己心裡有感觸。」妙珠不勝幽怨地，「生來命苦，吃這碗斷命飯！」

胡雪巖覺得有些搭不上話，想了想，取出二百兩銀票塞到她手裡說：「明天下午我就回蘇州了。這給你買點東西吃。」

「我不要！」妙珠將銀票往外一推，冷冷答道：「我賣笑不賣眼淚。」

這句氣話的情分就深了，胡雪巖楞在那裡，好半天作聲不得。

「你請吧！不是說半夜裡還有要緊事要辦？」

「我不騙你。」他改變了辦法：「這樣，我就在你這裡辦。你這裡有信紙沒有？」

「間壁就是箋紙店，敲開門來也不要緊。」

「那就是了。你叫人去買點頂好的信箋、信封；再沏一壺濃茶，我跟古老爺要商量寫信。」

胡雪巖又鄭重地告誡：「是機密信，所以我先要回家寫；此刻在你這裡寫，你聽見了甚麼，千萬不可以說出去。」

「你放心！我聽都不聽。」

於是胡雪巖將古應春留了下來，就拿妙珠的梳妝台當書桌；她倒是心口如一，備好了紙筆茶水，關照娘姨、大姐都去睡覺，然後自己也避了到套房裡。

「老古，」胡雪巖坐在床沿上低聲說道：「直到今天晚上，長根回來，這件招撫的大事，才算定局；我把前後經過，詳詳細細說給你聽，請你替我寫封信給何學台，明天一早交給老周專送。」

「你不是馬上就要到蘇州去了；當面談倒不好？」

「情形不穩，事未定局，不好留甚麼筆跡。照現在的樣子，一定要有個正式的書面，才顯得鄭重。而況，何學使還要跟營務處去談，口頭傳話，或許誤會意思，不如寫在紙上，明明白白，不會弄錯。」

這一封長信寫完，自鳴鐘正打三下；夏至前後，正是晝最長、夜最短的時候，看窗外曙色隱隱，夜深如水，想來妙珠的好夢正酣，胡雪巖不忍喚醒她，便跟古應春商量，兩個人睡一張大床。

「這又何必？」古應春笑道：「放著『軟玉溫香』，不去『擁滿懷』，未免暴殄天物。自然是我用小床，你們用大床。」

一句話說得胡雪巖動了心，便改了主意，「你一個人睡大床吧！」他說，「我跟她去擠一擠。」

「擠有擠的味道。隨便你。」說著，古應春便解衣上床了。

胡雪巖悄悄推開套房的門，只見殘燄猶在，羅帳半垂，妙珠裹著一幅夾被，面朝裡睡，微有鼾聲。他躡手躡腳地走了進去，輕輕關好了門，卸衣滅燈，摸到床上，跟妙珠並頭睡下。

他不想驚動她，但心卻靜不下來，只為了她頭上的一串珠蘭；此物最宜枕上，沾染婦人的髮脂而香味愈透，濃郁媚冶，令人心蕩。胡雪巖擠在這張小床上，忽然想到當時在老張那條「無錫快」上，與阿珠糾纏的光景；餘味醰醰中，不免惆悵，越發心潮起伏，無法平貼。

不知不覺的轉身反側，吵醒了妙珠；睡夢頭裡忽然發覺有個男人在自己身邊，自然一驚，她彷彿著魔似地，倏然抬起半身，雙手環抱，眼睛睜得好大地斜視著。

「是你！」她透口氣，「嚇我一大跳。」

「你倒不說嚇我一跳。」胡雪巖失笑了。

「真正是，鬼頭鬼腦！」妙珠嗔道：「為啥要這樣子偷偷摸摸？」

「偷偷摸摸才有趣。」胡雪巖伸手一拉，把她拉得又重新睡下，「我本來不想吵醒你，實在是睡不著。」

「古老爺呢？」

「他在大床上；也是剛睡下。」

「恐怕還不曾睡著，聲音輕一點。」妙珠又問：「信寫好了。」

「自然寫好了才睡。」

「寫給誰的？」

「寫到蘇州去的。」

「你不是要回蘇州了嗎？為啥還要寫信？照這樣說，你還住兩天？」

這一連串的問句中，留他的意思，表露無遺；胡雪巖心想，如果說了實話，又惹她不快，因而便含含糊糊地答道：「嗯，嗯，也沒有定規。」

於是妙珠便問胡雪巖家裡的情形。由於她是閒談解悶的語氣，胡雪巖便不作戒備，老母在堂，一妻一妾，還沒有兒子等等，都老實告訴了她。

「劉三爺是極精明、極能幹的人；想來你那位『湖州太太』也厲害得很！」

「一點不厲害。真正阿彌陀佛的好人。」

「這是你的福氣！」

「謝謝你！」胡雪巖帶些得意地笑著，「我的福氣還不錯。」

「也是你那位湖州太太的福氣。」

「這倒不見得。」

「嫁著你胡老爺這樣又能幹、又體貼的人；過的是不愁吃、不愁穿的稱心日子。你胡老爺人緣又好，走到哪裡都是熱熱鬧鬧，風風光光。這還不叫福氣？」

「我這個人好說話很好說話，難弄的時候也很難弄。」

「我倒看不出來。」妙珠緊接著說，「照我看，你最隨和不過。」

「隨和也有隨和的壞處，外頭容易七搭八搭；氣量小的會氣煞。」

「男人家有出息的，三妻四妾也是常事。」妙珠忽然問道，「你有了湖州太太，總還有上海太太、蘇州太太？」

「那倒還沒有。」胡雪巖說，「一時也遇不著中意的人。」

妙珠恨不得湊過臉去說一聲：你看我怎麼樣？但這樣毛遂自薦，一則老不起這張面皮；二則也怕他看輕了自己，只好忍著。但轉念一想，放著自己這樣的人才，哪一樣比別人差？他竟說「遇不著中意的人」；倒著實有點不服氣。

「那麼，」她問，「要怎樣的人，你才算中意呢？」

胡雪巖聽出因頭來了，答話便很謹慎，「這很難說，」他有意閃避，「情人眼裡出西施，沒有定規的。」

這一來，妙珠就說不下去了，總不能這樣質問：難道我不是你的情人？這話就問得出來，也乏味。自己這樣一片癡心待他；而他真當自己路柳牆花，隨折隨棄，真是教人寒心。

念頭轉到這裡，頓覺有無限難訴的委屈；心頭淒楚，眼眶隨即發熱，眼淚滾滾而下。

兩個人是貼著臉的，雖然眼睛都朝著帳頂，他看不見她哭；但熱淚下流，沾著胡雪巖的右頰，不能沒有感覺，轉臉一看，大驚問道：「咦！你又哭了！為甚麼？」

「我有心事。你不曉得！」

「又是觸動甚麼心境了？」

「我在想，珍姐倒快有歸宿了——李七爺跟她說，這次招安做了官，要好好做人，幹一番事業；預備把珍姐接了回去。我們姐妹相差一歲，自小到現在沒有分開過。從今以後，她歸她，我歸我，想想可要傷心？」

「原來為的姐妹情深。」胡雪巖笑道：「我倒有個主意，何不你跟你姐姐一起嫁了李七爺？」

這句話說壞了，妙珠的眼淚，傾江倒海一般；身子一蹦，面朝裡裡，拉起夾被蒙著頭，「嗬、嗬」地哭出聲來。

胡雪巖悔恨莫及，同時也有些昏頭搭腦地弄不明白，一句笑話，何至於惹得她如此？當然，這時不暇細想，只有好言解釋，繼以陪罪，只求她住了哭聲。

哭聲不但不止，且有變本加厲之勢；結果，門上有了響聲——古應春被驚醒了，來探問究竟。

「你聽！」胡雪巖推著她說，「拿人家吵醒了。」

妙珠不理，心裡倒巴不得有個第三者從中排解，好事方始有望，所以反哭得更起勁了。

「你真是，『越扶越醉』！」胡雪巖無奈，只好起床去開了門。

「怎麼回事？」古應春踏進來問說；同時仔細看著胡雪巖的臉色，是啼笑皆非的神情。

「哪曉得怎麼回事？講話講得好好地，忽然說捨不得她姐姐從良，傷起心來。」

最後一句話不曾說完，妙珠將被一掀，恨恨地說：「你死沒良心！」然後又將頭轉了過去，掩面而啼。

這是有意拋出一個疑團，好讓古應春去追問；果然，他中了她的計。

「小爺叔，你有啥地方得罪妙珠了！拿你恨得這樣子；真教人不懂！」

「你不懂，我也不懂。」胡雪巖唯有裝傻，而且不希望古應春介入，所以接著便做了個送客出門的姿態，將身子往旁邊一挪，手一揚，「天快亮了，請上床吧，睡不到多少時候了。」

聽這一說，妙珠的哭聲突然提高；彷彿第三者一走，她就孤立無援，有冤難訴似地；於是古應春躊躇了。

「到底為甚麼？」

「她要跟我。又不肯好好談。弄這『一哭二鬧三上吊』的一套，你說好笑不好笑？」

古應春大感意外，不假思索地說了句：「這是好事啊！」

「好事多磨！總也要慢慢兒談，慢慢兒磨，才可以談得攏。」胡雪巖打個呵欠，又催他走：

「你請吧，我也要睡了。」

等古應春一走，妙珠的哭聲也停住了；因為胡雪巖已有表示，她便等著他來談。誰知他一口將燈吹熄，上了床卻不開口。

事情成了僵局，妙珠又羞又惱；而且初次領略到胡雪巖的手段，真個因愛成仇，心思撥不轉，拚命往牛角尖裡去鑽。

越想越氣，越想越覺得做人乏味；再看胡雪巖時，鼾聲大起，這一下更把她的心思逼到了絕路上，悄悄起床，流著眼淚，找了根帶子出來，端張椅子到床腳，在床頂欄杆上，將圈套結好，頭一伸上了吊。

胡雪巖的鼾聲是假的，有意冷落妙珠，好逃避糾纏，她起來從他身上跨過下了地，他都知道；只不知道她下了地做些甚麼？只覺得床忽然一震，不由得睜開了眼；一望之下，嚇得心膽俱裂，跳起身來，赤腳下了地，將妙珠的下半身一抱，往上一聳，那個圈套總算卸掉了。

妙珠的氣剛要閉過去，上了圈套，後悔嫌遲；那一剎那，只覺得世間樣樣可愛，人人可親，所以此時遇救，把胡雪巖的薄情都拋在九霄雲外，一片心中，除了感激，還是感激，趁勢抱住他的頭，「哇」地一聲大哭而特哭。

這一下，不但驚醒了古應春，也驚動了妙珍和前後院的閒人，紛紛趕來探望，但心存顧忌，只在窗前門外，探頭探腦，竊竊私議，只有妙珍排闥直入，但見妙珠伏在床上抽噎不止；胡雪巖穿一身白洋布小褂袴，赤著腳坐在那裡，樣子相當窘迫。

她只有向站在一邊，彷彿遭遇了絕大難題，不知如何應付的古應春探問：「古老爺，到底為了啥？是不是妙珠得罪了胡老爺？」

古應春不答，只將嘴一呶，視線上揚，她順著他的眼風看過去，才發覺朱漆床欄杆上，束著一條白綢帶子，莫非妙珠曾尋死覓活來著？心裡疑惑，卻怎麼也問不出口來；因為這太不可思議了。

這時的胡雪巖，心裡異常矛盾，異常難過，但也異常清醒，為了應付可能會有的麻煩，他覺得非先在理上占穩了地步不可。

於是他沉著臉說：「珍姐，我有句話要請教你。彼此初會，但有李七爺的關係在那裡，大家都不算外人；我到同里來作客，妙珠要害我吃一場人命官司，我真不懂，為啥要這樣子跟我過不去？」

這幾句話，不但說得妙珍大為惶恐，連古應春都覺得太過分了，所以搶著說道：「小爺叔，話不好這樣子說——。」

「我說得並不錯。」胡雪巖有意裝出不服氣的神情，「你倒設身處地替我想一想，她一口氣不來，害我無緣無故打這場人命官司，是可以開得玩笑的事嗎？」

妙珍至今還只明白了一半。她實在不懂妙珠為何要上吊；為何上吊又不死？只是聽胡雪巖這樣發話，衷心感覺歉疚，便只好這樣說：「胡老爺，我想總是妙珠得罪了你；你千萬不要生氣，等我來問她，回頭給胡老爺磕頭賠罪。」

「好！」胡雪巖趁勢站了起來，「你問問她！問她看看，我哪裡虧待了她？前後不過三天的功夫，哪裡來的深仇大恨，要這樣子害我！」

在床上的妙珠，既感愧悔，又覺委屈，哭得越發傷心；古應春倒起了一片憐惜之心，但還弄不明白胡雪巖的意思，不便說甚麼，只陪著他走到外面。

「小爺叔！為啥會搞得她要上吊？到底你說了甚麼話，教她如此傷心？」

「輕點，輕點！」胡雪巖埋怨他說，「你要幫著『唱雙簧』才對，怎麼開出口來，總是幫人家說話？」

古應春報以苦笑，然後自語似地說了句：「長根怎麼不露面，我去找他來。」

胡雪巖不響，這是默許的表示；古應春便開門走到外面，閒人甚多，見他的面都避了開去，古應春也不理他們，一直尋到妙珍所在的那座院落。

「李七爺呢？」他問一個娘姨。

「昨天沒有住在這裡。當夜就回盛澤去了。不過中午就要回來的。」

於是古應春只好折回原處，只見妙珍正在跟胡雪巖說話；發現他來，兩個人不約而同地投以期待的眼光，彷彿都要向他求援似地。

「古老爺，要請你說句公道話。」妙珍一開口便是受了委屈的語氣，「我妹子眼界高，從來沒有啥客人是她看得上眼的；今天為了胡老爺，連命都不要了！只看這一層，胡老爺也該有句話。」

「慢來，慢來！」古應春聽她話中略有負氣的味道，所以先出以安撫的態度，「有話慢慢兒談。你請過來，怎麼回事，先說給我聽。」

妙珍聽他這樣說，便跟著古應春走到一邊，簡單扼要地提出要求，妙珠已自誓非胡雪巖不嫁；而胡雪巖一口拒絕，似乎沒有轉圜的餘地。希望古應春主持公道。

這公道如何主持？不論從哪一方面來說，他對胡雪巖只有諫勸；聽不聽在人家。不過，他也很困惑，胡雪巖為人最隨和，這番好意，就難接受，也該婉言辭謝；何以話風硬得竟連妙珍也感到氣憤了？

「你等一下，讓我先來問問我們小爺叔。」

問到胡雪巖，他又有一番說詞，認為妙珍的話，跡近要脅；同時事實上也無法相許，加以這幾天身心交疲，不耐煩多作糾纏，所以乾脆回絕。

看起胡雪巖來也有些負氣，但論道理，妙珍是骨肉連心，疼她妹子，說幾句氣話是可以原諒的。不過，胡雪巖身心交疲，肝火不免旺些，似乎也是情有可原。反正都是一時情緒不佳，事後自然相互諒解，旁人亦可以代為解釋得清楚的。癥結是在「事實上無法相許」這句話，不能相同。

「小爺叔，你有啥難處，說來聽聽。」古應春問道，「可是我們那位嬸娘那裡說不通？」

「正是！為了芙蓉，大打饑荒，至今還不曾擺平；我何苦又惹麻煩？」

古應春想了一會說：「這總有辦法可以弄妥當。最主要的是，你到底喜不喜歡妙珠？」

這話教胡雪巖就難回答了，既不願作違心之論，也不肯公然承認，顧而言他地說：「還有一層，我這趟是帶著芙蓉來的；當著她在這裡，倒又弄上一個人！你想想，她心裡是何滋味？再說，我對劉三爺也不好交代。」

古應春旁觀者清，聽他這兩句話，立刻了解了他的本心。他是喜歡妙珠的；杭州的那位太太，也不足為礙，只礙著芙蓉，一時做不成這件「好事」。

「你說的是實話，我懂了。」古應春提出警告：「妙珠一片癡心，如果落空，說不定還會有第二次的舉動。好好的日子不過，弄件命債在身上，太划不來了！」

「命債」二字，說得胡雪巖悚然一驚，極其不安；搓著手說：「世上真有那樣傻的人，連性命都不要？」

「說不定的！」古應春又正色說道：「她第一次真的上吊死了，倒也罷了；第二次出毛病，就是你見死不救，良心上一輩子不安。」

胡雪巖幾乎一夜不曾睡，又遭遇了這些煩惱，只覺得頭痛欲裂，神思昏昏，於是老實告訴古應春，他必須找個清靜的地方，好好睡一覺；託他代為敷衍珍珠姐妹，一切都擺到下午再談。

要尋清靜之處，自然還是朱老大家；到了那裡，從後門入內，走到自己臥室，關照朱家派來伺候他的傭工，謝絕訪客，然後關緊房門，解衣上床。他實在是累了，著枕便即入夢，直到中午才起身。

劉不才就在他外屋喝茶守候，聽見響動，便來叩門；等胡雪巖開了門，他第一句話就問：

「怎麼會險險乎鬧出人命來？」

經過一覺好睡，胡雪巖的情緒穩定了，腦筋也清楚了，不先答他的話，卻問到古應春：「老古回來了沒有？」

「回來了。我就是聽他說的。」

「那麼，俞老跟尤五他們也知道了。」

「自然。」劉不才說，「大家都有點派你不是。」

胡雪巖在心裡說：別人都可以說我薄情，派我的不是；唯獨你不能！這樣想著，口中便問了出來：「你呢？」

「我無所謂！你的事跟我不相干。」

這表示胡雪巖果真要娶妙珠，他亦不會反對。將來如何，雖不可知；但總算去了一個小小的障礙，自是可令人安慰的。

不過這件事到底是「閒事」；胡雪巖決定採取敷衍的態度，先拖著再說。眼前還有許多正經事要辦，因而當機立斷地作了決定：「你去收拾收拾行李吧！我們今天就回蘇州；交代了長根的大事，趕緊回上海。」

「今天走怕不行。」劉不才說：「我聽尤五說，今天晚上他們要公請你。」

「公請？」胡雪巖詫異：「為甚麼？」

「總有話跟你說。此刻他們關起門來，不知在商量甚麼？」

這讓胡雪巖想起來了，急急問道：「長根來了沒有？」

「自然來了。」劉不才說，「他這兩天最忙了。據說，一早到盛澤去了一趟，特地趕回來的。」

胡雪巖點點頭：「今天是他們幫裡有事要談，外人不便插足；我們也不必打攪他們，你把老古去找來，我們尋一處地方，一面吃飯，一面談談我們自己的事。」

等把古應春找了來，他建議仍舊到妙珍那裡去盤桓；因為她自知失態，異常惶恐，託古應春無論如何要將胡雪巖請了去吃午飯，好讓她有個賠罪的機會。

不去是逃避麻煩；而麻煩往往是越避越多，胡雪巖此時的心情已大不相同，想了一下，毅然決然地答道：「也好！我倒要聽聽她怎麼說？」

於是三個人安步當車到了妙珍那裡。她的神態前倨而後恭，口口聲聲：「胡老爺不要動氣，妙珠年輕不懂事。」又說：「千不看，萬不看，看李七爺面上，當沒那回事。」

這樣措詞，反令胡雪巖不安，便問一句：「妙珠呢？怎麼不見她的面？」

「會來的！會來的！」妙珍問道：「時候不早了，是馬上開飯，還是先用點心？」

「點心可以省了；酒也不必，就吃飯吧！」

古應春是有心來做「串客」的，便順著他的意思說：「對！天氣太熱，酒，免了。」

「這樣吧，吃點『楊梅燒』；是我去年泡的，一直捨不得吃，今天請請胡老爺。」

「那好。」古應春又改了口氣，「楊梅燒可以祛暑，不妨來一杯。」

於是在一張大理石面的小圓桌上，妙珍親自安席，烏木銀鑲筷，景德鎮的瓷器，餐具相當精緻；等擺上冷葷碟子，妙珍親手捧出一個白瓷罎，打開布封口，一揭蓋子，便有一股醇冽的酒香透出來，這種用洞庭山白楊梅泡的高粱酒，酒味都到了楊梅裡面，其色殷紅的酒，甜而淡，極易上口；最宜於這種初夏午間飲用。

坐定斟酒之際，妙珠翩然而至，不施脂粉，只梳一個烏油油的頭，插著一排茉莉；倩影未到，春風先送，走到席前，從劉不才招呼起，最後才輕輕地喊一聲：「胡老爺！」秋波流轉，盈盈欲淚，但彷彿警覺到此時此地，不宜傷心；所以極力忍住，低著頭坐在胡雪巖身邊。

包括胡雪巖在內，誰都不提這大黎明時分，性命呼吸的那一段事故；妙珍也放出全副本事，手揮五弦，目送飛鴻般，應酬得席面上非常熱鬧。但彼此的視線，總離不開妙珠；她不知道是別有幽怨，還是不好意思，一直低著頭，偶爾揚眉，飛快地看胡雪巖一眼，不等他發覺，便又避了開去，實在猜不透她是甚麼意思。

在胡雪巖卻是別有滋味在心頭，想起一早跟她說的話，對她的態度，自覺過分，不免歉疚；便悄悄從桌子底下伸過一隻手去，想握住她的手——她靈得很，拿手一移，讓他撲了個空。

越是這種帶些負氣的動作，越使胡雪巖動情，便笑嘻嘻地問道：「還在生我的氣？」

「我哪裡敢？」

「不是甚麼敢不敢！」古應春接口，「妙珠根本沒有生氣，是不是？」

「是啊！」妙珍也說，「好端端地生甚麼氣？妙珠！」她呶一呶嘴。

意思是胡雪巖的酒杯空了，要妙珠替他斟酒。她遲疑了一下，取起酒罏中的銀杓子，舀了一杓酒，從劉不才斟起，最後才替胡雪巖斟滿。

「別人都有楊梅，為何我沒有？」胡雪巖故意這樣質問。

妙珠不響，舀了兩個楊梅，放在一隻小碟子裡，推到他面前。

「討出來的不好吃。我不要了。」

「我也曉得你不要！」妙珠冷笑，「你就是看見我討厭。」

「妙珠！」她姐姐重重地喊，帶著警告的意味。

這讓胡雪巖頗為不安，怕姐姐要管妹妹；妹妹不服頂嘴，豈不殺風景？

妙珠倒不曾頂嘴，只又是眼圈發紅，盈盈欲涕，越惹人憐惜。於是做姐姐的嘆口氣，欲言又止；似乎想埋怨、想責備，總覺得於心不忍似地。

風塵中人，善於做作；而況是帶著真情的做作，那番低徊欲絕的神情，真是滿座惻然。劉不才一向是個尋快樂的人，首先就心酸酸地忍不住；但以他的身分，頗難為詞，便遞個眼色給古應春，示意他有所主張。

他懂劉不才的意思，但這樣的事，何能擅作別人的主張；也不便當著珍珠姐妹勸胡雪巖莫負芳心，怕她們誤會他代胡雪巖作了承諾。想了一下，唯有不著邊緣地勸慰一番。

「妙珠，」他說，「事情是來得突然了一點。胡老爺不是不中意你，他有他的難處。凡事事緩則圓，只要郎有情，姐有意，總有成其好事的一天。」

在他覺得這是遙遙無期，說如不說的「空心湯圓」，而在妙珠卻大有領悟；她平時喜歡聽小書，也喜歡看那些七字句的唱本，才子佳人，癡心苦戀，歷盡艱難，最後終了大團圓的事，在肚子裡記著好多，這時聽得古應春的話，就像一把鎖匙開啟了她失而復得的一具百寶箱，心想：對啊！他自己不也說過：「好事多磨」，我且耐著性子磨，那怕他有稜有角，要磨得他圓轉自如，滾入自己懷中。

這樣想著，臉色就不同了，低眉垂眼，神思不屬地在悄然思量。席間的談話，一概不聞。別人倒還好，胡雪巖是驚弓之鳥，心裡在想，莫非她又生了拙見？常聽人說：一個人自盡在剛要斷氣的剎那，想起塵世繁華，一定痛悔輕生。所以遇救之後，絕不會再想到自盡；如果真的想死，則其志堅決，異於尋常，預先顧慮到可能會再度遇救，想出來的尋死的辦法，是別人所防不到的，那就死定了！

轉念到此，悚然自驚，急急抬眼去看妙珠；但見她神態安閒，又不像是想尋死的樣子，倒有些困惑了。

「妙珠，」這次他伸過手去，她不曾拒絕；「你在想啥心事？」他率直地問。

「我在想——，」她突然嫣然一笑，「不告訴你！」

這一笑，使胡雪巖大為安慰；一切顧慮，都拋在九霄雲外，因為這個笑容，絕不會出現在想尋死的人的臉上。

「告訴是要告訴的，」古應春也覺得安慰，所以打趣她說：「要私底下說，才有味道。是不是？」

妙珠不答，拿起銀杓子來，又替大家斟酒；然後取起自己面前的杯子，看著妙珍說道：「珍姐，你吃點酒！」

「越大越不懂規矩！」妙珍彷彿又好笑，又好氣地說：「怎麼不敬貴客，來敬我？」

「自然有道理在裡頭。」

「你講！啥道理？」

「你先吃了我再講；講得沒有道理，我一杯罰兩杯！」

「這話對！我做見證，」劉不才插嘴，「妙珍你就先吃了。看她怎麼說。」

於是妙珍將面前的半杯酒，一飲而盡，放下杯子，與他人一樣，都注視著妙珠，要聽她為甚麼出以如此鄭重態度的說話？

妙珠自覺智珠在握，神態極其從容，「珍姐，從爹娘故世，多虧你照應。如今李七爺要做官去了，眼看珍姐你是現成的一位官太太。剛才這杯酒是恭喜你！」她看著劉不才和古應春問道：「這杯酒，珍姐是不是該吃？」

「對，對！」兩人異口同聲附和。

「好了，好了。」妙珍催促，「你自己有話快說。」

「剛才這杯是喜酒。」妙珠慧黠地格格一笑，「我是有兩句極要緊的話；珍姐你再吃一杯，我才能說。」

妙珍又好笑，又好氣，「死丫頭！」她咬一咬牙，「我再不上你的當了。」

看她們姐妹倆的神情，大家都笑了；只有妙珠例外，「真的！是極要緊的話！」她說：「說出話來，有沒有道理，是要大家評的。如果沒有道理，我一杯罰三杯。」

「真硬氣！」劉不才攛掇著說：「妙珍，你不能輸給你妹妹。」

席面上原要這樣才熱鬧，妙珍就裝得很認真地說：「劉老爺，我聽你的話。回頭她的話沒有道理，你可要說公話。」

「當然！當然！」劉不才親自執壺，替妙珍斟了大半杯酒。

等她乾了酒，妙珠問道：「珍姐，你倒爬上高枝兒去了，丟下我一個怎麼辦？」

「對！」劉不才脫口就說：「問得有道理！」

古應春和胡雪巖亦以為然，但他們的心思都快；覺得她這句話不但問得有道理，而且問得很厲害——尤其是胡雪巖彷彿看到一片羅網迎頭罩了下來。

妙珍也確是這樣的心思，打算著讓胡雪巖娶了妙珠回去，也是個極好的歸宿。但這是私下打算，不便公然透露；否則胡雪巖會起反感：原來你自己急著要從良，而撫妹之責，又不能不盡，才套到我頭上。我偏不要！

因為有些顧慮，一時楞在那裡說不出話來，妙珠乘機又說：「我也知道珍姐為難，自己不能不打算打算。珍姐，你讓我先走一步。——」

「先走？」妙珍愕然，急急問道：「走到哪裡去？」

「我想先搬出去住。」妙珠以從容而堅決的語氣答道：「這碗飯，吃到現在為止了！」

這一說，大家才算明白，雖未從良，願先「脫籍」；這也是好事，但總得有個著落，才是辦法。「至於住的地方，我也想過了。」妙珠說道，「多的是庵堂，讓我帶髮修行，修修來世，總也是辦得到的。」

「這，怎麼可以？」劉不才大搖其頭，「年紀輕輕，說出這種話來，豈不教你的姐姐傷心？」

「我想，」妙珍慢條斯理地說，「果然有志氣不吃這碗飯，我倒也贊成。先搬出去住也可以；住庵堂就不必了。」她又加了一句：「胡老爺，你說是不是？」

胡雪巖心想，妙珠似乎胸無城府，花樣倒真不少；且「降」她一「軍」，看她怎麼說？

「我不相信妙珠年紀輕輕，會看破紅塵，要修甚麼來世？如果，」前一句話倒沒有甚麼毛病；壞就壞在「如果」，他說：「如果真的要修行，我替妙珠造一座庵。」

這真是語驚四座，珍珠姐妹無不變色；劉不才和古應春也深為不安，覺得他這句話太重了。在妙珠，不但氣，更多的是恨，心裡在想：真看不出他，好狠的心腸；一死回不了他的意，現在還要逼自己出家。然而她也是好強的性格，說了不算，教人笑話。於是她又想：好！我就跟你賭這口氣！

衝動之下，不暇細思，「胡老爺一言為定。」她站起身來福了福：「我先謝謝你！」

「說笑話的！」劉不才先喊了起來，「妙珠，你怎麼當真？」

「絕不是說笑話。」妙珠的臉色煞白，「我懂胡老爺的心思，最好我在這時候就一剪刀拿頭髮剪了起來。這可對不起了，修行在心，不在乎做不做尼姑！」

越是這種不講理的誣指，越見得她一片深心，都在胡雪巖身上。但局面越來越僵，僵得有無法收場之勢；胡雪巖當然自悔輕率，尷尬萬分。妙珍和劉不才也只有從中打岔，亂以他語；倒是古應春，忽有妙悟，通前徹後，略想一想，作了個「人膽」的決定。

「妙珠！」他起身招招手說，「你來，我有句話問你。」

「古老爺！」妙珠率直拒絕，「有話，你在這裡說好了。」

「喔唷！」古應春故意撫摸著前額：「這個釘子碰得好厲害。」

雖是玩笑，含有指責之意，勾欄人家以不得罪客人為第一要訣，所以妙珍代為道歉：「對不起，對不起，古老爺！她年紀輕，不懂事，一切包涵。」接著，便正色向妙珠訓斥：「你怎麼連好歹都不懂！古老爺有話問你，自然是好意。『狗咬呂洞賓，不識好人心！』還不跟古老爺賠罪。」

妙珠也覺得自己不對，但要她賠罪，卻又一時變不出那樣的臉色來，幸好古應春體恤，連聲說道：「賠甚麼罪，賠甚麼罪。來，來，我們到這面來談。」

一面說，一面拉，妙珠也就順勢收篷，跟到一邊，悄悄說道：「古老爺，真對不起，我不是有心的。」

「我知道，我知道，這不必去談它了。我問你，」古應春停了一下，用很鄭重的語氣問道：「你是不是下定決心，非姓胡不可？」

妙珠抬起一雙大大的眼睛，很快地看了他一眼，然後垂下頭去；然後，微微頷首。

「好的！不過事情一時不會成功，一年半載；說不定三年兩年，你等得及嗎？」

「沒有啥等不及！」妙珠用極輕的聲音回答。

「那就讓胡老爺替你造一座家庵，反正帶髮修行——不要說帶髮修行，就真的做了尼姑，也可以留起頭髮來還俗的。」古應春又說：「你想想，你住的是姓胡的替你造的房子，還不算是胡家的人？」

這不但是一句話指點了迷津，也因為古應春站在自己這邊，越發增加了信心，因而妙珠眉花眼笑地不斷低聲稱謝：「古老爺，謝謝你，謝謝你！」

「我的話，你擺在心裡。」

「是的。我曉得。」

話雖如此，妙珠到底不是那種老於世故，深於城府的九尾狐；開朗的心情，不知不覺地擺在臉上。妙珍和劉不才看她神情舒坦，自然都感到欣慰；只有胡雪巖的心情矛盾，一方面覺得妙珠是宜喜宜嗔春風面，一掃愁苦之容，格外顯得明豔照人，看在眼裡，愛在心頭；一方面又怕古應春擅作主張，投其所好，如果所許的心願是自己辦不到的，則又何以善其後？

心裡七上八下半天，終於趁劉不才大談賭經時悄悄問妙珠：「古老爺跟你說點啥？」

她眼波閃耀，斜著從他臉上飄過，故意洋洋不睬地答了句：「不好跟第三個人說的。」

她裝假，他便有意逗她：「想來是他看中了你了？你可當心！古老爺有個『女張飛』管著。」

「女張飛？」妙珠觸發了好奇心，「怎麼叫出這麼個名字來。你倒說給我聽聽。」

「來！」胡雪巖趁勢將她一拉；兩人走到屏風背後在一張楊妃榻上，並排坐了下來——「女張飛」自然不談了；但卻別無話說，一個拉著她的手凝視，一個低頭不語。

「胡老爺！」是妙珠先開口，「你說要給我造一座家庵，這話算不算數。」

「我跟你說說笑話的。」胡雪巖正好改口，「莫非我真的作孽？年紀輕輕的，送你進庵堂去過那種日子？」

「哼？」妙珠微微冷笑，「造一座庵，也要幾百兩銀子，自然捨不得了！」

胡雪巖再精也想不到這是激將之計，當即答道：「幾百兩銀子小事。不要說你我有過交情，哪怕初見面，送你幾百兩銀子，也沒有甚麼了不得的。」

「既然你這樣說，我先謝謝你。等家庵造好了，我供你一個『長生祿位』。」

「不行，不行！『家庵』兩字，再不用提起。」

妙珠也不是真的看破紅塵，要去帶髮修行；就這片刻之間，她照古應春的指點，另外打定了主意，「你不用管，你總歸給我幾百兩銀子，讓我造間新房子住就是了。」她又加了一句：「你肯不肯？」

「談不到甚麼肯不肯。你如果不相信，我馬上給你銀子好了。」

「那倒不必。說過算數。」

接著，她伸出春蔥樣的一隻小指，一鉤新月似地彎著；胡雪巖也伸出小指來跟她勾了勾。接著，便一手攬住了她的腰，說了句真心話：「妙珠，我自己都不知道是怎麼回事？又捨不得你，又怕你。」

「怕我甚麼？我又不是吃人的老虎。」

「老虎倒不是，是一條——。」

「一條甚麼？」

胡雪巖想說：是一條會纏人的蛇。但因已領教過妙珠的脾氣，不敢造次，所以到口邊，又縮了回去；等她再追問時，自然也不肯出口，笑笑而已。

「我知道你怕我。」妙珠有些悔恨不勝似地，「我也知道我的脾氣，就是改不掉。」

一個人能有自知之明，便容易相處了；胡雪巖心想，不管將來如何，能勸得她稍斂那種剛烈性情，總是好事，「妙珠，」他先恭維她一頓，「說良心話，我從杭州看到上海；上海看到蘇州，像你這樣的人品，真是頂兒尖兒，再沒有話好說——。」

「好了，好了！不要替我亂戴高帽子。捧得高，跌得重；下面就要說到我的壞處了。」

一說破，胡雪巖倒又不便再出口了；仍然只能付之一笑。

「閒話少說。」妙珠忽然問道，「你住房子喜歡怎樣一種格局？」

這話問得太突兀。胡雪巖想了一下，方始明白；但也不願說破，只反問一句：「你呢？你喜歡怎樣的格局？」

「我喜歡高大涼爽，前後空地要多。」

「那麼，你就照你的意思去蓋好了。如果要修怎麼樣一座亭台樓閣的大花園，我力量不夠；普通一所住宅，我還送得起。」胡雪巖又說：「房子是你住，不是我住，自然是你喜歡怎麼樣就怎麼樣。」

最後一句話，是有意這樣說的，暗中拒人於千里以外，這，妙珠也懂，不過她受了古應春的教，已打定一個「磨」字的主意，所以並不覺得失望；神態自若地問道：「你們杭州的房子是怎樣的格局？」

「普通人家前後廂房，中間是正屋，有個名堂，叫做『四盤一湯』。」

妙珠覺得這個說法很新奇，閉上眼想一想，若是臨空下望，前後廂房，分布四角；中間一座廳，果然是這樣一種形狀，於是笑道：「好的！我們也來個四盤一湯。」

這近乎一廂情願的想法，胡雪巖自然也懂；認為不宜再說下去了，話越來越多，也越描越黑。因而又是笑笑不響。

「你倒真會笑！一笑、兩笑、三笑了！」

是不明用意的廢話，但出之於她的口中，另有一種味道；胡雪巖鬥口也是很在行的，隨即笑道：「你倒是勝過秋香，可惜沒有一個唐伯虎！」

這又有暗中見拒之意，妙珠心中自語：總有一天教你脫不得身。這樣想著，臉上便露了詭黠的笑容。

這讓胡雪巖又起警惕，不知道她在打甚麼主意？凝神細看，妙珠忽然「噗哧」一聲，笑了出來。

這一笑，越使胡雪巖困惑；不過有一點倒是很清楚的：前嫌盡釋！既然如此，就不必再瞎費甚麼功夫了，且丟開了再說。

回到席間，重又鬧酒，一頓午飯，吃到下午四點才罷；妙珠道聲「得罪」退了出去。接著便有個替妙珍收拾房間的心腹娘姨，進來使個眼色，將妙珍調到外面。這一去好久不見進來；冷落客人是娼門大忌，而況是這幾位特客？所以胡雪巖等人，雖在海闊天空地閒談，暗地裡卻都抱著一個疑團。

天快黑下來時，來了一班狎客；嘈雜的人聲中有一句聽得很清楚，是她們那裡的相幫在說：「二小姐收房間了。」

「二小姐」就是妙珠，「收房間」等於上海長三堂子裡的「卸牌子」，是從良的表示。問津有心的那班狎客，一看名花有主，無不悯嘆；少不得有人打聽，是何豪客，量珠來換去了這一粒「妙珠」？相幫以「弄不清楚」作答。

別人不清楚，妙珍屋裡的三個人，心中雪亮，古應春笑笑說道：「小爺叔！豔福不淺，到處有人留情。」

胡雪巖卻笑不出來，「我不是假道學，用不著口是心非。人呢，當然有可取之處，不過我現在實在沒有功夫來享這份豔福。」他看著劉不才說，「三爺，你來接收了去吧！」

「說笑話了！我怎麼能做這種事？」劉不才大搖其頭，「退一萬步說，妙珠一片心在你身上，九牛拔不轉；就算我可以接收也接收不到。」

「麻煩！」胡雪巖有些怨恨，「老古，一定是你替她做了狗頭軍師！你說實話，你替她出了甚麼餿主意？」

古應春想了一下，這樣答道：「小爺叔，我勸你最好置之不理，聽其自然，那就不會有麻煩，更不會有煩惱了。」

「這話倒說得有道理。」胡雪巖深深點頭，「我就照你的話說。」

「只怕不容易做到。」

聽他的話又翻覆，自然詫異，而且不滿：「這話，我弄不明白！」

「很容易明白！小爺叔，有道是：『未免有情、誰能遣此？』我怕你心裡拋不開。倘或如此，倒不如實事求是的好。」

胡雪巖沉吟了一會，果然有些割捨不下；因而便無話可答了。

就在這時候，到了一班客人，領頭的是蹺腳長根，其次是俞武成，再後面就是尤五跟他的那班江湖弟兄，殿尾的是楊鳳毛和朱老大，擠得滿滿的一屋子，加上妙珍領著娘姨、大姐來招呼，亂得不可開交。

「小爺叔！」尤五避開古應春和劉不才，將他一拉，悄悄說道，「我有幾句要緊話，想跟你說。看哪裡有清靜的地方？」

這得找主人；胡雪巖便又去問妙珍，她毫不遲疑地答道：「妙珠的房間空著。」

「不錯！」胡雪巖倒想起來了，「妙珠是怎麼回事？」

聽此一問，妙珍的神情很奇怪，瞟了他一眼，用又像埋怨，又像調侃的聲音說：「我都要問胡老爺是怎麼回事？」

這樣一扯開來，話就說不完；事雖關心，苦於此時無暇深問，胡雪巖只說得一句：「回頭再談！」轉身而去。

將尤五領到妙珠原來的住處，進房便覺異樣。古應春睡過的那張大銅床，衾枕皆已收起，只剩下一張籐棚；妝台上胭脂花粉，一掃而空，玻璃鏡子上還蒙了個布套子，格外有股人去樓空，天涯何處的淒涼味道。

「唉！」胡雪巖不知不覺地，輕輕嘆了口氣。

尤五一天都在忙著商談「大事」，不解所謂，便愕然相問：「小爺叔，你嘆啥氣？」

胡雪巖是深感於這短短一天之中，妙珠由一念輕生到毅然脫出風塵，已經歷了好一番滄桑，情動乎中，不能自已；但到底算是閒情，這時候何必去談它？所以問而不答，只說：「你們今天跟長根談得怎麼樣？」

「那是小事。長根自然是厲害腳色，不過自己人面前，不作興說『法蘭西話』——。」

「甚麼？」胡雪巖打斷他的話問：「你說甚麼『話』！」

「喔，」尤五笑道：「這是最近夷場裡流行的一句俗語。說洋文，英國話還有人懂；法蘭西話，只聽他舌頭上打滾，不曉得他說些甚麼？所以說人自說自話，彼此永遠談不攏，就說他是說『法蘭西話』。」

「這倒也妙。長根不說『法蘭西話』，說的甚麼話呢？」

「說的老實話，人心都是肉做的。小爺叔這樣待他，他不能做半吊子。又說：吃不窮、著不窮，不長眼睛一世窮！這句話也很實在。大家都看上小爺叔了！」尤五用極鄭重的語氣說：「小爺叔，江南江北的漕幫，以後都要靠你老人家了！」

「言重，言重！」胡雪巖大為詫異，「怎麼扯得這句話？」

「我們商量好了！」尤五慢吞吞地說：「我們大家推小爺叔，做個軍師，請你來發號施令。小爺叔，你不要打岔，聽我講完。」

講的是他們江南江北漕幫的一條自救自保之策。從洪楊亂起，河道阻塞，漕米改為海運以後，漕幫生計維艱；只是遍地烽火，各地紛紛辦團練自保，朝廷焦頭爛額，只顧軍務，尚且不暇，自然無法來管漕幫的生計。這層苦衷，漕幫的頭腦，無不體諒；因此各地幫口小弟兄鬧事，他們都是好言相勸，共體時艱，但朝天一張口，家家有老小，總得要餵飽肚子才行。這就不是苦口婆心的勸導，所能濟事的。

因此，尤五、俞武成、蹺腳長根還有另外一班漕幫管事的人物，人同此心，心同此理，都覺得唯一的辦法是自己來尋一條生路。

「小爺叔！大家都佩服你是天下第一等的腦筋，這條生路，不但要你替我們來尋，而且要請你領我們來走。」

「啊！」胡雪巖吸著氣，已感到雙肩沉重不勝了，但是，無論如何說不出拒絕的話來，只有三個字：想辦法！

當然，尤五與他的同道，亦絕不會僅僅定下這麼一個宗旨，便將千斤重擔，不問青紅皂白，壓在胡雪巖肩上；他們也談到過許多能夠走，走得通的路。不過，這些想頭，也大都是胡雪巖的啟發而已。

「小爺叔，我們也談過，第一，漕幫有船有人，不運漕糧，可以運別的東西；甚至於載客。現在難民多，有時要搭船覓個鋪位，還真不容易。你說，這行生意好不好做？」

「當然好做。難處是怕官府不准；這，我來想辦法。」

「對啊！」尤五十分欣慰，「我們要請小爺叔來出頭，就是這些關節，都要仰仗大力來打通。」

「打不打得通，還不敢說。」胡雪巖又問：「你們還談些甚麼生意。」

「絲、茶兩項銷洋莊，現在看樣子是一定可以恢復的了。我們想集一筆資本，請小爺叔替我們來做。」

「這當然可以。不過我先要問一句，這兩項生意，賺了錢，是私人的，還是公眾的。」

這話問得尤五一楞，「是啊！」他搔搔頭皮說，「我倒沒有想到這一點，現在是請小爺叔來替漕幫弟兄想辦法，如果賺錢公眾分，當然沒話說。不然，就只好擱在後頭了。」

「我也是這個意思。五哥，」胡雪巖遲延了一下，終於問了出來，「我倒要請教，你的意思，是為公，還是——？」

「我的情形，你曉得的，無所謂公私。有錢，老太爺的用度先提起一份，此外就是大家用；手長的多用幾個，腳慢的少用幾個。」

「這不是辦法，你總要定個章程出來。不要說你是一幫之主；就是我自己的生意，對夥計們也要一碗水往平處端，大家才會心服。」

「是！小爺叔說得是。」尤五深深點頭。

「這件事你不妨請老古替你參贊。現在不必去談它。絲茶兩項生意，當然要做的；不過應該還有別的，大家有飯吃的生意好做。等我空一空來替你們動腦筋。」

「是的。我先跟你說明白了，回頭席面上，他們還有話說。」

這一夜的盛宴，算是漕幫公眾特請；雖非鴻門宴，但這頓飯也著實難吃，大家越是恭維，胡雪巖越覺責任沉重。所以一面謙虛，一面腹中尋思：江湖上行事，有時要「充」，不會的也得要大包大攬，滿口答應；有時要「衝」，不管做得到做不到，硬做了去。但是，有時既不能充，更不能衝，一要誠實，二要穩健。像此時的情形，充對了、衝過了，未見得是好；充不對、衝不過，則誤人大事，吃力而不討好，不智之甚！

因此，他等大家的話告一段落，從容冷靜地說道：「剛才尤五哥跟我說，承各位抬愛，我說不出推辭的話來。此刻想想，有兩句話，一定先要向各位說明白。」

這不能不預先聲明的兩點苦衷是：第一，他個人的生意，以及招攬在身上的閒事很多，而且也都到了不容再拖，必須料理的時候，所以一時還無法為漕幫效勞；其次，他感嘆著說，「做事容易做人難」，將來必不能盡如人意，希望大家諒解。

對於第一點，自是同聲應承；提到第二點，儘管他措詞委婉，仍有好些人覺得不安，尤其是俞武成，很費勁地申述，大家決沒有任何成見，希望他不要多心。胡雪巖對「麻布筋多，光棍心多」這句江湖上人人皆知的諺語，深具戒心；所以本來還想在這方面再發揮幾句的，見此光景，也只好緘口不言了。

這一頓酒吃下來，已是斗轉參橫；除掉蹺腳長根，其餘都回到朱家歇宿。尤五因為同里事畢，而松江、上海都還有許多事要等他去料理，決定第二天一早離去，特地到胡雪巖那裡話別。不想一談起來就沒有完，胡雪巖一再催促，他總捨不得走；話雖多，其實以後有機會再談亦可以，只是久別重逢，乍逢又別，覺得依依不捨而已。

就這樣一談談到天亮，尤五索性直接上船，睡到松江；由於有他的朋友在一起，胡雪巖在禮節上不能不送行。河岸握別，人已疲乏不堪，正待回朱家蒙頭大睡；在一起的古應春眼尖，拉了他一把，急急說：「你看！」

注目看時，一肩小轎，如飛而過，只從兩方鑲嵌的玻璃小窗中，看出是個女人，卻不辨是何面貌？

「是哪個？」

「還有哪個？」古應春笑道：「請問在一同里，還有哪個女人是小爺叔你關心的？」

這當然是指妙珠，但古應春這樣硬指他對妙珠關心，卻使他感到有口難辯的委屈。就這苦笑無以為答之際，只見轎子已轉入一條小巷；他便脫口問了一句：「昨天搬出去以後，不知道她住在哪裡？」

「也許就住在這條巷子裡。」古應春慫恿著說：「去看看！」

拉著走到巷口一望，果不其然，轎子已經停了下來；胡雪巖心想，既已如此，不如看個明白，因而不必古應春相勸，先就走了過去。

到那裡一看，首先觸入眼簾的是，一幅簇新的朱箋，寫著烏光閃亮的兩個逕尺大字：「胡寓」。

胡雪巖大為詫異，「老古，老古！」他慌慌張張地問：「妙珠也姓胡？」

「我不曉得。」

「這就有點奇怪了！」胡雪巖狐疑滿腹，「這樣『霸王硬上弓』的事！我還是第一回看見。回去倒要問問妙珍！」

「何必那麼費事？現成有妙珠在這裡，為啥不問？」說著，古應春伸手便去叩門；胡雪巖想要阻止，已是不及，古應春拉起銅環「噹噹」地拍了兩下。

黑漆雙扉開啟，垂鬟小婢正是妙珠身邊的小大姐阿金。

「胡老爺！」面團團像「無錫大阿福」的阿金，笑嘻嘻地說：「你莫非千里眼，順風耳？」

早就尋得來了。」

胡雪巖無心跟她逗笑，只問：「二小姐呢？」

「剛剛回來。」

一句話不曾完，妙珠已掀簾而出，布衣布裙，屏絕鉛華，已儼然「人家人」的樣子了；「古老爺，」她含笑迎客：「請裡面坐。」說著，拋給胡雪巖一個眼風，作為「盡在不言中」的招呼。

這樣的舉止，是以胡家的主婦自居，胡雪巖心想：這就不必再問她的本姓了。如今要動腦筋的是，設法讓她將「胡寓」這張朱箋取消。

這樣盤算著，便聲色不動地說：「你這房子，倒不錯。難為你覓得著；說搬就搬，一搬就有合適的房子，倒真湊巧。」

「是啊，巧得很！」妙珠很高興地說，「我領你們看看。」

於是從前到後，走了一遍，最後至客堂落座；家具似是現成有在那裡的，屋角堆著箱籠什物，還未整理。

「今天還亂糟糟地，沒有地方坐。古老爺，你下次來就好了。」妙珠又說，「做絲生意，總少不得要到同里來；如果沒有地方落腳，就住在這裡好了。這裡，古老爺，你當它自己的家一樣。」

「多謝，多謝。」古應春說，「如果到同里，一定來看你。」

修行的話也不說起了！胡雪巖心裡好笑，想挖苦她兩句，又怕她動氣，便忍住了。但嘴角掩不住那種近乎捉住人錯處的笑容，使得妙珠忍不住要問。

「胡老爺，你笑啥？笑我做事顧前不顧後，是不是？」

「顧前不顧後」五個字，不堪尋味，胡雪巖卻不說破，只問：「你這屋子是租，是典，還是買的？」

「租的。」

「房東賣不賣？」

「賣也可以談。」

「看樣子，你倒像很中意這所房子。」胡雪巖略停一下說：「我看為了省事，我就買這所房子給你好了。」

「隨你的意思。」

「照我的意思，你先把『胡寓』這張條子拿掉！」

「不！」妙珠斷然拒絕，「我姓胡，為啥不能貼那張條子？」

「你將來不是要改做家庵嗎——？」

「對！」妙珠搶著說道：「那時再換一張條子，叫做『胡氏家庵』。」

「那也隨你的便。反正天下姓胡的多得很，隨你高興姓啥就姓啥。」

依然是拒人千里的語氣，妙珠覺得他太過於薄情，臉色便有些不大好看了。

胡雪巖神思困倦，肝火上升，認為妙珠過於耍賴，有意想跟她吵一架，吵散了拉倒。但未及開口，為古應春看出端倪，急忙搶在前面做和事佬。

「啊！」他故意裝作耽誤大事，突然想起的那種吃驚的神色，目瞪口呆地望著妙珠。

這是為了想移轉他們的注意力，兩個人當然都上當；胡雪巖先問：「怎麼回事？」

「喔，」他忽又放緩了神色，搖搖頭說：「沒有甚麼！想起來了，不要緊。」

「真正是！」妙珠拍著胸說：「古老爺真會嚇人。」

胡雪巖對他，當然遠比妙珠來得關心，因而追問：「你想起甚麼？甚麼事不要緊？」

根本無事，如何作答？古應春便信口胡扯：「我想起個很有趣的故事。」

胡雪巖啼笑皆非；妙珠卻是想想滑稽；這古老爺莫非有痰疾？再看到胡雪巖那副懊惱而無可奈何的模樣，不由得「噗哧」一聲，忍俊不禁了。

這破顏一笑，便至少是安撫了一方；古應春旁觀者清，此時若得妙珠的一番柔情蜜意，則百鍊鋼可以化為繞指柔，因而先拋個眼色，然後指著胡雪巖對妙珠說：「他跟尤五爺談了一夜，又送他上船，又來看你，這會兒真的累了。你讓他好好睡一覺吧！」

說完，起身就走；腳在移動，眼睛中不敢放鬆，一看胡雪巖也要站起，立即回身硬按著他坐下。

「朱家人來人往，嘈雜不過。你這兩天精神耗費得太多了，難得幾樣大事都已有了頭緒，正該好好息一息，養足了精神，我們明天一起到蘇州，轉上海。」

「古老爺是好話！」妙珠從容接口，「一個人，好歹要曉得，好話一定要聽。」

胡雪巖也實在是倦得眼都要睜不開，勉強撐持在那裡；經他們兩人這樣相勸，一念把握不住，如水就下，渾身勁洩，不但懶得動，連話都懶得說了。

看古應春剛要出門，他想起一句話，非說不可，「老古，老古，你等等！」他吃力地說，「老周只怕今天會從蘇州回來，如果有啥信息，你趕緊派人來通知我。」

「我知道了。你儘管安心在這裡休息好了。」

等古應春一走，妙珠親自去絞了一把熱毛巾，遞到胡雪巖手裡；同時問道：「餓不餓？」

「餓倒不餓，心裡有點發虛。」

「不是心裡虛，是身子虛。我煨了一罐蓮芯粥在那裡，你吃一碗，就上床去吧！」

一面說，一面便走了開去；不多片刻，阿金捧著一隻閩漆托盤，端來了一碗桂花冰糖蓮芯粥。胡雪巖本來就愛甜食，那碗粥清腴甘糯，吃完了意有未盡；妙珠彷彿預知他的心意似地，緊接著端來了第二碗。

「沒有打算你會來，不曾多預備，就只有這一碗了。我馬上再燉，等你起來再吃。」妙珠又問：「另外還想吃點啥？好趁早動手。」

這樣深情款款，胡雪巖心頭的藩籬盡撤，看看阿金走得遠了，便笑笑說道：「啥也不要；只要你的人！」

嘴裡說著話，一隻手便伸過來拉，妙珠腰肢一扭，翩然避開，帶著頑皮的笑容說：「君子動口，小人動手。」

胡雪巖一笑而罷，伸過懶腰，站起身來；妙珠便引著他到臥房，房間甚大，卻猶未布置妥貼，不過窗簾已經裝好，床上衾枕整潔，儘堪安臥，身子一歪，倒在床上，就不想動了。

「起來嘛！等我鋪床。」

「馬馬虎虎好了。」胡雪巖的眼睛已經合攏，「我不想再動了。」

妙珠無奈，叫進阿金來，替他脫靴寬衣，一個身子撥過來撥過去，費了好半天的事；剛把他的頭搬到枕上，鼾聲已經起了。

他這一覺睡到下午才醒，首先聽到的是柔靡的小調，用鼻音低低哼著；轉身朝外，從雪白方孔紗帳中望出去，只見妙珠正坐在窗前通頭髮，髮長及腰，一梳子通不到底，不能不抬起又白又膩一彎手臂，反握髮梢，才料理得了。胡雪巖看在眼裡，癢在心頭，便咳嗽一聲，等她揭帳來視，很快地將她一拉。

猝不及防的妙珠，恨聲說道：「總是這樣子蠻來！」等他一放手，她脫身退後，正色而言：「這裡地方不同了。」

胡雪巖楞了一下，才明白她的意思——是良家婦女了，不同於她們姐妹一起張豔幟的時候；一夜之隔，居然身分不同；然而對一個睡在她床上的男人，說這樣的話，不太可笑嗎？

因此，他不假思索地問了一句：「那麼我呢？睡在這裡，算是啥名堂？」

「問你自己！你不說明白，我只好拿你當客人看。」

「客人？」胡雪巖忍不住好笑，「睡在女主人床上的客人！」

妙珠也忍不住抿嘴笑了，但很快地又繃起臉來；「難得一次。」她說，「下次再來，就對不起了。」

「怎麼樣？莫非趕我出門？」

妙珠詞窮不答，只叫阿金舀臉水進來；自己雖也在招呼照料，卻總是遠遠地躲著胡雪巖，深怕他要動手動腳來輕薄似地。

這樣子見他如見了一條蛇的神情，使得胡雪巖大起反感，便忍不住挖苦她：「真像個人家人的樣子了！是不是想造貞節牌坊？」

話說得太重，妙珠勃然變色；強自按捺怒氣，冷笑著說：「隨便你怎麼樣說好了！總而言之一句話：我的主意打定了，你一天不拿真心出來，我一天饒不了你。你等在那裡！自有麻煩來找上你的門。」像要挾，又像恫嚇，但更像撒嬌，胡雪巖笑道：「你倒說說看，怎麼樣找我的麻煩？」

「不告訴你。」妙珠恨恨地說：「沒良心的人，不值得可惜，你看我！總有一天要你討饒。」

明知是因愛生恨，胡雪巖仍不免啞然失笑，「到底你我有啥解不開的仇？」他問，「你拿我恨成這個樣子？」

妙珠也是一時衝動，發洩了固然快意，事後卻不免失悔。由他這一問，少不得從頭想起——也不過幾天間的事，像他這樣場面上的人，走馬章台，不足為奇；如說有人喜歡她，就得量珠聘去，世上哪裡有這樣的事？置妾雖不比娶妻，也不是一件小事；當然他有他的難處。只為自己一片癡情，都在他身上；相形之下好像顯得他薄情，其實他守著他做客人的道理，絲毫不錯，怪來怪去，只怪自己一廂情願，鑽到牛角尖裡去了。

這是有苦說不出委屈，既以自怨、又以自責、更以自慚，那眼淚就止不住了，面朝外坐在妝台邊，淚水霑濕了衣襟一大片，也懶得去拭一拭眼。

胡雪巖坐在床沿上，是在她身後，看不見她的臉，只覺得她無語兀坐，態度可怪，等走過來一看，方始驚惶，「咦，咦！」他問，「怎麼了？傷這麼大的心！」

「我也想穿了，」妙珠哭過一陣，心境比較開朗；情感不再那麼黏滯，「各人有各人的處境，硬湊到一起，也沒有意思。回去是絕不會回去了，不過，我也不會再嬲住你。」說著，擦一擦眼睛，擤一擤鼻子，走了出去。

胡雪巖的心情很矛盾。聽她這樣的表示，原該有如釋重負之感，卻反覺得無趣；就坐在妙珠原來的座位上，茫然不知所措。

坐又有些坐不住，站起來隨便走一走；一走走到窗前，無意中向外一望，恰好看到妙珠，手裡拿著一張朱箋，上面彷彿有字——這很容易了解，她將那張「胡寓」的門牌取消了。

這反使得他悵然若失。但是妙珠兩手空空走了進來，不提此事，也不便先問，搭訕著說；「老古怎麼不來？」又問：「幾點鐘了？」

「快打三點了。」妙珠換了一副態度，平添些周旋的形跡，「要吃飯，還是先吃些點心？」

「午飯、晚飯併在一起吃！我也不餓。」他說，「那家館子好，晚上叫一桌席來，我借你的地方請客。」

妙珠似有難色，但終於點點頭：「是哪幾位客？」

「還不就是這幾個熟人。主客是朱老大，在他家打攪了好幾天，應該表示點意思。」

「叫酒席倒現成。」妙珠提醒他說，「如果你是臨時起意，要趕緊通知客人。」

「是的。我自己去。」

於是妙珠伺候他穿上長衫，送他出門。等她關上大門，他才回身去看；果然，那張「胡寓」的朱箋消失了。但深紅的四隻紙角殘蹟猶在，好比「家有喜事」的條子剛剛撕去那樣，令人興起一種曲終人散的悵惘。

胡雪巖站了好一會，方始回身又走；走出巷口，就是一家箋紙店，他買了一張虎皮箋，看著櫃台上的大墨海說：「你們這裡那位字寫得好，勞駕替我寫兩個字。」

「喏，」小徒弟指著坐在帳台旁吸水煙的白鬍子老頭說：「我們老東家的字，聒聒叫！」

那個鬚眉皆白的老掌櫃，便捧著水煙袋起身，含笑招呼，問明了胡雪巖要寫的字樣，就著現成的筆墨，一揮而就；年雖衰邁，腕力不弱，一筆魏碑，將「胡寓」二字寫得典雅凝重，很夠氣派。

寫完裁齊，一客不煩二主，託小徒弟帶著漿糊，領他到妙珠家，在門柱上悄悄貼好；然後出巷雇了頂小轎一直來到朱家。

進門就遇見周一鳴。他是中午到的；為了古應春體恤他連日辛苦，特意不讓周一鳴去擾他的好夢。此時自是先談這一件大事；據說何桂清接信頗為高興，也頗為熱心，當時就上督署接洽，由營務處指派一位委員，是個姓奚的候補同知，專責辦理此案。奚同知在一兩天內，就要到同里來跟蹺腳長根見面。

「姓奚的，是我極熟的熟人。」俞武成在一旁插嘴，「此人極能幹，也極四海，是個好朋友。」

「那太好了！」胡雪巖喜不可言，拱手長揖：「大哥，偏勞了！我本來就在發愁，只怕分不開身；如今就都拜託大哥了，我把老周留在這裡聽你招呼。」

「大家都有份的事，說甚麼偏勞？」俞武成慨然應承，「我也曉得你這陣子管閒事，耽誤了好些正經。這裡都交給我好了。你啥時候走？」

「明天一定要走了。」胡雪巖趁機邀客，「打攪了朱老大好幾天，無以為敬；今天借個地方，專請你們幾位敘一敘。這個地方，老古知道；請他陪了去。」

「是啥地方？方便不方便？」俞武成說，「我最怕在陌生地方應酬。」

「方便，方便！」古應春代為回應：「包你不會拘束。」

客是請好了，妙珠哪裡卻還放心不下，怕她只有一個阿金，主婢二人，鋪排不開；因而又帶周一鳴，趕回「胡寓」去照料。

到了那裡一看，才知是過慮。妙珠叫了半副「茶箱」；茶水、燙酒，兼帶值席，一起都有人照應。另外館子裡派來三個人，一個廚子、一個下手、一個打雜上菜，請一桌客有這麼多人料理；女主人根本清閒無事，在廊上嗑瓜子閒眺，顯得十分優閒。

「不過，老周，」妙珠很高興地說：「你來得正好，要勞你的駕，給我去借幾副牌來。」

這是「餘興」中少不得的。周一鳴回朱家去借了麻將、牌九、搖攤，剛剛鋪設停當，大隊人馬已經到了。

一馬當先的古應春，見了女主人就問：「妙珠，剛貼上去，簇簇新的一張條子，為啥又換過？」

妙珠一楞，想不懂是怎麼回事？「甚麼條子？」她問。

「還不是那兩個字？你難道不明白。」

她是真的不明白。空言相辯無用，所以先不作答，奔出大門一看，虎皮箋上「胡寓」二字；看墨跡已經乾了，不是剛貼上去的。

「是那個？」她心裡疑惑：莫非是？如果是他，又是甚麼時候貼上去的？

會不會是古應春呢？他是個熱心人，也許說動了胡雪巖，回心轉意，有些撫慰的表示。但再想一想，便知不然；古應春根本不知道自己有跟胡雪巖嘔氣，撕下門牌這回事，則何由而出此舉？照這樣看來，還是胡雪巖自己改變了主意。到底把他感動得「降服稱臣」，拜倒在石榴裙下；妙珠十分得意，當然，更是多的欣喜和感動。

走回裡面，只見胡雪巖望著她一笑；這就是證實了是他幹的事。只不知道他是甚麼時候幹下的？這樣一件小事，都有點神出鬼沒，這個人實在利害！不能不佩服，也不能不小心。

心裡這樣在想，臉上也報以莫逆於心的一笑；古應春看在眼裡，越覺好奇心起。只是這樣的場合，他要幫著胡雪巖應酬，一時無法去盤根問底。

「吃飯還早，」劉不才這時已很起勁地在拉搭子了，「我們怎麼玩？請俞老出主意。」

「都是自己人，不好當真。」俞武成說，「今天妙珠從良，我們該有點意思；我出個主意，請大家公斷。我們推一桌輪莊牌九；贏了的不准落荷包，都拿出來，替妙珠置點啥！」

「不必，不必！」胡雪巖急忙辭謝：「沒有這個規矩。」

大家都贊成，只有胡雪巖堅辭不允；俞武成心直口快，便即問道：「老胡，你是不是怕我們掃了你的面子？」

「大哥！」胡雪巖覺得他的話不中聽，但不能不表示惶恐，「你怎麼說這話？我只好不響了。」

「對！」俞武成笑道：「不是我這樣子說，沒有辦法叫你不開口。來，來，我癡長兩歲，第一個莊該我。」這桌牌九，味道特別，大家都想輸幾文，讓妙珠有點好處，結果反而扯平了，四個莊——俞武成、劉不才、古應春、楊鳳毛分別推完，結帳只多了兩百五十兩銀子。

「這不夠！再來！」俞武成擄過牌來洗著，「這一下推小的，大家放開手打。」

於是下風出手都不能太少，檯面上有一千六百兩銀子；擲骰分牌，他看了一下，扣住牌不響三門翻牌，點子都不小；俞武成輕輕將牌一掀，一對寶子，統吃。

「夠了，夠了！我替妙珠謝謝。」俞武成將牌一推，拿銀票集中在桌子中間，笑盈盈地站起身來。

一方牌九只推一條便散場，劉不才賭了這麼多年，還是第一回見過這種事。輸錢還在其次，賭癮被勾了起來，未免難受；但亦無可奈何，只能罷手。

古應春的感想不同，「俞老真是快人快事！」他說，「我就佩服這種爽快的性子。」

俞武成本來就覺得得意，聽古應春這一說，越發有興，不假思索地大聲說道：「今天我們索性再做件痛快的事。我一說，大家贊成；不過，老胡不准開口。」

「何以不准我開口？」胡雪巖笑著抗議。

「怕你殺風景——。」

俞武成剛說了這一句，古應春已猜到他的心裡；深怕一個說出口，一個有推託，好事變成僵局，所以急忙攔在前面說：「俞老，俞老！你請過來。」

拉到旁邊一問，果不其然；俞武成就趁此刻，要為胡雪巖與妙珠撮合，現成的酒席，便是喜筵；賀客賀禮，也都來了。辦了喜事，胡雪巖明天好回蘇州去幹正經。

「俞老，你的美意，我那位小爺叔一定感激。不過，家家有本難念的經，他到底有何難處，還不曉得。你老的一句話，重似千金，說出來，他不能說個不字；但心裡如果有甚麼嘀咕，想來你也不願意。交朋友，總也彼此絲毫無憾，你說是不是呢？」

「絲毫無憾」這句話，俞武成聽不懂；但他的意思是很容易明白的。仔細想一想，自己有點冒失；說出話來，收不回去，面子上下不來，豈非自討沒趣？這樣想著，便對古應春油然而生敬服之心。

「不錯，不錯。老古你想得周到，如今，你看這件事怎麼辦？」

古應春知道他好熱鬧；更知道他的性情是那種自以為是好意便不許人不受的紈袴脾氣。再細想一想胡雪巖的態度，對妙珠已經回心轉意好事有望，便答應由他去作個探問。

私下一談，胡雪巖的答覆是古應春再也想不到的，「我已經叫老周接妙珍來了。」他說：「俞老一開口，我就懂了；既然如此，回頭就煩你們兩位跟妙珍談一談，甚麼都好答應，只有一樣；不能老住在外面。」

「小爺叔！」古應春楞了一下說：「我曉得你意思已經活動了，不想變得這麼快？是怎麼想了一想？」

男女間事，無理可喻，胡雪巖的改變心意，是決定於重新貼上「胡寓」門牌的那一刻；而到底又是甚麼原因讓他決定貼上「胡寓」的門牌，是為了妙珠忽作懸崖勒馬之計而受了感動，還是一時興起？已莫可究詰。不過，他是個不肯欺心的人，既然有此決定，即令不為人知，亦不可相負。至於趁今天納寵，無非不願辜負朋友的好意；樂得「湊興」。

感到興趣的，自然不止俞武成和古應春；未吃喜酒，先鬧新房，都擠在妙珠屋中，歡然諧笑。等妙珍一到，俞武成和古應春「做媒」，代為談判條件，問她有何要求？

「我沒有要求，這是件好事；我只有高興。不過，我總得問問妙珠的意思。」

這是理所當然的，便讓她們姐妹密談。妙珍的意思，怕胡雪巖將來會變心，要他拿出一筆錢來；以防人老珠黃，後半輩子的衣食可以無憂。

「你心裡要放明白，不是我在打甚麼主意。初出來那兩年的債務，總算弄清楚了，我不想一個錢的好處；他那筆錢拿出來，用你的戶名去存去放，摺子仍舊交給你。」妙珍又說，「我們姐妹一場，我完全是為你著想。」

「那就跟他要三千銀子好了。」

妙珠的身價，應該不止三千兩。不過這樁喜事，與一般情形不同；妙珍也就不便再多勸。把話轉到古應春那裡，他不須徵詢胡雪巖的意見，便代為答應了下來；當時向這一晌掌管著胡雪巖的財務的劉不才，如數要足銀票，用個紅封袋套好，封籤上寫明「奩儀」，交了給妙珍。

妙珍再轉交妙珠，她卻不肯收，送給姐姐，作為敬意。妙珍無論如何不要；姐妹倆推讓了半天，最後作為妙珠託她代為放息，妙珍才收下那個「紅包」。

酒闌人散，妙珠方得有機會跟胡雪巖說話。只是原有無數語言，迫不及待地想傾吐，而到了此時，反覺無從說起；望著高燒的紅燭，回想這兩天的波折，心裡不辨是悲、是喜；是感慨、還是感激——感激日日在念經禮拜的白衣大士，菩薩有靈，終於如願以償。

胡雪巖的心思也跟她差不多，在緋色的光暈中，有著如夢似幻的感覺，凝視著鏡中的宜喜宜嗔春風面，自不免興奮而得意；但想到在蘇州的芙蓉，不由得又生歉意。就這樣心潮起伏，便想不起該怎麼找兩句話來跟妙珠說了。

「洞房」中是出奇地沉寂；寂靜得燈花爆裂的聲音都聽得見。這使得妙珠大起警覺；也可以說是大起疑慮，如此良宵，絕不該有這樣清冷的光景，於是覺得有句話非說不可。

「你懊悔了是不是？」她問。

胡雪巖很詫異，「懊悔甚麼？」他反問一句。

「懊悔不該自己貼上『胡寓』那張條子？」

「沒有這話！我做事從來不懊悔的。」

妙珠默然。這總算是一種安慰；但究竟不知他真心如何？也許口中否認，心裡真有悔意。那樣子倒是自己該懊悔孟浪了。

生米已經煮成熟飯，卻還未下嚥。她心裡在想，錯了一步，錯不得第二步；寧可落個笑柄，也不能自誤一輩子，無論如何得要試出他的真心來。

一念到此，立刻有了計較。要試別人的真心，先得自己表示真心；她毫不遲疑地打開一隻描金皮箱；從箱底取出首飾箱來，開鎖揭蓋，送到胡雪巖面前。

箱子裡有玉鐲、寶石、戒指、珠花、金鎊、珈南香手串；都用新棉花包著，此時一樣一樣揭開來放在桌上，五光十色，令人目眩。胡雪巖不解所謂，忍不住問道：「你這樣獻寶幹甚麼？」

「我的私房都在這裡。喏，你看！」她撿起一扣存摺，遞給胡雪巖。

「你自己的東西，用不著給我看！」他不看存摺，順手拋在首飾箱裡。

「這些首飾，我自己估一估，值兩萬銀子。你看呢？」

「我不大懂。」胡雪巖說：「快收起來！財不露白。如果這時候外面有個賊在偷看，以後就危險了。」

「不要緊的！這房子嚴密得很，圍牆極高，不怕賊來。」妙珠略停一下，回入正題：「我留著這些東西無用，說不定如你所說，叫賊偷了去，反害得我心疼；不如交了給你。」

「交給我做甚麼？」

「咦！那還不是隨便你！做生意派點本錢也是好的。」

聽得這兩句話，胡雪巖的感想極多，但最後卻是笑了出來——想到「唱本」上的故事：公子落難，花園贈金，大魁天下，奉旨歸娶。看起來，妙珠多少也有這樣子的想法。

這一笑，顯得有些輕侮，妙珠微感不悅，正色說道：「我是誠心誠意的正經話。」

「我曉得你是誠心誠意。可惜，」胡雪巖想了想，還是將那句話說了出來：「你這番誠心，用錯了地方。」

「怎麼呢？誠心待人還會錯？」

「本心不錯，用得不得當。你要遇見一個肯上進的窮書生就好了，將來不說中狀元，進京趕考中個進士好了，明媒正娶，還掙副誥封給你。那有多好？」

「我不稀罕。只要——。」

「只要怎麼樣？」

「只要——，」妙珠很吃力地說：「只要你不變心就好了。」

胡雪巖默然。覺得所遇到過的幾個女子，以妙珠用心最苦，脅之以死，動之以利；先怕嫁不成，嫁成了又怕人變心，心眼兒這麼多，將來怕難得相處。

他的心裡很矛盾，有畏懼也有憐惜；因而既想設法將剛結上的紅絲剪斷，卻又覺得割捨不下，就這躊躇莫決之際，聽得妙珠幽幽地嘆了口氣。

「唉！嫁雞隨雞，嫁狗隨狗，我也跟你一樣，做事不會懊悔的。將來都看你！反正不管怎麼樣，我姓胡是姓定了。」

聽得出來，這是從心底掏出來的真話。她有這樣的表示，自己便再無別的主意好打；但是胡雪巖也警覺到，此時不宜輕許諾言，宜乎硬起心腸來，「言明在先。」

「你這樣一片誠心待我，我怎麼肯變心。不過，我有為難之處，你也該體諒。將來有不得不讓你委屈的地方，你肯不肯咬起牙關來承受？」

妙珠咬一咬牙，答了一個字：「肯！」

「那就好了。甚麼委屈，這時候也不必去說它；總之將心比心，到時候你肯為我設想，就曉得我要你受那種委屈，也是無奈。」

這番話曖昧難明，妙珠認為必須問個清楚：「你倒說說看，是啥委屈？讓我心裡也好有個預備。」

「譬如說，我明天一早就要走了，丟下你一個人在這裡，豈不是委屈了你？」

「像這樣，不算委屈。」妙珠又問：「還有呢？」

「還有？」胡雪巖搖搖頭，「一時無從說起。反正都是這種事出無奈的情形。我們先談明天；我走了以後，你怎麼樣？」

「自然是關起門來過日子。」

這樣的答覆，是可以意料得到的。但說出口來，有聲音灌入耳中，少不得要想一想；這一想，便有疑問了。

「你是過慣了熱鬧日子的，一個人清清冷冷，熬得下來嗎？」

話問得很坦率，也很實在；可是妙珠卻覺得不中聽，因而語氣中便有不服氣的意味：「你看著好了，看我熬得下來，熬不下來？」

熬不下來又如何？胡雪巖心裡在想，將來紅杏出牆丟自己的面子。這件事非同小可；必得好好想個辦法。生米已經煮成熟飯，說不算也不行；那就只有一條路好走。

對這一重姻緣，一直優柔寡斷，彷徨遊移，自己都不知道如何是好的胡雪巖，恢復了他的明快果斷的性格，「妙珠！」他用毫不含糊的語氣說：「這些東西你自己先收起來，有機會我替你做點『小貨』，是你的私房，我絕不來動你。至於丟你一個人在這裡，我也不放心；你等我明天一走，就收拾收拾行李，我再來接你，我想把你擺在上海。」

到底有了個明確的了斷！轉彎抹角，終於逼出了他心裡的話，妙珠大為欣慰。但是，他還有個芙蓉在那裡，又將作何處置？

「此刻在蘇州的『那一個』呢？」

「你是說芙蓉？」胡雪巖毫不遲疑地答道：「我拿她擺在湖州。」

這就很容易明白了，他預備立三個「門口」，除了杭州的老家，上海、湖州各一處。上海是繁華之地，而且要做生意，就得常住上海，比較上以自己的處境最優越。

妙珠苦心設計，做作得太久，這時候再也不願掩飾她的真情；收好她的首飾箱往床裡枕頭邊一放，隨即便貼住他的身子坐下，兩手環抱，抱住他的下半身，將臉偎依在他肩頭，深深地吸著氣，顯得極其滿足恬適似地。

第三十章

第二天一早便有人敲門，妙珠驚醒了問道：「是不是阿金？做啥？」

「是我。」阿金高聲相答：「古老爺來了。說有要緊事情，要跟胡老爺說。」

於是妙珠推醒胡雪巖說知究竟；他披衣起床，開出門來，古應春歉然說道：「對不起！吵醒了你們的好夢。有個消息，非馬上來告訴你不可。」

胡雪巖睡意猶在，定定神問道：「甚麼消息？不見得是好事吧？來，來，進來坐了談。」

「不必！我直截了當說吧！五哥派了專人送信來，上海洋商那裡，事情怕有變化；龐二那裡的檔手出了花樣——。」

「是那個姓朱的嗎？」胡雪巖打斷他的話問。

「是的。就是那個外號『豬八戒』的朱觀宗。」

「這個人我早已看出他難弄。」胡雪巖搖搖頭，「你說，他出了甚麼花樣？」

「五哥派來的那個人很能幹，講得很詳細。是這麼一回事——。」

原來「豬八戒」野心勃勃，想借龐二的實力，在上海夷場上做江浙絲幫的頭腦，因而對胡雪巖表面上「看東家的面子」，不能不敷衍；暗地裡卻處心積慮要打倒胡雪巖。

自從古應春跟洋商的生意談成功，由於事先有龐二的關照，豬八戒不能不跟著一起走。壞在胡雪巖不在上海，一時不能簽約，而古應春又到了同里；造成可乘之隙。據尤五打聽來的消息，豬八戒預備出賣胡雪巖；他已跟洋商接過頭，勸洋商以他為交涉的對手，他也願意訂約保證，以後三年的絲，都歸此洋商收買，而眼前的貨色則願以低於胡雪巖的價格，賣給洋商。

「這傢伙是跟洋商這麼說：你不必擔心殺了價，胡某人不肯賣給你！你不知道他的實力，我知道；他是空架子，資本都是別處地方挪來的，本錢擱煞在那裡，還要吃拆息，這把算盤怎麼打得通？不要說殺了價，他還有錢可賺；就是沒有錢賺，只要能保本，他已經求之不得。再說，新絲一上市，陳絲一定跌價，更賣不掉。」古應春越說越氣，聲音提得很高，像吵架似地：「你看，這個王八蛋的豬八戒，是不是漢奸？」

「你不必生氣。我自有治漢奸的法子。」胡雪巖好整以暇地喊道：「妙珠！你叫阿金先弄些點心來給古老爺吃。」

「不必，不必！我吃不下，氣都氣飽了。小爺叔，」古應春說，「我看只有一個法子，一面你、或者請劉三爺，趕到南潯去一趟，請龐二出來說話；一面我趕回上海，聯絡散戶對付豬八戒。」

「龐二是孫悟空，治豬八戒倒是一帖藥。不過，還沒有到要搬請齊天大聖出來的時候。」胡雪巖又說：「至於聯絡散戶對付豬八戒，打狗要看主人面，龐二面上不好交代。」

「小爺叔！」古應春真的有點著急，「你處處講交情，愛面子；你不想想人家跟你不講交情，不講面子。」

胡雪巖想了想，笑了，「我已經有了法子。」他說，「豬八戒識相的，我們善罷甘休；他如果不識相，那就真正是『豬八戒照鏡子』，我要搞得他『裡外不是人』。」

「好啊！小爺叔，你說！」

「不忙，不忙，先坐下來。」

等胡雪巖拖他進了「新房」，妙珠已經草草妝成；一夜之隔，身分不同，古應春笑嘻嘻地叫一聲：「阿姨，恭喜，恭喜！」

「不敢當。」妙珠嬌羞滿面，「古老爺請坐，啥事體生氣？聽你喉嚨好響。」

「現在不氣了。」胡雪巖接口說：「快弄點茶水來，我渴得要命。」

於是妙珠喚來阿金，一面伺候胡雪巖漱洗；一面張羅著招待客人——胡雪巖說「有了法子」是寬古應春的心的話；直到慢慢洗完了臉，才真的籌劃出一個辦法。

於是胡雪巖一面陪著古應春吃早點；一面授以對付「豬八戒」的祕計。古應春心領神會，不斷稱是。等談妥當，古應春即時動身，趕回上海，照計行事。

依照預定的步驟，他首先去看洋商，怡和洋行的大班吉伯特；那個原在東印度公司任職的英國人，極善於做作，一見古應春的面，首先表示惋惜，當初談成交後，不曾先簽下一張草約；於今接到歐洲的信息，絲價已跌，所以不能照原定的價格成交，他個人表示非常抱歉。又說：如果當初訂下草約，則此刻照約行事，總公司明知虧本，亦無可奈何。怪來怪去怪古應春自己耽誤。

「是的，草約不曾訂，是我自誤。不過，中國人做生意，講究信義；話說出口，便跟書面契約一樣有效。」古應春從容問道：「歐洲的絲價，是否已跌，我們無法求證；我只想問一句：你是不是仍舊願意照原價買我們的絲？」

「抱歉！我已經說得很清楚了。」吉伯特答道：「如果你願意減價百分之十五，我們依舊可以交易。」

「不行！」古應春答：「你向任何一個中國商人買絲，都需要這個價錢。」

談判決裂是在意中。古應春離開怡和洋行，立即趕到二馬路一家同興錢莊，取出一張五千兩的銀票，存入「福記」這個戶頭。

「好的！」同興的夥計說，「請你把摺子給我。」

「沒有摺子。」古應春答道：「我們是裕記絲棧，跟福記有往來；收了我的款子，請你打一張收條給我。」

生意上往來，原有這種規矩，同興錢莊便開出一張收據，寫明「裕記絲棧交存福記名下銀五千兩正」，付與古應春。同時又通知了福記。有這樣一筆款子存入。

「福記」就是「豬八戒」的戶頭；他的名字叫朱福年。一接到同興的通知，深為詫異；因此等古應春去拜訪他時，首先便提到這件事，「老兄，」他問，「我們並無銀錢上落，你怎麼存了五千銀子在我戶頭裡？」

「這是胡先生的一點意思。」古應春答道：「胡先生說，平常麻煩你的地方很多，早想有所表示；現在絲上賺了一筆，當然要送紅利。」

「不敢當，不敢當。」朱福年忽然裝得憂形於色地，「應春兄，你是剛回上海？」

「是的。」

「那麼，怡和洋行的吉大班你碰過頭沒有？」

「碰過頭了。我就是為這件事，來向你老兄討教的；吉伯特說歐洲的絲價跌了，要殺我們的價。你看，該怎麼辦？」

「這——，我正也為這一層在傷腦筋。洋人壞得很，我們要齊了心對付他。他要殺價，我們就不賣。」

「你這裡實力充足，擱一擱不要緊；我們是小本錢，擱不起。」

「好說，好說。」朱福年試探著問，「應春兄，你那裡的貨色，是不是急於想脫手？」

古應春點點頭，面色凝重而誠懇，「實不相瞞，」他說，「這票絲生意，如果先沒有成議，各處的款子都還可以緩一緩；因為十拿九穩了，所以都許了人家最近料理清楚。想不到煮熟了的鴨子又飛掉；只好請老兄幫忙，讓我們過一過關。」

「不敢當，只怕我力量有限；作不得主——。」

「當然不會讓老兄為難。」古應春搶在前面說，「跟洋人做生意，不是這一回，再困難也不能走絕路。老兄也是內行，曉得洋人的利害；所以我們這票絲，跌價賣給洋人，無論如何不肯。

我跟吉伯特已經說過了，不管向那個中國人買絲，都非照原議的價錢不可。只要大家齊心，不怕洋人不就範。我想這樣，便宜不落外方，我們少賺幾個；老兄幫了我們的忙，總也要有點好處。」

接著古應春便說了辦法，拿他們的絲賣給朱福年；照吉伯特的原價打個九五折，換句話說，是給朱福年五釐的好處，算起來有一萬六千銀子。

古應春的神態，看來懇切，其實是安排下一個陷阱；如果朱福年知趣，收下那五千銀子的「紅包」，高抬貴手，仍舊照原議，讓古應春代表同業跟吉伯特去打交道，訂約成交，利益均沾，則萬事全休。無奈此人利令智昏，一隻手如意，一隻手算盤；心裡在想，一轉手之間，有一萬多銀子好賺，而且歸自己出面訂約，馬上就變成同業的頭腦，這樣名利雙收的機會，豈可錯過？

只是心花雖已怒放，表面還不能不做作一番，「應春兄，只要我力量夠得上，無有不效勞的。不過，我是依人作嫁；這件事做是可以做，照規矩總得先跟東家說一聲。歇個三、四天，給你回音好不好？」

這兩句託詞，早在胡雪巖意料之中；古應春心裡好笑，一隻腳已經被拉住了，他還在鼓裡！

當時答道：「是的。規矩應該如此；不過總要拜託老兄格外上緊。」

「我曉得，我曉得。最多四天功夫，一定有確實回信。」朱福年又說：「那五千銀子，絕不敢領；請你帶了回去。」接著便拿鑰匙要開外國銀箱取銀票。

「不！」古應春將他那隻拿鑰匙的手按住，放低了聲音說：「老兄，我們遲早要付的；四天以後有了確實回信，我再把餘數補足。」

「嗯，嗯！」朱福年還不大懂他的話。

「老兄，」古應春的聲音放得更低，「這筆生意，甚麼樣一個折扣、怎麼樣出帳，完全聽你老兄的。如果是照原價出讓，我們再補一萬一千銀子到福記。」

這是教朱福年作弊，意思是他大可跟龐二去說，為了幫胡雪巖的忙，照吉伯特的原價，先行墊付；帳上十足照給，暗中放下一萬六千銀子的回扣——這也是做法之一。朱福年一時無從決定，當然是先保留著這條路；所以點點頭說：「那也好！我們到時候再結帳。」

於是歡然辭別，回到裕記絲棧，古應春找著尤五，不曾開口，先就得意大笑。

由於古應春一到上海就忙著跟洋人與「豬八戒」打交道；匆匆一晤，尤五只知道胡雪巖已授以「錦囊妙計」，卻不知其詳，所以這時看他得意大笑，雖覺欣慰，更多困惑，急於要問個明白。

古應春說了經過，他還是不明白，「這裡頭有啥『竅檻』？我倒不懂。」尤五問道，「四天以後，照你的價錢賣給豬八戒，無非白白讓他得一萬六千銀子的好處，外帶捧他做個『老大』。」

「哪裡有這麼便宜的事？等我修起一封書信來，劉三爺一到，直投南潯；那時候就要叫『豬八戒照鏡子，裡外不是人』了！」

「啊，啊！」尤五被點醒了，卻還不曾點透，「龐二是大少爺脾氣，要面子的；跟小爺叔的交情也夠。不過——，」他說，「照我來說，豬八戒幫東家賺錢，他也不能說他錯。」

「不然！」古應春問道：「五哥，你算是朱福年，設身處地想一想，他有幾個做法？」

尤五想了一會答道：「他有三個做法，一個是自己『做小貨』——賺錢歸自己，蝕本歸東家；幫人做夥計，這是最犯忌的事。第二，他照你教他的辦法，跟龐二說是幫我們的忙，十足墊付；暗地裡收了個九五回扣，這也是開花帳，對不起東家的事。但是，他如果老老實實，替龐二打九五折收我們的貨，賺進一萬六千銀子歸入公帳，那就一點不錯了。」

「說得不錯，可惜還有一樣把柄在我們手裡。」古應春將同興錢莊所掣的那張收據一揚。

「這——？」尤五疑惑地，「這也好算是把柄？」

「怎麼不是把柄？就看話怎麼說！」古應春得意揚揚地，「不說他借東家的勢力敲竹槓，只說他吃裡扒外——如果不是送了五千銀子，我們的絲賣不到這個價錢！」

「我懂了，我懂了。」尤五恍然大悟，「意思是說，吉伯特要打八五折，我們跟豬八戒串通好，提高到九五折？」

「對！不然我們為甚麼要送他五千銀子？銀子多得發霉了是不是？」

「這咬他一口，倒也厲害。不過，他要退了回來呢？豈不是嫌疑洗刷乾淨了？」

「怎麼洗刷得乾淨？他要今天硬不肯收那五千銀子，而且自己先跟他東家說明白：人家送我五千銀子，我不要！那才算他硬氣。這一步錯過，嫌疑洗刷不乾淨了。」

尤五想一想，果然！「小爺叔想條把計策，也蠻毒的。」他笑著說，「當然，只怪豬八戒心太狠；這五千銀子本來是『人參果』，現在變成蜜糖裏的砒霜，看它啥時候發作？」

「信一到就會發作。」古應春說，「這封信很要緊，我得快點動手。」

於是他精心構思，用胡雪巖的語氣，給龐二寫了一封求援的信。信上第一段說，吉伯特要殺他的價，而他急於脫貨求現，跟朱福年已經談過。

第二段是引用朱福年自己的話；也道出了寫這封信的緣故；因為朱福年表示不敢作主，要請東家決定，所以他特地向龐二請求，希望「鼎力賜援，俾濟眉急」。

第三段最難措詞，要在慚愧中有感慨；感慨中寓不滿，意思是說：回想當初，承龐二全力支持，原以為可以借重他的實力，有一番作為，不想落到今日的地步，當然是自己才具不勝，辜負了好朋友的厚愛，這是慚愧中有感慨。然而又何以落到這步田地呢？當然是豬八戒從中搗亂的緣故，但這話絕不宜說破；而又不能太隱晦，明暗之間要恰恰能引起龐二的關切懷疑，不能不加以追究為度。過與不及，皆非所宜，是相當費斟酌的事。

好在古應春英文雖佳，中文也不壞；改了又改，又徵詢尤五的意見，畢竟寫得到了恰到好處的程度。

等謄清校對，看明隻字不誤；這就要等劉不才了。尤五的意見，認為不管朱福年是真的要請示東家；還是別有用心？這封信卻必須盡快遞到南潯，無論如何要在朱福年之前「搶個原告」，才有效驗。古應春認為這個看法很實在，但劉不才不到，沒有第二個人認識龐二，也是枉然。

「這樣，我們迎了上去；如果能在松江截住劉三爺，轉舵直奔南潯，起碼可以省出來一天的功夫。」

「也好！」古應春說，「我順便到府上去等七姐，說不定小爺叔也到了；有啥話，我們在松江細談，也是一樣。」

於是在裕記絲棧留下話，萬一中途錯過，劉不才到了上海，讓他即刻翻回松江。當然，水路上一路而去，尤五處處皆熟，逢人打聽，是很少會有錯失可能的。

到了松江，才知道這一著真是走對了。他們是一早到家的，進門就遇見劉不才在客廳上喝早酒；問起來才知道他是前一天晚上到的，護送七姑奶奶和芙蓉在尤家暫住；他自己預備中午下船回上海。

「小爺叔呢？」尤五問。

「他跟何學使還有點要緊事談。大概一兩天回上海。」

「暫時不管他。」古應春說：「三爺，事不宜遲，你的酒帶到船上去喝。」

「可以。」

於是尤五替他準備船隻；古應春交代此行的任務，將其間的作用關鍵，細細說完，千叮萬囑：「說話要當心，言多必失。」

「是了。你放心。」劉不才說，「問起來，我只說我在同里，不清楚就是了。」

一條「無錫快」分班搖櫓，日夜不停，趕到南潯；劉不才上岸雇轎，直奔龐家。

來得不巧，也來得很巧。不巧的是龐二的老太太正做六十大壽；巧的是嘉賓雲集，像劉不才這副清客材料，正好派上用場。

到壽堂磕過了頭，龐二一把拉住他說：「劉三哥，你來得好極。有幫客人，要你替我招呼。」

不用說，當然是賭客，劉不才的心跟手都癢了，但辦正事要緊。

這天是壽誕正日，前一天暖壽，下一天補壽，一共三天；遠道來的賀客，餘興未盡，少不得還要賭幾天，所以劉不才打算著，總得五天以後才能同上海。

兩天過去，他已結交了好些朋友；這兩天當中，他也確實賣力，根據客人的興趣，組合賭局，各得其所，皆大歡喜。大家都誇獎劉不才，主人也有面子；所以龐二對劉不才大生好感。

第三天上午，賭局還未開場以前，特地到他下榻的小花廳來道勞。

道過謝，說些閒話，龐二提了胡雪巖，「老胡的禮數真周到。」他說，「昨天特為派了人來送禮，真正盛情可感。」

「應該的。」劉不才也很機警，答得十分漂亮：「若不是那票絲弄得他焦頭爛額；照他跟二哥你的交情，一定還要趕來替老伯母磕頭拜壽。」

這一下倒提醒了龐二，皺著眉頭說：「老胡長袖善舞，我最佩服他。何至於弄得如此！而且我也不懂，他是怎麼跟洋人搞決裂的？照朱福年說，他心太急了些，讓洋人看透他的實力，趁機『拿喬』，不知道有沒有這話？」

「這我就不大清楚了。他跟洋人打交道，都是一位姓古的經手；所以這方面的情形，我隔膜得很。」

「你是說古應春？這個人我也知道；極能幹的，洋人那裡的信用也很好。老胡有他，如虎添翼；所以越發叫人弄不懂了。」

話要入港了，劉不才暗暗高興；表面上卻還是裝佯，「怎麼弄不懂？」他問。

於是劉不才不慌不忙地說道：「老伯母的大壽，理當效勞，只要用得著我，十天八天都要伺候。不過，我是雪巖特地派我來的，有封信，請二哥先過目。」

龐二拆開信，「一目十行」，匆匆看去；還未看完，就連聲答說：「小事，小事，朱福年今天也要來的，我關照他就是。」

這封信是要從容尋味，才能看出名堂；照眼前的情形，龐二哪裡有心思細琢磨？看起來古應春的這番精心構思，變成「俏媚眼做給瞎子看」。自己雖守著「言多必失」之誡，未便多說，但這意外的情形，應該通知古應春，好作個準備。

打算停當，便即擺出欣然的顏色：「二哥肯這樣幫忙，我的差使也好交代了。上海還在等我的回音，我寫封信叫原船帶回去，回頭再來幫你招呼客人。」

「何必你親自去跑。」龐二說道：「船在哪裡？你寫好了信，我派人替你送去。」

「不必，不必！」劉不才答道：「我本來是打算原船回去的，現在總還得住兩天；船上的東西，要收拾收拾，還是我自己去一趟的好。」

聽他這樣說法，龐二只得由他；派了一名傭工，又派了轎子，送他到碼頭。劉不才先在船上收拾好行李，關照龐家的聽差押著先走；然後在艙中寫好一封信，叮囑船家即時趕回松江，送交尤五。

「應該可以做得極出色的事，為啥弄得這樣子狼狽，我就不懂。你想，以老胡和姓古的手腕；加上老胡跟我的實力，我真不相信會搞不過洋人！」

「是啊！」劉不才做出被提醒的神氣；眨著眼，皺著眉說：「照規矩說，不應該如此。到底啥道理，這趟我回上海倒要問問他。」

「我們一起走。」龐二立即相邀，「我早就要去了。只為家母的整生日，分不開身，還有幾位比較客氣的朋友，明天都要走了；快的話，我們後天就可以動身。」

案頭正好有本黃曆，劉不才隨手一翻，看到後天那一行，一個大「宜」字下，密密麻麻的小字，不問可知是黃道吉日——看黃曆有句俗語，叫做「呆人看長行」；長行的都是宜甚麼，宜甚麼，如果是個「破日」，只有短短一行，四個大字：「諸事不宜」。

「後天宜乎出門。」他正好慫恿，「過了後天，就得隔五天才有好日子。我常在外面跑，無所謂；你好久不出門了，該挑個好日子。」

「那，」龐二略一沉吟，毅然作了決定：「準定後天走。」

於是，劉不才陪客，龐二料理出門的雜物；紈袴子弟好面子，送人的禮物就裝了半船，除了南潯的土產以外，還有兩箱瓷器，是景德鎮定燒的，龐老太太「六秩華誕」的壽碗，預備分送那種禮到人不到的親友。

五月底的天氣，又悶又熱，出門是一大苦事；但龐二有龐二的辦法，在水路上「放夜站」；

白天找濃密的柳蔭下將船泊下，船是兩條，一條裝行李，住傭人；一條是他跟劉不才的客船，十分寬敞，聽差的以外，隨帶一位十分伶俐的小丫頭服侍，納涼、品茗、喝酒、閒談，十分逍遙自在。

談風月、談賭經以外，少不得也談到胡雪巖。龐二雖是紈袴，但出身生意人家，與做官人家那種昏天黑地，驕恣狂妄的「大少爺」畢竟不同；不但在生意買賣上相當精通，而且頗能識好壞、辨是非。加以劉不才處處小心，說到胡雪巖這一次的受窘，總是旁敲側擊，以逗人的懷疑和好奇為主；因此，龐二不能不拿古應春的信，重新找出來，再看一遍。

這一看，使得他大為不安。當時因為家裡正在做壽，賀客盈門，忙得不可開交，無暇細思；朱福年來了以後，也只匆匆的交代一番，說照胡雪巖的意思辦就是。這話乍看不錯，其實錯了；以自己與胡雪巖的交情，如何去賺他這個九五扣一萬六千銀子？當然是照洋人的原價收買。

「糟了！糟了！」他不勝懊喪地說：「老胡心裡一定罵我不夠朋友！劉三哥，你要替我解釋。」接著，他把他的疏忽，說了給劉不才聽。

「龐二哥，你也太過慮了；老胡絕不是那種人！感激你幫忙還來不及，哪裡會多心？」

「這叫甚麼幫忙？要幫忙就該——。」龐二突然頓住，心裡湧起好些疑問。

道理是很明白地擺在那裡，要講「幫忙」，就得跟胡雪巖採取一致的態度，迫使洋人就範。論彼此的交情，應該這麼辦；況且過去又有約定，更應當這麼辦。

而目前的情形是，顯而易見的各行其是了。到底是胡雪巖自己知難而退，解消了齊心一致對付洋人的約定；還是另有其他原故？必須弄個清楚。

紈袴子弟都是有了疑問，渴望立即求得解答的脾氣，所以龐二吩咐船家，徹夜趕路，兼程而進，到了上海，邀劉不才一起在「一品香」客棧住下，隨即命他的貼身跟班龐義，去找朱福年來見面。

在路上，劉不才已隱約聽龐二談起他的困惑，心裡在想，這一見上面，說不定有一頓聲色俱厲的斥責，自己是外人，夾在中間，諸多不便。因而表示要先去看胡雪巖；龐二亦不堅留，只說等下請他約了胡雪巖一起來，大家好好敘一敘。

「這下要『豬八戒』的好看了！」聽劉不才說了經過，古應春興奮地看著胡雪巖說，「我們照計行事吧！」

朱福年的底細已經摸清楚了，他本來是想「做小貨」的；虧得有龐老太太做壽一事，到了南潯，龐二先提胡雪巖的信，他見機改口，說是「正為這件事，要跟二少爺來請示」。這下，就如尤五所預料的，變成為東家賺錢，無可為非；古應春亦就針對這情形作了布置——有個絲商也是南潯人，生意不大，人卻活躍，跟龐二極熟，與古應春也是好朋友；預備透過他的關係，將胡雪巖與朱福年的祕密交涉，透露給龐二。

這個「祕密交涉」已經了結；五千銀子已經退了回來。古應春「存心不良」，另外打張收條給他；將同興錢莊的筆據，捏在手裡，作為把柄。但是胡雪巖卻不願意這樣做了。

「不必，不必！一則龐二很講交情，必定有句話給我；二則朱福年也知道利害了，何必敲他的飯碗？」他說，「我們還是從正路上去走最好。」

所謂「正面路上」就是將交情拉得格外近；當時決定，借怡情老二的地方，為龐二接風。本來想即時去看他，當面邀約，怕他正跟朱福年談話，諸多不便，決定先發請帖。

「有個人要請他作陪客。」古應春笑嘻嘻地說；是不懷好意的神氣。

「你是說朱福年？」胡雪巖說，「照道理應該。不過，我看他不會來。」

「不管他來不來？發了再說！」

請帖送到一品香，帶回來一網籃的東西，有壽碗、有土產；另外還有龐二的一封信，道謝以外，表明準時踐約。

時刻定的是「酉正」，也就是傍晚六點鐘；龐二卻是五點半鐘就到了。歡然道故之餘，胡雪巖為他引見了尤五和古應春。

龐二對古應春慕名已久，此時見他是個舉止漂亮，衣飾時新的外場人物，越有好感。至於對尤五，聽說他是漕幫中的頂兒尖兒，先就浮起一層神祕之感；因而看他樸實拙訥，更為好奇。紈袴子弟常喜結交江湖人物；尤五又是忠厚可親的樣子，自然一見如故。覺得這天來赴胡雪巖的邀約，大有所得。

「你那裡的那位朱先生呢？」胡雪巖問道：「怎麼不跟你一起來。」

一提到朱福年，龐二的笑容盡斂，代之而起的神色，不僅歉疚，還有惱怒。

「老胡，」他略一躊躇，「還是我們私底下談的好。」他又轉臉問怡情老二；「二阿姐，可有清靜房間，讓我們談一歇？」

「有的，請過來。」

怡情老二帶他們到了尤五平時燒煙的小房間，紅木匟床上擺著現成的煙盤，她一面點上那盞「太谷燈」，一面問道：「龐二少，要不要燒一口白相？」

龐二喜歡躺煙盤，但並沒有癮；此時有正事要談，無心燒煙來玩，便搖搖頭，表示不要。怡情老二也知道他們講的是「私話」；便悄悄退了出去，順手掩上了房門。

「老胡，」龐二的聲音很奇怪，是充滿著憂慮，「你看我那個姓朱的，人怎麼樣？」

胡雪巖略一沉吟答說：「我跟他不熟。」

「人雖不熟，你跟他有過交往。你的這雙眼睛，像電火一樣，甚麼都瞞不過你。我們是好朋友，而且說句老實話，我佩服的人也沒有幾個；你就應該知無不言、言無不盡。」

這番話說得太懇切了，使胡雪巖在感動以外，更有不安；拿他的話細細玩味了一番，似乎是他對朱福年起了絕大的懷疑。莫非，「姓朱的拆了你的甚麼爛汙？」他忍不住問出口來。

「現在還不敢說。」龐二點點頭，「我一直當他忠心耿耿，人也能幹。現在才知道不是這麼回事。」

「怎麼呢？」

「事情就是從你身上起的。我在想，既然我答應了你，請你全權去跟洋人打交道，何以會搞成這個樣子。所以一到就找了朱福年來問，越問越不對；一時也說不清楚，我只覺得他好像不知道我跟你的交情，跟你不大合作。老胡，」龐二加強語氣問：「是不是這樣？」

胡雪巖不肯馬上回答，有意躊躇了一會才說：「事情已經過去了，不必再談它。」

「這樣說來是有的！可見我的想法不錯。接下來我問我自己的生意。」龐二嚥了口唾沫，很吃力地說：「人與人之間，不能起疑心；一起疑心，處處都是毛病——。」

「這話也不盡然，」胡雪巖插了句嘴。

「我不是冤枉他，確確實實有毛病。」

「是不是帳上有毛病。」

「帳還沒有看，不過大致問了幾筆帳，我已經發現有講不通的地方。譬如說你這面吧，我在南潯就關照他：照人家胡老闆的意思辦。今天問他，他說貨價還沒有送過來；這就不對了。」

「這沒有甚麼不對。」胡雪巖要表示風度，便得迴護朱福年，「照交易的規矩，應該由我們這面跟他去接頭；我們因為貨色先要盤一盤，算清楚確數，才能結帳，所以耽擱下來了。」

「不然！」龐二大搖其頭，「信義通商，你我的交情，他不是不曉得；既然我這樣說了，他應該先把貨款送過來，帳隨後再結不要緊。現在他的做法，替我得罪朋友，可以說是得罪同業，我要他做啥。」

聽龐二的口氣，預備撤換朱福年。這原是胡雪巖的本意；現在他的想法不同了；龐二夠朋友，他為龐二設想，不能雜以私意，因此他也大搖其頭。

「龐二哥，光是為這件事，你大光其火，是說不通的……。」

「當然，還有別的。」龐二搶著說，「譬如，泥城橋有塊地皮，也是他來跟我說的，預備買下來造市房出租；這話有兩個月了，我總以為他已經成交，今天一問，說是讓人家捷足先登了。問買主是哪個，他又說不出來；老胡，你想，既然曉得人家捷足先登，怎麼會不曉得人家姓啥？為啥不問一問賣主？所以我要去查一查，看看是不是他自己在搗鬼？此外還有好些前言不搭後語的地方；從前我相信他，都忽略了，現在聽起來，處處是毛病，這個人絕不能再用——你說是不是？」

胡雪巖對他那方面的情形，不甚明瞭，不肯輕作斷語；未答之前，先問一句：「你那面『抓總』的是那個？」

「就是他！我那樣子信任他，他對不起我；這個人真是喪盡天良。」龐二憤憤地答說。

其實這是無足為奇的事，豪門巨室的帳房，明欺暗騙，東家跌倒，西賓吃飽的情形，比比皆是。看樣子朱福年也是心狠手辣的人，照龐二這種態度，說不定他一不做、二不休，反會出大毛病。

因此他莊容警告：「龐二哥，你千萬動不得！他現在搞了些啥花樣，你還不清楚；你在明裡，他在暗裡，你的形勢就不利。大家不破面子，他還不敢明目張膽出大毛病。一聽說你有動他的意思，先下手為強，拆你個大爛汙，你怎麼收拾？」

這話說得龐二一楞，好半天答不出話來。

「不說別的，一本總帳在他手裡，交易往來，人欠欠人，只有他最清楚；帳裡出點毛病，等你弄清楚，已是一兩個月以後的事，他早就布置好了。你又能奈其何？」

「老胡，虧得你提醒我！現在沒有別的好說了，你我的交情，你不能不幫我這個大忙。」

「當然。只要幫得上，你說，怎麼幫法？」

「他的毛病，一定瞞不過你；我不說請他走路的話，只請你接管我的帳，替我仔仔細細查一查他的毛病。」

「這件事，我不敢從命。做不到！」

龐二大為沮喪：「我曉得的，你待人寬厚，不肯得罪人。」

「這不是這麼說法！龐二哥你的事，為你得罪人，我也認了，不過這樣做法要有用才行，徒然得罪人，沒有益處，何必去做它？你聽我說——。」

胡雪巖有三點理由，第一，怕打草驚蛇，反逼得朱福年去舞弊使壞；第二，龐二手下用的人很多，就算要換朱福年，也該從夥計當中去挑選替手，徐圖整頓，此刻弄個不相干的人去查帳，彷彿看大家都靠不住，是跟朱福年走在一條路上，通同作弊，豈不令人寒心？第三，胡雪巖也實在抽不出那許多功夫替他專辦這件事。

「而況，我對你那方面的情形又不清楚；貿貿然下手，一年半載不能完事，在我有沒有功夫，且不去說它；就怕一年半載下來，查不出名堂，那時你做東家的，對夥計如何交代？」

「這沒有甚麼！我現在可以斷定，朱福年一定有毛病。」

「毛病可以彌補的——」

「對啊！」龐二搶著說道：「只要你一去，他看見厲害的人來了，趕緊想法子把他的毛病彌補起來，你不就幫了我的大忙了嗎？」

這話倒也駁他不倒。胡雪巖想了一會，總覺得龐二的做法，不甚妥當；就算將朱福年的毛病查出來了，甚至於照龐二的如意算盤，把胡雪巖三個字抬了出去，就能教朱福年斂跡，彌補弊病；然而以後還用不用他呢？

這樣想著，便問出口來：「龐二哥，這朱某人的本事到底怎麼樣？」

「本事是有的。」

「如果他肯改過，實實在在替你辦事，你還用不用他？」

「如果是這樣，當然可以用。不過——。」他搖搖頭，覺得說下去就沒有味道了。

「我懂你的意思。」胡雪巖停了一下說，「人不對，請他走路，這是普通人的做法；你龐二哥要嘛不出馬，一出馬就要教人曉得厲害，佩服你確是有一套。」

這兩句話，最配爭強好勝的紈袴脾氣，所以龐二精神一振，有了笑容。「老胡，你這句話我交關聽得進。你倒再說說看，應該怎麼做法？」

「要像諸葛亮『七擒孟獲』那樣；『火燒藤甲兵』不足為奇，要燒得他服貼，死心塌地替你出力，才算本事。」

「話是一點都不錯，不過——」龐二躊躇著說：「我實在沒有這份本事。」說到這裡，突然眼睛一亮，拍著自己的後腦杓：「我真糊塗了！現成的諸葛亮在這裡。老胡，」他停了一下，喜逐顏開地又說：「我送你股份，你算是跟我合夥，也是老闆的身分，名正言順來管事，不就可以收服朱福年了嗎？」

胡雪巖的打算就是如此，不過自己說不出口；難得龐二的想法相同。光就是這一點，便值得替他出一番力了。

胡雪巖有項過人的長處，能在心血來潮之際，作出重要而正確的決定；思路快不足為奇，能快又能細緻深刻，就只有他有此本事。

此刻便是這樣。因為龐二先作提議，就是個極好的機會，他抓住了題目的精義，立即便有一篇好文章交卷，「龐二哥，」他正色說道，「生意是生意！分花紅彼此禮讓，是交朋友的情分、義氣，不可一概而論。我是不贊成吃乾股這一套花樣的；如果你看得起我，願意讓我搭點股份，我交現銀出來。」

「好啊！」龐二欣然同意，因為這一來，胡雪巖就更加出力；他問：「你想要多少股子？」

「我的實力比你差得遠，只能來個兩成。」

「一句話！我們重新盤過，你十萬，我四十萬；我們五十萬銀子下手，上海的市面，可以捏在手裡了。」

「準定如此。龐二哥，」胡雪巖帶點興奮的神色，「我的錢莊，你也來點股子。索性大家滾在一起，有福同享，有難同當，你看好不好？」

「怎麼不好！禮尚往來，再好不過！而且便宜不落外方，你在上海立一爿分號起來，我們自己的款子存在自己的錢莊裡，豈不方便？」

胡雪巖的打算就是如此——他還有進一步的打算，此刻卻不宜先露；只是連連稱「是」。接著又說定龐二的股份，真個禮尚往來，他也是十萬；彼此只要立個合夥的合同，劃一筆帳，都不必另撥現銀。

他們談得津津有味，外面卻等得心急了，酒已經回燙過兩遍，再燙就要走味；怡情老二推門望到第三遍，看他們還沒有住口的樣子，忍不住便輕輕咳嗽了一聲。

這下才驚醒了龐二，歉然說道：「對不起，對不起，害他們久等了，我們出去吧！」

等坐定下來，第一件事是叫局。怡情老二親自捧過一隻長方紅木托盤，裡面是筆硯局票；拈筆在手，先問龐二。

「我好久沒有到上海來了，市面不靈。」他想了想說：「叫寶琴老三吧？」

「是怡紅院的寶琴老三嗎？」怡情老二問。

「對了。怡紅院。」

「這一節不做了。」怡情老二說，「節前嫁了個道台，做官太太去了。」

於是龐二又想了兩個人，非常不巧，不是從良，便是開了碼頭；他不免悵惘，說一聲：「隨便找好了！」

「你替龐二少做個媒吧。」尤五對怡情老二說了這一句，便又轉臉問龐二：「喜歡啥樣子的？」

「脾氣爽快的好。」

「有了！」怡情老二喜孜孜地說：「我替龐二少保薦一個，包管中意。」

這個人叫怡雲老七，就在怡情院「鋪房間」；她怕龐二以為她有意照應小姐妹，不管好歹，硬塞給他，所以只說名字，不說地方。劉不才會意，也不多問，將一疊局票寫好，交給「相幫」發了出去。

隔不多久，蓮步姍姍進來一個麗人，鵝蛋臉、高身材、長眉入鬢，神采飛揚，是那種一見便能令人目眩神移的尤物。在座的人都沒有見過她；她卻全認得，含笑一一招呼，最後才在龐二身後坐下，未曾開口，先抛媚眼，然後輕聲說道：「二少，長遠不見了！」

「原來你們是老相好！」劉不才起鬨，「龐二哥怎不早說？罰酒、罰酒。」

「你看！」龐二對怡雲老七說，「你一來就害我罰酒。我們啥地方見過？我怎麼想不起來？」

「在怡紅院。二少，你自然想不起了，一則貴人多忘事；二則也看我不上眼。」

龐二將牙一齜，故意說道：「好酸！」

「龐二哥，你不要假惺惺裝不認識。這杯酒非罰不可！」

劉不才將一杯酒端了過來。他順手就端向怡雲老七，意思是要她代酒；怡雲老七毫無難色，一仰臉乾了那杯酒。

「謝謝！」龐二開始有了笑容。

於是怡雲老七執壺敬酒；酒量很好，一個個都照了杯，最後是自己喝了半杯酒，剩下的半杯敬龐二，卻又溫柔地問：「嫌不嫌髒？」

杯沿脂痕宛然，美人餘澤，髒之何有？龐二笑嘻嘻地乾了酒；大家也都相視而笑，笑龐二是如此容易地掉入怡雲老七的羅網中。「你住在哪裡？」龐二悄然相問。

「等下告訴你。」

他還想說甚麼，只聽門簾響動，胡雪巖和劉不才叫的局，陸續到了；為求熱鬧，叫得不少，片刻之間，鶯鶯燕燕。翩然群集。猜拳的猜拳，唱戲的唱戲，因為龐二是主客，自然都應酬他；左顧右應，忙得不可開交。

叫的局來了又去，川流不息，怡雲老七卻始終不動；娘姨拿進一疊局票，悄悄塞了過來，她看都不看，就交了回去，只說得一聲：「隨它去！」

這一下反倒使得龐二過意不去了，「你管你出局去！」他說，「回頭我們『翻檯』過來。你住得遠不遠？」

「是真的要翻檯過來？」

「這，我騙你幹甚麼？」

怡雲老七笑一笑不響，卻依然坐著不動。

「你先回去，預備預備，我們就過去。」

「教我回那裡去？」怡雲老七用手一指，「喏，前廂房就是我的房間。」

「原來你也在這裡！」龐二頗覺意外，「為啥早不說？」

「現在說也不晚。」怡雲老七越發坐近了，手扳著他的肩，低聲說道：「翻來翻去，都在一處地方：尤五少的面子，你就在這裡多坐一會。回頭到我那裡去消夜好不好？」

這便是一種暗示，有身分的「紅倌人」，通常是不肯作此露骨的表示的，所以龐二頗為高興。

他們低眉垂眼，款款深談的神情，都落入旁人眼中；也猜得到他們已有密約，所以為了予人方便，做主人的竟一反常例，提議早早散席，理由是怕龐二路上辛苦了，需要早早休息。

「多謝關切！」龐二指著怡雲老七說，「我答應到她那裡消夜。大家一起過去坐一息。」

怡雲老七唯恐客人推辭，搶著先拜託怡情老二：「二阿姐，你替我講一聲，請各位老爺，賞我個面子。」

直待大家都答應了，怡雲老七方始匆匆趕回自己房間去準備。等龐二陪著客人一到，已經準備停當；雖是消夜，依然豐盛，還特地用了一副「銀傢伙」，開了一小罈十年陳的「竹葉青」，此外果盤茶煙，無不精美，這又合了龐二的脾胃，臉上飛了金似地，相當得意。

「明天原班人馬在這裡，我不發帖子了。」

「好的。」劉不才說，「後天該我——。」

「不行！劉三哥！你再讓我兩天，後天、大後天仍舊應該是我的，還是在這裡。」

闊客捧場，也要有個規矩，所以劉不才問道：「明天算是龐二哥還席；後天、大後天算是啥名堂？」

「我跟老胡的交情，還席可以擺在後頭——。」

照龐二的說法，明天是他誠意結交新朋友，專請尤五和古應春；後天則是酬謝劉不才，在南潯替他照料賓客；大後天才是還胡雪巖的席。花叢闔飲，能夠說得出道理，沒有不湊興的道理，因而大家都答應了；然後又排定次序，接下來是劉、古、尤三人做主人。

龐二的興致極好，還要叫局；只是大家都說良朋良夜，清談最好，只把怡情老二找了來，淺斟低酌，又消磨了一個時辰，方始興盡而散。當然，這一夜的龐二是不會再回一品香了。

第二天午後，劉不才聽從胡雪巖的指揮，特地去陪伴龐二。胡雪巖則與古應春和尤五在裕記絲棧談了一下午；聽說了龐二與他昨天所談的話，尤、古二人大為興奮。能夠與龐二合作，無論講聲勢、講實力，都是十分有利的事；尤其是在上海設一爿錢莊，現成有五十萬銀子這麼個大戶頭作往來，這個局面的開展，是件非同小可的事。

不過障礙也不是沒有，「朱福年多年耕耘，視龐二的事業如禁臠，肯拱手讓人嗎？」古應春懷著濃重的疑惑。

「小爺叔，」尤五也說，「你在龐二面前已誇下口了，要『七擒孟獲』，我倒要問問，怎麼個擒法？」

「用不著七擒！」胡雪巖說：「昨天我在床上就想好了辦法；要下一著狠棋。五哥，同興的檔手你熟不熟？」

「你是說同興錢莊？」尤五答道，「檔手姓邵，鎮江人；我不熟，不過我可以託朋友去說話。」

「話要我自己來說，不能讓第三者知道；你能不能託人介紹，大家見一面？」

「這不難。你想要啥時候見面？」

「越快越好。」

「今天晚上就可以。應春，」尤五轉臉說道：「你替我寫封信給華佩卿。」

古應春也認識華佩卿，他是個書賈；跟北京的琉璃廠有聯絡，以前在江南舊家收買了善本古書，總是搭松江幫的漕船進京，所以跟尤五頗有交情。古應春跟他相識，就是從尤五的關係上來的。

「今天晚上要應酬龐二。請他約一約，明天中午見面如何？」

「隨便你。」

於是古應春用尤五的名義給華佩卿寫了信，立即派「出店」送去。信上註明：「即晚候玉」；而回信在他們到怡情院赴約以前，就收到了。

華佩卿很熱心，回信中說，接到信他立即照辦，找到了同興的檔手邵仲甫，說明經過。邵仲甫也知道有胡雪巖這麼一位同業，仰慕已久，樂於相交。不過他明天中午有個「非踐不可之約」；所以華佩卿已經跟他約好，第二天上午吃早茶，由華佩卿作東。介紹認識以後，胡雪巖要跟邵仲甫單獨相談，「自行面約可也。」

名為「吃早茶」，其實是約在一家揚幫館子裡。揚州人早晨這一頓很講究，先拿肴肉、乾絲來吃酒；然後點過橋麵，「澆頭」也先炒出來下酒。主客一共四個人——胡雪巖是由尤五陪著去的——四碗麵兩樣花色，炒出來兩大盤澆頭，一盤蝦腰，一盤「馬鞍橋」；華佩卿不斷勸客，十分殷勤。

彼此都是「外場人物」，做生意又講究和氣親熱，不似官場中人矜持，所以胡雪巖跟邵仲甫第一遭相見，就很熟了。尤五看華佩卿健談而又健啖，這頓早酒，著實要消磨些功夫，便向胡雪巖使個眼色：「你跟邵先生有話，就這裡借個地方談談，豈不省事？」

「對，對！你們兩位儘管請便；我跟尤五哥好久不見，也要敘敘。」

於是一桌化作兩桌，胡雪巖跟邵仲甫另外在僻靜角落坐定，喝茶密談。

在這一頓點心的功夫中，胡雪巖對邵仲甫的性情，已有了解，不善言詞而是心有丘壑的人；這路人物比較講實際，動以利害則自能分辨，所以他決定開門見山，實話直說。

「仲甫兄，」他問，「寶號跟龐家的『恆記』有往來？」

「是的。」邵仲甫答道，「我們做往來，不是一年了。」

「那以後還要請你多幫忙。」胡雪巖說，「龐家二少爺已經到了上海，你總見過面了。」

「還沒有。約了今天中午見面。」

胡雪巖心裡明白，所謂「非踐不可之約」，就是跟龐二見面。照此看來，他對龐二的重視，又不言可知；然則自己動以利害的打算，越顯得不錯——不過，胡雪巖靈機一動，改變了主意；

「這樣說，我們中午還要見面。」他說，「我有幾句話，不妨明後天再談。」

邵仲甫跟恆記有多年的關係，所以跟恆記有往來的客戶，大致也都了解，就沒有聽說過有胡雪巖在內。然而照他此刻的話來看，似乎跟龐二很熟，與恆記在生意上有密切的牽連，豈不費解？

既為了生意上的關切，也為了好奇，邵仲甫何能置而不問；「雪巖兄，我們一見如故，有話盡說不妨！」他用套交情的方式來套話，「何必等到明後天？」

在胡雪巖原是盤馬彎弓，有意要引起邵仲甫的注意，見他這副神情，便知已經入彀；不妨略為透露，於是很快地答道：「原是一見如故，我才跟仲甫兄談到深處。龐二哥是我的好朋友，最近進一步談到彼此合夥；當然，恆記是以他為主，聽他跟你老兄是怎麼說，我們再細談。彼此同業，要講義氣，沒有不好談的。」

這幾句話閃閃爍爍，越引人關切，邵仲甫拿他的話，一個字一個字地體味了一遍，有些明白了，既然他們合夥，則龐二跟錢莊有銀錢往來，自然要問問做錢莊的胡雪巖的意見；最後講的兩句話，就是這個意思。

恆記是同興的大戶，也是一根台柱，如果這根台柱一抽走，後果不堪設想。雖然胡雪巖的話，靠得住靠不住，尚待求證；但寧可信其有不可信其無，難得他有講同業義氣的善意表示，不正好拉近了交情？

「好極了！龐二少有你搭檔，將來做出來的市面不得了，雪巖兄，」他急轉直下地說，「我是久仰大才，也久仰阜康的信譽：大樹底下好乘涼，想沾你老兄一點光；不曉得肯不肯照應照應我們？」

「好說，好說，請吩咐！只要力量夠得上，絕不推辭。」

「我是想，同興跟阜康做個聯號，不曉得高攀得上，高攀不上？」

對這個提議，胡雪巖倒有些意外之感；暗暗佩服邵仲甫的手腕也不壞，做成聯號。則恆記跟同興的往來，也就等於跟阜康往來。他考慮了一下答道：「只怕阜康高攀不上。仲甫兄，我說句實話，現在絲生意是我自己管，錢莊都託了一個劉姓朋友；你老兄曉得的，東家未見得都了解全盤情形，都在檔手肚子裡。彼此聯手，我完全贊成，不過先要問一問我那個劉朋友，我寫信叫他上來，大家一起談好不好？」

「是的。做事情是應該如此。」

「就這樣說了。」胡雪巖假意掏出錶來看了一下：「我還有個約會，先走一步；中午再碰頭。」

於是胡雪巖站起身來，向華佩卿道了謝；與尤五告辭出門，一起趕到怡情院，龐二剛穿好衣服預備到一品香去會見約好了的人。

「二哥！」胡雪巖將他拉到一邊，悄然問道：「你今天中午是不是約了同興的邵仲甫見面？」

「是啊！你怎麼知道？」

「我跟他剛見了面。」胡雪巖以鄭重的神色，低聲說道：「恆記跟同興的往來，都由朱福年經手；我先要拿同興方面穩住，以防萬一。」

「不錯，不錯！你的心思真細。」龐二說道：「談得怎麼樣？」

「沒有深談。因為恆記到底是你的事業，要你作主；我告訴他，要先聽你怎麼說，我才能跟他進一步談。」

這兩句話中，一方面表示尊重龐二；一方面也是為他自己表白，並無喧賓奪主的意思。同時也在暗示，須將雙方的關係，公開向邵仲甫說明；措詞相當巧妙，而絲毫不著痕跡。龐二深為滿意；不知不覺中便由胡雪巖牽著鼻子走了。

「好的。回頭我們一起吃飯，我當面跟邵仲甫說。時候不早了，一起走吧。」

到了一品香，已有好些人在等，包括朱福年在內；一見胡雪巖跟龐二在一起，他的臉色一變。龐二不曾發覺；胡雪巖是見如不見，神色不動地跟他寒暄，說前天請他作陪，未見賞光，深為遺憾。朱福年當然也有幾句致歉的話，只是神色之間，不免忸怩。

由這一番周旋，便看出朱福年其實不是甚麼厲害腳色，因而越有自信必可將他收服。

「福年！」龐二打發走了一些不相干的訪客，招招手說：「你請過來，我有件事告訴你。」

龐二住的是一進五間屋子；將朱福年找到最東面那一間，談了好半天，才見他出來——臉上的氣色越發難看了；但對胡雪巖卻又不能不敷衍。

「胡先生，剛才二少爺跟我說了，說胡先生有大股份加到恆記來。」他極力裝出欣幸的神情，「好極，好極！以後要請胡先生多教導。」

「不敢當，不敢當。」胡雪巖很懇切地，但說話已有老闆的味道：「老兄在恆記多年，將來著實還要借重。」

聽得這一說，朱福年的臉色好看了些；陪著很敷衍了一會。胡雪巖以話套話，將龐二跟他說的話，都打聽了出來；果然說的是「大股份」。顯然的，這是為了讓他好受恆記的同人看重有意這麼說；龐二真的很夠交情。

由邵仲甫作東，吃了一頓豐盛的「番菜」，龐二要陪怡雲老七到洋行裡去買首飾衣料，匆匆走了；主人留胡雪巖在原處喝「英國紅茶」，有話要談。

在邵仲甫面前，龐二也說胡雪巖在恆記有大股份；因而他的神態又顯得跟第一次見面不同，連稱呼也改過了，不是稱兄道弟，而是叫「胡先生」。

「胡先生！」他說，「我有句話請教，剛剛龐二少爺關照，以後恆記跟同興往來，歸胡先生你經手；那麼，朱福年來說的話，算不算數？」

一下子問到要害上，胡雪巖不敢輕率回答；先反問一句：「是甚麼話？」

「恆記跟同興的往來，本來都歸朱福年一個人接頭，上十萬銀子的出入——或者調撥戶頭，都聽他一句話。以後，我們聽不聽呢？」

這「調撥戶頭」四個字，正就是胡雪巖要弄明白的，當然往下追問：「恆記在寶號有幾個戶頭？」

「三個。」邵仲甫答道：「恆記、繼嘉堂、福記。」

「繼嘉堂」是龐家的堂名，「福記」當然是朱福年，這個都算是私人戶頭，但恆記與繼嘉堂不可分；福記的私人戶頭如何可以跟恆記混在一起？這其間，不言可知有了弊病。

於是胡雪巖不但不答邵仲甫的詢問，而且提出要求：「請同興先將福記歷年進出的數目，抄個單子給我。」

邵仲甫一聽嚇一跳。這是錢莊的大忌——有錢的人，守著「財不露白」的古訓；在錢莊裡存款是絕不肯告訴人的，用堂名、用個甚麼「記」的戶名，就是為了隱藏真相，而錢莊裡也有義務為客戶守機密；如今將福記存款進出的數目，洩漏給第三者，這話一傳出去，信用一失，人人自危，都來提存，豈不把同興擠垮。

「胡先生，你是內行。」他哭喪著臉說：「這件事實在不敢從命。」

他的難處，胡雪巖完全了解，所以早就想好了的；這時便即問道：「仲甫兄，我跟你有沒有仇？」

「哪裡來的仇？」

「那不就是了！我跟你無冤無仇，何必來害你？福記是純粹的私人戶頭，我沒有資格查他的帳，既然跟恆記混在一起，當然我要弄弄清楚。就是在同興來說，也有義務拿福記的進出開給我看。」胡雪巖又說：「你放心好了！我不會壞同業的規矩的，這件事，天知地知，你知我知，連龐老二我都不告訴他，你還怕甚麼？」

邵仲甫想了想問道：「胡先生，你要這張單子做啥用場；是不是跟朱福年去算帳？」

「不是！」胡雪巖說：「朱福年也不會曉得有這件事；我是根據你開的單子，盤恆記的帳。」

邵仲甫真的為難了，「英國紅茶」喝了一杯又一杯，只是答不出來。

胡雪巖也知道這是件極嚴重的事，不加點壓力，邵仲甫絕不肯就範；所以用相當冷峻的聲音說道：「龐老二本有意叫我在上海立阜康的分號；我因為你老兄有言在先，沒有答應他。現在看來，只有自己有錢莊，帳目才能弄得清楚。」說著，便有起身告辭的模樣。

阜康一設分號，同興當然再也做不成恆記的生意；這一著棋是「將」邵仲甫的「軍」，他不能不著急。

「胡先生，胡先生，有話好商量。你能不能讓我明天答你的話。」

「那自然可以。不過有一層，仲甫兄你千萬記住，無論你答應也好，不答應也好；這件事只有你我兩個人曉得。」

意思是不可洩漏其事給朱福年。邵仲甫當然意會得到，連連答說：「我知道，我知道。」

到了第二天一早，同興錢莊派人送了信來，邵仲甫約胡雪巖，中午仍舊在那家番菜館見面。準時赴約，點好了菜，等「僕歐」退了出去；做主人的取出一個信封，擺在面前，跟他先有番話要交代。

邵仲甫提出了「約法三章」：第一，這份清單不得洩漏給任何人；第二，不得以此作為對付朱福年的根據；第三，不管胡雪巖是不是在上海設阜康的分號，恆記不能與同興斷絕往來。

第三點其實是請求，只是邵仲甫的措詞不甚恰當，有些近乎要挾的意味；胡雪巖頗為不悅，「仲甫兄，」他這樣答道：「第一、第二兩點，我謹遵台命；第三點，我只能這麼說，我一定講同業的義氣。恆記如果是我一個人的事業，老兄吩咐，閒話一句；無奈大老闆是龐老二，他又是大少爺脾氣，如果惱了他，翻臉不認人，我說的話，他也未見得聽。所以這一點，完全要看你自己的做法；我在旁邊總替同興說好話就是。」

這是暗示邵仲甫，如果同興是這種近乎要挾的做法，龐二首先就會著惱。邵仲甫也是極老到的人，一聽他這話，自知失態，很見機地道歉。

「胡先生，我不會說話，請你不要見怪。將來仰仗的地方還多，一切心照。我也不多說了，總而言之，聽你的吩咐就是。」

胡雪巖的度量寬，有他這兩句話，不滿之意，隨即消失。等邵仲甫將他面前的信封移了過來，便即抽出裡面的單子來看，只見開頭寫的是「福記名下收付清單」；後面蓋著「同興協記錢莊」的書柬圖章。他不暇細看內容，將前後摺起，用桌上現成的餐刀，裁下「福記」字樣及同興圖章，各約一指寬的兩張紙條，交回邵仲甫。

這個小小的動作，使得邵仲甫大為服貼，一則見得胡雪巖的誠意，不會拿這張清單作為對付朱福年的把柄；二則也見得他心細——邵仲甫發覺自己做錯了，本來就不必寫明「福記」字樣，更不必蓋上書柬圖章；縱然胡雪巖無他，萬一遺失了這張清單，落入旁人手中，依然是件極不妥的事。幸好，他的這個錯誤，為胡雪巖及時糾正了。

「胡先生，」他由衷地表示佩服，「有魄力的人，粗枝大葉；心細的人，手面放不開。只有你胡先生，這兩樣長處都有，實在是沒話可說了。」

「謬獎，謬獎！」胡雪巖亦頗欣慰；因為邵仲甫言出至誠，看起來自己是在事業上結交了一個很有用的朋友。

第三十一章

朱福年的「把柄」雖已入手，胡雪巖卻反丟開了：他做事一向往好的方面走，眼前的唯一大事是與龐二談判合夥的細節。由於彼此都具誠意，談判相當順利；胡雪巖在恆記不居任何名義，但先要為恆記作一番整頓，等到有了頭緒，再進行籌設阜康錢莊上海分號。對這方面，龐二表示概不過問；又說，如果胡雪巖資金不足，他可以拉一批長期存款的戶頭來，變相地為阜康增添資本。

於是，雙方找了見證人來寫合夥的契約，胡雪巖請的是尤五，龐二找了一個他的父執，專做桐油出口的孫大存。合同簽押好了，龐二大張筵宴，請見證人，也請恆記管事的人，包括朱福年在內；即席宣布，賦胡雪巖以盤查銀錢貨色，考查同人，重新改組的大權。

胡雪巖接著也站起來說了話，表示絕不輕易更動，請大家照常辦事，不必三心兩意，話不多而扼要，每人都像服了顆定心丸；當然，只有朱福年是例外。

到了第二天，朱福年來請胡雪巖到恆記去「視事」。他早就打好了主意，到了恆記在帳房中坐定；管事的人一個個來見過，他問了問各人的經歷，隨即起身辭別，朱福年請他看帳，他回說：「不忙。慢慢兒來好了。」

這一半是放朱福年一馬，看他是不是自己去彌補他的「花帳」；一半也是實話，因為眼前先有件與他切身利害有關的大事要辦。

恆記人事上的變動，朱福年已經告訴了怡和洋行的大班吉伯特。這個意外的變化，自然是一大打擊；但朱福年還不服氣，慫恿吉伯特說：胡雪巖實力不足，只要吉伯特堅持原議，必可迫他殺價脫手。

因此，當古應春跟吉伯特再度會面，說明恆記的絲亦歸他經手，要求照最初的議價成交時，吉伯特斷然拒絕，依舊以歐洲絲價大跌為託詞，只肯照八五折收買。

事情成了僵局，胡雪巖相當為難；如果堅持原價，萬一不能成交，不但自己的本錢擱不起，絲也會變質，而且對龐二這方面也難以交代。倘或委曲，則更不能求全，不但為龐二所笑；在商場上辛辛苦苦建立起來的名聲，亦會大打折扣。同時還有一層顧慮，也許朱福年已經跟龐二說過，他那裡的貨色，可以照原定的價錢賣給吉伯特；由自己來經手，反打了個八五折，即或龐二了解其中的苦衷，為了劃一步驟，以後易於控制全局，眼前不能不吃點虧，但心裡總不會舒服，那就要影響彼此合夥的關係了。

「我在想，吉伯特恐怕也是『嘴硬骨頭酥』，莫非他買不成我們中國的絲，外國那些綢廠就拿織機停下來，不出綢緞？我想總沒有這樣的道理吧？」

這一說，觸發了古應春的靈感，「有了，」他喜孜孜地說，「我有個辦法，打聽他的虛實！」

「那太好了。」胡雪巖精神一振，「我就是想要曉得他手裡的牌，看樣子『三副落地』，到底是不是清一色呢？如果不是，我們死扣著那牌，不是自己害自己？」

「就是這話。我馬上去打聽。」

「慢來！」胡雪巖拉住他說，「你怎麼樣下手，先說來我聽聽！」

「吉伯特聽了朱福年的話，自然以為千穩萬妥，買不成我們的貨色，至少可以買恆記的；有了貨色，當然要定輪船的艙位裝貨。我就從輪船公司方面去打聽，看他定了艙位沒有？」古應春又說，「貨色不在少數，一兩條船還裝不下，非先預定不可。所以一定打聽得出來。」

「對！這個辦法好。」胡雪巖的腦筋極快，當時便說：「除非他真的不想做這票生意，要做這票生意，不但要他照我們的價錢，額外還要他破費。」

古應春笑了。由於心情由沉重轉為輕鬆，所以戲謔地挖苦胡雪巖：「小爺叔，你也真是，得著風就是雨！給不得你三分顏色，就要開大紅染坊了。」

「我說個道理你聽，你就曉得我不是胡言亂語。」

照他的判斷，吉伯特以為自己這方面遲早總會就範，所以輪船的艙位定好了不會退掉；如果能夠跟輪船公司接洽，以高價將吉伯特所定的艙位搶過來，則洋人買下了絲運不出去，又會來跟自己這方面情商轉讓，豈不又可以賺他一筆。

「這是如意算盤。」古應春說，「不過也不妨試試。」說到這裡，他觸類旁通，仍舊覺得胡雪巖的話極有用，「小爺叔，你說的辦法，恐怕行不通，不過我倒想到了，大可藉這個說法，逼他一逼。」

「嗯，嗯！」胡雪巖意會了；點點頭說：「你請吧！我等你的回音。」

於是古應春去尋一個名叫陳順生的朋友；此人是他的同鄉，在太古輪船公司做買辦，專門負責招攬客貨承運。太古也是英國人的資本；怡和有貨色交運，當然委託太古。

一問果然，「不錯，有這回事。」陳順生答道：「先是定了兩班輪船的艙位，到期說貨色還不齊，要延到下兩班，貼了四百兩銀子的損失。」

「那麼下兩班甚麼時候到？」

「一班十天以後，還有一班要半個月。到埠卸貨裝貨，要十天功夫。」陳順生問，「你打聽它是為甚麼？」

託人辦事，當然要相見以誠，而且是同鄉好友，也不必顧慮他會「洩底」，所以古應春將跟吉伯特鬥法的經過，源源本本說了一遍，接著便託陳順生去「逼他一逼」。

「延過一次期，話就更好說了。」古應春低聲說道：「我拜託你問一問吉伯特，貨色齊了沒有？到時候能不能裝船？如果不能，趁早要說：好讓太古另外去招攬客戶。」

「懂了。這個忙我可以幫你。」

「多謝，多謝。今天晚上我請你吃花酒；順便聽你的消息。」

「這麼急？」

「拜託，拜託！」古應春長揖懇求，「務必請你就跑一趟。」

情面難卻，陳順生真的丟下了自己的事，去為古應春奔走。到了晚上在怡情院見面，他帶來了吉伯特的消息。

「他說等三天看。如果三天當中沒有回話再談。」

「怎麼叫『再談』？」古應春問，「是談班期順延，還是根本就不要艙位了？」

「怎麼不要？當然要的！」

古應春聽得這個回音，十分滿意。足見怡和洋行非買絲不可；而且在三天以內就會來談判。

這個看法，胡雪巖也認為不錯，但主張再逼一逼。

這就是請陳順生再跟吉伯特去說，有客戶求貨運艙位甚急，請他在三天以內，必須提出確實答覆：否則，吉伯特就得照約履行，即使放棄不用，亦要照全價收費。

「這一逼還不夠。」胡雪巖又說，「我們還要想個辦法，讓吉伯特以為我們不願意跟他再做生意，他才會著慌，你看，我們是不是能夠另外找洋人接頭，虛張聲勢一番？」

「不行！洋人比我們團結，彼此都通聲氣的；而且那個洋行做那項買賣，完全聽他們國內指揮，不會突然之間改做別項生意。虛張聲勢瞞不過吉伯特。」古應春又說：「倒是有個辦法，我們放個風聲出去，預備立一間號子，專做洋莊，直接寫信給外國廠家交涉。看吉伯特怎麼說？」

「這也是一個辦法。不過，」胡雪巖沉吟了一會說：「俗語說得好：『前半夜想想自己，後半夜想想人家』，吉伯特就算願意回頭，總也要有個『落場話』。大家的話都很硬，自己轉不來彎；我們要替吉伯特開條路子出來。你說是不是？」

「我也想到過。就怕我們想轉圜，他以為我們軟弱，越發搭架子，豈非僵上加僵？」

對這個顧慮，胡雪巖無法作判斷了，因為洋人做生意的規矩，以及吉伯特的性情，他都不太了解。只是將心比心，自己不肯低頭，諒來吉伯特也是如此；如果從中有個穿針引線的人，搭一搭橋，事情便容易辦通了。

「小爺叔！」古應春看他猶豫的神色，提醒他說：「洋人做生意，講利益，也講道理；只要我們道理站得住，態度堅決，洋人倒是不講面子的，自會笑嘻嘻來跟你說好話。所以你不要三心兩意，讓洋人看穿了，事情格外難辦。」

胡雪巖最尊重行家的意見；古應春跟洋人的交道打得多，自然聽他的，「那好！」他說，「我們就做一番態度堅決的表示給他看；請尤五哥弄兩條船，我們拿貨色裝上去。」

「這，這表示，絕不賣給他了？」

「對！對外頭說，我們的絲改內銷了，預備賣給杭州織造衙門。」

「那麼，恆記的貨色呢？」

「這我會跟龐二說；讓龐二關照朱福年，也是雇船運杭州。」

古應春閉著嘴，臉色鄭重地考慮好一會，毅然決然地答道：「可以！我們就這麼做。不過，龐二對朱福年說的話很要緊。」

「那當然！我知道。」胡雪巖說，「朱福年自然要勸他，不必受我們這方面的牽累拿絲賣給吉伯特。龐二只要說一句：『胡某人怎麼樣，我們怎麼樣；吉伯特要買絲跟胡某人去接頭。』那就成功了。」

照胡雪巖的估計，朱福年當然會將龐二的態度告訴吉伯特：吉伯特一定會回頭。如果不理，那麼僵局就真的不能化解了。自己這方面固然損失慘重，怡和洋行從此也就不用再想在中國買絲。

想到就做，而且像煞有介事；裕記絲棧開了艙，一包包的絲，用板車運到內河碼頭上去裝船。

另一方面，龐二聽了胡雪巖的話，照計行事。他做生意多少有點公子哥兒的脾氣，喜歡發「驃勁」，把朱福年找了來，叫他雇船裝絲運杭州；一言不合，拿朱福年訓了一頓。

「二少爺！」朱福年問，「這是為啥？」

「絲不賣給洋人了！可以不可以？」

「那也不用運杭州。運到杭州賣給哪個？」

「賣給織造衙門。」

「二少爺，這不對吧！」他說，「從一鬧長毛，京裡就有聖旨，各織造衙門的貢品都減少了。怎麼會買我們的絲？這點道理，難道二少爺都不懂？」

「我不懂你懂！」龐二的聲音粗了，「除非有人吃裡扒外，不然洋人怎麼會曉得我們的情形？你跟洋人去說，他有洋錢是他的，我不希罕。他到中國來做生意，三翻四覆，處處想占便宜；當我們中國人好欺負？滾他娘的蛋！」

這種情形，遇到過不止一次，朱福年也知道他不過一時之氣；做夥計的遇上有脾氣的東家，當不得真，否則不如早早捲鋪蓋走路。而況，龐二雖有脾氣，御下相當寬厚；像恆記這種職位是「金飯碗」，丟掉了不易再找。所以想一想，寧可挨罵，該說的話還是要說，才顯得自己是「忠心耿耿」。

「二少爺，難怪你發脾氣，洋人是不大對。不過，他既然是來做生意，當然沒有空手而回的道理。我看，絲是一定要買的，就是價錢上有上落……。」

「免談。少一個『沙殼子』都辦不到。就算現在照我的價錢，賣不賣也要看我的高興。」

「二少爺，生意到底是生意。」他試探著說：「要不要我再跟洋人去談談？如果肯依我們的價錢，不如早早脫手，錢也賺了，麻煩也沒有。」

「我不管。你跟胡先生去談，看他怎麼說就怎麼說。」

聽得這一句話，朱福年只覺酸味直衝腦頂。頓時改了主意，回到帳房裡，自己在咕噥：「他娘的，隨他去。看他這票貨色能擺到啥辰光？」

這話是針對胡雪巖而說的；原來是「忠心耿耿」對東家，此時決定犧牲東家的利益，變相打擊胡雪巖，真的雇了船，連夜裝貨，預備直駛杭州。

但是，吉伯特卻沉不住氣了，一面是陳順生來催；一面是對方的絲真有改為內銷的跡象，不由得便軟化了，急於想找個人來轉圜。

這些情形胡雪巖不知道；他只聽龐二說過，朱福年自告奮勇，願跟吉伯特去重開談判。又說已告訴朱福年，一切都聽自己作主。既如此，則朱福年不論談判得如何，都該跟自己來接頭。何以不見他的蹤影，反倒真的雇船裝貨？顯見得其中起了變化。

「如果朱福年肯去說，倒是最適當的人選。」古應春也說，「不過現在對他弄僵了；我們不便在他面前示弱，只有再請龐二去問他。」

胡雪巖沉吟未答，古應春看的是一面，他要看兩面：一面容易找出辦法，要兼顧兩面，就煞費周章了。

「龐二以東家的身分，問他一聲，這件事辦得怎麼了，有何不可。」

「自無不可。不過那是不得已的辦法；套句你們文謅謅的話，是下策。」

「怎麼樣才是上策呢。」

胡雪巖有些答非所問地：「像豬八戒這種樣子，我們杭州話，叫做『不入調』。現在好比唱齣戲，我跟龐二唱的是『乙字調』，他唱的是『扒字調』，根本搭配不攏。我們調門高的，唱到半路拉不低；就算拉低了來遷就他，這齣戲也好聽不到哪裡去了。」

古應春把他這個譬方，體味了一會，恍然大悟，「我懂了！」他說，「上策是教朱福年將調門提高，讓它入調？」

「一點都不錯。」

「想倒想得不錯。」古應春看一看胡雪巖的臉色，猜不透他葫蘆裡賣的甚麼藥，只好老實問道：「計將安出？」

「喏！就靠這個。」

他從身上掏出一張紙來一揚；古應春認出是同興抄來的那張「福記」收付清單。

「你倒看看，這裡面有啥毛病？」

古應春仔細看了一遍，實在找不出毛病；「我看不出。」他搖搖頭，「錢莊生意，我是外行。」

「用不著行家，照普通情理，就可以看得出來的。他一個做夥計的人，就算在恆記是頭腦，進出數目，充其量萬把銀子，至矣盡矣。所以，」胡雪巖指著單子說：「這幾筆大數目，都有毛病，尤其是這一筆，收五萬、付五萬；收的哪一個的，付的哪一個的？如果說是恆記的生意，頭寸一時兜不轉，他有款子，先代墊五萬，這倒也說得過去。現在明明是轉一個手；我可以斷定收的五萬是從恆記來的。如果恆記要付償款，直接支付好了，為啥要在福記的戶頭裡打個轉？」

他這樣一說，古應春也覺得大有疑問。「那麼，」他問，「小爺叔，你就當面拆穿他，讓他不能不賣你的帳？」

「要當面拆穿，我早就動手了。為的是要顧他的面子。我自有道理，明天上午你在這裡等我消息。」

第二天上午，胡雪巖到恆記說要看看帳；朱福年自然無話可說，硬著頭皮，親自開鎖，從櫃子裡捧出一大疊總帳來。

「總帳不必看，我看看流水。你的帳不會錯的，我隨便挑幾天看看好了。」接著，胡雪巖便說，「請你拿咸豐三年七月、十月、十一月的流水帳給我。」

聽這樣交代，朱福年大放其心，以為他真的不過隨便抽查，便依言將這三個月的流水帳找了出來，捧到他的面前。

胡雪巖翻到七月初八那一天細看，果然，有一筆五萬兩銀子的現款，送於同興。

「福年兄，」他說，「請你拿『恆記』戶頭的存摺我看看。」

朱福年的一顆心，陡地提了起來，「是不是現在在用的那一個？」

這句話便是個老大的漏洞。按常理而論，應該就是目前在用的那一個，何消問得？問到這話，便表示他是「啞子吃餛飩，肚裡有數」；胡雪巖要的不是這一個。

這見得朱福年不是甚麼老奸巨猾；只為龐二到底是大少爺，只要對了他的脾氣，甚麼都好說話。意會到此，胡雪巖越發打定了將朱福年收為己用的主意；因而在表面上越對他尊重，和顏悅色地說：「不曉得找起來方便不方便？我想拿這兩年的存摺，大略看一遍。」

越是這樣，越使朱福年有莫測高深之感；喏喏連聲地說：「方便、方便。」

一把存摺送了過來，胡雪巖慢條斯理地隨意瀏覽，一面說著閒話，根本不像查帳的樣子。朱福年卻沒有他那份閒豫情致，惴惴然坐在帳桌對面，表面是準備接受詢問，其實一雙眼只瞪在存摺上。

「朱先生！」小徒弟走來通報，「船老大有事來接頭。」

這「船老大」就是承攬裝絲運杭州的船家。朱福年不能不去接頭；趁這空檔，胡雪巖在存摺上翻到咸豐三年七月初八那一天，哪裡有同興收銀五萬兩的記載。

膽子倒真大！胡雪巖心裡在想，莫非硬吞五萬銀子？這盤帳倒要細看了。他是這一行的好手，如今雖因不大管帳打算盤，但要算起帳來，還是眼明手快，帳簿與存摺一對，再看一看總帳，便弄清楚了，朱福年硬吞五萬銀子還不敢，只是挪用了公款，以後在半個月中，分四次歸還了。

然而這已是做夥計的大忌。胡雪巖認為不必再看，將翻開的帳簿、存摺都收好；靜等朱福年來答話。

「船老大來問，貨都裝齊了，問啥時候開船？」朱福年說，「我告訴他，跟胡先生的貨色搭幫走，比較有照應。不曉得胡先生的絲船，啥時候開？」

很顯然地，就這樣一查帳，還未有何結果，就已讓他感到威脅，不能不來周旋示好。胡雪巖便將計就計地說：「我們那票貨色，是我的朋友古應春在料理。如果福年兄有空，中午我們一起吃飯，當面談一談這件事。你看好不好。」

「好，好！」朱福年急忙答應，「我做個小東，請胡先生吃徽館。」

「哪個作東都一樣。請你拿帳簿、存摺收一收，我們就走吧。」

看樣子太平無事了，朱福年頓覺步履輕快，渾身是勁，收拾一切，陪著胡雪巖出了恆記的大門。

「就是後馬路，有家徽館，叫做福源樓；做幾樣我們家鄉菜，著實道地。請胡先生嚐嚐看。」

「原來你是徽州人，口音倒聽不出。」

「我籍徽州。」朱福年說，「在外多年，口音變過了。」

「既是徽州，對典當自然熟悉？」

「怎麼不熟悉？我也勸二少爺開過典當。他說：窮人的錢不忍心賺；怎麼也不肯。」

「開典當是為了方便窮人；窮人出點利息，也是心甘情願的。」

「我也是這樣說；二少爺聽不進去，也是枉然。」

就這樣一路談著典當，不知不覺地走到了福源樓。坐定下來，胡雪巖先寫張條子，交櫃上派人送到裕記絲棧去請古應春；然後點好了菜，趁這等客等菜的功夫，他跟朱福年談到了帳務。

「福年兄，剛才我看的那筆五萬銀子的帳，恐怕有點錯了。」

「喔。」因為胡雪巖語氣緩和，所以朱福年也能沉得住氣，平靜地問道：「我倒還不清楚。日子久了，不大記得起來。」

「帳上有送存同興的一筆帳，存摺上沒有。」

「是說恆記這個摺子？」朱福年答道，「恆記在同興有三個摺子。」

「我知道。」胡雪巖接著便問，「福記是你老兄的戶頭吧？」

這就是所謂做賊心虛了，朱福年臉上的顏色，立刻就不大自然，勉強答說：「是的。」

「我做錢莊也多年了，這種情形，倒還少見。」

「各處地方不一樣。」朱福年說，「為了調度方便，二少爺叫我也立一個戶頭。」

「喔，」胡雪巖抓住他「調度方便」這四個字追問：「是不是說，有時候要向外頭調動頭寸，恆記不便出面，用你福記的名義？」

這話，朱福年就答不出來了；因為龐二財大勢雄，從不向外面調動頭寸；如果應聲「是」，胡雪巖跟龐二一談，西洋鏡馬上拆穿，金飯碗也就要不翼而飛了。

因此，他只能含含糊糊地答說：「不是這意思。」

「那麼是甚麼意思呢？」

胡雪巖若無其事地問，聲音中不帶絲毫詰質的意味；而朱福年卻已急得滿頭大汗，結結巴巴地不知道說些甚麼。

「那也不必說它了！」胡雪巖不再側面相逼；正面指出他的錯，「那五萬銀子，細看前後帳，分毫不少……。」

「是啊！」朱福年急忙搶著辯白，「帳是絕不會錯的。」

「錯不錯，要看怎麼個看法，甚麼人來看？」胡雪巖答得極快，「我看是不錯，因為以前的帳目，跟我到底沒有啥關係，叫你們二少爺來看，就錯了。你說是不是呢？」

最後這一問，使得朱福年又大受其窘，只得先虛晃一槍：「我倒還不明白胡先生你的話？」

「再明白都沒有。五萬銀子說存恆記，結果存入福記；福記再分四次歸還。前後數目不錯，起碼拆息上，恆記吃虧了。不過，這在我看，是小事。你倒拿我前後的話，仔細想一想！」

他以前說過甚麼話？朱福年茫然不辨；定定心細想，才意會到他有句話，大有深意。這句話就是：「我看是不錯；因為以前的帳目，跟我到底沒有啥關係！」

這就是暗示，以前的帳目他不會頂真；但以後他是恆記的股東，帳目便不能說無關，當然也就要認真了。

意會到此，朱福年才知道自己不是「豬八戒」，倒是「孫悟空」，跳不出胡雪巖這尊「如來佛」的手掌心，乖乖兒認輸，表示服貼，是上上大吉。

「胡先生，我在恆記年數久了，手續上難免有疏忽的地方，一切要請胡先生包涵指教。將來怎麼個做法，請胡先生吩咐，我無不遵辦。」

這是遞了「降表」。到此地步，胡雪巖無須用旁敲側擊的辦法，更用不著假客氣，直接提出他的意見；「福年兄，受人之託，忠人之事；你們二少爺既然請我來看看帳，我當然對他要有個交代。你是抓總的，我只要跟你談就是了；下面各人的帳目，你自己去查，用不著我插手。」

「是。」朱福年說，「我從明天就清查各處的帳目；日夜趕辦，有半個月的功夫，一定可以盤清楚。」

「好的。你經手的總帳，我暫時也不看；等半個月以後再說。」

「是！」

「這半個月之中，你也不妨自己檢點一下，如果還有疏忽的地方，想法子自己彌補。我將來也不過看幾筆帳。」接著，胡雪巖清清楚楚地說了幾個日子；這是從同興送來的福記收支清單中挑出來的，都是有疑問的日子。

朱福年暗暗心驚，自己的毛病自己知道；卻不明白胡雪巖何以瞭如指掌，莫非他在恆記中已經埋伏了眼線？照此看來，此人高深莫測，真要步步小心才是。

他的疑懼都流露在臉上，胡雪巖便索性開誠布公地說：「福年兄，你我相交的日子還淺，恐怕你還不大曉得我的為人。我一向的宗旨是：有飯大家吃；不但吃得飽，還要吃得好。所以，我絕不肯敲碎人家的飯碗。不過做生意跟打仗一樣，總要同心協力，人人肯拚命，才會成功。過去的都不必說了；以後看你自己，你只要肯盡心盡力，不管心血花在明處還是暗處？說句我自負的話，我一定看得到；也一定不會抹殺你的功勞，在你們二少爺面前會幫你說話。或者，你倒看得起我，將來願意跟我一道來打天下，只要你們二少爺肯放你，我歡迎之至。」

「胡先生，胡先生！」朱福年激動不已，「你說到這樣的金玉良言，我朱某人再不肯盡心盡力，就不是人了。胡先生，我敬一杯，表表我的心。」

說罷，滿斟一杯，仰臉飲盡。胡雪巖當然高興，陪了一滿杯，然後笑道：「福年兄，從此我們是一家人了；有啥說啥，不要見外。」

「是的。」朱福年想一想說，「胡先生，以後恆記跟同興的往來，只用兩個戶頭，公款用恆記，二少爺私人收支用繼業堂。我在同興的戶頭，決定結了它。」

「結了它也不必。」胡雪巖說，「不必讓外頭人猜測，以為我們內部生了啥意見。」

這更見得胡雪巖的體恤，顧到自己的面子，當然樂受這番好意，「是！」他很恭敬地回答：「我懂胡先生的意思，找機會，我要告訴下面的『朋友』們，恆記是一家，總要讓外頭人看得我們上下一心，不敢來動我們的歪腦筋才好。」

「就是這話『打落牙齒往肚裡嚥』方算好漢。」

說到這裡，只見古應春步履安詳地踏了進來；朱福年起身讓座，極其殷勤。在古應春的心目中，此人自視甚高，加以東家「彈硬」，所以平日總在無意間流露出「架子大」的味道；此刻一反常態，不用說，是對胡雪巖服貼了，才有這番連帶尊敬的表示。

意會到此，他的神情越發從容，說著閒話，不提正事。倒是朱福年忍不住了，「胡先生，應春兄來了，我們拿絲上的事說個定規。」他略停一下又說：「照我看，『只拉弓、不放箭』也就夠了。」

胡、古二人，目視而笑。然後是胡雪巖回答他的話，反問一句：「我們在『拉弓』，吉伯特曉不曉得？」

「我想他是曉得的。我們真的『放箭』他也會著急。」

「當然囉！」古應春接口，極有信心地說：「他萬里迢迢跑了來為啥？不是為了生意？生意做不成，他的盤纏開銷哪裡來？」

「話雖如此，事情有點弄僵！」胡雪巖問古應春：「你肯不肯向他去低頭？」

「我不去了！洋人是『蠟燭脾氣』，越遷就他，他越擺架子。」

「為來為去，只為了我是當事人。如果這票貨色不是我的；替雙方拉場，話就好說了。而且雙方也都一定感激此人。」

「這個人很難。」古應春會意，故意不去看朱福年，盡自搖頭：「不容易找！」

他們這樣一拉一唱，暗中拉住了朱福年；他終於忍不住：「胡先生！你看，我跟吉伯特去談一談，是不是有用？」

「噢！」胡雪巖一拍前額，做出茅塞頓開的姿態，「有你老兄出面。再好都沒有了。有用、有、一定有用。」

受了鼓勵的朱福年，越發興致勃勃，自告奮勇：「吃完飯，我就去看他。我要嚇他一嚇，他不照原議買我們的這票貨色，勸他趁早回國；他在這裡永遠買不到我們的絲！」

「對。就這麼說。這倒也不完全是嚇他；反正這票生意做不成，我們就鬥氣不鬥財了！」

朱福年倒真是赤膽忠心，即時就要去辦事。胡雪巖當然要留住他，勸他從容些，把話想停當了再說。接著便設想吉伯特可能會有反響，他這麼說便那麼回答；那麼說便這麼回答，一一商量妥貼，還要先約個時間，從容不迫地談，才能收效。

正事談畢，酒興未已；胡雪巖一直對典當有興趣，此時正好討教，「福年兄，」他先問：「你是不是典當出身？」

「不是。不過我懂。我故世的三叔是朝奉；我在他那裡住過一年。」

接下來，朱福年便談了典當中的許多行規和弊端；娓娓道來，聞所未聞。最後似感嘆，又似遺憾地說，「當初未曾入典當，自己都不知道是得計，還是失策？因為『吃典當飯』與眾不同，是三百六十行生意中，最舒服的一行，住得好、吃得好，入息優厚，工作輕鬆，因此吃過這碗飯，別的飯就難吃了！」

「照你這樣說，如果開爿典當，要尋好手還不容易。」胡雪巖問，「典業中的好手，賓主相得，一動不如一靜，輕易不肯他就。是這樣嗎？」

「大致是這樣子。不過人才是不斷在冒出來的；本典無可位置，另求發展，也是有的。」

「那麼，我倒要請你留意，有這樣的人，我想見見。」

這表示胡雪巖也有創辦典當的打算，朱福年欣然應諾；而且躍躍欲試地，頗有以半內行作內行，下手一試，以補少年未曾入此業之憾的意思。

朱福年是在第二天跟吉伯特見面的，那也正是陳順生來探問運貨艙位消息，以及由東印度公司轉來倫敦總公司的質問，何以今年的絲，至今未曾起運的時候。所以一見他的面，便先追問恆記和裕記兩處的貨色，可曾運離上海？

「明天就要開船了。」朱福年用英語答說，「吉伯特先生，我覺得我對你有種道義上的責任，必須為你爭取最後一個機會。最近商場上有一個大消息，不知道你聽說了沒有？」

「我不知道你指的是甚麼？」

「恆記的東主，也就是我的雇主龐先生，跟胡雪巖在事業上達成了合作的協議；胡雪巖的實力並不充足，但他是商場上一位非常特殊的人物，主要的是他在各方面都有極好的關係，而且他的手腕十分靈活。這兩項就是他最大的資本，他所缺少的是現金；而這個缺點，由於跟龐先生的合作而充分彌補了。因此，我可以這樣說：胡雪巖是無敵的，沒有任何人能夠在商場上擊敗他；

包括你吉伯特先生在內。」

「我不需要擊敗他，我只為我的公司的利益打算。最初是我接納了你的建議；否則，也不至於有今天的僵局。」

「吉伯特先生！」朱福年放下臉來問：「你是不是要討論這件事的責任？」

「不！」吉伯特搖搖頭，「那是沒有用的。我又不能向你要求賠償，哪裡來的責任可言？你覺得對我有種道義上的責任，足見得你對我還存著友誼，我希望我們仍舊是朋友。」

聽他這一番話，朱福年報之以誠懇的神色，「就因為如此，我要盡我的友誼。」他停了一下用平靜但很堅定的聲音說：「吉伯特先生，你並沒有失敗；一切都可以照你原來的計畫實現。但你如果錯過此刻這個最後的機會，那麼，你的失敗不止於這一次，是明年及以後的日子。用最簡單的話說：你將不能在上海買到你所需要的絲。」

「照你看，絲價是不是能夠減少若干？」吉伯特說，「如果你辦得到，我們當然會付你應得的佣金。」

「不！」朱福年斬釘截鐵地說，「絕無可能！你應該知道，胡雪巖做生意的精明，是無人可及的；現在他不向你提出延期損失的賠償，已經是很寬大了。」

「好！」吉伯特終於低頭了，「我一切照辦，只希望趕快訂約。」

訂了約，收銀交貨，胡雪巖如釋重負。但經過一整夜的計算，卻又爽然若失；自己都不知道「為誰辛苦為誰忙」！

賺是賺了十八萬銀子，然而不過說來好聽，甚至於連帳面上的「虛好看」都沒有。因為合夥的關係太多，開支也太大。跟尤五、古應春分了紅利以外，還要跟郁四再分；付了各處的利息，還要為王有齡彌補海運局的虧空；加上裘豐言和嵇鶴齡那裡都要點綴。這一下已經所餘無幾；卻還有開銷杭州、湖州、同里三個「門口」所拉下來的「宕帳」，細算一算，除了阜康錢莊的本錢，依舊是一整筆債務以外，還有萬把銀子的虧空。

萬把銀子在他當然不必發愁；要愁的是這樣子費心費力，到頭來還鬧了一筆虧空，則所謂「創業」也者，豈非緣木求魚？

照道理不應該如此！落到這樣的地步，總有個道理在內；當然是自己的做法有了毛病。這個毛病不找出來，令人寢食難安。

為此，他雖然一整夜未睡，腦子裡昏昏沉沉地，但精神有種異樣的亢奮；怎麼樣也不想上床。

到了快中午時，古應春和劉不才相偕來訪；一見了面，古應春失聲說道：「小爺叔，你的氣色好難看！是不是病了？」

劉不才開過藥店，對於傷風發燒之類的毛病，也能診察，當時伸手一探他的額頭，又叫他伸舌頭出來看了舌苔，很準確地作了判斷：「睡得太少，用心過度，是虛火上升。好好吃一頓，舒舒服服睡一覺，精神馬上就好了。」

「一點不錯。」胡雪巖有意將他遣開：「請你替我去約一約龐二，晚上在那裡敘一敘。回頭

四、五點鐘，你到浴德池來找我。」

等劉不才一走，胡雪巖將預先一張張計算好的單子，取了出來；揀出古應春的一張交了給他，照胡雪巖的算法，古應春應該分一萬五千多銀子的盈餘。

「小爺叔！」古應春略看一看，將單子推了回去：「第一，你分得我多了；第二，現在不要分，我們仍舊在一起做，商量商量以後怎麼個做法，才是正經。」

胡雪巖脫口答道：「我正就是不曉得以後怎麼個做法？」接著便皺起了眉不斷搖頭。

這態度很奇怪，古應春大為驚疑，「小爺叔！」他很吃力地說：「你好像有啥難言之隱似地。大家自己人，你儘管吩咐；有啥『擺不平』，我的一份不必計算在內。」

「應春兄！」胡雪巖相當感動，率直答道：「我一無所得；就是朋友的情分義氣，千金不換。」

「豈止於千金不換？小爺叔，你不要說一無所得，在我看，所得正多。不說別的，只說朱福年好了；龐二雖有些大少爺脾氣，有時講話不給人留情面，到底御下寬厚，非別的東家好比，可是朱福年還是有二心，只有遇到小爺叔你，化敵為友，服服貼貼，這就是你的大本事，也就是你的大本錢。」

由於說得中肯，不是一般泛泛的恭維可比，所以胡雪巖聽了這幾句話，深受鼓舞，「老古，」他便索性問道：「你直言談相，看我做生意有啥毛病要改？」

「毛病是談不到。不過，小爺叔，中國人有句話，叫做『業精於勤荒於嬉』，這個『勤』字照我講，應該當作敬業的敬；反過來『嬉』字不作懶惰解釋，要當作浮而不實的不敬來講。敬則專；專心一志，自然精益求精。小爺叔，如果說你有失策之處，我直言談相，就是不專心。」古應春又說，「人的精力到底有限，你經手的事情到底太多了；眼前來看，好像面面俱到，未出紕漏，其實是不是漏了許多好機會，誰也不得而知。」

他一路說，胡雪巖一路點頭，等他說完，隨即答道：「有好幾位都這樣勸過我，不過沒有你說得透澈。我剛才在想，忙了半天，兩手空空，總有個毛病在那裡；你說我不專心，這就是我的毛病。不過，也不能說兩手空空——。」

他沒有再說下去，說下去怕古應春多心——他本人兩手空空，還虧下了帳，但相交合作的朋友，都有好處。這盤帳要扯過來算，還是有成就的。

這樣轉念，更覺精神一振，「走，走，」他站起身來說：「照劉三爺的話，好好吃它一頓，睡它一覺；有沒有甚麼好番菜？吃完了到浴德池去泡它一下午。」

「好番菜是有，只怕你吃不來。」

「怎麼吃不來？」

「夏天講究吃『色白大菜』，生冷清淡；半生不熟，吃不慣的會倒胃口。」

「那就算了。還是——。」

「還是到我那裡去吃飯吧！七姐現在反璞歸真了；到處跟人學做菜，今天在做粉蒸雞；還有你們西湖上的蒓菜——。」

「你不要再說了。」胡雪巖嚥了口唾沫笑道，「再說下去，我真要流口水了。」

於是一起到了古應春那裡。七姑奶奶果然捲起衣袖，在廚房裡大忙特忙；汗水蒸潤，她那張銀盆似的臉，和兩條藕也似的手臂，格外顯得紅白分明。看見胡雪巖在廚房門口探頭一望，趕緊喊道：「廚房裡像火燄山一樣，小爺叔，快不要進來！」

「我餓了！」胡雪巖老實答說，「有啥吃的，先弄點來餵餵我。」

「我先下碗米粉乾，讓你點點飢。回頭慢慢吃酒。」

等一碗雞湯火腿筍乾米粉下肚；接著便擺桌子喝酒，恰好尤五也到了，胡雪巖越有興致。席間當然要問他今後的打算，胡雪巖卻又反問尤五和古應春，要怎麼樣打算，才能於大家有益？

「這話就是很難說了。」尤五答說，「照我的心思，最好你別人的閒事都不管。」

「五哥也是！」七姑奶奶性子直，馬上就補了一句他未曾說出來的話：「別人的閒事不要管，只管你的事。是不是？」

大家都笑了。「這當然是一廂情願。不過，」尤五正色說道，「我們漕幫方面，生路越來越狹，小爺叔，你答應過的，總要替我們想個辦法。」

「當然，當然。我一定當我自己的事來辦。」胡雪巖又問古應春；「你看呢，我以後該怎麼做法？」

「我剛才就說過了。」

胡雪巖點點頭，重新回想他上午所作的那番勸告。

那些話，尤五和七姑奶奶並不知道；尤其是七姑奶奶性子急，便追問著，胡雪巖將古應春勸他專心的話，說了給她聽，並且盛讚古應春看得深，識得透。

「謝謝一家門！」七姑奶奶撇著嘴說，「小爺叔，他是狗頭軍師，你不要聽他的話。」

古應春不服氣，但也不敢跟她爭辯，只說：「小爺叔，『婦人之言，慎不可聽』。」

「啥叫『婦人之言』？」七姑奶奶的反應快得很，「場面總是越大越好。照你的說法，有皇帝做也不要做了；因為管的事太多太雜？」

一句話駁得古應春啞口無言，搖搖頭輕輕說了句：「歪理十八條。」

胡雪巖看他那無奈七姑奶奶之何的尷尬神態，未免好笑；但一向不以他那個「寶貝妹子」為然的尤五，卻幫著她說話：「阿七說的倒也不是歪理。事情不怕多，要有人管；皇帝好做，難的是用不著一個好宰相。小爺叔，我想，老古的話也不錯，阿七的譬方也有道理，你是聰明人，不妨拿他們兩個人的話好好想一想，作一番打算。」

「是的！」胡雪巖深深點頭。

於是他一面吃喝閒談，一面在心中盤算，等酒醉飯飽，他的盤算也大致停當了。

「五哥，老古！」他說，「我們先把帳分了——。」

「不必分！」尤五搶著說，他的意思跟古應春一樣，主張就原來的資本和盈餘，聽候胡雪巖全權運用，能夠「利上滾利」。

「我懂你們的意思。」胡雪巖說，「我要重起爐灶，做幾樣事業，大家分開來管，我只抓個總。就好比做皇帝一樣，要宰相大臣分開來辦事，用不著我親自下手。」

「嗯，嗯！」在座的三個人，不約而同地頷首表示同意。

「第一樣是錢莊，這方面是我的根本，我也內行，恐怕還是要親自下手。第二樣是絲，在湖州，我交給陳世龍；在上海，我交給老古。」

「好的！」古應春說，「我當仁不讓，無須客氣。將來茶葉、桐油也好做洋莊，慢慢兒再說。」

「將來銷洋莊都歸你一手擔當。茶葉、桐油我也想過，只要你認為可以做，我無不贊成。不過眼前新絲就要上市了，所以要請你趕緊籌劃，專心一致，百事不管。不過——。」胡雪巖看一看七姑奶奶，笑笑不再說下去。

這大有皮裡陽秋的意味，七姑奶奶免不了要問：「小爺叔，不過甚麼？」

「不過，」胡雪巖笑道，「百事不管；你們的終身大事是非管不可的。我也是這樣子，別樣閒事不能再管，你的這樁大事，非效勞到底不可。當著五哥在這裡，我做大媒的說一句，你們挑日子、辦喜事，乾坤兩宅，自己商量，不必我來傳話。古家老族長那裡的歸我疏通，一定不會辦不通，你們放心好了。」

「是的。」尤五點點頭說，「這件事，我就這幾天要好好談一談。現在且不去說它，小爺叔你再講你的打算。」

「我還打算辦兩樣事業，一樣是典當，一樣是藥店。藥店請劉三爺來做；典當，我想跟龐二談一談，請朱福年幫我的忙。」

對他的這番打算，尤五和古應春默然不置可否；這意思就是不以為然。在古應春覺得他不宜做此自己不懂的事業；而劉不才的本性，又不宜於苦幹創業，朱福年則相交未幾，雖說「南蠻不復反矣」，但他究竟有幾許本事，尚未明瞭，何以輕付以重任？

尤五也略有這樣的想法；此外他還有疑慮，率直問道：「小爺叔，一樣錢莊，一樣絲，都是大本錢；你那裡還有餘力開當鋪，開藥店？」

「五哥說到要害上來了。」胡雪巖很起勁地，「自然我都有打算。」

胡雪巖的打算，是憑他的信譽、本領，因人成事。阜康設分號，是龐二有過承諾，願意支持的；做絲生意，仍舊是大家集股。開典當的本錢，他看中了蘇州潘叔雅那班富家公子；開藥店則預備在江浙官場上動腦筋。

「我再說，為啥要開典當，開藥店？這兩樣事業，一時都無利可圖，完全是為了公益；我開典當是為方便窮人。胡雪巖三個字，曉得的人，也不算少了；但只有做官的、做生意的曉得；我以後要讓老百姓都曉得，提起胡雪巖說一聲：這個人不錯！事業就會越做越大。為此，我要開藥店，這是揚名最好的辦法。再說，亂世多病痛；大亂之後，必有瘟疫，將來藥店的生意，利人利己，是一等一的好事業。」

聽得這一說，七姑奶奶首先就欽佩不止，「你聽聽，」她帶點教訓意味地對古應春說：「小爺叔的眼光，才真叫眼光！看到大亂以後了。你要學學小爺叔。」

「本來就跟小爺叔在學。」古應春轉臉問道，「小爺叔，你說開藥店的本錢，出在公家；是怎麼個辦法？」

「這要靠關係了。軍營裡自然要用藥；我要跟劉三爺商量，弄兩張好方子，真材實料修合起來，譬如刀傷藥、諸葛行軍散、辟瘟丹之類，要一服見效；與眾不同。這樣子就好稟請各路糧台，先定我們多少，領下價款來做本錢。」

「真是！」七姑奶奶聽得眉飛色舞，「我看世界上，沒有小爺叔沒有辦法的事！」

「七姐，」胡雪巖有些惶恐，「這話捧得我太過分了。一個人的力量到底有限，就算三頭六臂，又辦得了多少事？要成大事，全靠和衷共濟；說起來我一無所有，有的只是朋友。要拿朋友的事當自己的事；朋友才會拿你的事當自己的事。沒有朋友就天大的本事，也還是沒有辦法。」

「小爺叔這話一針見血。」尤五緊接著他的話說，「我們那一夥弟兄，都當小爺叔好朋友，現在等著你老發號施令呢！」

「你別忙！我答應替你們籌出一條生路來，一定要做到。說句老實話，我眼前第一件大事，就是替你們去開路；大致的辦法，我已經有了──。」

這是胡雪巖另一項與民生國計有關的大事業，他準備利用漕幫的人力、水路上的勢力跟現成的船隻，承攬公私貨運；同時以松江漕幫的通裕米行為基礎，大規模販賣糧食。

「亂世米珠薪桂，原因有好多，要一樣樣去考究。兵荒馬亂，田地荒了，出產少了，當然是一個原因；再有一個原因是交通不便，眼看有米的地方因運不出，賣不掉，多少可惜？這還不算；最可惜的是糟蹋掉了！有些人家積存了好多糧食，長毛一來，燒得光光；或者秋收到了，長毛來了，有稻無人割，白白作踐。能夠想辦法不糟蹋，你們想，於公於私多少好？」

「有道理！」尤五矍然而起，「前面兩個原因，我懂；後面說的這一層道理，我還是第一次聽到。倒要請教小爺叔，怎麼樣才能不糟蹋？」

「這就要看局勢了。眼要明，手要快；看啥地方快靠不住了，我們多調船過去，拿存糧搶運出去。能割的稻子，也要搶著割下來。」胡雪巖又說：「這當然要官府幫忙，或者派兵保護，或者關卡上格外通融；只要說好了，五哥，你們將來人和、地利都俱備，是獨門生意。」

尤五和古應春都不作聲，兩個人將胡雪巖的話，細細體味了一會，才大致懂得了他的做法。這確是一項別人所搶不去的好生意；但是做起來不容易。

「官場的情形，小爺叔你曉得的，未見得肯幫我們的忙。」

「一定肯！只看這樣說法？其中還有個道理：打仗兩件事，一是兵、二是糧，叫做足食足兵。糧食就這麼多；雙方又是在一塊地方，我們多出一分糧食，長毛就少一分糧食，一進一出，關係不輕。所以，我去一說這層道理，上頭絕會贊成。」

「對！」尤五問道：「小爺叔你預備跟哪個去說？王大老爺？」

「是的。我先跟他去說。事不宜遲，明天我就走！我還有好多法子可以治長毛，譬如加緊緝私，絕絕他們的日用百物的供應之類。」胡雪巖站起身來，很起勁地揮著手：「做小生意遷就局勢，做大生意先要幫公家拿局勢扭過來。大局好轉，我們的生意就自然有辦法。你們等著，看我到了杭州，重起爐灶，另有一番轟轟烈烈的事業。」

高陽作品集·胡雪巖系列

胡雪巖 新校版（下）

2020年5月三版
2024年6月三版二刷

定價：新臺幣平裝380元
精裝500元

著者 高陽
叢書編輯 黃榮慶
校對 吳美滿
內文排版 極翔
封面設計 兒日

出版者 聯經出版事業股份有限公司
地址 新北市汐止區大同路一段369號1樓
叢書編輯電話 (02)86925588轉5307
台北聯經書房 台北市新生南路三段94號
電話 (02)23620308
郵政劃撥帳戶第0100559-3號
郵撥電話 (02)23620308
印刷者 世和印製企業有限公司
總經銷 聯合發行股份有限公司
發行所 新北市新店區寶橋路235巷6弄6號2樓
電話 (02)29178022

副總編輯 陳逸華
總編輯 涂豐恩
總經理 陳芝宇
社長 羅國俊
發行人 林載爵

行政院新聞局出版事業登記證局版臺業字第0130號

本書如有缺頁，破損，倒裝請寄回台北聯經書房更換。
電子信箱：linking@udngroup.com

ISBN 978-957-08-5428-2 (平裝)
ISBN 978-957-08-5432-9 (精裝)

國家圖書館出版品預行編目資料

胡雪巖 新校版（下）/高陽著．三版．新北市．聯經．2020年5月．480面．14.8×21公分（高陽作品集·胡雪巖系列）
ISBN 978-957-08-5428-2（下冊平裝）
ISBN 978-957-08-5432-9（下冊精裝）
[2024年6月三版二刷]

863.57 108019534